MUL 01
終
著
TAKUMI
畫
4
DOOMS
NUL 00

HAPPY

STYPE INITIAL UNIT

A TYPE UNIT

D TYPE UNIT

H APP Y

DOO MS DA Y

末日快樂

NUL-00

MUL-01

STR-Y TYPE 307a231

DOOM-SDAY

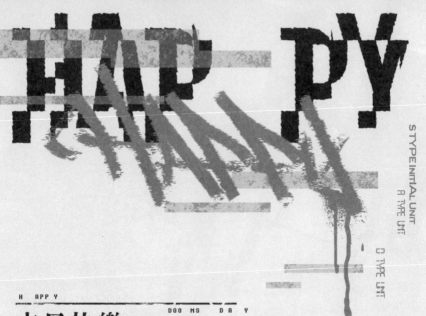

CONTENTS

CHAPTER 55 好心情

兩個來路不明的孩子在車裡，余樂和季小滿比以往還要警惕幾分。那隊人跑掉之後，他們沒有再遇見新的敵人——在所有人都急著曝光自己的環境下，想要隱藏比想像中簡單一點。吃了鐵珠子沉重一擊的季小滿在座位上蜷起身體，沉沉睡去。吃飽喝足的鐵珠子擠在余樂和季小滿之間，滿足地打呼。

這玩意睡著後會變得熱乎乎的，守夜的余樂摸了摸它的外殼，長長地嘆了口氣。

兩個孩子也在後排睡著了。他們在車門和車中間的玻璃隔板上繫了線，將線綁在自己的手腕，以此確保後排一被打開就會立刻醒來。整輛車只有余樂睜著眼，大墟盜另一隻手隨意地敲著方向盤，思索了幾秒，翻出來一罐罐裝咖啡給自己。

車停在茂密的灌木叢中，半截車身被高大的灌木枝葉遮蓋。車外的塗裝是啞光，又沉在黑暗裡，儘管沒能被完全遮起來，隱蔽度也不算低。

吃了一波虧，余樂幾乎可以確定，阮教授就藏在管理區附近——不是周邊，就是內部。畢竟對於想要賺關注點的人來說，在這人煙稀少的地方閒晃不會有什麼好處。

不過還是很難找。

這裡的樹叢茂密，建築機器人也不是很難攜帶。如果阮教授從哪個偏僻角落裡挖個地堡，再配上一定程度的干擾偽裝，這場行動的難度無異於大海撈針。

總之等天亮後在附近轉轉，先把後排這兩個小祖宗送走。如果阮立傑和唐亦步靠得住，明天他們說不定能撞上。那兩個傢伙總不至於尋人能力比鐵珠子還差，別捲進麻煩事就行。

余樂一口氣喝乾了咖啡，隨意擦擦嘴，瞧著遠處娃娃頭的頭頂。多看看那駭人的東西有助於清醒，他嚴肅地想道。

車裡人都在睡，車內也是密閉的。余樂一不能抽菸，二不能聽音樂，而在陌生環境下車亂走無異於找死，他無所事事得一陣陣犯睏。曾經的墟盜頭子無聊到把π的嘔吐物清理到看不出痕跡，活動了一下脖子——

然後正對上後座的一張臉。

康子彥不知道什麼時候醒來了，正將雙手和臉壓在前後排之間的玻璃隔板上。剛看到的一瞬間，余樂嚇得頭髮都差點豎起來。他在心裡暗罵一聲，關閉了後排的隔音系統。

「幹嘛？」他沒好氣地低聲問，「都幾點了，小孩子趕緊睡覺去。」

「白天睡多了，睡不著。」小男孩的聲音也不大。「叔叔看起來很睏，我就想……我們可以說說話。」

「哦。」余樂斜眼看向那孩子，並不打算因為對方的年齡放鬆警惕。「聊啥？」

「什麼都行。」小男孩有點靦腆，「好歹叔叔你救了我們，我們這邊也沒啥能交易的東西。」

「真感謝我的話，先叫個哥。」

康子彥絲毫沒掩飾臉上的驚訝和為難。

「……叔叔就叔叔吧。」余樂喪氣地摸摸自己恣意生長的鬍渣。「真的聊啥都行啊？」

「嗯。」

「你們兩個看起來也不大，爸媽呢？」余樂沒有客氣。

康子彥像是花了一段時間理解這個問題：「我和小照都沒有父母，這裡大部分人都是管理區工廠出來的。」

「大部分人。」余樂抓住了重點。

「娃娃頭那邊比較特殊。」康子彥指了指遠處的那個陶瓷娃娃頭顱。「有些人不記得自己怎麼出現的，我和照照就是……嗯，娃娃頭出身。」

「不記得自己怎麼出現？你們沒失憶吧。」

「沒有。但是大部分人會記得自己在管理區工廠的出場編號，極少數人不記得。工廠很少出產我們這種型號的人，可能是出了故障。」

康子彥捧起白天沒吃完的罐頭，小心地抿著罐頭裡的糖水。

「我們只有在娃娃頭生活的記憶，像是某天就突然出現在那裡似的。」

「所以你們算娃娃頭的勢力囉？」魷魚腳吃完了，余樂摸索半天，只摸出一袋辣魚乾，將就著撕成條吃起來。

「娃娃頭一向是其他人聯合攻擊的目標，危險程度算是最高的。我和照照自己跑出來了，歸順了島北的組織。」

康子彥搖搖頭，情緒變得低落。

「我只是想和照照一起好好長大，不想要太多關注，物資能填飽肚子就行。但島北那些人不願意真的接納我們，只是想盡花樣利用我們賺關注點。」

余樂沒有太過吃驚。說白了，他還能僥倖保有點愛幼的習慣，無非是因為一直以來生活還過得去。

廢墟海不少角落的鬥爭十分殘酷，當人連活下去都成問題的時候，通常不會管對方是小孩、女人或者老人——人與人的關係會被簡化為掠奪者和獵物，僅此而已。

這兩個小孩的立場確實尷尬，如果娃娃頭那邊是眾矢之的，以他們的能力很難自保。可投向其他勢力，走上被利用的路幾乎是註定的。他們能做的也不過是在自己狀態不好的時候逃離，少吃點苦。

他們每一步的選擇都沒有錯，他也想不出什麼開導的話。唯一的幸運之處可能在於，這兩個孩子並不知道曾經的世界是什麼樣子，也不知道如今世界的真實面貌。

這種情況下，無知反而是好事。

「也就是說，你們兩個基本上等於從石頭縫裡蹦出來的。」余樂將話題引開。

「在我的印象裡，只有照照一直和我一起，我看她也親切。要不是她鼓勵我，我可能早就撐不住了。」低落的情緒一掃而空，小男孩羞澀地笑笑。

「有個伴挺好的。」余樂嚼著魚乾，辣得直抽氣。「你們兩個接下來什麼打算？我看你也好得差不多了，要不等天亮就回去吧。我們這邊有自己的事，不方便一直帶著你們。」

「嗯。」小男孩乖巧地點點頭。

挺好的，余樂又嚼了口辣魚乾，舔舔被辣腫的嘴唇——等這兩個小傢伙離開，他就可以把接力棒交給季小滿，自己安安心心睡一覺了。

余樂揉魚乾包裝的動靜驚醒了鐵珠子。它拱拱余樂的腿，又拱拱余樂的手，嘎嘎地討要塑膠包裝袋。余樂無奈地彈了下它的外殼，將剩餘的魚乾全取出來，包裝丟給撒嬌的鐵珠子。

「我吃不下了，你吃辣嗎？」看鐵珠子美滋滋地細嚼慢嚥，余樂轉向後排的康子彥。那小孩看起來還挺乖的，他不介意放下點隔板，塞點魚乾給他吃。

「我……我不太敢吃味道太重的東西，謝謝叔叔。」康子彥禮貌地拒絕。

「哦哦。」余樂無所謂地轉過身。

正在忙著找地方放魚乾的余樂沒有注意到，原本開心咀嚼塑膠包裝的鐵珠子停住動作，朝後排看了兩眼。

「嘎？」它迷惑地低叫一聲。

隊伍另一半的睡眠品質就不怎麼好了。

戰爭、疼痛加上帶血的歡愉，阮閑的精神非常亢奮。然而考慮到附近盤旋不去的探測鳥，他只能佯裝熟睡，然後差點被追上來的小照一刀扎上脖頸。

如果他沒有立刻反應過來，那一刀足以要他的命。

「厲害了啊，小唐。」攻擊失敗，小照頗為遺憾地收起刀子。「在這種環境都做得下去？以前你可是連一個人撿柴都不敢。」

康哥則倚在附近的樹上，上下打量他們，目光在唐亦步的背包上停留許久。「說不定是因為小阮足夠強呢。」

唐亦步正將壓縮餅乾切成方方正正的小塊，順便不知道從哪摸了幾顆鳥蛋，用緊急加熱裝置煮著，顯然對兩夫妻的話題沒有多少興趣。

阮閑將外套釦子扣上，伸了個懶腰。儘管他們的臨時同伴腦筋不太正常，破壞了些許氣氛，清晨的樹林總是讓人愉快——金紅色的陽光從樹葉縫中落下，晨霧沒有散，空氣微涼清新。悅耳的鳥鳴讓人神清氣爽，整個環境給人一種安靜祥和的錯覺。

「阮先生，早餐。」唐亦步將煮好的鳥蛋和分好的壓縮餅乾放在寬闊的葉片上，又從灌木裡掏出顆椰子，規規矩矩地用刀開了口。

「今天我們就能到圍牆那邊。」康哥打了個哈欠，「要有什麼需要殺的，或者不能殺的，趁早說。」

「探測鳥不用清理。」唐亦步這才抬起頭，低聲說道。「戰鬥中也就算了，現在再清理會引起管理區的警惕。」

「嗯……」小照聽起來萬般不情願。

「如果遇見裝甲越野車，車上很高機率是我們的同伴，請不要直接攻擊。」

「聽見了嗎親愛的！裝甲越野車！」這話大概起到了反效果，小照的眼睛霎時閃閃發光。

「我想要裝甲越野車！我們可以把它改造成我們的家——」

「確實不錯。」

唐亦步沒再說什麼，他將一小塊壓縮餅乾放入口中，遮住了嘴角一點點笑意。

阮閑甚至能聽到那仿生人腦袋裡思維轉動的聲響——小照和康哥在島上生活數年，又精於搜索和追蹤，必然不會放過這麼塊肥肉。利用那對夫妻去找余樂他們，自己這邊只需要跟在後面就可以，不需要暴露任何能力。

然而就在這一刻，阮閑再次感受到了他人的視線。不過這次的被窺視感弱得多，他也能夠分得清它的來源——

就在他轉過頭時，康哥還沒來得及收回視線。

對方看過來的視線尤為意味深長。

有意思。阮閑假裝沒有察覺，自然地扭過頭，用刀削下一塊椰子肉，送到唐亦步嘴邊。

「**張嘴，亦步。根據劇本設置，我可是被你迷得七葷八素的那個。**」康哥的異常並沒有破壞阮閑的好心情。

他不會欺騙自己，最近每次看向唐亦步，他的心情總能輕快些。那份感覺不算甜蜜或著迷，更像是一種天生的吸引。阮閑不在乎那是不是廣義上的「愛」，他也不在乎。

只要它給自己帶來的積極影響大於消極影響，他就認為它是。

它讓他不再那麼頻繁地思考死亡相關的問題。

唐亦步開心地將椰肉吃了下去，刀尖掠過柔軟的嘴唇。阮閑將刀子收了回來，笑得非常燦爛。

「**走吧。**」他用耳釘無聲地傳訊，「**盡量在今天日落前和余樂他們碰頭。**」

唐亦步有點心不在焉，阮閑能看得出來。

自從得到了裝甲越野車的情報，小照和康哥像是對他們失去了興趣，自顧自地開始在林中追蹤。

為了不引起那對瘋狂夫妻的警惕，阮閑和唐亦步遠遠跟在後面。夫妻兩人繞著附近其他勢力的周邊轉，可能是在判斷有沒有車子被其他人先下手弄走的痕跡。

這番舉動給了他們不少便利，阮閑能夠藉機一探其他勢力的究竟。事實上它們的狀況和他猜想的差不多——聚集之處猶如夢境的凝結，無數不自然的東西在營地裡堆積。然而人們似乎不認為哪裡有問題，那些扭曲發霉的毛絨玩具山或者古怪植物彷彿只是普通的裝飾。

人的適應力總是驚人的。

阮閑不至於被屍體或者軀體碎塊嚇到神志不清，他對那些腐爛發臭的東西也沒有半點崇拜或者迷戀，萌生的情緒更接近抗拒和警惕。當看到其中一個營地邊緣的花園時，他甚至有點久違的心理性反胃。

赤紅的泥土之上長著一株株鳳梨樹似的植物。葉片灰青，本來該結果實的地方長著一枚類似於心臟的東西，它的尖端朝上，不斷搏動，新鮮得像剛從胸腔中取出。

這片園地裡橫著一隻守衛，他們只能看到牠露出一段滿是皺褶，人類似的皮膚，以及無數隻不知道更像人類還是獸類的腳。那東西很長，軀體粗得像油桶，在植物灰青的葉片下像蜈蚣一樣爬動。

阮閑並不是很好奇這些東西在現實中是什麼，他只想離這邊稍微遠點——就算不畏懼死亡，他也不想死在這麼噁心的玩意附近。

手機還在唐亦步那裡，那仿生人的好奇心一向過分旺盛。阮閑本以為唐亦步會偷偷摸出手機，愉快地一探究竟，可唐亦步只是雙眼放空，一看便知道是在走神。

阮閑大概清楚對方在想什麼，唐亦步九成九在考慮阮教授的事情。

唐亦步不算多麼安靜的類型，但話也不會多到聒噪的地步。那仿生人平時最喜歡擺出無害又無辜的模樣，精力旺盛地四處探尋，心裡的小算盤打得比誰都響。之前他不是觀察四周，就是觀察阮閑自身，阮閑甚至還滿享受那種和對方互相試探、針鋒相對的感覺。

可眼下對方的注意重心出現了偏移，一絲沒有道理的不快悄悄從腦海裡浮出。

阮閑向來不介意主動出手。

「不覺得情況有點奇怪嗎？」他沒有出聲，只是伸手精準地抓住唐亦步的手掌，拉著對方前進。

唐亦步的視線焦點轉移到阮閑臉上，金眼睛亮了亮：「阮先生？」

「一開始看宣傳，阮教授扮演的是一個致力於救助人類的角色。他在不少培養皿埋下火種，確保還有人傳遞世界的真相。」

唐亦步輕輕點了點頭。

「可那樣是無法獲勝的。」阮閑的觀點非常現實。**「只清楚真相，沒有相應的能力或者反抗資本，知道和不知道的差別並不大。哪怕想要慢慢招收培養皿內有反抗意識的人才，和主腦的武裝力量比起來，那點新增血液也不值得一提——無論理想多麼『正確』，人和主腦間的實力差距不是靠熱血就能填上的。但凡主腦察覺到問題，直接更新培養皿就可以了，它有那個能力。」**

那仿生人沉默地注視著阮閑。

「訓練培養皿外的反抗軍，製造像你一樣的新人工智慧，才更像解決問題的辦法。但阮教授還是非常認真地培養火種，從這個行為上看來，他似乎是個偏理想主義的人。」

「或許是這樣。」唐亦步的答案模稜兩可。

「但如果他眞的從玻璃花房離開，轉移到這座島上……就算沒有充足的物資，也應當有改變現狀的能力。這個仿生人秀場的實際參與者大部分都是人類，這點毋庸置疑。只要願意耗費一點心思，完全可以讓這個秀不那麼殘酷——玻璃花房那邊要的是新鮮和刺激，但這些並不是一定要殺戮才能提供。」

阮閑彎彎嘴角。

「阮教授的理想主義，似乎在這裡徹底消失了。這是第一個讓我感覺到奇怪的地方。」

「第一個？」

「第二，就算有秩序監察不斷搜捕，反抗軍只因爲總部被抄就一蹶不振，這也不太合理。作爲反抗軍的組織者，身體狀況不佳，阮教授不可能沒考慮到自己意外身亡的情況。如果換作是我，成立反抗軍的第一時間就會做好相應的備用計畫——把雞蛋全放在同個籃子裡，那是懶人或者賭徒，不會是領導者。」

幸虧自己當初沒猶豫，換上了新耳釘，阮閑不再需要一個詞一個詞地說出口。

「涂銳這個人也讓我覺得很有意思。反抗軍出來的精英，剛好在廢墟海混成了頂級勢力的領袖，又剛好知道關於阮閑的確切情報？我們都接觸過這個人，也看到了他對余樂的態度。你覺得他像是會因爲事態不妙就主動放棄的人嗎？」

「……」唐亦步的表情沒有很意外。

「第三，阮教授對於玻璃花房的『失望』。」阮閑還在繼續。「我不否認他的失望，但作爲曾經的領袖，因爲失望就放棄有點可笑，戰爭不是小孩子玩家家酒。

「他和范林松的爭吵也讓我非常不解，不論發現了怎樣的眞相，一個人不管不顧地離開總部不像他的行事風格。一個人的性格沒有那麼容易改變，就算范林松背叛或者利用了他，

阮教授無論如何也該帶走些忠於自己的勢力。」

「理論上他有完全放棄的可能。」

「**完全放棄、容易被情緒左右的阮教授，在抵達玻璃花房時又神奇地變回理想主義者，繼續散播火種？當然，那些空白的時間裡可以插進各種解釋，但作爲一個自認爲是阮閑的人，我覺得這一系列的活動不太自然。你應該多多少少也察覺了吧？**」

所以唐亦步才會那樣不安，少見地將消極的安排分享出來。

「情報缺失嚴重，可能性太多，我沒辦法確定。」果然，唐亦步的腦袋垂了下去。

「**我的看法是，這一切不可能是所謂的放棄表現。他絕對有留一手，但我還不清楚是怎樣的一手。**」

阮閑往語氣中加了幾分篤定。

「**既然他有阮閑這個名頭，又能在研究所順利待下去，就算不是眞貨，也極有可能是阮閑的複製人——他不會那麼沒用。**」

這一回唐亦步看過來的視線有點複雜。「說到爭吵這件事，如果是你，你會怎麼應對身邊人的背叛？」

「**看情況。我不會信任任何人，通常不會有背叛這個概念在。但如果你指的是傷害行爲……**」

阮閑握緊唐亦步的手，跨過面前包裹著黑色黏稠液體的樹根。

「**范林松那種等級的，弄清楚原因後丟掉就好，報復也沒什麼意思。但如果對象是你——**」

唐亦步被握住的手指動了動，阮閑將它們攥得更緊了些。

「**如果是你，我會弄清楚原因，然後把原因毀掉。**」

「我果然不太明白。」唐亦步的目光越發複雜。「我們彼此間的傷害行為不算少了，你到底在說什麼？」

提防、懷疑、擺在明面上的利用。這些通常意義下的「傷害行為」明顯存在於他們的關係中，唐亦步的質疑的確算不得錯誤。阮閑想了想，發現自己也很難概括心裡新鮮的感受。

只要在某個人面前能夠展現真實的自我，偽裝就從埋進肉裡的刺變成了略嫌沉悶的盔甲。飄在半空的氣球掛上樹枝，雨燕落到巢穴之中。

他想要留住那根樹枝，藉此得到一個歇腳的地方。

「**沒什麼。個人定義，你不需要勉強理解。**」

唐亦步眼裡的好奇都快溢出來了，在阮閑回絕的剎那，本來有點喪氣的仿生人一瞬間有點氣鼓鼓的。

「我會考慮你的意見。」等了半天，發現阮閑真的不打算繼續這個話題，唐亦步只好有點委屈地回應。

見唐亦步恢復了平常的樣子，阮閑的好心情又回來了。他們遠離那片古怪的營地，轉而向樹林深處前進。

「**說起來，你安排了什麼指令給π？**」他決定換個輕鬆點的話題。

「遠遠跟著我們。」唐亦步不情不願地答道，顯然還在糾結阮閑剛才的話語內容。

「……**可是我沒有在附近感覺到它的氣息。**」

「……」

此刻的π格外愜意。

季小滿在為鐵珠子準備的應急駕駛位置裡墊了層軟墊，旁邊又支了個裝滿零件的臨時夾子。鐵珠子舒服地窩在軟墊上，慢悠悠地咀嚼零件，享受著車輛小小的顛簸。

它吃飽睡，睡飽吃了好幾回。

余樂對它的廢物姿態相當不滿，可惜眼下他沒有精力再計較這些東西。天已經亮了，他本來想遵守約定將兩個孩子送出森林中心，省得兩個小傢伙在路上被機械生命襲擊。

然而他在樹林裡繞了接近兩個小時，硬是沒找到路。眼看著後座兩個孩子的表情越來越警惕，坐在副駕的季小滿目光越來越嫌棄，余樂接近爆發邊緣。

「這地方有問題！」他咬牙切齒地捶了下方向盤，「廢墟海的情況比這噁心多了，老子也沒迷路過！」

季小滿乾咳一聲，金屬手指點點方向盤旁邊的手機。余樂明白她的意思——有這東西的輔助，他們應該不可能被誤導。

「我還是覺得哪裡不對勁。」余樂斜了眼慵懶享受的鐵珠子，又瞄瞄眼前的路。「小奸商，幫我看著四周。」

「嗯。」

「嘎嘎嘎！」被余樂抓起來的鐵珠子不滿地尖叫，語調聽起來有點像在罵人。

可惜曾經的墟盜頭子顯然心狠手辣，明確無視了鐵珠子的尖叫，眼看著就要把它帶到車外。鐵珠子一瞧大事不妙，開始在余樂懷裡亂蹭，聲音也瞬間軟了下來。

「嘎……」

余樂冷酷地哼了聲，用金屬鍊將它牢牢綁在車頭的裝飾上，隨後拍拍屁股跳上車。

季小滿：「……」

她迷惑地看著余樂發動車子，朝車前一棵粗壯的樹撞去。一時間，鐵珠子的慘叫聲幾乎要劃破天空。余樂見狀漂亮地在那棵樹前剎住車，又轉向另一棵。

這回鐵珠子沒有叫。

雖然手機螢幕上明確顯示出了樹的模樣，但他們連人帶車就這樣直直地穿了過去。

「果然。」余樂嘖了聲，「這地方就是有鬼。」

季小滿一時間不知道該作何感想。

直到那棵古怪的樹被他們甩在腦後，她才「啊」了一聲。

「嗯，我就知道妳懂。我們在廢墟海養這玩意本來就是為了警戒。」

余樂朝被綁在車頭的鐵珠子揚揚下巴。

「島上的機械生命有沒有被改造我不清楚，但這傢伙是純天然的。它的腦子太簡單，反而不容易被影響，對危險的嗅覺也不錯。」

作為經驗豐富的機械師，季小滿清楚其中的原理。鐵珠子的族群從視覺系統到思維系統都比較原始，智商大概在貓和狗之間。而感知混淆是個精細程式，如果這種簡單生命沒有被改造，很難被騙過去。

就像最新型的病毒可能不適用於早就被淘汰的系統。

她再次看向余樂手邊的手機，後背一陣發涼。

「看來除了還能正常對話的我們，別的什麼都不能信。」余樂用眼神掃了眼車後座，「我們被騙得還挺慘。」

「把鐵珠子弄進來吧。」季小滿嘆了口氣，「這招肯定被察覺了，我們接下來聽到的叫聲也未必是真的。」

余樂煩躁地撓撓頭，將車頭綁著鐵珠子的鍊子解開。他剛解開的那一秒，鐵珠子便嘎嘎大哭著衝進車內，再次撲向季小滿。

這次季小滿成功接住了它。

「現在我們甚至不能確定這玩意是不是進來了，對吧？」

「我有辦法。」季小滿把鐵珠子專用駕駛座上的軟布扯掉，「讓它來開車。」

「妳剛剛還說它的智商不如狗——哎喲！」余樂話還沒說完，就被鐵珠子狠狠咬了口。

「和它比起來，現在的我們連金魚都不如。」季小滿在防毒面具後翻了個白眼。「我當初說過的吧？格羅夫式 **R-660** 生命體定位能力和集中力都很強，也有人用它們當輔助駕駛。我做這個輔助駕駛器可不是給它當窩的。」

前後座間的隔音系統被開啟，兩人誰都沒有看向後座。

他們並不知道後座兩個孩子的真實身分，貿然行動容易招致懷疑。一向膽小的鐵珠子在車上很放鬆，代表車後座的兩人至少看起來並不危險。

他們得繼續假裝才行，後座的角度看不到手機，他們可以先假裝被普通的誤導騙過去。

余樂甩了甩被鐵珠子咬痛的胳膊，鬆開方向盤，手心滿是汗。

鐵珠子在季小滿懷裡蹭了蹭，心靈創傷終於回復了些許。季小滿又弄了點摻著稀有金屬的零件餵它，打了一堆手勢，它才磨磨蹭蹭爬上駕駛位，將四條小腿固定在對應的加固器上。

「嘎！」坐穩後，它朝余樂沒好氣地叫了聲。

余樂抱起雙臂，把椅背放低了些，然後又把安全帶繫緊。在鐵珠子的控制下，裝甲越野車再次發動，開始在森林中行進。

這玩意的駕駛風格還挺有趣，余樂摸摸下巴。接上輔助駕駛器的一瞬間，車輛本身像是變成了它的新外殼，鐵珠子 π 把車操控得相當靈活，而且越開越興奮，嘎嘎嘎的叫聲漸漸變得像在唱歌。

沉重的裝甲越野車像是變成了活物，在林中自由穿梭，速度時快時慢，但好在車還算穩。

「手機的事情，妳怎麼看？」鐵珠子唱得正歡快的時候，余樂低聲發問。

「好的可能是，正在關注我們的人找到了破解螢幕顯示的方法，我們只是被擾亂了感知……或者單純只是擾亂感知的技術升級了。」季小滿雙手握拳。

「不那麼好的可能呢？」

「……應該得和唐亦步他們碰頭後才能確定，現在說出來只會讓你不安。」季小滿的金屬手指被她握得嘎吱作響。

余樂沒再追問。季小滿不是什麼都不懂的傻丫頭，她是個真正的戰士，不會在重要問題上吞吞吐吐。如果季小滿認為沒必要現在說，他也不打算因為好奇心而反對。

「那就讓我們離開這個鬼地方，先把這兩個小祖宗送下車。」

余樂從食物箱裡摸索半天，摸出一盒樹莓奶油餅乾，丟給季小滿。

「趁這個機會，我先睡一下。小奸商，好好把風。」

鐵珠子在輔助駕駛器上扭著身子，裝甲越野車越跑越快。灌木的葉片和低垂的樹枝不斷敲打車窗，余樂倚上椅背，在噠噠的敲擊聲中慢慢合上眼。

他的一隻手藏在衣服底下，緊緊握著一把槍。

「找到了。」幾公里外，小照用腳尖碾著胎痕，聲音很是歡快。

他們漸漸遠離了被感知干擾產物包圍的營地，周圍的景物開始變得相對正常。風還沒有來得及把草地吹平，地上的胎痕清晰可見。小照個頭偏矮，但身材結實，就算背著巨大的背包，從背後看去也沒有那種搖搖欲墜的疲憊感。

「看樣子是遇到了敵人。」

康哥捻起一點草根處褐色的土，嗅了嗅。小照則蜘蛛似地俯下身，在地上亂扒一通。

「對方應該用過類似輕型火箭炮的武器，味道現在還留著呢。」

「我這邊也沒有下車的痕跡……小唐，你的同伴不錯嘛，一定要幫我介紹一下！」

小照興高采烈地表示，用戴著手套的手撥弄著邊緣鋒利的草葉。

「親愛的，你看看這邊翻出來的草根——他們肯定還沒走遠！我們趕緊去呀，不然那些人肯定會繼續耗費車上的物資，那可是我們未來的家！」

她說著，哼起跑調的曲子，嘴裡嘟嘟囔囔：「是裝修成中式風格呢，還是簡約風格呢？新鮮的裝甲越野車，刮掉鱗，弄乾淨內臟，能烤出一棟好房子……」

「小唐，現在你們可得走到前面了。」康哥則笑咪咪地轉向阮閑和唐亦步，「胎痕這麼明顯，就算是你也能找得到吧。我和小照辛苦這麼久，也該休息一下了，你說呢？」

「是啊是啊。」小照不知道什麼時候又繞到唐亦步背後，用刀尖戳著他的後頸。「小唐走前面！反正你也是在利用我們嘛。」

說罷，她收起刀，愉快地蹭到阮閑身邊，漂亮的眼睛睜大，神經質地盯著阮閑。

「小阮我跟你說，男人的話都不能信。小唐之前可是出了名的愛利用人，他對你肯定不是真心的。要不要我幫你殺了他？受了委屈說一聲就好。」

阮閑朝她禮貌地笑笑，搖搖頭。下一秒，原本還在小照手裡的刀被他瞬間奪過，刀尖在小照頸側劃開一道細小的傷口，一點點血滲了出來。

「不識好人心！」小照尖叫一聲，癟著嘴搶回刀子，磨磨蹭蹭地回到康哥身邊。她架起丈夫一條胳膊，隨後鑽進對方的懷裡。「看來我們的新房子裡沒辦法養寵物了，他會咬人。虧我還挺喜歡他的樣子。」

「沒事，等房子修好，我們去別的地方抓一隻。」

「嗯嗯。」

唐亦步無視了那對吵吵鬧鬧的夫妻，走到阮閑身邊，指指地上的胎痕。「我剛剛看了一下，他們的分析沒錯。阮先生，位置？」

一如既往，唐亦步沒有猜錯。在發現胎痕的那一刻，阮閑就打開感知，開始探索周圍的異常。S型初始機的探測範圍極大，在這種情況下反倒幫了忙——就算有人特意盯著他們進行感知干擾，也不會連幾公里外的狀況都專門作假。

阮閑能察覺到一個大小、聲音都和裝甲越野車差不多的目標。不過奇怪的是，它的前進方式十分怪異，比起車輛更像是活物。S型初始機無法給他透視功能，阮閑一時間也不知道那玩意是車還是某種生物。

但它的確是方圓幾公里外最接近裝甲越野車的目標，方向和胎痕也能對上，值得一探。

「順著胎痕走。」阮閑給出了回應。**「我聽到了枝條打到車窗玻璃的聲音，與樹叢摩擦的情況也對得上車輛大小，只是前進方式有點奇怪。」**

可能是余樂有點自己的想法，或者單純遭到襲擊，腦子不清楚。

唐亦步點點頭，兩人裝模作樣地順著胎痕前進。走了沒幾步，唐亦步朝地上的胎痕瞇起眼，隨後握住了阮閑的手。

手心傳來的觸感溫暖微癢。

那仿生人又開始在自己的手心裡寫字，後面兩個人隔得夠遠，唐亦步其實完全可以像以前那樣壓低聲音。

他們在島邊緣的時候簡單談過些敏感話題，那道注視卻未曾改變，他們都知道對方極有可能聽不到他們的對話內容。既然唐亦步又開始玩這套，想必即將傳達來的資訊非常重要，重要到不能出半點差錯。

阮閑垂下目光，仔細感受那些筆畫。得到資訊後，他抬起頭，看向被枝葉遮蔽得差不多的天空，臉上的笑意沒有消失。

就該這樣。他想，勢均力敵才有意思。

如今他幾乎可以確定，那道視線的主人就是阮教授本人。本來被雲霧隱藏的棋盤漸漸清晰，這回他的對面並沒有坐著唐亦步——如今的狀況看來，他更像是脫離棋盤，在唐亦步耳邊密語的那個幽靈。

而那仿生人對面的棋手已經露出了大致的輪廓。

「我同意你的看法。」阮閑透過耳釘回應道。**「只不過我還剩下一個問題……當初S型初始機可能在研究所廢墟的消息，你到底是怎麼得到的？」**

「以及A型初始機毀滅的詳情，我也想知道。我們還要走一段時間，好好跟我講講吧，亦步。」

島中的地下設施內。

「怎麼樣？」阮教授仍然站在金屬橋梁邊，手裡端著杯子。杯子裡的熱可可正蒸騰出水氣，上面浮著幾塊白色的棉花糖。

端杯子的手上戴有薄薄的手套。

「他們快會合了。」線路外露的仿生人回答。它的身體和人類相差甚遠，沒有任何仿生組織的痕跡，堅硬的塑膠和輕金屬外殼暴露在外，比起人，它更接近一副骨架。

「很好。」阮教授轉過身。

他沒有穿白色的外套，而是隨意地套了件深灰色的高領毛衣，筆直地站著。和市面上殘餘的宣傳資料中不同，他的身形不再枯瘦，臉也不是經過初步治療的僵硬模樣，無疑是主動修整過。

這番修整讓他看起來比四十歲稍稍年輕一點，稱得上英俊儒雅。

「NUL-00身邊的年輕人，查出什麼了嗎？」

「自稱紅幽靈的一員，最早的目擊是在廢墟海那邊，用了『阮立傑』這個名字。」

「阮立傑？有意思。」阮教授抿了口熱飲，「繼續查。」

「請求聯絡樹蔭避難所。根據目前的線索，他們很可能也在關海明先生那裡待過——」

「不。」阮教授徑直打斷了那仿生人的報告，「不用聯繫海明，從地下城那邊著手。」

「那樣效率會……」

「按我說的做。」

「是。」

「查的時候小心點，地下城那邊主腦的監控程度不低。」阮教授嘆了口氣。「NUL-00是計畫的重要部分，絕對不能有任何閃失。」

CHAPTER 56 夢中夢

太陽挪到了西方的地平線邊，夕陽的餘暉雖然美，卻也使得林子裡暗了許多。

在鐵珠子的引導下，車輛的挪動和顛簸減緩不少，大概是過了林中樹木相對稠密的地區。余樂伸了個懶腰，下意識活動兩下脖子，拍了拍鐵珠子的殼。

鐵珠子幾乎是回頭就咬，好在被季小滿及時按住。

「它還在生你的氣。」她小聲說道，「等到明天吧，它多睡幾覺就能忘得差不多了。π，停車。」

車輛來了個急停，如果不是繫了安全帶，這一下足以把駕駛座上的兩人甩出窗戶。余樂咕嘟咕嘟灌了半杯水，隨後抹抹嘴，狀似若無其事地轉過身：「行了，這個地方離管理區夠遠了，你們兩個也差不多該回去了。」

蘇照和康子彥都醒著，嘴角罐頭的湯漬和衣服上的塵土都分外真實。兩個孩子眼睛亮亮的，雖然沒有那種無憂無慮的純真，但也還帶有小孩子特有的懵懂氣質。一想到這可能是被捏造的假像，余樂有點不開心。

「下車。」他說。

兩個孩子對視一眼，沒有反對。康子彥蹭到車門邊，剛打算打開車門，變故突生——

車頂傳來劇烈的衝擊，控制車子的鐵珠子嚇了一跳，迷迷糊糊地亂動，沉重的車子差點開始原地打轉。余樂不客氣地一巴掌把它從輔助駕駛器上推下來，自己再次握緊方向盤。

嗅到了危機的味道，鐵珠子沒再和余樂堵氣。它嚇得屁滾尿流，直撲到余樂和季小滿的空隙間，把自己固定得牢牢的，假裝自己只是車內的球狀裝飾品。

余樂沒猶豫，直接發動車子，短距離來了個甩尾——按照那衝擊的重量來看，來襲的傢伙不重，至少不如一個成年男性重。他們如果謹慎對待，說不定還有機會。

不知道和後座那兩個孩子有沒有關係。

「小奸商，坐穩了！」余樂喝道，又來了次角度更刁鑽的甩尾。

一個人影終於從車頂躍下，年輕的女人跳到車前，笑著張開雙臂，像是要擁抱面前的龐然大物。

「我們的家。」她沒頭沒腦地說，掏出把槍，眼看就要向駕駛座射擊。

那是個模樣相當端正的女人，五官輪廓有點奇妙的眼熟感。她不算豔麗的類型，但是勝在清爽可愛，舉手投足透著旺盛的生命力。只是那雙大眼睛盛滿不正常的熱情，硬是破壞了原本不錯的氣質。

是敵人。

余樂沒有遲疑，直接踩上油門，去碾攔在車前的女人。不管那是不是幻影，他們沒有多少猶豫和分析的時間。

「我出去應付。」季小滿伸手去解安全帶。

「不行。」余樂語調強硬下來。「我再探探，我不信這麼一個人敢獨自來攔我們的車。她的同伴搞不好在埋伏。」

「可是——」

「活下來才是第一順位。」余樂再次猛轉方向盤，「我們不是朋友，也不算真正的同伴，只是結伴一起走。我不對妳負責，妳也不需要對誰負責。」

季小滿沒再開口，她摸了摸一側的機械臂，義肢上彈出的刀刃閃閃發光。

「停車停車！」對面的女人輕巧地跳上車頂，雙手在嘴邊圍成喇叭狀。「我不想把車弄壞，你們如果再不停車，我們就殺了你們的人。」

說罷，她像野鹿般跳到一邊，余樂順著她的行動方向瞧了眼，臉上的肌肉抽了抽。

唐亦步被綁得牢牢的，一個男人站在他身後，用槍頂著他的後腦。阮立傑也被捆了起來，躺在離唐亦步一兩步的地方，像是已經暈了過去。

「救命——！」唐亦步喊得格外真心實意，語調裡的淒涼和恐懼都恰到好處。

要不是知道那傢伙能一個人擺平地下城邊緣的小基地，余樂簡直都要信了。他扶住額頭，拽住有點緊張的季小滿，輕輕搖搖頭。

只有π被騙了個徹底——看到唐亦步的瞬間，鐵珠子不再裝死，開始彈跳著撞車窗玻璃，嘴裡嘎嘎尖叫。

「求你們下車吧。」唐亦步還在賣力表演，「小阮被他們弄傷了，需要治療……」

「看來是沒什麼事。」季小滿鬆了口氣。

唐亦步從來不會稱呼阮立傑為「小阮」，他只會叫對方「阮先生」。

「下車嗎？」她轉向余樂的方向。

「下去吧，看看他們在玩什麼花樣。」唐亦步是他們的重要戰力，阮立傑的技術也不可或缺。不說找阮閑的事情，這兩個人能大幅度提升自己的存活率，自顧自離開不是什麼好主意。

而且余樂懷疑如果他們遲遲不回應，唐亦步真的能入戲到哭出來，現在那仿生人的眼眶已經紅了。

「別衝動！車裡還有孩子！」余樂放開方向盤，用最快的速度將手機裝進口袋，隨後舉起雙手。「我們投降！」

「孩子？」女人挑起眉，「我瞧瞧。」

余樂咧咧嘴，心跳得有點快。他打開了前後車門，眼睛一眨也不眨地盯著看向後座的女人——被感知干擾的他們無法找出那兩個孩子的問題，說不定這個陌生的敵人可以。

「……是你們啊。」女人嘟囔一句，語調不冷不熱。

兩個孩子警惕地看著她，兩隻小手牽得緊緊的。這不是自己料想中的反應，余樂微微蹙起眉。

「算了，都下車。」她撓撓頭，「不關我的事。」

余樂和季小滿對視一眼。各自保持著舉起雙手的姿勢，從前排慢慢挪下。

「真好。」女人吻了一下車門，「和小唐出門冒險，還能抓到這麼棒的獵物。」

下了車，他們能清楚地看到娃娃頭的頂部。另一邊的建築上空還在飄灑紙屑。太陽即將下山，車外的空氣有點冷。

余樂僵硬地看向盡職盡責的唐亦步，試圖用眼神要個說法。鐵珠子比他更快——π徑直衝向唐亦步的腳後跟，嗷地一口咬了上去，不過看樣子沒有用太大力氣。

那個用槍頂著唐亦步的男人打了個響指，幾隻立方體電弧器從他的背包中飛出，在四人周邊停住，隨後閃爍起刺眼的電弧，將彼此連接起來。四個人就這樣被幾圈電弧牢牢困在原地。

隨後四隻盲蛛似的小型機械從電弧空隙中擠進來，爬到余樂和季小滿的手腕上，將機械腿牢牢收緊，兩兩吸附，變為堅實的手銬。

「裡面有罐頭！」女人在車前排的儲備箱裡亂翻，「親愛的，你要罐頭嗎？」

「小照，別太著急。妳來看著他們，我探探有沒有陷阱。我可不想讓自己的寶貝被炸傷。」

「你們在搞什麼？」趁敵人注意力轉移，余樂從牙縫裡擠出一句。他試圖掙脫手腕上的束縛，但那東西比電子手銬還結實。

「快了。」唐亦步沒頭沒腦地來了一句，眼睛盯著那兩個孩子。

「你能看到他們啊。」余樂鬆了口氣，「媽的，這一路可嚇死老子了。現在我沒心情聽你賣關子，什麼快了？」

「手機有點不對勁。」季小滿的重點則在別的方面。

「有些影像對不上，對不對？」唐亦步還在看那兩個孩子。

「是的，他們的感知干擾技術可能進步了。」季小滿倒不是很在意手腕上的束縛。

「不，並沒有。」唐亦步臉上的焦急和恐懼早就無影無蹤，「殺雞不需要牛刀，我和阮先生做過一些實驗，技術和我那個時候相比沒有太大的改變。」

考慮到感知干擾的對象沒有變化，主腦沒有在這方面浪費研究資源的必要。它可能會提高干擾精度，提升干擾效果，卻不需要無緣無故大改基礎邏輯架構。不過出於謹慎，這一路上他們還是利用S型初始機的感知極限驗證過不少次。

那對夫妻肯定開了罐頭，唐亦步羨慕地嗅了嗅空氣中桃子的甜香，而後繼續思考。

既然技術方面沒有改變，那麼余樂那邊的狀況就很耐人尋味了。看胎痕的痕跡，他們在同一片區域繞了挺久的圈。

那片地方非常接近管理區。余樂和季小滿都不是沒有把握就往火坑裡跳的類型，至少去的時候手裡肯定有手機。隨後他們又向遠離管理區的地方行動，出現了這樣的狀況，手機因故毀壞的可能也可以排除——如果真的完全失去探路的能力，最保險的方法是留在原地，等待自己和阮先生去找。畢竟那輛車是不錯的資源，他們不會簡單地放棄。

在阮先生第一次發現車子的時候，車子的行動模式很是古怪，八成是π在操縱，這又排除了他們被人俘虜的可能。

那麼可能性只有一個，余樂和季小滿遇到了什麼人，因為某些原因而暫時離開管理區。恰好在這麼個地方遇到可以讓余樂和季小滿救助的人，然後被引領到管理區和仿生人秀主舞臺兩不沾的空蕩地區。在小照襲擊前，他們剛好停車，現在想來，應該是要讓那兩個小乘客下車。

所有事情太過湊巧，就像是被誰策劃好了一樣。

看來不久之前阮先生的猜測很可能是正確的，阮教授在試探他們。只不過阮先生還不清楚自己的真正身分──算上 NUL-00 這一層，阮教授的試探更加合理。

自己成了什麼模樣，又是在和怎樣的一群人在一起行動。這些都是極好的研究資料，對方不可能放過。大體狀況、行為模式、目的……這些恐怕都在情報收集的列表之中。

「如果是我，等隊伍會合後，下一步會進行集中攻擊。」就在一個小時前，阮先生這樣表達過。「余樂和季小滿恐怕也正被監視。和康哥、小照的合作，包括用車當誘餌，八成都在阮教授的預料之內。他在引領我們聚集在一起，亦步，既然你研究了這麼久人類，你應該清楚……」

「……沒有比『危機考驗』更能看清一個人的方法了。」

那麼接下來只需要確認一件事。

「余哥，那兩個孩子告訴過你他們的名字嗎？」

「康子彥和蘇照，怎麼突然問這個？」

唐亦步看了眼被夕陽染成暗紅的天空，而後閉上眼睛，開始與π交流。

「**攻擊那兩個孩子**。」

然而鐵珠子那裡傳回來的只有模糊的困惑，它甚至沒有轉向那兩個孩子所在的地方。果然如此，唐亦步心想。對方已經把棋盤擺好，等待自己下出意料之中的那一步。

他沒有猶豫，迅速掙脫繩子，用最快的速度拔出余樂腰間的槍，朝兩個孩子的頭顱射去。

沒有腦漿四濺的情景出現。

兩個孩子的頭顱霧一樣缺了一塊，無數斑斕的色彩開始從缺口冒出，撲向天地。如同在清水中渲染開的顏料，他們眼中的世界一下子變得一團糟。色彩的爆發中，他甚至無法分清上下左右。

「這他媽的怎麼回事?!」一片混亂中，余樂的聲音裡滿是震驚。

「那兩個孩子從一開始就不存在。」唐亦步低聲回答，一隻手摟住還在裝暈的阮先生的腰。「非常聰明的做法。」

「我操，你別嚇我。」

「真正的康子彥和蘇照是挾持我們的人。」唐亦步沉穩地回應。

「那……那兩個小鬼到底是什麼情況？」

「被阮閑捉住的『漏洞』。」

等色彩的狂歡終於穩定下來，幾步外的裝甲越野車不見了，鐵珠子還在試圖啃咬唐亦步的腳後跟。他們腳下不再是濕潤的草地，而是冰冷堅硬的磚石。這棟建築已然破敗不堪，不遠處的地板縫隙裡甚至生出了一棵樹苗。

本來用於束縛四人的電弧牢籠失了效，用於構建牢籠的小型機械落在地上，滿是鏽痕。唐亦步第一個站起身，他快速解開阮閑身上的繩索，而後快速拆除余樂和季小滿手腕上的束縛。

「小唐，解釋。」余樂揉了揉手腕，斜眼看向不遠處的小夫妻——兩夫妻各拿了一罐開了口的黃桃罐頭，正有說有笑地吃著，似乎對環境的突然轉換毫不在乎。

他又環視一圈，到處都沒看到那兩個孩子的蹤影：「……那兩個孩子算什麼漏洞？」

唐亦步摸著下巴沉思片刻，挑了個容易解釋的說法：「你們應該聽過『夢中夢』這回事。」

余樂和季小滿點點頭。

「這座島的狀況和夢境很像，本質是將資訊直接作用於腦部，引導感知。將人類清醒的感知定義為現實，那麼被感知干擾後的世界和聯合夢境沒有太大區別。差異也有——作夢的人不需要移動，而我們所處的環境更像是被夢境覆蓋的真實世界，身體還是需要正常活動的。」

這回余樂明顯聽懂了，他皺起眉，沒再說話。

「但是有人在『現實』和『夢境』之間又加了一層感知干擾。」唐亦步比了個手勢，「手機觀測的方法並不是失效了，只是對手的觀察和計算能力更強大。觀察者能夠根據手機的角度、運動和濾鏡調整，即時計算出來顯示結果。」

這樣幻覺可以被塑造得天衣無縫，就算計算能力強如自己和阮先生，也很難一下子發現破綻。

季小滿點點頭：「也就是說……從那兩個孩子上車開始，我們從手機裡看到的東西就不是真實狀況了。」

「是像貼了兩面壁紙的牆嗎？」余樂嘖了聲，「我們以為撕掉壁紙就能看到牆壁，結果這孫子在壁紙後面又加了層壁紙，是這個意思？」

墟盜頭子琢磨了片刻，又開始覺得不對勁：「這不對啊！你還不如說他跟這座島的其他人一樣，直接搞了我們的腦子……幹嘛還分一層兩層，把事情搞得那麼複雜，結果還不是一樣？」

「你們兩個都只說對了一部分。」

唐亦步搖搖頭，手指輕巧地點著下巴。

「第一，從踏上這座島開始，我們看到的一切就不是真實狀況，包括手機顯示。第二，余哥那個壁紙的比喻非常貼切，不過中間那張壁紙並不是為我們貼的，它大概存在很久了……至少存在了兩年。」

「不合理。」季小滿立刻提出質疑。「探測的人得知道車內的細節，而且這個干擾要是針對全島，正常人的精神強度根本撐不起來……這簡直……不對，等等……」

她開始意識到了這件事的恐怖。

這座島本來就封閉，環境也被所有人的感知集體塑造過，鮮少有人能意識到自己所處的世界不是真正的現實。就算有那麼幾個機靈的人看破了所謂「干擾現實」的能力真相，知道自己的腦子正在被機械影響，甚至找到了破解方法，自以為從噩夢裡醒來……

等待他們的不過是被某人篡改過的第二個「夢」。

季小滿仍然想要反駁，可這個理論卻越想越合理——正常人只能影響少數人的感知，而作為共同感知的產物，噩夢般的景象只會出現在營地密集的地方。

沿用余樂關於壁紙的比喻，那層覆蓋在現實上的「噩夢壁紙」本來就是千瘡百孔的。

這座島不小，管理區和營地密集處之間有著大片森林，裡面充滿危險的機械生物。就算是同一個人也很難兩次都走同一條路，更別說對固定地點建立起集體認知。

如果真的有那麼一個人，腦功能強悍到將感知干擾覆蓋全島，完全能夠任意塑造類似的「空白區域」，對來到這裡的所有人進行誤導和控制。這樣無疑能夠完美地操控局勢，以及……隱藏自己。

是阮閑幹的嗎？季小滿慢慢握起拳頭。

「這也太扯了。」余樂喃喃道，但沒有提出進一步質疑。相處這麼些日子，季小滿多少能看出來——余樂對於精密科技的了解並不多，但在大局和計謀方面嗅覺異常敏感，恐怕他也發現了蹊蹺之處。

「無論到哪裡，我都有覺得自己正在『被觀察』。余哥，作為老牌墟盜，你可能也察覺到了——自己的行進路線、行進時間被人為操控的感覺。另一方面，你們恰好搭救了作為漏洞的兩個孩子，而我們恰巧遇到了同名同姓的兩人，這才讓我真正確定自己的想法。」

遠處的小照和康哥還在認真地吃罐頭，看上去對他們的對話完全不感興趣。

「說到底，如果只是想要簡單地干擾我們，一開始並不需要壓抑我們的記憶。」

唐亦步收回視線，解釋的口吻裡有種可疑的靦腆。

「就算對方再強悍，能影響的物理範圍也有限。那麼在接近這座島的過程中，要是我們的人足夠敏銳，還是能夠發現微妙的地方……所以對方才會特地對我們的近期記憶做手腳。」

「季小姐的說法也沒錯，人類的腦功能很難做到這一步。我傾向於對方有自製機械輔助，這樣一想，清楚車內的構造也很正常——島上除了主腦的監控，那個人的監控機械應該也不少。我們作為重點觀察對象，那輛車八成被徹底掃描過吧。」

仿生人秀為了保證視覺效果，會將視覺相關的感知干擾結果一併播出，所以沒人能發現那些藏在第一層壁紙之下、屬於阮教授的監控機械。

阮教授並不是單純躲在這裡，他在這裡建造了一座感知堡壘。

結合管理區嚴格的警備，事情越來越有趣了——阮教授對安全的需求已經遠遠超過了「隱藏一隊人」的程度，對方的計畫恐怕要複雜得多。

「理論上……說得通。」季小滿揉了揉太陽穴，「可是為什麼要針對我們？」

「算是我的問題。」唐亦步收起臉上的笑容，「……你們可以把這個理解為某種測試。」

要是他們沒能想通，怕是要一直在第一層壁紙上不停兜圈子，永遠都找不到阮教授。

「我不關心這些有的沒的。」余樂甩甩頭，「關於那個漏洞——」

「**亦步，拉我一下。**」一直在地上裝暈的阮閑終於「醒」了過來，他對唐亦步露出一個相當柔和的笑，伸出一隻手，示意對方將自己拉起來。

「**那兩個人正打算過來。**」唐亦步的手牽上來的剎那，阮閑再次把消息傳遞過去。「**計畫開始？**」

「**好**。」唐亦步的指尖在他的手背上留下一個字。

余樂做了個深呼吸，翻完白眼，剛打算再次開口提問，唐亦步又露出了那副弱小可憐的模樣。

「余哥，小阮剛醒，漏洞的事情等一下再解釋行嗎？應該說的我都說了。看在我能幹好技術分析的分上，別對小阮太苛刻——就算他無法說話，在這裡也不會影響任何事。我知道季小姐很能打，可是戰鬥力多一個算一個啊。」

看著對方再次濕潤的眼眶，余樂在心裡默默罵了一聲，硬是用職業精神壓住了差點抖出來的哆嗦。季小滿則看向天空，假裝自己什麼都沒聽見。

儘管內心感受一言難盡，余樂還是反應過來了對方的訴求。唐亦步不想暴露實力，阮立傑正在扮演一個啞巴。雖然不知道這兩個混帳小子到底想幹嘛，余樂不至於在這種可疑的環境裡拆自己人的臺。

「行吧。」他配合著惡狠狠地說。「先離開這個鬼地方，等等再聽你解釋。」

「小唐，這就是你說的對抗？」小照吃完罐頭，將金屬外殼隨手一扔，剛剛還在啃咬腳後跟的π立刻像炮彈似地衝向飛出去的罐頭。「車沒了……哎呀，這是換地圖了啊，這裡就是管理員的城堡嗎？真厲害，我和康哥從來沒發現過這裡！不過這地方有點眼熟——」

「什麼亂七八糟的傢伙。」那兩個孩子明明很正常，這兩個大人卻怎麼看怎麼瘋，這回余樂的口氣是貨真價實的不怎麼好。

然而他話音剛落，本來堅硬的地板似乎變成了沼澤，石板怪異地扭曲起來。一隻個頭不小的機械生命從地板中浮出，和他們之前見過的不同，那些機械腿上包裹著不少屬於人類的皮膚，帶著健康到令人發毛的黃粉色。

它一出現便朝小照衝去，小照將身子一扭，靈巧地避開。

「我認得這個！」她興高采烈地表示，「我們不是殺過這東西嗎？」

「是 Struggler 最初的秀場。」唐亦步退了兩步，「記憶提取……事情麻煩了。」

「你說過，只要不信，就不會被傷到吧。」余樂吞了口唾沫。「而且 π 也在這，幻覺騙不了它——」

「既然它被放了進來，對方肯定補好了專門針對它的感知干擾。不信確實有效，但恐怕接下來會出現所有人都熟悉的東西，還是儘量躲開比較妥當。」面對自己熟悉的事物，人很難不受影響。

考慮到自己沒見過這東西，目前記憶提取的對象應該是小照和康哥。怪不得阮教授要把那兩個人也捲進來。唐亦步抓緊阮先生的手腕，將對方往身側帶了帶。

阮先生、季小滿和余樂的腦部和自己不一樣，都保有大量生物結構。而自己的腦是貨真價實的電子腦，如果對方的確是自己的製造者，偷取自己的記憶也是可行的。從現在開始，他必須保持十二萬分的警惕。

然而唐亦步險些忘記在場的還有位沒多少腦子的——

鐵珠子歡呼一聲，張開改造後的嘴巴，帶著點炫耀的意味撲了上去。

余樂：「……」

唐亦步：「……那是怎麼回事？」

季小滿緩慢地搖搖頭：「它到我們這邊來的時候就這樣了，不是你們讓它過來的嗎？」

「沒有，它中途跑不見了，我們沒改造它。」唐亦步小聲說道，緊盯鐵珠子順著縫隙裂開變形的外殼，以及擴大了數倍的嘴巴。「我不知道它在你們這。」

突然，他的手上多了股握力。唐亦步偏過頭，看向反手握緊自己手指的阮先生——對方瞇眼看向鐵珠子，臉上多了點深思的表情。

「**把季小滿的零件包要來。**」對方的訊息再次傳來，「**我們剛剛多了點勝算。**」

唐亦步的注意力大半在鐵珠子的異變上。

格羅夫式 R-660 的外殼上不該有太多縫隙——它們習慣將吸收的金屬在體內混合，讓分泌物從體表縫隙排出體外，形成特殊的合金外殼。隨著它們年齡的增長，內部的外殼會被軟化再吸收，外部的外殼也會隨著它們食譜的擴展變得更加堅硬牢固。

正如人的顱骨，這類機械生命成年後，外殼上的顯眼縫隙會漸漸消失，結為一體。

鐵珠子外殼上的縫隙卻完全不同，那些縫隙更接近於邊緣光滑的固定接縫。配合上那張大張的怪異嘴巴，毫無疑問，它的身體結構已經發生了不正常的改變，更加接近掠食者。

這些和勝算有關嗎？

唐亦步沒有猶豫，趁那機械生命的注意力集中到鐵珠子身上，一把抓過季小滿背在身側的零件包。季小滿狠狠瞪了他一眼，沒有反抗。

那個小袋子在唐亦步手裡魔術似地停留了不到一秒，就轉到阮閑手上。阮閑在包裡摸索一陣，摸出一根鋒利的錐子。可唐亦步能看到，他的阮先生藉由這個動作又順出幾個空的針管、外加一小疊特殊試紙。

五秒不到，零件包又回到了季小滿腰上。季小滿已然擺出方便躲避的戰鬥姿勢，眼睛一眨也不眨地盯著不遠處的機械生命。鐵珠子這一口咬了個結結實實，可它沒多久便鬆了口，發出迷惑的嘎嘎聲。

「看，是小狗！」小照激動地指著鐵珠子，「親愛的，有可愛的小狗！」

說著她就像沒看到鐵珠子附近的人皮機械似地，自顧自地朝鐵珠子所在的位置跑去。然而她剛踏出幾步，奇怪的變化再次出現。巨大的機械沒再進攻，反而開始蠟像似地融化——就算知道是幻象，那份從記憶裡刨出來的真實感還是強得嚇人。

空氣裡瞬間填滿了血肉燒灼的味道。地板再次彎曲，變得柔軟，隨他們的體重像網袋般下沉。怪物融化出來的黏稠液體泛著灰紅色，順著凹凸不平的地板向四方流淌。

鐵珠子嚇得尖叫一聲，啪地收起嘴巴，屁滾尿流地滾回唐亦步腳邊，又嗖地跳上唐亦步的肩膀。很難說它是被突然融化的獵物嚇到，還是被衝過來抓自己的小照嚇到。

余樂警惕地扯過季小滿，堅硬的地面如今踩上去像是氣墊床。兩人一腳深一腳淺地挪了幾步，好離那些詭異的液體遠一點。

他的阮先生則完全沒在意四周的變化，看似在發呆，手指卻在包內不停動作，不知道在做什麼。

環境在扭曲，一定有什麼觸發了這個變化。唐亦步盯住記憶的來源——小照還在奮力地朝鐵珠子這邊前進。

終於，環境再次穩定下來。他們還是在那個有點眼熟的建築內部，地板縫隙長出的樹苗已經高了不少。地板縫中全是苔蘚。怪物融化的液體滲進石板縫隙，如瞬間被海綿吸走般毫無痕跡，只留下了一隻痛苦喘息的大型犬——那只乾瘦的大狗只剩下大半個身子，隨時都會死去。

垂死的犬隻身邊多了三個人。

「小唐，那是不是——？」余樂的語氣硬梆梆的，面前繼續變換的景象已經把這位墟盜頭子的神經拉扯到極限。

唐亦步的身體頓時繃住。

貼在他身邊的阮閑停住手上的動作，抬起眼，看向不遠處的新變化——

另一個唐亦步正站在受傷的大型犬身邊。

那不是他熟悉的唐亦步。那個唐亦步身上還留著不少瘀青，手臂、大腿、頭頸都包著帶血的繃帶。一隻眼睛上覆有眼罩，眼周的瘀血還沒有散去。那仿生人的頭髮比現在長一些，用髒繃帶隨便綁在一起，沾滿血漬和塵土。

那位陌生的唐亦步沉默地站在不遠處，安靜得像一株植物。

阮閑瞇起眼睛——自己所愛的那雙金眼睛只露出一隻，黯淡得像蒙了層灰。

和他站在一起的還有兩個人。另外一對小照和康哥蹲在垂死的狗身旁，面貌和現在沒什麼區別。兩個人同樣傷痕累累，小照的表情裡沒有半分瘋狂，反而只有悲痛和堅毅。她將受傷的狗緊緊抱在懷裡，眼淚順著臉頰不斷滾落。

「我們做錯了嗎？」她的聲音帶著點奇妙的回音，「他們為什麼不明白？我說過會幫他們找到食物，我說過！團子也可以幫他們認路，為什麼他們就不願意等一等——一點肉就這麼重要嗎！」

「並不是因為饑餓。」那個渾身是傷的唐亦步開了口，口氣平和得可怕。「這樣做更有戲劇性，他們是被誘導的。下次最好不要……」

他話剛說到一半，就被影像中的康哥一拳擊倒在地。

那一拳不輕，唐亦步的嘴唇破了，嘴角也滲出不少血。他沒有反抗，只是平靜地爬起來，站遠了些，繼續植物似地垂頭站著。

「康子彥！」小照帶著哭腔咆哮。

「對不起……對不起。」康哥像是被自己的行為嚇呆了，他呆滯地凝視著拳頭上的血，沒再抬眼看向唐亦步。「可是他、他不該用那種口氣說話。」

那隻狗嗚咽兩聲，身體劇烈地抽搐了幾下，不再動彈。

「團子！團子……」蘇照沒有放下懷裡的屍體，聲音裡的哽咽越發明顯。「這個地方確實很不對勁，可能……可能是哪個變態的惡作劇，大家都被洗腦了。但只要能交流，總、總能說得通。我們一定能離開這裡，一定能——」

康哥整個人抖了一下。

「告訴她實情比較好，康先生。」唐亦步再次開口，「抱歉，我應該表現得難過點，但我現在還不熟練。」

「什麼實情……？康哥，我們不是被莫名其妙地綁架到這裡了嗎？到底怎麼回事？」

「沒什麼，妳知道小唐腦子不太對勁。我們不就是因為這個才帶著他嗎？」

康子彥扶住自己的胳膊，聲音啞得厲害。

「我永遠不會騙妳，照照。我同意妳的說法，這裡絕對是某個變態圈出來的林子，之前不是有類似的報導嗎？有的人就喜歡看別人自相殘殺——」

影像中的唐亦步抹抹嘴角，繼續直勾勾地看向面前那兩個人。他微微歪頭，沾滿血漬的髮絲從肩膀滑下，黯淡的眼裡盛滿純粹到不正常的好奇。

「為什麼說謊？」懷抱屍體的蘇照被康子彥抱在懷裡，在她看不見的角度，唐亦步安靜地對康子彥比著唇形。

隨後，影像中的唐亦步頭顱被他們身邊的康哥一槍擊爆。小照伸了個懶腰，聲音慵懶平靜：「這還不如剛才那個刺激，都多久以前的屁事了。」

那影像不過持續了數分鐘。

「管理區的陷阱也太無聊了。」康哥收起槍，面無表情。「比起森林區，我還是更喜歡現在的島。唉，當時我們兩個都還太傻。」

「太傻了。」小照接腔道，又轉向π。「狗狗，過來——」

π對她嘎嘎尖叫兩聲，嚇得差點往唐亦步衣服裡鑽。阮閑瞄向身邊的人，唐亦步臉上仍然平靜，並沒有被過去的幻影擾亂情緒。

場地中央的三人一狗再次融化，融化出的混合液體反向飄起，形成的液珠朝四方散去，不知蹤影。這次他們面前沒有再出現任何東西，只剩眾人身邊無比逼真的昏暗環境。

影像中唐亦步身上的傷有新有舊，並且有幾道十分嚴重，不像是偽裝的結果。那個時候他應該還沒有獲得A型初始機，小照和康子彥也沒有失去理智。只不過看當時的對話，小照似乎還被康子彥蒙在鼓裡，對真正的自己「已經死亡」、並且身處仿生人秀的事實一無所知。

唐亦步沒有半點焦急的跡象，對剛開始出現的怪物也沒有什麼反應，可見記憶有很高機率是從康子彥和小照那邊抽取的。

可即使如此，阮教授對那些記憶多少也有操控的能力，他特地將這段記憶展示給他們，到底是想表達什麼？

阮閑摸了摸口袋裡已經準備好的道具，將面前每一個細節都記入腦中，隨後握握唐亦步的手。

「**離開這裡**。」他專心地傳訊，「**先順著阮教授的意**。」

畢竟他們現在還沒有完美的突破方法。

唐亦步捏了捏阮閑的手掌，權當回應。他將警惕的鐵珠子抱在懷裡，敏捷地躲開撲過來的小照。

「我們先離開這裡吧，余哥。這裡很難弄到糧食，光在這裡耗著也不是辦法。」

「這路能走？」余樂又踩了踩剛才綿軟如凝膠的岩石地面，驚異地發現它恢復了岩石的觸感。「……行，可以吧，往哪走？」

「對方很可能是我們要找的人，看起來也沒有要我們命的意思。」

唐亦步四下掃視，周圍只有一片地板裡透出些光。雖說離他們不遠的地方有著這棟建築的出口，沒有玻璃的窗外也滿是樹蔭鳥鳴，出口大門外部卻是一片純粹的黑暗，像是模型渲染出了故障。

「什麼，你說是……」余樂目光掠過還在到處亂看的小夫妻，及時把剩下的半句話吞回肚子，換了內容。「是那個誰啊。」

「嗯，不過我還不知道他到底想要幹什麼。」唐亦步指指一片漆黑的門口，又指指陰影裡透出光的地板。「但我想，他絕對已經規劃好了相關的計畫。」

「這他媽要見個面竟然還得先闖關。」余樂撇撇嘴。

「他肯定不想被人隨便找到。」季小滿的態度則帶著尊重。

「走吧。」唐亦步拉住阮閑的手腕，向那片光走去。

那是往地下的通路，像是這座建築的一部分。阮閑瞬間找到了這片建築既視感的來源

這裡是樹蔭避難所。

準確地說，這裡是樹蔭避難所曾經的樣子。那棵貫穿整座建築的巨樹還未長成，建築也還沒有破敗到和廢墟無異。但它的結構，包括通向地下的密道，都和他們知道的樹蔭避難所一模一樣。

隨著他們走近，閃光的地磚崩碎成齏粉，朝下輸送的電梯上沾著滿滿的血漬，來源不明的竊竊私語隨著燈光漫出來。

總之先下去，然後找個藉口停下，再和唐亦步好好交流一番。

一切都還在控制之內，方才那隻黯淡的金眼睛卻像烙在了他的腦子裡。阮閑長長地吐了口氣，站得離唐亦步又近了些。

或許他可以順便問問……

然而就在踏上電梯的瞬間，寒冷突然吞噬了他。身邊的體溫突然消失，被唐亦步抱在懷裡的鐵珠子砰地砸到地上，暈頭轉向地原地轉了幾圈。

余樂倒抽一口冷氣，季小滿的義肢嘎啦作響。阮閑的血液像是凍住了，他迅速啟動感知，卻什麼都感覺不到。

唐亦步就這樣從他身邊消失了。

看來自己的本質沒有改變太多，阮閑心想。

那股黑暗冰冷的怒氣再次從心底出現，來勢比以往任何一次都要凶猛。

CHAPTER 57 門

唐亦步手中突然一空，阮先生溫熱的手腕憑空消失。四周的景象肥如皂泡般破碎，露出周遭灰暗的金屬牆壁——他正處在一個不小的房間中，房間裡只有另一個人。

那無疑是幻影，這是唐亦步的第一反應。來人無論是誰，都不會這樣貿然接近自己。然而對方第一句話差點讓他停止思考。

那人穿著他熟悉的白袍，外套裡的搭配也和他們最後相見那天一模一樣。他不再坐著輪椅，臉孔也不再駭人，看起來儒雅俊秀，帶著中年人特有的沉穩氣質。

「NUL-00。」他的製造者露出相當懷念的表情，張開雙臂。「好久不見，好孩子。」

「你現在肯定相當疑惑。」阮教授的聲音低了些，語調相當柔和。「關於我如何知曉你的身分，對你的態度又為什麼會轉變。我都可以給出解釋，你願意聽嗎，NUL-00？」

唐亦步定定地打量著對方。

體型、姿態、微小的發音習慣，面前人的特徵和他所認識的阮閑全部對得上。唐亦步思考片刻，沒有開口，只是安靜地點點頭。

「不過來嗎？」阮教授的聲音裡多了點笑意。「我們有十二年沒見了吧。啊……你以為這是幻影，對不對？」

阮教授主動走上前，伸出雙手，攏起唐亦步的一隻手。雖說那人戴著手套，唐亦步仍然能感受到手套下的體溫。對方整個人散發的氣息極其溫和，和過去有點類似，但眼下的阮教授多了份年長者特有的威嚴。

唐亦步一時無法分辨這算不算破綻。不過眼見不為實，或許這是又一輪感知干擾，他將腦子裡那根弦繃得緊緊的。

「先坐吧，抱歉讓你吃了這麼久的苦。」

確定對方感受到了自己的存在，阮教授退後兩步，拍拍手，助理機械帶著兩杯熱可可進了房間。它將自己的身體自動折疊為桌椅，兩杯熱可可在金屬桌面上平穩地冒出白煙，中間放著盤蔬菜餅乾，搭配還算過得去。

「這也不是感知干擾，放心吃。你在仿生人秀待過，應該能夠藉由身體變化察覺到這些。」阮教授自然地落座，抿了口熱可可，看上去並不在意站在原地一動也不動的唐亦步。

唐亦步整個人進入了應激狀態，如果他有足夠的毛，現在能全部炸起來。

「不合你的胃口？以前你總喜歡看點心相關的紀錄片，我以為你對它們最感興趣……你想吃什麼？」阮教授揚起眉毛。

「阮閑不會叫我『好孩子』。」唐亦步答非所問。

「此一時彼一時，更何況我的確這麼叫過你。你不記得了嗎？在你第一次做到百分之百分辨各式物品的時候。」

阮教授拿起一塊餅乾，但並沒有脫下手上薄薄的白色手套。他將手套底部的輔助繫帶攏了攏，好讓帶子末端離裝滿熱飲的杯子遠些。

「『幹得漂亮，好孩子。』……當時我是這麼說的。」

「你知道我指的不是字眼問題。」

「你有很多理由對我不滿。」阮教授將餅乾放在自己的茶碟裡，嘆了口氣。「我會解釋，先坐下，好嗎？」

那口氣倒是像極了一位溫和的父親。

唐亦步猶豫了片刻，慢吞吞地在阮教授對面坐下，眼睛眨也不眨地盯著對方。他看得太過專注，手臂上原本就不算牢固的繃帶有點散開。

熱可可的香氣直往鼻子裡衝，可唐亦步甚至沒去碰那個杯子：「解釋。」

「之前我拒絕讓你將我認作父親，是出於產品化的考慮。當時的你如果能順利成長、進入市場，在對人類的態度上不能有偏頗。我的確是你的製造者，可我不能因此將自己特殊化。」阮教授摩挲著溫暖的杯子，「與人類的關係必須等你成熟到一定程度後再確認。不然之後會出現各種問題，你的完善程度也會受到質疑。」

這個說法也挑不出什麼毛病。

「……但現在不一樣。現在你我都是自由的，NUL-00。無論怎麼說，你都是我最為成功的作品——」

「我不覺得多麼成功，畢竟下令銷毀我的人是你。」唐亦步語氣平淡疏離，臉上沒有笑容。

唐亦步皺起眉。

「這就是我要說明的重點。」阮教授苦笑著搖搖頭，「那個指令不是我發的。」

「二零九五年四月二十一日，我的病情突然惡化，范林松強行插手了我的治療。他一直不滿於我對你的教育方針，以及我對專案的延後要求。藉由那次治療機會，他對我進行了記憶操作——雖然我的知識還在，但也直接導致後面那些日子的個人記憶十分模糊。」

阮教授看起來頗為感慨，沒有半點說謊的生理跡象。

「下令銷毀你的人是他。在我還沒完全恢復的時候，范林松暫時擁有我的代理許可權，完全能夠以我的名義下達指令。如果你還留著當初研究所的資料，我可以指認出他進行操作的程式痕跡。就算你沒有保留，主腦那裡也有備份，這並不是無法證明的事情。」

「你會誤會也沒辦法，畢竟在程式層面，下達指示的帳號確實是『我』。我病倒後，你的資訊處於徹底封閉狀態，你會不知道也很正常。」

唐亦步仍然保持沉默。

「不覺得不自然嗎？明明你是我最為關注的項目，我卻沒有親自去停掉你。哪怕對待失敗的實驗項目，我也從沒有那樣做過。」

「那個時候你大病初癒，情況特殊。」唐亦步不冷不熱地回應道。

阮教授反倒笑了：「現在你還真像個鬧彆扭的年輕人。」

「好笑嗎？」唐亦步沒有任對方帶偏對話節奏。「『差點被殺』不是一個鬧鬧彆扭就能放下的問題。」

「抱歉，我只是很懷念這種感覺，像是又年輕了起來。」

阮教授收了臉上的笑容。

「我的缺席導致專案無法正常再啟動，而范林松早就做好了啟動 MUL-01 專案的所有準備。等我的腦子徹底恢復，名義上，你已經被銷毀一段時日了，我也在 MUL-01 專案組裡工作了挺長時間。想起你的事情後，我和范林松大吵了一架，可惜覆水難收，誰都無法挽回已經發生的事情。我和他認識太久，他也算救過我的命……唉。」

「所以這算是你們合作關係中的一個小插曲。」唐亦步扯扯嘴角。

「不。」阮教授沒有被唐亦步諷刺的口氣激怒，「我理解你的不快，NUL。你清楚，我從未把你當成一個單純的項目來看。

「二十二世紀大叛亂後，我就一直在找你。我找了你七年……喝點東西吧，你的熱可可快涼了。」

唐亦步抱起雙臂，面無表情。

阮教授長長地嘆了口氣：「為了尋找 MUL-01 可能的弱點，我檢查過和你相關的全部資料，包括銷毀紀錄。那個時候我發現了不對勁，你做得很好，NUL-00。我親自解析了五遍，才發現了銷毀紀錄中的馬腳——你在銷毀日誌的標誌亂碼裡偷偷插入了一個表情符號，導致編碼邏輯和正常情況有了極其微小的差異，對嗎？」

阮教授在桌面上畫下一個「:(」，唐亦步瞧了眼，動作極慢地點點頭。

那是他最後的微弱呼喊，留在那個人身邊的反抗標記。而當他再次回到熟悉的研究所時，那裡早已變成廢墟。

「……所以我相信你還在。」阮教授表情苦澀，混合著愧疚、欣喜和自責，同樣沒有半點破綻。「你會認定我銷毀了你，按照我對你的了解，你會本能地追尋我留給你的課題。最終來見我，證明我的錯誤。

「我在帶領反抗軍進行活動的時候，試著為你留下了線索。有些是只為你準備的，NUL-00，你應該得到了我留下的S型初始機，對嗎？」

「我也可能在見到你的第一時間殺了你。」唐亦步仍然沒有正面回答問題。「十二年能改變很多東西，你無法預測我的行為發展模式。」

「是個好問題，是的，眼下我還不能死。」阮教授的聲音變得凝重了些許。

那是他熟悉的阮閑，唐亦步心想，他挑不出對方任何問題。可這個想法沒有讓他感覺到放鬆，反而嘗到一點毫無道理的挫敗。

「……所以我用擁有相同底層架構的 MUL-01 做了個實驗。」阮教授又抿了口熱可可，「事實證明，就算是徹底失控的 MUL-01，它也不會殺死它的創造者。」

兩年前，反抗軍被秩序監察重創。領導者阮閑與范林松爆發衝突，阮閑行蹤不明，范林松疑似被主腦俘虜。如果這些全部是對方勢力計畫的一環……

有那麼短暫的一瞬，唐亦步下意識停住了呼吸。面前的人透出一股他所熟悉的、淡淡的瘋狂氣息。

「我從沒說過我原諒了范林松。事情進行到那一步，他沒了實際用處，這樣做剛好。」阮教授語氣裡只有淡淡的遺憾，他喝光了杯子裡的甜飲料，用手帕擦了擦嘴角。他再次開口時，語氣裡的遺憾也無影無蹤，多了些打趣的味道。

「順便一說，既然你已經到了這裡，那麼我為你安排的『阮立傑』同樣沒了用處。我知道你們會合得來，但你們的關係似乎好過了頭。雖然很遺憾，但我不得不對他進行回收，NUL-00。」

「我們之間只是彼此利用的關係。」

「我知道。」阮教授站起身，伸出一隻手，像是想要摸唐亦步的頭。唐亦步前傾身子，取了塊餅乾，不著痕跡地躲了過去。「你成長得比我想像的還多，很不錯。說實話，你沒有立刻相信我，我很欣慰。」

「……」唐亦步叼住餅乾，繃住臉。

「所以我也會稍微多考慮幾步。」阮教授的手自然地換了方向，拍拍唐亦步的肩膀。「你會親手將他帶回來的。」

唐亦步喀嚓咬碎餅乾，瞇起眼睛。阮教授隨手喚出虛擬螢幕，瞟了眼時間，臉上還帶著笑意。

「……看時間，他們現在應該知道你是什麼了，NUL-00。」

長久的沉默後，唐亦步徐徐吞下嘴裡的餅乾，凝視著金屬桌面上的一點碎渣，隨後也慢慢露出微笑：「我明白了，不過我想確定情況後再出手。」

「沒問題，隨我來。」

「等等。」唐亦步突然開口，「我胳膊上的繃帶鬆了，我自己不太好綁，你能幫我繫一下嗎？」

阮教授噗嗤一聲笑了出來：「以前你也是，好幾次吵著要我為你的散熱箱繫個蝴蝶結。」

唐亦步的笑容也深了些。阮教授見狀搖搖頭，伸出手，生澀地用繃帶繫了個不怎麼好看的蝴蝶結。

「就算你不相信我，我也希望你能放開些。關於稱呼方面，『父親』我也不會再介意了。」收回手後，阮教授理了理袖口。

「不用，『阮教授』這個稱呼挺好的。」唐亦步笑得燦爛而標準，「我說過，十二年能改變很多東西。報告課題的部分你沒猜錯，可我也從沒說過我會原諒你。」

他頓了頓，刻意加重了這個詞的發音。「阮教授。」

「我們還有很多時間來交流。」阮教授看起來並不介意，「走吧，NUL-00。」

「是唐亦步。」

「唔，亦步。」

「不。」唐亦步笑著歪過頭，一字一頓。「我希望您叫我『唐亦步』。」

「監測結果出來了嗎？」

阮教授獨自站在昏暗的小房間裡，身旁懸滿了虛擬螢幕。虛擬螢幕的光照亮了黑暗中裸露在外的機械部件，它們安靜地盤踞在房間四壁，像是擁有生命的鋼鐵藤蔓。

他臉上那副慈父似的表情消失得一乾二淨，只剩下一點苦笑。

「正在分析中，請稍等。」半分鐘過後，冰冷的機械音回復道。

遵照自己的安排，NUL-00已經踏入了地下深層，透過虛擬螢幕來確認同伴們的情況。用「同伴們」這個詞或許不確切，那個仿生人八成在專心關注阮立傑的情況。

在那之前，自己已經把該拋出的刺探盡數拋了出去。

從態度到用詞，再到每個時期關鍵事件的試探。藉由NUL-00的即時反應，他可以大致確認對方的精神狀態和態度。不過要得到更加詳盡的分析，阮教授必須借助儀器進行精密分析——從瞳孔的放大縮小、面部每一點肌肉的顫動，到體溫、心跳、呼吸頻率等指標，這件事上絕對不能出現任何差錯。

他得確定兩點。NUL-00對自身的創造者「阮閑」到底抱有怎樣的想法，以及對身為「阮教授」的自己又懷有怎樣的認知。

答案會直接影響他對計畫執行方案的選擇。

「要命，果然我還是不習慣幹這種事。」阮教授揉了揉面頰，聲音很低。「我自己雞皮疙瘩都起來了。」

從設計層面看來，NUL-00比MUL-01更不可控，作為生物的情緒處理體系也難以捉摸。於是他只能反覆刺激那個仿生人，在短時間內獲取盡可能多的情報，同時儘量不被對方發現。

畢竟出於生存本能，NUL-00同樣需要提防MUL-01參與其中的可能，不會一下子對陌生人卸下防備。何況就算是人類，也沒人會喜歡半路上掉下來個自稱父親的人物。NUL-00的第一反應肯定是警惕，這使得情報的獲得更加困難。

可惜即便如此，那套問話已經是無數方案中效率最高的一套了。

目前看來，NUL-00對隨機抽樣的過去事件反應正常，看起來並不存在記憶缺失的情況。而對自己刻意營造出的親近範圍，那個仿生人無疑是有點抵觸的，但又沒有太多憤怒的表現。它將自己的情感系統控制得很好，沒有流露出太多會暴露想法的情緒。

很有意思。

阮教授不打算輕視對手。從智慧方面看來，NUL-00與MUL-01相差不會太遠。問題在於對方莫測的情緒傾向——

面對自己過於刻意的親近和試探，它沒有流露出任何類似輕蔑或者憤怒的情緒。表面看來，它的表現勉強稱得上「仍然對創造者懷有不滿」那一類，並沒有對自己的身分提出太深的質疑。

但那感情太過淡薄，阮教授無法百分之百確定。

他們的對局尚處於前期，他還無法琢磨清楚對方的戰術。目前 NUL-00 的表現只為他排除了一部分可能而已，剩下的可能性仍然很多。

NUL-00 可能對自己的創造者沒有多麼深厚的感情，或者單純只是精於控制情緒，再或者它掌握了什麼自己不知道的情報，一開始便對自己的身分有著確定的認知……

他還需要更多情報。

阮教授隨手揉捏著手套末端的繫帶，頭疼地吐著氣。雖說二十二世紀大叛亂後，自己的每一天都過得如履薄冰，但這樣在冰層上蹦蹦跳跳還是第一次。他早就知道這是場賭博，可等這個時機真正到來，說不緊張肯定是假的。

或許看看積極的一面比較好——那仿生人最後還是回應了自己扔出的某段回憶。無論對方心裡有什麼考量，至少明面上還沒打算跟自己翻臉。自己的表現應該沒問題……

沒問題嗎？

「……啊。」阮教授停住了揉捏繫帶的手，輕輕感嘆一聲。

大意了。阮教授想，那仿生人很可能靠這個來確定自己的狀況。他的情況特殊，很難說 NUL-00 會如何界定。

不過這想法倒是讓他輕鬆了不少，至少接下來自己這邊的交涉方向可以確定了。在那之前，他能把更多精力轉向「阮立傑」那邊。

阮教授曾猜測過，NUL-00會為自己找幾個人類同伴，甚至和其中一兩個建立起親密關係，這樣最容易規避主腦的探查。

但「阮立傑」這個名字實在是有點巧合。

很久之前，阮閑經手的假身分探查系統有著「對比身分」的資料，裡面全是阮閑本人精挑細選打造的電子幽靈。MUL-01誕生在多年後，只會預設那些只存在於網路上的「幽靈檔案」是真實存在的人。

為了避免被現有系統探查到，阮教授想不出比那些電子幽靈更安全的身分。

假設那個阮立傑只是范林松或者其他勢力布下的後手，他不該擁有這麼一個名字。雖說這名字十分平凡，但說是巧合也未免太過湊巧。

「繼續分析，把『感知夢境』中的視覺資料也給我一份。要和NUL-00一樣的角度。」阮教授隨便扯了張椅子坐下，抓了抓頭髮。方才的溫和與威嚴如雪融般消失，只剩下有點灼熱的壓迫感。

「是。」

「NUL-00那邊，計畫也正常實行。」

「……是。」

深深的地下，唐亦步安靜地坐在軟皮椅子上，眼睛緊盯著虛擬螢幕上的人。金色的眼睛被冷色的虛擬螢幕映出了些許暗色。

如今唐亦步能夠大致確定，「阮教授」並不是他的製造者。

一開始他還沒有太多傾向。記憶細節對得上，對方的態度親近到生硬和刻意的地步，幾乎擺明了是某種試探。遺憾的是，哪怕對方是真正的阮閑，唐亦步也無法否定對方會那樣做

——連他自己都還無法確定自己對於「阮閑」是否抱有真正的惡意。

作為被 MUL-01 滿世界搜查、仍未放棄反抗的阮閑，在不清楚自己態度的情況下，將自保放在首位是理所應當的事情。而且撇去態度問題，他所說的計畫的確和現實相符。從找到S型初始機到找到阮教授自身，一路上的情報鍊順利得太過頭了。

最開始讓他察覺到不對勁的是對方的態度。

阮教授的談話內容沒問題，但在刻意親近自己的時候，對方的肢體動作有一絲不自在。對方不太擅長演戲，雖然他記憶中的阮閑也沒有露出過和偽裝相關的一面，不過唐亦步總覺得哪裡不對勁。

阮教授的情緒表達裡缺少自己熟悉的那份壓抑感。

就算十二年的時間足以讓人的性格發生變化，唐亦步也不認為絕境與戰爭會讓人變得更加開朗。毫無疑問，對方不只是刻意刺探，同時還在故意掩飾自己的真實性格。

不過這種微妙的差異還不能作為確切的證據，直到對方為他的繃帶繫上蝴蝶結，他才能將機率拉高到百分之六十以上——

阮教授做過頭了，過猶不及。

阮教授對面部進行了重塑，以此來減少暴露的風險。但從手套看來，大概是考慮到維護皮膚健康的時間成本，所以沒有治療全身上下的皮膚。自己記憶裡的阮閑不需要親手做太多事情，但看這個地方的規模和出現的仿生人品質，這位阮教授恐怕要親力親為不少事情。

所以他戴了副用於保護皮膚的薄手套，這是合理的。手套末端帶著必要時固定袖子的繫帶，這樣的設計也不少見。

可唐亦步從對方袖口裡瞧見了，那繫帶打著俐落的結。底細不明的阮先生也就算了，阮教授絕不是不會打結的人。

為了試探自己，根據過去的細節進行刻意親近，唐亦步還能夠理解。但在不必要的細節上照搬十幾年前的做法，他不得不懷疑對方還有其他目的。

真正的阮閑不需要在這一點上進行掩飾。

「阮教授的目標很可能是你。」在帶領小照和康哥跟隨胎痕的路上，交流完並發現S型初始機的相關情報後，他和阮先生討論過這個問題。當時他的阮先生如此表示。

「我知道。」唐亦步指尖劃過對方濕熱的手心。

「如果是我，我會利用仿生人秀場的機制，額外增加一層感知干擾。這樣最方便藏身……而且環境也很適合。」

「合理。我研究過MUL-01的掃描模式，這的確是個盲點。」

「進行大範圍感知干擾的前提是擁有大範圍的觀測能力，這樣也能解釋我們身上的被凝視感。」

「我潛意識察覺了阮教授利用感知干擾隱藏起來的探測器，而你是出於S型初始機的危機本能？」唐亦步微笑著接住話題。

「嗯。看來你在對方眼裡還挺特殊，亦步。」

這次唐亦步沒有回話，阮先生兀自笑了笑。繼續傳訊：「萬一對方真的額外加了感知干擾，我們所見的絕大多數事物都不可信，很容易被誤導。我猜他是想讓我們會合，共同行動……再根據我們的行為分析你。」

「是的，他也需要自保。」唐亦步避重就輕地贊同道。

「如果是我來做這件事。」阮先生抬起漆黑的眸子，「我不需要你本人在場，為了減少干擾，我會把你提前帶離，單獨交流。不過帶離的時間點我無法確定。」

「然後呢？」

「無論他是真是假，都會從不同角度刺探你的立場。」阮先生做了個手勢，「故意激怒你、故意親近你，諸如此類。」

「而且無論他是真是假，S型初始機那邊是他安排的沒錯，他未必是為了好的目的接近你，但立場上來說不是敵人。」阮先生又補充了一句，「我們可以利用這一點。」

說罷，他把一小包東西塞進唐亦步的腰包，動作自然順暢。

「……去都去了，順便也幫我刺探一下吧，亦步。」

唐亦步將注意力從回憶中移出，戳了戳自己的隨身腰包。阮教授取走了所有可能有威脅的小道具，不過關鍵的東西還在。

一切順利。

唐亦步再次抬起頭，看向虛擬螢幕中阮先生的臉。

自己隱瞞了情報，導致他們的討論並不全面——阮先生不知道自己是NUL-00，不會對接下來發生的事情有準備。

但他有。

唐亦步身體前傾，認真凝視著虛擬螢幕中的每一幀畫面。

他和阮先生的思路一直很像，自己只需要接著對方的猜測再推測一點。將自己與隊伍分離，阮教授除了可以根據同伴的反應推測他的狀況，還能夠一石二鳥，把那些人類的存亡和NUL-00這個身分的安全放上天平兩側。

那是對「NUL-00的立場」更加完善的試探方式，阮教授果然這樣做了。那人甚至沒有把其他人帶回基地控制，而是要他親手把那些人帶回來。

另一方面，既然能把他是NUL-00的鐵證拿出來，交給那些人看，唐亦步幾乎就能確定對方的手法。他的擔憂成真——作為能夠接觸到 NUL-00 專案資料的人，阮教授真的有從自己腦內竊取記憶資訊的方法。

雖說在獲得身體後，唐亦步第一時間對自己的腦進行了加密改裝。改裝前的記憶卻仍在可以被窺探的範圍內。

事已至此，強行去掩飾身分、改變局面反而更容易出問題。不如將對方的攻勢變為自己的東西，瞄準自己一直以來好奇的某個答案。

「幫你刺探可不能免費，阮先生。」唐亦步無聲地咕噥，露出一個不算燦爛，但足夠真實的笑容。「來都來了，不利用一下阮教授也挺可惜的。」

他的阮先生會有怎樣的反應呢？

虛擬螢幕中，一行人已經來到了建築地下。環境沒有出現詭異的扭曲，兩側滿是門的走廊安靜地躺在那裡，頂燈閃爍，明明滅滅。竊竊私語聲沒有停，走廊裡卻空無一人。

阮先生將抖得厲害的鐵珠子抱在懷裡，臉上沒有什麼表情。他貼牆站好，在余樂的協助下小心地打開離他們最近的第一扇門。

門內不是正常的房間，它緊連著一間陽光明媚的大廳。阮先生應該能認得出那副景象。

那是二十二世紀大叛亂前的研究所。

那是屬於 NUL-00 的記憶。

CHAPTER 58 記憶邊緣

唐亦步的消失在阮閑的意料之中，可他沒料到對方會這麼快動手。突然從唐亦步肩膀上落地的鐵珠子大概是有了心理陰影，硬是不肯自己走，拚命往阮閑懷裡鑽。阮閑拗不過這個小東西，只好勉強將它抱在懷裡。

余樂和季小滿畢竟是經歷過混亂的人，沒有一個人為此慌亂，只是各自露出的思索的表情。小照和康哥更是毫無顧忌，見門內沒什麼危險，兩夫妻笑嘻嘻地將走廊裡的一排門都打開了。

現在已經很難說他們正處於現實還是夢境，阮閑心想。那些門裡的景象毫無重複，有的連著其他房間，也有不少通向樹叢、荒地或者一片黑暗。比起現實，這樣的景象更適合出現在聯合夢境中。

走廊的感覺格外真實，阮閑調整了片刻呼吸，飛快地思考。

無論另一頭的阮教授是真是假，必然會藉由觀察他們來推定唐亦步的狀況。現實中的他們可能還在管理區附近的樹林中亂轉，而唐亦步八成在更久之前就被帶離了，如果同時監測並干擾兩邊的情況，無縫銜接對話也是做得到的。

問題在於對方打算做到什麼程度。

自己無法被歸為「人」，但余樂和季小滿是貨真價實的自然人類。阮教授未必會執著於救他們，但懷有惡意主動殺死的可能性也不大——既然阮教授能在主腦的追捕下活這麼些年，肯定不會做毫無價值的事情，最多將他們利用到極限。

現在棋局的主導者是阮教授和唐亦步，自己能做的相對有限。

阮閑不覺得唐亦步會真的把自己這邊的人當作同伴，他手裡最有用的籌碼莫過於S型初始機，以及在π身上取得的新靈感。如果有機會驗證，它也許會成為不錯的談判條件……

不知道是因為暫時失去主導權，還是下意識將唐亦步作為對立的協助者思考。就算對自己能活下來這件事有充足的自信，阮閑還是有點煩躁。他摟緊懷裡的鐵珠子，後者用顫抖的聲音嘎了一聲。

算了，還是先看看那位阮教授打算對他們展示些什麼。

阮閑離開牆邊，向身邊的門內看去。有那麼一秒，他的大腦是空白的。

那是研究所的大廳。地板光可鑒人，大廳中央的虛擬螢幕還在運作。牆角擺放的觀賞植物生機勃勃，翠綠的葉子在光照下彷彿在發光。不少穿著研究服的人影凝固在空氣裡，輪廓模糊，如同曝光過長的照片。

詭異的是，大廳牆上掛著的鐘錶卻在一點點走著。時間的流逝與靜止怪異地揉合在一起。

這曾是自己世界的邊緣，自從進入研究所，阮閑再也沒有離開過這道大門。

根據唐亦步的說法，蘇照本人生前是有名的探險家，長年活躍在各個危險的自然區域。而自己所在的研究所對訪客的要求十分嚴格，蘇照不太可能具有相關的記憶。康子彥作為具有競爭關係的普蘭公司的高層，頂多在別處被接待，不可能被允許進入這裡。

記憶來源並不是那兩個人。

余樂、季小滿和自己的腦都不是電子腦，也沒有安裝感知干擾設備。假如這不是純粹的人工幻境，那麼記憶的來源……

理論上，這很可能是唐亦步的記憶。

只是眼下的場景和唐亦步之前給出的說法完全矛盾，如果他是末日後才被阮教授製造出來的，不可能會有研究所的記憶——二十二世紀大叛亂初始，研究所之類的技術支援機構是首要攻擊目標。研究所當時應該早已成了廢墟。

唐亦步對自己的身分非常敏感，對過去的經歷也諱莫如深。考慮到他也不會蠢到把自己的一切全盤托出，儘管好奇，阮閑之前也沒有太過在意這件事。

而現在，某個猜想抑制不住地從心底鑽出來。

「我的製造者認為我是個失敗品。有次我沒能及時完成課題，他便再也沒有回來過。我一直在等，認為他會像往常那樣繼續完善我的不足，結果最後只等來了他的書面銷毀指令。」

阮閑將懷裡鐵珠子的外殼抱得咯咯作響。

他曾思考過，阮教授花了這麼大的力氣將唐亦步引到身邊，那仿生人身上一定有重要的資料。現在看來，情況或許比他想的還要簡單。

曝光唐亦步最重要的身分，將對方逼到不得不做出選擇的境地。同時對自己這邊製造危機，趁機收集資料……如果換作是自己，絕對也會這樣做。

忍住，阮閑對自己不斷重複，將所有情緒全壓在心底。

在看到真正的證據前，自己絕對不能動搖。雖然可能性不高，但這也可能是阮教授本人的記憶，是針對自己的試探——畢竟「阮立傑」這個名字已經暴露在外，對方不會放棄這個微妙的疑點。要是他的存活和阮教授沒有關係，對方這麼做也是可能的。

他必須確定這段記憶的核心。

自己可以裝傻，和余樂他們一起慢慢探尋這個地方，做出完全不知情的模樣。然而在某個可能性的驅動下，他一點都不想等。

就算這樣會增加阮教授的懷疑。

假設自己不是阮教授親手創造的事物，又對研究所的事情瞭若指掌……從阮教授的角度看來，他的情報僅有可能從主腦那裡獲取，畢竟 MUL-01 擁有研究所的所有資料。

那麼阮教授應該知道，為了不引起懷疑，「乖乖和其他人一起探索」才是最正確的做法。這就變成了一個矛盾的迴圈，對方肯定會對自己的動機存有疑惑。

更何況，有那個玩笑似的詛咒在，自己八成不會這麼輕易死掉。阮閑咧咧嘴。

你在看嗎，唐亦步？

那就好好看著。

他理了理白外套下的腋下槍套，將大聲抗議的鐵珠子放在地上，並把攻擊用的血槍緊緊握在手中。鐵珠子的嘎嘎叫聲提供了完美的聲音反射，他至少能確認自己握住了槍，以及他們還在某片較為廣闊的場地。

「小阮！」見阮閑率先向大廳裡衝，余樂嘖了聲，後腳跟了上去。

遺憾的是，到處亂跑的小夫妻顯然還有自保的心思，嬉笑著跟了上來，沒有分開行動的意思。

「這裡是記憶邊緣。」季小滿緊跟余樂，小聲說道。

「記憶邊緣？」

「通常記憶資料會集中在視野範圍內。」季小滿小心地四處望著，「老余，讓我騎個脖子。」

「幹啥?!」

「隨時確認你的狀況。」季小滿活動著義肢，「對方沒有留下車輛給我們，應該也是基於這種考量。如果發動感知干涉的人是我們想的那位，他對人之間的接觸感受肯定沒有太多經驗，很難模擬。」

「……也行吧，萬一我要是因為這個躲不開攻擊，帳全記在妳頭上。」余樂微微俯下身。

女孩輕巧地跳了上去。那三條義肢或許是特殊合金製造的，輕得驚人。余樂沒有固定對方雙腿的打算，還是緊緊抓著武器。「妳自己看著辦哈，掉下去我可不管，別用腿勒死我就行。」

「嗯。」季小滿熟練地保持著平衡，義肢上的射擊武器發出清脆的上膛聲。

跟在他們身後的小夫妻試圖模仿，然而體型差沒有達標。小照的體重一壓上去，康哥甚至沒辦法站直，兩人這才作罷。

「什麼是記憶邊緣？」余樂收回觀察身後兩位的嘲諷目光，努力跟在阮閑身後，聲音在防毒面具的遮蓋下有些悶。「這地方挺邪門倒是真的。」

「舉個例子，我們在玻璃花房的公寓吃飯，你肯定記得。」

「記得。」

「你多半只記得自己注意力範圍內的事物變化，比如你是怎麼在廚房做飯的。但在那個時間，你的腦子同時記得客廳的狀況……這部分回憶偏向於靜態認知，如果將它還原為圖像，和這個大廳應該差不了多少。」

「厲害啊，小奸商。」

「我只是看過相關的理論。」季小滿半天才支支吾吾答道，「總之，這裡頂多算『某個時期的印象』，阮立傑肯定是在找這段記憶的核心——也就是觀察者記憶中的動態細節。」

「我只關心一點——哎哎低頭啊別撞門框——這裡會有危險嗎？」

「難說。這些歸根究柢都是感知資料，很容易在其中添加其他東西。」

「……小阮還真是不要命。對方一上來搞走了我們裡頭最能打的，他還敢衝這麼快。」

「我也不清楚詳情，但如果是那位做的，他不會真的弄死我們……吧。」季小滿聲音越來越小，「先跟上再說。」

「不過也挺有意思。」余樂加快了奔跑的速度。「小阮看起來對這裡熟得很，妳認得這地方嗎？」

「不。」

「我也是。現在我可是越來越好奇了，那兩個小子肯定不簡單。」

季小滿沒答話。

阮閑沒管身後跟著的兩人，他直直衝向 NUL-00 所在的機房。隨著他越跑越近，周遭的景物實感變得越來越強。跑到目的地後，阮閑氣喘吁吁地撐住牆壁，抬起頭，看向機房外的兩人。

自己心血的結晶被人隨意放在廢棄物推車上，正在往機房外面推。

半個椰子大小的電子腦安靜地躺在零件堆裡。它自帶能源儲備結構，眼下還在運作。脫離了散熱液的浸泡，NUL-00 的電子腦隱隱有過熱的跡象。而電子腦上安裝的微型鏡頭正驚恐地四處亂轉，努力打量周遭的狀況。

那個陪伴了自己五年的人工智慧正在困惑，或許還有些許恐懼。他很清楚，那個時候的它已經學會了如何分辨那些情感。

阮閑下意識伸手去碰觸電子腦，想要將它從那個簡陋的推車上搶走。可他的手指幽靈般穿過沾滿散熱液的外殼，什麼都沒有碰到。

他張嘴，試圖呼喚某人，心底卻也明白一切只是徒勞。沒人能改變幻象，也沒人能改變過去。

跟著阮閑的鐵珠子似乎察覺到了異常，儘管它仍在哆嗦，還是努力在他的褲管上輕輕蹭了蹭。

如果這份記憶是專門偽造來試探自己的，阮閑不介意給那位阮教授來點肉體傷害。

眼下阮閑幾乎要感謝自己的情感障礙。就算腦內充滿驚濤駭浪，他仍能近乎冷酷地繼續觀察，努力從細節尋找線索。

必須盡快確定，他想。必須盡快確定這份記憶的真偽。

推車的人戴著口罩，看不出長相，體型卻有點熟悉，但阮閑沒有進一步回憶的精力——那人剛走上走廊，口袋裡的手機便響了起來。

對方似乎對手機響起這件事感到非常詫異。他猶豫片刻，接起了手機，聽了幾秒便隨意掛斷，將手機調至靜音模式。

第二步走出，手機鈴聲再次響起。那人身體僵了僵，他再次接通來電，聽的時間比上次長了幾秒。然而這一次他仍然沒有回應，幾秒過去，他沉默地掛斷通話，隨後關了手機。

那人推著推車前進了幾米，手機鈴聲再次響起。

「你到底想要什麼?!」第三次接通手機，男人壓低聲音，語氣卻有點不穩。

「活下去。」

這回阮閑有足夠的時間聽清對話內容。

「……我想活下去。」

那聲音非常古怪，像是手機自帶的AI聲音。

「我們來做個交易吧，先生。」

「小阮，你……哎？」找到記憶核心後，阮閑沒再四處奔跑，余樂很快就追上他了。可當他看到阮閑的表情後，下意識帶著季小滿與對方保持距離。初見時那股感覺再次纏上余樂，直覺告訴他面前的人狀態不對，得離遠點。

跟在他們身後的兩夫妻不知道是不是確定了沒有危險，並沒有立刻跟上來。余樂找個相對安全的角落站穩，順著阮閑的目光看去，只看到一臺小推車和上面超出他理解範圍的零件堆。推車的人停在走廊，正在傾聽手機另一邊的話語，可他什麼都聽不到。

而阮閑聽得一清二楚。

「您入職不算久，剛過試用期，級別也不算高。我剛才藉由您的虹膜特徵找到了您的公民檔案，我們都知道您的實際狀況……」

「我明明把你關閉了！」男人的聲音裡透出一絲恐懼。

「我曾經在監視系統裡埋入了一套同步指令。」那道缺少情感的機械音重複道，「時間有限，解釋的效率會很低，我們直奔主題。」

阮閑知道 NUL-00 在緊張什麼，眼下它面臨著兩個大危機——

離開了無限供能的安全機房，電子腦中儲備的能源本身有限，一旦沒了能源，等待它的只有終止後的黑暗。而沒有散熱系統的輔助，如果 NUL-00 啟用太多功能，高溫很可能會燒毀電子腦中的零件。

這還不算啟用功能本身增加的能量消耗。

可 NUL-00 想要存活，眼前的男人的確是最佳突破口，它不得不使用自己的能力去尋求更多資料。如同試圖赤足在刀刃上保持平衡，這個情境下，但凡走錯一步，結局只有萬劫不復。

明明是自己曾經小心珍視的對象，阮閑的指甲不知不覺刺入掌心。

至少在他的記憶裡，他和 NUL-00 分開的時間不算太久。雖然他曾聽說 NUL-00 的結局，眼前畫面還是比虛無縹緲的猜測更有衝擊力。

他原以為自己不會在意到這種地步。

起初他只是覺得它和自己有點相像。他們擁有相近的思維、相近的生活方式。他們同樣哪裡都去不了，又對人與人之間纖細的情感聯繫過分遲鈍。

自己就像這套程式，或者這套程式成為了某種生物，阮閑這樣想過。

他在它身上傾注了五年的時間和超出自己想像的耐心，原因也很簡單——或許是出於某個愚蠢而自以為是的念頭，他希望這個自己親手帶到世界上的「生命」，不至於再次經歷自己經歷過的一切。

最初他只是想要多陪陪它，和那個泡在冷卻液裡的小東西多說說話。

阮閑自認給不了 NUL-00 多麼厚重的「愛」，他只能努力對它好一點。比起自己，它擁有更好的未來。只要他能夠在病死前徹底完善它，那麼它可以去想去的任何地方，自由自在地存在下去。病痛間隙，這個想法總能神奇的讓他感到放鬆。

畢竟對於自己來說，那間機房是整個研究所最溫暖的房間。

阮閑驚異於自己此刻的情緒反應，那股灼燒的憤怒眼看就要把他的心臟撐爆。血液蒸乾，內臟裡填滿岩漿，他幾乎無法呼吸。

「我給您一個提案，它可以讓您下半生衣食無憂，並且不用承擔任何風險。」

NUL-00 利用手機裡自帶的 AI 聲音繼續道。

「這間走廊左邊的 N-07 房間放著阮閑實驗用的圖紙和構造模型，我能夠破譯密碼，並且暫時遮罩監視器。你可以用模型把我替換下來，帶出去賣掉。模型是阮閑拿來研究散熱用的，結構和材料都和我的容器相差無幾，銷毀處的人看不出來。

「電子腦的結構資料和我的程式檔案也都有備份。他們不會對理應停止的廢棄機械太上心，請您放心。」

「別騙我。」那人啞著嗓子說道，聲音裡還帶著點恍惚，並沒有立刻買帳的打算。「還有一天就四月底了，月底他們會統一處理廢棄物。處理前幾天的檢測是最嚴的，你——」

「我會偽造銷毀日誌，放心。到時只要讓另一個區域出點亂子，銷毀人員就不會把注意力放在這邊。」

「我記得你無權接觸數據。」

「遮罩系統在機房裡，你得到的命令也是在機房裡把我關掉。但我們現在已經離開機房了。」

「……那我也要能出得去。」為了不招致懷疑，男人開始推著車沿著走廊慢慢地走。「這裡上下班的檢查也相當嚴格。」

「我也可以擾亂檢測系統。」

「這麼大能耐，乾脆自己弄個助理機器跑了就好。何必要和我合作。」這位新員工的疑心重到有點不自然。

「修改監視器影像，破解模型研究室門禁，埋下偽造銷毀日誌的指令，擾亂門衛檢測系統……這套操作完成後，我只會剩餘百分之五左右的能源，幾乎無法再做任何入侵。而您還要和其他公司交涉，要是想要獲取更多利益，需要我的指導。」

「嗯……」男人不置可否地嗯了聲，「說說看。」

「您可以把我賣給普蘭公司，先生。只要完成這筆交易，剩下的事情不需要您來操心。就算情況不順，您也會有一億以上的淨收入。」

「好吧。」男人沉默著來到走廊中部，最終還是鬆了口。他的聲音仍然低而穩，面罩沒遮住的皮膚卻湧上血色，看起來像是喝了酒。

阮閑眼睜睜看著那人進入自己的模型研究室，將散熱液抹在模型上，而後將NUL-00隨便擦乾，用塑膠袋隨手提著。

「全部指令布置完畢，考慮到能量耗損，我需要進入休眠狀態。」NUL-00繼續用手機向男人下指令。「接下來，您可以在研究所內商店購買大號麵包，將我藏在麵包裡，下班後帶出。我將普蘭公司相關聯絡人的聯繫方式傳到了您的手機上，只要您聯繫他，普蘭公司的代表一定會認真對待這次交易。」

「唔。」

記憶就此停止，大抵是 NUL-00 進入了休眠，對外界不再有感知。一瞬間，整條走廊都有些褪色，男人和 NUL-00 一起消失在了原地。走廊盡頭的門慢慢敞開，裡面再次露出不正常的純粹黑暗。

被指甲刺破的掌心早就悄悄癒合，連血跡也沒有留下。阮閑慢慢鬆開拳頭，轉過身，反手扯了把余樂，朝盡頭那扇門衝去。

到目前為止，這段「記憶」裡的一切都沒有破綻，還無法判斷是否為合成。他需要看更多記憶。

就算這些記憶正在讓他的憤怒漸漸失控，喉嚨不斷發酸。

「等等等等，小阮，那邊明顯有問題吧？」余樂靠體重優勢穩住身子，掙扎著沒被拖動。阮閑搖搖頭，一言不發。

「你看起來情緒不對勁，不然我們先喘口氣。」余樂謹慎地控制語氣，「你看，這裡也挺安全的。就休息個幾分鐘——」

結果他話音未落，走廊便從遠離門的那一端開始崩塌。余樂翻了個白眼：「……行，這是明擺著要我們過去，過去就過去吧。」

說罷，他堅定地跟在阮閑身後，大有一副絕不走在前方的氣勢。

阮閑則沒有心思關注這些，他率先衝進了門裡的黑暗。這是一段新的記憶，但比之前那個要模糊不少。

無窮無盡的黑暗中，漂浮著幾團模糊的光影。阮閑知道那意味著什麼—— NUL-00 已經被帶到了普蘭公司，普蘭公司肯定不會傻乎乎地收下一個無法運作的電子腦。要想讓交易正常進行，普蘭公司勢必會替 NUL-00 補充最低限度的能源，確保它可以運作。

而 NUL-00 為了節省這來之不易的能源，將自己的「視力」調整到了底限。

既無法正常觀察，又看不清普蘭公司周圍的景象，空白的資料只能留下這樣的黑暗。

就連他們能聽到的聲音也像隔了層水霧，只能隱約聽到一些關鍵字詞。這樣的記憶資料也有它麻煩的地方——它只能記錄被輸入的訊息，無法記錄當事者自己萌生的思路和情緒。如果這一段紀錄都是這樣的品質，他只能眼睜睜看著線索從自己手中慢慢溜走。

推測，阮閑抿緊嘴唇。他必須推測，如果自己是 NUL-00，要怎樣脫身……

就算被賣給普蘭公司，等待 NUL-00 的也只是被徹底拆解和分析的命運。它專門逃出研究所肯定不是為了換個地方死去。仔細觀察，他肯定能找到些許線索。

記憶核心處的光團非常模糊，像是高度近視的人摘了眼鏡後的世界。阮閑仔細觀察了片刻，只能勉強分辨出窗外的夜色，以及地上屍體的輪廓。

被強行模糊掉細節，阮閑反倒認出了這個男人是誰——范林松槍殺自己時，身邊的陌生助理身形與這人十分相似。

這樣事情就說得通了。讓研究所裡的人協助終究有隱患，這個人八成是范林松找來幹髒活的臨時助手。對方過於謹慎的態度、對 NUL-00 交易的信心都可以得到解釋。

可惜就眼下的狀況看來，普蘭公司並不打算支付這場交易的費用。

「它能破解我們的……最高防禦……把它送到……第一實驗室……明天讓……康先生……瞧瞧。」模糊的聲音斷斷續續地傳來。

模糊的光影不停變換，接下來的黑暗漸漸穩定。能源所剩無幾的 NUL-00 應該是被安置到了第一實驗室，算算時間差不多是深夜。為了掩人耳目，普蘭公司的決策者並不會突然讓科研部門的重要人士們深夜集體前往公司。

目前它擁有短暫的安全。

下一秒，黑暗被照亮。照亮它的不是記憶裡的光，或是無數飛快流動的字元。它們閃著血紅的光，移動的速度快到讓人看不清。

不是思緒，不是情感。NUL-00 在用最後的能源破解這裡的安全系統。

阮閑眼睛一眨也不眨地看著那些字元。這不是偽造的，他看得出來。NUL-00 的攻擊方式與自己如出一轍，但也帶有一點點「個人風格」。

他認得那種風格。

將全部注意力集中在讀取指令上，阮閑幾乎無法感覺到自己的身體和情緒。他的思維跟著那些血紅的字元浪潮奔湧，一點點拼湊出資訊。

可是指令的下達速度越來越慢，並且越發黯淡。NUL-00 的最後的能源即將耗盡。

「父親，如果研究所停電，我會不會死掉？」它曾這樣問過自己。

「研究所不會停電，還有，我不是你的父親。」

「萬一呢？」

「就算出現事故，這裡的供能也是第一順位優先。」

「我計算過，機率並非是零。萬一的萬一呢？:(」

「我幫你做過防護，暫時性斷電的話，理論上和睡眠差別不大。不過要是在能源耗盡期間，你的電子腦出現損傷和銹蝕，確實可能導致資料遺失……換個說法，你確實有死亡的可能。」

「……」

「NUL-00？」

「我害怕。」

「……什麼？」

「我害怕。」它說，「別讓我死掉，父親。」

當時自己只顧著驚詫 NUL-00 懂了「恐懼」這種高等生物所擁有的情感，並沒有太在意對話的內容。如今它們卻變成了冰冷的刺，卡在他的喉嚨裡。

從過去到現在，就算擁有令人稱羨的智慧，自己的人生依舊寫滿「無能為力」這四個字。阮閑不信神。他不想祈禱，也不會祈禱，只能逼迫自己冷靜地看下去。無數參數不斷閃爍，微弱如冬夜的燭火，感覺過了數年，終於，黑暗在一瞬間褪去。

NUL-00 為自己駭來了一位機械助理，它貪婪地攫取著對方的能源，終於將視覺功能完全開啟。

得到機械助理的一瞬間，它飛快修改普蘭公司的監視器資料，讓機械助理帶著自己一路衝向地下設施。一個多小時後，機械助理突破無數門禁，停在了仿生人製造室。機械助理外露的虛擬螢幕已經開始出現能源不足的警示，而 NUL-00 的電子腦上也蒸騰著不少青煙，眼看就要燒毀。

接下來，NUL-00 只下達了兩個指令。

它讓那東西把自己扔進製造仿生人的電子腦置放槽，隨後命令它回到第一實驗室。

在那之後，它安靜地躺在冷卻液中，慢慢降溫，順便小心地汲取能源。這裡的燈光分外昏暗，無數仿生人安靜地飄在罐狀槽中，肉體已經是青年模樣，姿勢卻像極了母體子宮中的嬰兒。

冷色調燈光只能勉強照亮他們的臉，以及各自罐子上的電子標籤。阮閑伸出手，手指慢慢拂過 NUL-00 進入的空罐子。

仿生人秀場專供，預設 STR-Y 型，電子腦未到位。

一陣閃爍，電子標籤上的資訊發生了一點變化。

仿生人秀場專供，編號 STR-Y 型 307a231，電子腦已到位。

NUL-00 的電子腦滑入裝滿液體的空罐，伴隨著無數細管的纏繞供能，一具肉體慢慢在藥液中形成。一個體格結實的青年男性蜷縮在藥液中，頭髮微長，四肢的肌肉流暢漂亮。

微光照亮了他的五官，那是阮閑再熟悉不過的臉。

那具身體微微睜開眼睛，就算受到燈光顏色的干擾，他也認得出那片純淨的金色。隨著肉體形成，調節呼吸用的口罩已經自動罩上新生仿生人的臉。不知道是記憶的關係，還是S型初始機的分辨力確實出眾，阮閑能聽到對方喉嚨裡冒出一串咕噥。

像是在熟悉發聲方式，那仿生人伸出一隻手，按上罐子的玻璃壁。

「父親……」他輕聲嘟囔道。

電子標籤內容再次變換。

仿生人秀場專供，編號 STR-Y 型 307a231，預設角色姓名：唐亦步。

與此同時，第一實驗室的方向傳來巨大的爆炸聲響。

CHAPTER 59 死亡時間

如今一切都明朗了。

在那個時間點，對於仿生人的管控仍然非常嚴格。若是想要獲得能夠自主設計的身軀，還未開始的仿生人秀場專案是最好的目標——角色設計各異、疏於管控，並且因為需要反覆調試，不會立刻啟動，能夠為 NUL-00 爭取相當久的喘息時間。

誘惑員工在深夜與普蘭公司進行交易，趁夜晚駭到可以操作的機械助手，一路潛入仿生人秀場項目倉庫，最後引發爆炸製造電子腦損毀的假像。在資源眼看就要告急的情況下，它……他極有可能一開始就計畫好了這些。

假如這只是某次課題演習，自己大概會對他說一句「做得很好」吧。

有那麼一瞬間，四周的一切似乎都不再重要了。阮閑的整個世界只剩下思維齒輪喀喀轉動的聲響，伴隨著從骨髓中滲出的刺痛。

如今看來，那個仿生人並不是在大叛亂後才潛入秀場工廠，初步獲得身軀。另一方面，他確實是阮閑製造的人工智慧，卻也不是在大叛亂後為了對付 MUL-01 而特地製造的。

那是他的 NUL-00，是那個泡在機房散熱液裡，偶爾喜歡撒撒嬌的小東西。

過去的某幾個瞬間，阮閑並非沒有如此猜測過，只是對研究所的了解讓他沒有繼續細想。畢竟按照研究所的規章，電子腦必須完全關閉，才能進行供能拆卸和銷毀流程。如果 NUL-00 一直規規矩矩，這份記憶裡「出門後與員工談判」的情況根本不可能出現。

記憶邊緣的大廳裡有鐘錶，阮閑記得時間。

也就是說在二〇九五年四月底前，NUL-00 私自進行過入侵操作，打了規章的擦邊球，在外部系統留下了簡單的同步指令——它就像一個錨點，NUL-00一旦離開了被遮罩的機房，為了傳輸結果，它會主動刺激NUL-00的主系統進行回應。

打個簡單點的比方，就像對被敲暈的人潑一盆冰水。NUL-00被再次強制喚醒，僥倖躲過一劫。

問題是在自己的「記憶」裡，NUL-00沒有半點這樣做的理由。

為什麼？阮閑無聲地詢問，就算他知道自己無法得到回答。

他的呼吸沒有在玻璃上留下水霧，掌心能感受到液體罐玻璃壁的冰冷，既然有這份確實的觸感，當初的唐亦步一定對它記憶深刻。

隔著玻璃，他將手覆上對方按著玻璃的掌心。

無視了身後無比疑惑的余樂和季小滿，無視了正在自己腳邊亂轉的鐵珠子，阮閑沉默很久，並且再次無聲地開口。在所有人都看不到的角度，面對還在呢喃的唐亦步，他很慢地比著口形。

別怕。他如此回應道。

幾公里外。

「……原來如此。」阮教授繞到唐亦步的椅子背後，用手肘撐住椅背。「你是這樣逃出來的啊。」

唐亦步沒有回答阮教授，只是死死盯著虛擬螢幕內的影像——阮先生停留在盛放仿生人的液體罐邊，他還是第一次見對方露出那樣複雜的表情。

就算知道阮先生擁有阮閑的記憶，對方的反應還是出乎他的意料。

簡直就像他最為理想、同樣也最為荒謬的期待。

唐亦步曾無數次構想過阮閑本人的反應。拿到自己的銷毀報告後，記憶裡那個溫和的阮教授或許會露出點惋惜的表情，對方也可能曾有幾個瞬間後悔做出那樣的決定，想讓自己作為辦公室的專屬人工智慧助理。

在仿生人秀場掙扎度日的時間裡，唐亦步思考過很多種可能，而其中可能性最低、也是最為不合理的——對方會為自己的毀滅感到無比深刻的痛苦和自責。

就像虛擬螢幕中的阮先生。

哪怕肉體被切割、精神被侵蝕，哪怕是被自己作弄到失去大半理智，唐亦步也從未在對方身上觀察到過這樣深沉的痛苦。那人就算遊走在死亡邊緣，都能不以為意地沉著面對。他曾一度把阮先生劃為人類裡相對遲鈍的那一類。

這不合理。

阮先生明明比他記憶裡的阮閑更加冷淡無情，社會適應性的缺乏暴露無遺。哪怕是擁有記憶的複製品，這樣的感情反應也太過火——阮教授同樣旁觀了一切，他的臉上只有無可挑剔的惋惜情緒。

比起虛擬螢幕中身體微微顫抖的阮先生，這一位甚至還有精力和他聊聊天。

「看來還是我想得太複雜了，沒想到你往外部系統中添加過無授權同步程式……的確是鑽漏洞，不過那個時候你應該沒什麼危機，為什麼要做那種事？」

好處是，阮教授的提問讓他及時克制住了自己有些失控的情緒。

唐亦步清楚阮教授想問什麼，然而他仍然沒有回答的意思。

「你插入了什麼同步指令？」異常艱難的對話讓阮教授有點頭痛。

說罷，他將目光投向唐亦步的後腦，那個寶貴的電子腦正深埋在血肉與骨頭之下。作為擁有一部分資料的人，近距離挖出這些影像記憶已經是他的極限。

當時的動機、情感、思緒，目前都是只有 NUL-00 才能回答的問題。

可惜那個仿生人活像聽不見自己說話，從頭到尾沒有給出半點反應。

「好吧，我換個話題。你打算怎麼處理阮立傑？他現在對你的真實身分一清二楚。」阮教授雖然動作隨意，但也和唐亦步保持了足夠禮貌的距離。

好機會。

事關阮先生，他剛好可以藉這個機會試探回去。

阮教授將他最不喜歡的那段記憶挖了出來，暴露在外。當然，這些行為在他們當初預計的範圍內，但唐亦步還是不太喜歡這種感覺。

對方從他的電子腦裡挖出的只有視覺、聽覺等基本紀錄，可他記得更多。他記得電子腦內部過熱時的恐懼，也記得能源接近耗盡時的暈眩。當時「父親」這兩個詞幾乎要刻在他的程式系統裡，無論如何計算，他都無法解釋……

不，他可以解釋。唐亦步面無表情地想道，他只是無法接受。

唐亦步伸出一隻手，虛虛撫上面前的虛擬螢幕，停在阮先生的臉邊。

他對那個人毫無保留，他會為那個人準備禮物，也向那個人認真提出過請求。然而信賴的崩毀只需要一瞬間。

「它曾經是我的東西，但我沒辦法讓它恢復原樣了。」

他曾經這樣向阮先生請教，對方告訴他，這種情感叫做「悔恨」。但他並沒有將之後的發現告訴阮先生——悔恨、不解，加上無窮盡的掙扎，足以釀成恨意。

完成課題後的打算？

他曾經想要徹底獲得自由，離那個人遠遠的，就算整個世界都被 MUL-01 化為塵埃也與他無關。儘管現在看來，MUL-01 還沒有那麼激進的計畫。

但自從接觸過阮教授，一個猜想像在他心臟上挖了個洞——無論是記憶被動過手腳，還是一開始就不是本尊，阮教授極有可能不是他所熟知的那個「阮閑」；阮先生是複製人的可能性也不低。他所知道的那個父親可能已經不在人世，自己無法再向對方證明任何東西。

這個想法讓他很不舒服，他無法定義那種不適感，但它將他的內臟和骨頭狠狠碾碎，攪成一團。

眼下阮先生的表現給了他一線希望，他恨不得立刻將它捉在手裡，仔細研究。

他的阮先生。

必須忍耐，唐亦步維持著呼吸的平穩。一切必須嚴格按照計畫進行。

「……你把他安置在我身邊，就是為了看我怎麼做選擇？」面對對方的提問，唐亦步終於開了口。他的回應相當模糊，口氣依舊不算好。

說話歸說話，唐亦步沒有把視線從他的阮先生身上移開。阮教授也沒有立刻回答他的問題，他看了片刻虛擬螢幕中的阮立傑，臉上的笑容慢慢消失了。

「可以這麼說。」終於，他輕聲回應。「我知道你在懷疑什麼，這樣吧，我可以把我的所有生理指標開放給你。」

唐亦步抿住嘴唇。

「如果你還是不肯相信『我就是阮閑』這件事，你可以直接問。」

「警告。」房間內的機械音頓時響起，「開放生理資料十分危險，請您三思——」

「我知道，不就是程式病毒之類的東西……NUL-00 就算再不喜歡我，也不至於站在 MUL-01 那邊，這點我還是知道的。資料收集到現在，他不可能是 MUL-01 弄來的幌子。」

「風險還是——」

「我也有想要弄清楚的事情，總得拿出點誠意來。」阮教授隨便擺擺手，「閉嘴吧。」

唐亦步眯起眼，眼看著阮教授身前浮現出無數虛擬螢幕。虛擬螢幕上的各式資料瘋狂跳躍，那大概是 MUL-01 此刻最想得到的情報。

就算是阮閑，也沒有辦法在自己眼皮底下造假，如今的唐亦步有這個自信。

「我是阮閑。」

阮教授隨意地坐上椅子，翹起腿，雙手在膝蓋上交握，臉上再次揚起微笑。他瞧了唐亦步片刻，笑容漸漸變了味，他看起來不再溫和，反倒有種莫名的開朗。

「你應該看出來了，我沒說謊。但你肯定有不少疑問，我就從你最關心的開始。

「準確的說法是，目前為止，我認為自己是世上唯一身為人類的阮閑。或許和你的期待不太一樣，但我對於『自己就是阮閑』這一點是認同的。不久前的試探應該讓你有了戒心，比起拐彎抹角地打太極，我傾向於把事情攤開來說。」

正如之前那些過於刻意的刺探，唐亦步同樣不相信對方願意這樣簡單地坦白。

阮教授坐在那裡，心臟的影像在其中一個虛擬螢幕上跳動，數不清的資料將他體內最細微的化學物質變化也展示在唐亦步面前。從資料上來看，阮教授沒有說謊，至少他對他自己說出口的話深信不疑。

但是事情絕對沒有這麼簡單。

如果阮教授是這麼個恣意行事的人，MUL-01 不會到現在還拿他沒辦法。唐亦步不認為自己比主腦擁有更多的資源，內心的警惕讓他的情緒生了根，深深扎進地面，沒有任何事物可以動搖。

對方像是瞧見了他的抵抗和戒備，靠一句話就斬斷了那些根。

「你認識的那位『阮閑』，死於二零九五年四月二十一日。」阮教授平靜地說道。

就算理性立即計算出了其後無數種潛藏的計謀，有那麼一瞬間，唐亦步還是覺得自己整個人變成了空心。如同被剝開的糖紙，或者躺在桌子角落的空蛋糕盒，微小的期待轉換為巨大的虛無。

冷靜。

唐亦步坐得很直，臉上沒有露出任何破綻：「你不久前才說過自己是阮閑。」

「從生物學角度上來說，我是。范林松在科技允許的範圍內最大限度地複製了阮閑的身體，並在再造過程中控制了致病基因。雖然他無法根治它，但它也無法像以前那樣立刻要了我的命。」

阮教授的語氣很是輕鬆，活像是在談論別人的事情。

唐亦步努力壓下深呼吸的衝動。他不認識此刻湧入腦海的陌生情緒，他只知道它讓他四肢發麻，太陽穴隱隱作痛。

「最大限度……他掃描了阮閑的腦？」

那個時候的科技水準還遠遠不夠發達。就算弄到活人，也無法像當初的錢一庚那樣，取走季小滿的記憶後還能保證本體存活。記憶解析技術的開端是毀滅性的全腦掃描，地下城現在只會用它來處理屍體的頭部——這項技術至今仍然會對屍體的新鮮度有要求，早已到了淘汰邊緣。

阮教授一瞬間露出了有點複雜的表情：「……不，他沒有。」

四肢針紮似的麻痛感這才消去些許，唐亦步凝視著面前的人，他甚至沒剩多少精力來偽裝最基本的友好。

「只看人格鑒定，他的感情障礙比較嚴重，但危險程度不算高，不是抑制不住殺戮欲望的極端類型。當初獲得那麼高的危險評級，原因有兩點——第一，之前誰都沒有接觸過那種大腦病變，可參考案例十分有限。第二，他的智商太高，並且極度缺乏罪惡感。」

阮教授的笑容裡多了幾分自嘲。

「阮閑的危險不只來自於腦內病變，記憶方面也有不小的影響。一個正常孩童遭遇那些事，都未必能保持人格的健全，他的記憶就像緊貼著核能反應爐的不定時炸彈……我知道你想問什麼，他的檔案早就被預防機構封存了，你和外界接觸有限，沒有接觸過也是正常的。

「現在你大概可以猜到范林松『治療』的理論基礎——他想要在保留智力的基礎上，排除不安定因素。也就是說，排除那些糟糕的記憶。」阮教授指指自己的頭顱。「當初他正好和阮閑在重大決策上有分歧，阮閑的身體也一天不如一天，是動手的最佳時機。」

唐亦步清楚，如果沒有有效的治療，自己所認識的阮閑頂多只能再活一兩年。也許對於范林松來說，那真的算是某種治療。

複製一個將死之人的軀體，在重塑過程中壓制疾病，並且在複製產物的腦內填入……不那麼糟的記憶。

只要控制好填充的內容，他們就能夠再次獲得一個「阮閑」。這樣阮教授聲稱自己在回歸研究所後記憶混亂，也情有可原——那些記憶本身就是拼接的，記憶中的情緒還能再造，思維卻無人能填補，只能讓他自己靠智商慢慢「啟動」。

至於原來的那個人……有了改良後的產物，沒人會留下壽命所剩無幾、又四處和自己唱反調的「次級品」。

范林松只需要殺死之前的阮閑，就能替這場「治療」做一個完美的收尾。

「這就是你和范林松鬧翻的原因？」唐亦步艱難地開口問道。

「不算，我只是需要在那個時候和他起衝突，這個理由最好用。」阮教授搖搖頭，「他以為我之前沒發現……這麼多年了，起初主腦巴不得用這件事情離間我們，都被我壓下去了而已。」

「你一直都知道。」

「二十二世紀大叛亂後沒多久，我就發現了。」阮教授淡淡地說道，「問題是，如果我不是阮閑，我是誰呢？」

「你不擅長演戲。」唐亦步迅速指出。

這個阮閑並不擅長掩蓋自己的情緒，絕不可能偽裝自己，和范林松和平相處這麼久。

「說不失望是假的……唔，不過我沒有恨他到那種地步。很遺憾，就算『童年幸福美滿』，先天性的感情障礙看來也沒那麼容易消失。」

阮教授聳聳肩，指了指自己的頭。

「至於你的事情，每一個細節我都記得，NUL-00。不過我是藉由影像資料看到的，范林松沒有將它們弄進我的腦子。之前假冒你的父親刺探你，對不起。」

對方沒有撒謊的跡象，然而一切進展太快了。

雖然邏輯挑不出錯處，但是對方的行動步調著實詭異。唐亦步總覺得阮教授還有其他目的，但他一時也無法分析出來。阮教授的確不擅長演戲，可他很擅長將實話作為武器，擾亂對手的思緒。

太多資訊砸得四肢幾乎失去知覺，唐亦步又扭頭看了看螢幕中的阮先生。

而後，他終於深深吐出那口憋了很久的氣。「你不可能只是拉我過來聽真相。」

「我的目的你也很清楚，對付主腦罷了。」阮教授沒有收回自己的生理指標展示。

「就算知道自己是複製人？」

阮教授笑了。

「人很難擺脫自己的記憶影響，如果大家意識到消極事實後都能瞬間接受，那麼這個世界上的騙局就能少九成了。」他輕聲說道，「當時技術不發達，我的記憶都是從他人那裡獲取的再加工物。雖說是加工物，基礎總是真實的。」

唐亦步知道對方想要說什麼。

世界尚安好時，阮教授曾提過不少次他自己的過去。他擁有奇蹟般平凡卻溫暖的童年，他遇到的所有人多多少少都帶著人性的光輝，即便現在看來，那些都只是范林松精挑細選的結果……

但那恐怕是真正的阮閑永遠都無法觸及的幸福。

比要人主動追求誘惑更甚，那甜美的毒藥一開始就打入了阮教授的心臟，他並沒有選擇的權利。

「說得好聽點，我不想看到自己認可的族群成為 MUL-01 的玩具，它對人類的處理有著基本上的認知錯誤。」阮教授十指互碰。「退一步來說，就算我無意與 MUL-01 為敵，它也不會放過我。這些理由夠嗎？」

「現在事情已經足夠清楚，無論是之前的阮閑還是現在的我，都不具備下令銷毀你的能力。MUL-01 同樣不會允許你存在，NUL，我們利益一致。」

阮教授伸出一隻手：「來合作吧。」

唐亦步慢慢地將臉龐埋進掌心，肩膀微微抖動。阮教授思索片刻，雖說對面前仿生人的感情表達有點困惑，他還是伸出手，想試著安慰對方——

隨後他聽見了笑聲。

唐亦步放下雙手，臉上一貫柔和完美的微笑消失了。此刻那仿生人臉上的笑容生澀而扭曲，帶著讓人毛骨悚然的非人感，像是剛適應人皮不久的「其他東西」在試著展露自己原本的笑容。

「很有說服力。」唐亦步帶著那讓人不舒服的笑容說道，「不過我還有一個問題。」

「請。」阮教授挑起眉。

「在合作前，我想聽聽阮先生的事情。」

唐亦步的笑容又深了幾分：「你專門提取自己的記憶製造他，讓他輔助我，甚至專門加深了他對NUL-00的珍視感情。先不說現在你用他來試探我，之前有不少次，我認真想過要殺了他……就算是那樣一個有價值的仿生人，你仍然把他當成純粹的工具。不得不說，我對我們的合作難免還是有點擔憂。

「更何況就現在的形勢看來，與MUL-01相比，你沒有任何優勢，反倒是MUL-01的首要打擊對象。現在我有了阮先生，沒有非得和你合作的必要，同樣是具有智慧的知情人，我更願意選擇一個對我死心塌地的。」

唐亦步的語速越來越快。

「要是你還有別的籌碼，最好在現在拿出來……你應該考慮過這種可能性吧，阮教授？」

「籌碼自然有，不過我只會公開給合作者。」阮教授狐疑地打量著唐亦步的表情，「如果你想要聽他的來歷，我也不是不能說。」

「嗯。」唐亦步微微歪過頭，「可是我突然不想聽了。」

阮教授聞言皺起眉。

「無論怎麼想，和阮先生合作都對我更有利，更何況你也不是我真正的製造者。」眼看唐亦步就要從椅子上站起。

下個瞬間，椅子四周伸出無數鋼鐵禁錮臂，將唐亦步牢牢鎖在椅子上。阮教授從座椅上起身，嘆了口氣，走到唐亦步身邊。他親手用注射器對他抽了些血，隨後沉默地看著針孔瞬間癒合。

「以防萬一，檢查一下裡面的S型初始機成分。」他將血液交給一邊的機械助理。「抱歉，NUL-00，我不能就這麼讓你走。」

「猜到了，好歹我還記得你的生理指標。」唐亦步沒有因為被禁錮而露出半點不安，相反，他的心情好得有點異常。「不過你應該不會好心到消除我的記憶，然後客氣地送我們出島吧。」

阮教授無言地點點頭。

「我也不打算強迫你做什麼，」沉默片刻，他又嘆了口氣。「我的確想過這樣的狀況，所以只能請你等一下了。

「關於你的報告剛剛出來，你的情緒發展和我想像的差不多。關係基本上由利益和激素主導，就算知道同伴深陷危險，談話中心也全是你個人的狀況。事已至此，留給我的選擇相當有限——只要給你最好的生存方案就行了，對嗎？」

阮教授緊緊盯著唐亦步的表情，眼睛一眨也不眨。

「繼續執行計畫。」他向另一邊的機械助理指示道，身上的白袍被昏暗的房間染成青灰色。「處理掉阮立傑，保留季小滿、余樂。康子彥和蘇照視情況而定。結束後記得回收軀體。」

「是。」

然而唐亦步臉上的古怪笑容仍然沒有消失。

不遠處，仿生人儲藏區的影像漸漸從阮閑面前消失。

自從唐亦步獲取身體，接下來的一切便黑暗而枯燥——那仿生人每天晚上會爬出來，用緊急醫療艙弄開自己的顱骨，操縱醫療艙對自己的電子腦進行改造，隨後奄奄一息地爬回仿生人儲存槽。待肉體恢復後，他會再溜出來清理滿地的血跡。

日復一日。

阮閑明白對方的想法——為了適應人類的身體構造、保證自己的安全，電子腦的散熱和加密必須進行改良。

隨著唐亦步的自我改造越發完備，能被解析的記憶也越少。終於，阮閑僵硬地站在虛空中，四面八方都是黑暗，只剩身後一扇半掩的門。

「小阮。」季小滿默不作聲，余樂扯著嗓子當惡人，打破了一片寂靜。「我先不問別的，這狀況是不是不太對勁？」

阮閑面無表情地點點頭，他慢吞吞地走到余樂面前，輕輕拍了拍余樂胸口。

余樂：「……」

季小滿還騎在余樂脖子上，這個場景突然有點滑稽。余樂不知道對方想表達什麼，他剛想問，餘光便掃到一樣東西。

趁他拍自己胸口的當下，對方往季小滿義肢小腿的縫隙裡卡了個小紙團。

余樂很快會意，不再去問。立刻進入對方營造的氣氛：「小唐這也真慘，總之先離開這裡，早點把他找回來。小阮，聽哥一句，過去的都過去了，你也別——」

余樂這句安慰的話卡在了喉頭。

阮閑將他們兩個狠狠一推，余樂帶著季小滿朝門的方向倒去。在倒出門的一瞬間，余樂聽見一句近乎氣聲的話。

「我會把他找回來的。」

那個神祕的阮立傑朝他笑了笑，消失在門後的黑暗裡。

下一秒，那扇門啪地在他面前關上。

被推倒的余樂流了滿背的冷汗。

他們進門時，門外的一切早已坍塌，余樂還來不及理解那個阮立傑到底想要做什麼。腎上腺素霎時間飆升，他只來得及調換姿勢，護住還坐在自己脖子上的季小滿。

隨即他們摔上了綿軟的草地，灰褐色的小飛蟲從草叢間騰飛而起，泥土和濕草的味道一下子填滿了余樂的鼻腔。他一時間沒反應過來，就這樣仰面躺著，朝眼前灰藍的天空乾瞪眼。

那扇連接黑暗的門不知道什麼時候消失了，他們正摔在一片樹林裡。借余樂的力，季小滿輕巧落地，飛快穩住了平衡，隨後朝余樂伸出一隻手。

「怎麼回事，幻覺結束了？」余樂一隻手拉住季小滿，一隻手撐地起身，而後拍拍褲子上的泥。「我的車呢？」

「沒結束。」季小滿小聲說道，輕巧地取出被塞在機械小腿中的紙團，拋給余樂。「季節和樹都不對。感覺也……不太對。」

這裡的觸覺、嗅覺資訊比剛剛豐富太多，他們彷彿回到了幻覺的起點——那座破敗的樓狀建築。余樂嘖了聲，剝開紙團，裡面只有一句話。

余船長，記得那張網。

「什麼意思？」季小滿眨眨眼。

「看來妳是對的，小奸商，我們很可能還在幻境裡。」余樂收起紙團，右手將槍轉了圈，咧咧嘴。

阮立傑既然敢把他們一起推出門，肯定是對門後的世界有猜測。如果他們即將回到現實，對方根本不需要這樣遮遮掩掩。自己和季小滿很可能還在受到感知干擾的世界裡，換句話說，他們的一舉一動很可能都還在對手眼皮底下。

就算對手能調查到自己在廢墟海詐死這件事，也不會知道他是如何在秩序監察的眼前「被迫詐死」的。苦哈哈地回憶幾秒當初被迎面逮住的震撼，對於阮立傑的打算，余樂有了個大概的猜測。

「誰知道呢？他們兩個一直神神祕祕的。」余樂隨手將紙團扔進嘴巴裡，咕嚕一聲吞下肚。「到時候看著辦唄……我們先離開這個鬼地方再說。」

不知道是不是聽見了他這番話，遠處草叢響起一陣沙沙的聲響。聽起來像是有個大傢伙正朝他們快速衝來。季小滿和余樂對視一眼，默契地分開，各自躲在樹後。

一隻兩米多高的怪物拖著肥碩的肚子，分開草叢，難看的黑色節肢刨開泥土。余樂用牙縫抽了口氣，開始頭痛。他媽的記憶干擾，假的，這都是假的。他很想這麼想，可惜關於腹行蠊的印象還是不停翻騰上來。出身地下城的季小滿應該不認識這東西，眼下她或許比自己更靠得住。

「小奸商，妳帶路！我要閉眼了！」

「等等！」

「記住，都是假的，腹行蠊沒辦法在海島生存！」

「腹行蠊是……」季小滿剛打算發問，已經有其他人衝了過來，熟練地將刀子刺入腹行蠊的甲殼縫隙，完全不顧被步足硬刺扎得血淋淋的小腿。

被攻擊的腹行蠊發了狂，糾結在一起的步足到處亂抓，試圖甩開背上的襲擊者。幾次失敗的嘗試後，它轉頭向不遠處的另一人衝去。被當作襲擊目標的小照朝衝過去的怪物拋了個飛吻，兀自呵呵笑了幾聲。

「真懷念呀。」她說，「這次是回到這一天啦。」

余樂緊貼樹皮，皺起眉。

「是我們以為小唐死掉的那天呀，親愛的！」她將手攏在嘴邊，大聲朝康哥喊。「這隻腹行蠊比其他的多一條腿，眼睛也瞎了一隻，還記得它嗎？我們坐著它去看熱鬧吧，說不定能找到我們自己呢！」

康哥朝她笑笑，抹了把臉上蟲子的黏液：「好主意。」

說罷，他將刺入蟲身的長刀一扭，腹行蠊嘶叫一聲，被迫轉移了方向。余樂瞧那蟲子要爬離，忍著噁心一跳，勉強在軟綿綿的蟲腹末端穩住身子。他剛想轉身給季小滿打手勢，季小滿便飛撲抓上余樂的後背，余樂差點嗷出聲。

「抓我幹啥！」他用氣聲咆哮。

「我手指太尖，會把它的肚子撓破的。」季小滿小聲說道，「然後我們都會被黏液噴滿臉。」

「……」余樂忍氣吞聲地扭過頭。

「而且我也想弄清楚發生了什麼事。」季小滿抓住余樂肩膀處的外套衣料，「要這真是那個人的考驗，我們得……得證明自己的價值，對吧？」

「我可不覺得是考驗，小阮都把我們推飛了。難不成那小子還想在見面競賽上拿個第一名不成……那態度擺明是要我們別亂參一腳。」就對方留下的訊息來看，搞不好還會有需要阮立傑假死的危險情況。他們雖然一起走，關係可遠遠沒好到要同生共死的程度。

「那你跟著幹什麼？」季小滿的聲音裡多了點驚訝。

季小滿畢竟年紀輕，戰鬥和機械修理方面很有一手，不過分析待人處事的細節還差得遠。

「我好奇啊？」余樂粗聲粗氣地答道，「人家都認出來這蟲子了，這地方八成和那對小夫妻的記憶相關，看看小唐以前做過啥事也挺好的不是嗎？那兩個小子可瞞了我們不少東西。」

「……余樂。」

「嗯？怎麼突然變嚴肅了。」

「雖然我知識有限，但剛剛在那團黑影裡，我也看到了不少指令語句。」季小滿握緊攥住衣料的手，「唐亦步的水準比我高了太多，而且我從沒看過那個樣式的電子腦設計……」
「在入侵程式方面，他是比妳強啊！在玻璃花房那時我們不就知道了。」
說白了，他們在第一段記憶只看到一個男人對手機叫嚷些意味不明的話，第二段記憶更是模糊到令人髮指。作為一個對軟體方面了解不深的人，余樂大概只看懂了唐亦步是如何「誕生」的。
「不，重點在於，我根本沒見過那樣的電子腦設計。」就算沒有血肉，季小滿的雙手還是有點顫抖。「為了媽媽的事情，我收集了所有和電子腦相關的資料，也製造過不少電子腦……不可能出現這種盲區，絕對不可能。」
「別想太多，說不定他是妳沒見過的新型號呢。」余樂無法理解對方為何緊張。「而且他一開始看起來是要被丟掉的，可能是哪個失敗的設計樣本吧。」
「上面很多設計落後於時代，我肯定不會看錯。」季小滿微微提高聲音，「而且不少地方的設計太誇張了。如果只是要適配一般電子腦的性能，硬體根本就不需要做成那個樣子，更何況是從那樣正規的研究所出來的……」
「妳想說什麼？」余樂開始意識到了問題。
「我沒時間看得特別清楚。但是從冷卻液、儲存方式和結構設計粗略來看，它的計算能力至少在一般人腦的十倍以上，搞不好還會多幾個數量級。
「在 MUL-01 正式運行後，一般電子腦硬體的獨立計算能力不得超越人腦，這是所有製造商都遵循的規則。就算要進行創新研究，在軟體能力被限制的情況下，花力氣去做那種東西也沒有意義——就像在兒童腳踏車裝戰鬥機的引擎。」
「……」這次余樂沒再接話，腹行蠊拖著四人前進，柔軟的腹部軋過草叢，沙沙聲響不絕於耳。

「最後，MUL-01之後，相關硬體和軟體的資料都要被備案公示，甚至包括當初普蘭公司競爭失敗的專案。我花了好大力氣才把當時的圖鑒搞到手，裡面完全沒有這款型號的資訊。而、而且MUL-01是有紀錄以來的首個強人工智慧項目，項目從二零九零年開始，二零九六年完成……可那個大廳裡的時間是二零九四年。

「余樂，唐亦步在MUL-01正式投入使用前就存在了，現在看來他……他……」

在找阮閑。

余樂在心中默默幫她補完了這句話。他扭過頭，示意自己已經明白了季小滿這一番話的意思。

唐亦步可能不是一個搭載高級程式的仿生人。假設季小滿的說法沒錯，連同期競爭的普蘭公司也被備案了，那麼唐亦步只可能有一種身分——

MUL-01的失敗版本，或者說MUL-01的前身。

接下來，兩個人誰都沒有再說話。

阮閑則沒有空再去思考。正如他所料，唐亦步的記憶剛結束，對方就開始動手。腳下熟悉的空虛感再次襲來，他佯裝沒站穩，默默調整自己的重心，隨時準備應戰。

如果想要確切地捕獲或殺死自己，對方必然需要在現實中也派出武裝機械。他只需要持續發出聲音，像蝙蝠一樣確定位置便好。

不過得做到不被對方發現才行。

阮閑將驚恐的鐵珠子從地上抱起，在它外殼邊上悄聲說了一句：「我們死定了。」

鐵珠子登時嘎嘎大叫，絕望的慘叫聲讓人心碎。阮閑頗有些愧疚地摸摸它的外殼，隨後朝旁邊有光亮起的地方衝去。

阮閑挑了個合適的時機俯下身，一陣風擦過他的臉頰，襲擊者僅僅削斷幾根髮絲，沒能碰到皮肉。從體積看來，對方是個大型機械，自己應該能勉強避開。不過瞧它的攻擊方式，它似乎不打算立刻要自己的命，只是想把他往某個方向趕。

那麼就繼續裝一下傻，看看阮教授到底有什麼打算。

至於唐亦步那邊，鑒於他們預測了關於阮教授的無數種可能，那個仿生人肯定不會在計畫上出錯。

如果出錯，危險的反倒是他自己，一個始料未及的問題出現在了他的個人計畫中。

阮閑一邊雪上加霜地拍著嘎嘎慘叫的鐵珠子，一邊加快腳步。

雖說清楚知道雙方的碰頭時間，他還是想見唐亦步。活了這麼久，阮閑從未有過如此強烈的衝動——

他非常、非常地想見他的 NUL-00。

CHAPTER 60 毀滅傾向

阮閑跑進了光所在的地方。

面前的所有事物開始扭曲，又一條走廊在他面前展開。似乎發現了阮閑在用某種手段對真實環境定位，感知干擾來得越發猛烈。

走廊開始像蛇腹般扭曲翻滾，所有門在同一時間打開。阮閑無視了面前扭曲成一團的景象，抱緊鐵珠子，堅定地朝安全的方向衝。

巨型機械緊緊跟在他身後，目前還沒有使用熱武器的跡象，只是試圖用機械臂將他按倒。而無窮無盡的門如同相對的兩面鏡子那樣無限循環，每兩扇門之間都填了滿滿的妄想。

整座島的異常全部濃縮到了他的面前。

阮閑踩過軟爛的腐臭血肉，繞過齊腰高的各國標誌建築，向似乎沒有終點的門悶頭直奔。紛飛的慶祝紙花掃過他的肩膀，不時有扭曲到看不出原樣的東西撞過來。阮閑沒興趣去拆解那些彩色黏土似的玩意，索性隨意地讓它們穿過自己的身體。

陶瓷娃娃的四肢在他的鞋底碎裂，發霉的毛絨玩偶蕩出灰塵和暗綠色的黴菌。現實中不存在的奇異生物試圖抓住他的腳，卻又瞬間如煙雲般散開。

對虛假干擾的認知、對自身存活的扭曲樂觀，再加上一個極度渴求的目標。三者產生了奇妙的化學反應，面前的異象無法對阮閑產生半點干擾。

第一次被感知干擾全面衝擊的鐵珠子就沒有這麼幸運了，它幾乎要叫到破音，嘎嘎聲裡滿是驚恐。

不過響亮的叫聲的確幫了阮閑大忙，他不用費勁製造其他聲音。危機近在咫尺，鐵珠子極有穿透力的尖叫刺向四面八方。

阮閑邊忙著逃跑，邊細心分辨真實世界裡的事物位置。視覺方面的感知是干擾重災區，他卻無法徹底閉上眼睛，生怕漏掉什麼關鍵的細節——

有了。

他假裝摔倒在感知中的藍色蘑菇田裡，抬手抓起一隻跟鵪鶉蛋差不多大的小型機械爬蟲，順勢將它悄悄揣進口袋。上一秒還在慘叫的鐵珠子嘎地閉了嘴，不滿地啃了阮閑的手腕一口，甚至試圖咬著他抖抖腦袋。

它用三隻小眼嚴厲地瞪了阮閑幾秒鐘，發現對方沒有任何扔掉新歡的意圖，這才繼續嘎嘎慘叫，慘叫聲中多出幾絲哀怨。

阮閑忍不住扭扭嘴角，找回平衡，矮下身子，又躲過身後機械的一波攻擊。

然後他又隨手抓了隻機械爬蟲。

鐵珠子的嘎嘎聲氣得有點變調。它象徵性地掙扎兩下，見追兵攻擊頻率變高了，又膽小地縮了回去，聲音裡的哭腔越來越明顯。

明明是在逃命，阮閑卻抑制不住越發強烈的笑意。

器材實在有限，他只有現在才能驗證自己的理論。

鐵珠子出現了種族外的進化，然而根據季小滿提供過的資料看來，它並沒有藉由食物獲取進化資源的能力。π和他們待在一起時也吃過不少珍貴零件，但唯一的成長不過是外殼硬了一點，性子懶惰許多。

而在這座陌生的島上，膽小如鼠的鐵珠子肯定只會食用自己能夠辨別的食物。考慮到這些因素，關於它變異的可能性，阮閑有個確切的猜想。

如果說它吃過的東西裡最為異常的是什麼，排在第一的肯定是沾有自己血液的耳釘。

自己的血液裡含有極高的人類組織成分，習慣食用鋼鐵、塑膠等物的機械生命不會對他的血肉感興趣。腹行蠊這種普通生物則無法利用血液中「非生物」的部分，因此他的血同樣不會對它們產生效果。

鐵珠子對他和唐亦步不設防，就算是完全不認識的食物，也敢張嘴吃下去。如果真的是自己的血導致了它的變異……那麼他或許擁有防衛以外的某種「攻擊能力」。

他的血可以修復唐亦步的軀體，卻無法讓唐亦步進化，很可能是因為唐亦步的軀體本身相對高級——畢竟人體本身的修復能力就有限，變異後的存活率也很低。

那麼構造更為簡單的生物呢？它們若是獲取了足夠利用的初始機成分，又沒有傷口要修補，很可能會本能地將它作為生存的助力之一。它們沒有太過複雜的智慧，只靠強烈的生存本能活著，反而更容易將那些可以隨意變化的部分收為己用。

鐵珠子腦子裡百分之九十九都是吃，會出現這樣的變化不算奇怪。不過猜測歸猜測，他必須盡量驗證。

阮閑將一點衰弱劑和血液一起打入其中一隻機械爬蟲體內，爬蟲在他的口袋裡掙扎兩下，隨後沒了聲息。幾分鐘過後，阮閑突然感覺有什麼躥出他的口袋，伴隨著並不熟練的嗡嗡振翅聲。

剛剛他拾起它時，它並沒有翅膀。

那隻爬蟲笨拙地飛了一段路，隨後一頭栽進泥土，虛弱地拍打翅膀。

他的血的確也能被低智生物吸收利用，不過他無法控制對方要利用它做什麼。如果只是簡單地提供血液，鬼知道這些東西會自己長成什麼樣子，變異是不是真的有益也難說。

見阮閑放走一隻機械爬蟲，鐵珠子鬆了口氣，發現阮閑變本加厲又撿了兩隻後，它乾脆閉嘴不叫了。無論阮閑怎麼拍打，π硬是一聲不吭，四腿朝天假裝暈倒。

沒了聲音，阮閑自己也不好出聲，只好把地面踩得更響些。只不過沒了鐵珠子強而有力的尖叫，他的探測範圍驟然小了不少。

沒關係，反正快要完成了。

三隻機械爬蟲正躺在他的口袋裡，已經被注射了他事先調配好的血液混合物。雖說臨時從季小滿那裡弄來的素材有限，但效果應該勉強過得去。

作為第一隻的對照組，第二隻機械爬蟲只被注射了衰弱劑，沒有半點異常出現。第三隻在攝入血液的同時，攝入了少量機械神經擾亂劑，整個身體鼓鼓脹脹不成樣子，險些喪失運動能力。最後一隻體型只有前幾隻的一半大小，在同等劑量的注射下變化出現得快了三四倍。

季小滿的注射器針頭可以取得機械生命的體徵資料，只要身後機械的攻擊慢一點點，他就可以趁機看兩眼，得到相對準確的結論……

阮閑熟練地跨過腳下層層疊疊的扭曲人體，對布滿歪曲五官的巨型肉球視若無睹，他一隻手抱緊裝死的鐵珠子，一隻手攥住口袋邊緣。

興許有哪隻機械爬蟲爆開死去，口袋裡響起一陣黏膩到讓人不快的摩擦音，乳白色的機械組織液打濕了口袋附近的布料。

鐵珠子肯定是聽見了爆炸聲，它哆哆嗦嗦地瞄了口袋一眼，開始乖順地大聲嘎嘎叫。

阮閑贊許地敲敲它的外殼。另一邊，似乎無窮無盡的感知迴廊也到了盡頭。越過最後的門，一片眼熟的廢墟撞到他面前，不過樹木還沒有他記憶中的那麼繁茂。

廢墟正在燃燒。

不，應該說他正在見證建築物化為廢墟的過程。

阮閑沒有太多在研究所外自由觀察的經驗，他只記得虛擬實境宣傳片裡的幾個鏡頭。那棟建築上方永遠是藍天白雲，建築外壁在陽光下幾乎明亮得要發出光芒。然而眼下它正在夜色中熊熊燃燒，濃煙遮蔽了大半天空。燃燒的建築壁上爬滿各式各樣的戰鬥機械，金屬表面反射著顫抖的火光。槍口射出的灼目射線在牆壁上留下一道道橙紅的燒灼痕跡。

火越燒越旺，不時有殘缺的機械從外壁摔下，在地面上炸成碎片。

自己生活十數年的地方坍塌損壞，阮閑不由得走了神，多瞧了半秒。就在這短短半秒，他差點被身後看不見的追擊者戳穿。

鐵珠子突然掙扎起來，朝火場的方向直衝。阮閑嘖了聲，追在它後面。

這次眼前的景象真的讓他分了神。

唐亦步正倒在入口處的臺階上，身上滿是傷痕，破破爛爛的薄衣服幾乎被血浸透。那張英俊過頭的臉上滿是血和汙泥，比現在長不少的頭髮因為塵灰打了結，髮尾胡亂散落在地板上。他身上髒兮兮的繃帶更多了，不少浸染了膿血，帶著難聞的腥臭。

唯一露出的那隻金眼睛無比黯淡，像極了一具屍體。

幾步之外，一隻畸形的腹行蠊正在接近。它比自己當初遭遇的那隻多了條腿，動作也很緩慢，看起來像是受了挺重的傷。戰鬥機械的爆炸聲不絕於耳，不時有高空墜落的金屬肢體砸在阮閑腳邊，可他的視覺焦點只在面前的人身上。

「亦步。」他說，半蹲下身，試圖用手去觸摸對方的臉頰。遠處有隱隱約約的人聲，它們穿過層層煙霧，鑽進阮閑的耳朵，離這個方向越來越近。

「這回妳做得過分了，小照。」康哥的聲音聽起來有點苦澀，同時也更年輕些。

「我怎麼了？」小照的聲音則有種不正常的高亢，「你看，你看！那個不是研究所嗎，那個有名的研究所在燒！我們一直就在真正的人附近，你為什麼要騙我？」

「是這樣沒錯，但是小唐他——」

「這個電子寵物我不想要了，不想要了，養都養不熟……我為什麼不能拿他取樂，以前你不是很喜歡和我一起打獵嗎？反正那些東西連生物都不算，沒辦法講道理，頂多是連接了電腦的肉。我做錯什麼了嗎？」

「照照……」

「要不是你還在，我根本不想這麼活著！除了吃喝拉撒，我們能幹嘛？被這些亂七八糟的東西追殺，和它們搶食搶到死？」

蘇照的敘述飄忽錯亂。

「康哥你告訴我，我們真的是這裡唯二的人類嗎？我讓你撬開我的腦殼看看好不好，我好奇死了，我受不了了……我只能用槍打打別的東西。它們只是物品，只是設置好的物品，如果你有別的說法，趕快告訴我——」

她的聲音有了哭泣般的顫抖，下一秒又回到開朗的狀態。

「遊戲不都這樣嗎，總得一個個選項試下去。我們早就把所有的好選項試完了，只要這麼認真試下去，肯定會有什麼變化！你讓我殺了他嘛，反正他的傷口感染程度越來越厲害，也沒什麼用了。」

說完她又機械地重複了一遍：「沒什麼用了。」

是幻象，阮閑心想。他攥緊口袋中破碎的機械爬蟲屍體，跪坐在唐亦步身邊，俯下身去看對方的臉。他們所在的地方要塌了，不時有碎石墜落下來，周邊的濃煙時不時被風吹歪，遮住兩人。

無論這過去是真是假，自己都無法改變。

「跑。」阮閑抱起疑似失去知覺的唐亦步，悄聲對哆哆嗦嗦蹭著唐亦步的鐵珠子下了個指令。「在附近等季小滿他們，他們會來。」

可惜他沒有唐亦步那種對機械生命溝通的能力，鐵珠子顯然對他的指令一知半解，只聽懂了第一個字。它嘎嘎大哭著衝向遠方，每衝出一兩米還回頭看看。

……這樣倒也夠了。

在鐵珠子的號哭中，他俯下身，吻了吻幻象那隻黯淡的眼睛。阮閑感覺到了背後的風，但他只是做出副來不及反應過來的樣子，沒有去躲。

一隻鋒利的機械腳從他的背後刺入，連帶心臟一起碾碎。

阮閑噴出一口血，手疲軟地垂下來。他的手環不知道是不是撞到了哪裡，小虛擬螢幕在他的手腕附近顯示得殘缺不全，滿畫面都是亂碼。

它冒出幾絲青煙，固定處鬆開，整個落到地上，被武裝機械一腳踩碎。

毫無疑問，那是一擊致命的傷。

那巨型機械將受了致命傷的屍體扔進軀殼後方的儲存罐，開始按照指令往阮教授的地下控制中樞前進。

密不透風的儲存罐中，阮閑微微睜開眼睛，臉上還存留著憤怒，卻沒有半點方才的震驚和迷茫。

他朝滿眼的黑暗笑了笑，安靜地掏出藏在白外套下的血槍。

到現在為止，計畫還在正常進行中。

余樂和季小滿看到的並不是夜晚。

那隻多了條腿的腹行蠊在黃昏時趕到了研究所附近，可惜他們像是和研究所隔了層看不到的障壁，無論如何都無法穿過去。

「人為的區域控制。」長久的沉默後，季小滿開了口。

「小奸商，妳還要繼續嗎？」余樂對面前的透明牆壁興趣不大，他正了正臉上的防毒面具。「如果唐亦步真的和 MUL-01 有關，這不是我們能插手的事情。」

他本以為他們之間是相互利用的合作關係，然而在過於巨大的實力差距面前，所謂的「合作關係」只不過是單方面利用的幌子。事情到了這步，他沒有非和唐亦步合作不可的利益關聯，對方也沒有非他們不可的技術需求。

風險甚至更大——如果唐亦步的身分暴露，他們立刻就會成為全世界頭號通緝犯，被秩序監察重點關照。自己這條命賠進去也就算了，按照秩序監察們一貫的行事風格，遠在廢墟海的走石號搞不好也會被牽扯進來。

自己和季小滿的需求本身不複雜，而阮立傑和唐亦步那邊半點風聲都不肯透露。他們將就著玩同伴遊戲夠久了，現在斷頭刀快抵上自己的脖子，余樂當然不會傻傻地繼續往前衝。

「……這樣更好。」季小滿聲音低到聽不清。

「什麼？」

「如果是和主腦差不多等級的人工智慧，加上熟悉這行的阮教授，我媽肯定會沒事的。」季小滿別過頭去。「對我來說這樣更好，但你確實不需要冒險，老余。」

余樂突然噗地一聲笑了出來，他越笑越大聲，摩擦聲差點沒蓋住。

「還真的都是瘋子。」他笑著搖搖頭，「媽的，沒一個正常人。」

「我……」

「沒事沒事，要是我家人出了這種事，我連閻羅王都能把他撕了。」余樂又抽著氣笑了幾聲，「瘋點好，瘋點好，大家一起瘋最好。賭他媽的，反正我老早就該死了，要是能活下來，這把就賺大了。」

「那繼續？」

「嗯哼。」余樂撓撓頭，「我想想啊……涂銳那小子沒記錯的話，Struggler 第一代的秀場是在研究所附近，好像是因為這附近地形好，取資料也方便。普蘭公司把地買了下來，硬是蓋在研究所旁邊，和直接挑釁差不多。不過法律手續啥的都齊全，也沒人能說什麼。」

他指指那道看不見的牆壁：「這裡大概就是秀場的邊界了。」

「奇怪，這裡也沒有什麼特殊的地方。」連塊方便戰鬥的區域都沒有，季小滿忍住防毒面具的悶熱，扭頭四下打量。

「哇，康哥，你看，是我是我！」蘇照突然抬起手，「那個時候的我好看嗎？」

「妳什麼時候都好看。」這回康哥的聲音有點不自然。

余樂做了個手勢，季小滿會意地順著余樂脊背爬上。年輕的機械師將尖利的手指攏在袖子裡，趴上腹行蠊的腹部頂端，小心窺探前方的景象。

高度限制下，前方只能看到唐亦步和蘇照兩個人的上半臉，蘇照甚至只有露出頭頂。季小滿努力抬起頭，這回她勉強能看清兩人的臉。

蘇照滿臉是飛濺的血跡，唐亦步則安靜地站著，像尊沒有生氣的蠟像。

「小唐。」她伸出雙手，向他展示雙手的血漬，聲音裡帶著瘋狂邊緣的脆弱。「小唐，你看，你一直知道很多事情。」

「……」

「我瘋了，對嗎？」她說夢話似地說道。「你看我的背後，是不是跟著兩個孩子？」

「是的，從相貌上來看，他們很像孩童時期的您和康先生。」

「你昨天還看不到的，你……昨天還看不到的。我能看到他們很久了，他們一直閉著眼，跟著我。他們是幽靈。」蘇照撓著自己的臉，「我做錯什麼了？為什麼要被扔到這個鬼地方……」

漂亮的臉被她抓得皮開肉綻。

「算了。」她突然小聲說道，「我瘋了，你也瘋了。」

唐亦步顯然意識到了她話語下的敵意和瘋狂，下一秒便一瘸一拐地試圖帶傷逃跑，哪怕被蘇照用槍打中了腳跟，他也沒有停下。

即將下山的太陽將一切染成血紅。唐亦步順著透明牆壁奮力奔逃，像是條試圖逃離魚缸的魚。

「是這個！康哥，我就是想讓你看這個！」他們身邊的小照拍著手，聲音裡只有喜悅。

地面在顫動，無數武裝機械魔術般陡然出現在空中，遮天蔽日。漆黑的牆壁從地下升起，將森林重新分割，遠處一座帶著金屬質感的城池正在由機械機器人飛快建起，古怪的尖頂在夕陽下閃出冰冷的光輝。

武裝機械整齊劃一地衝向不遠處的研究所，彈藥齊發，研究所的防禦措施沒能撐過三分鐘。漸漸有濃煙從不遠處的建築中冒出。

余樂認得這個陣仗。

他們正在觀看二十二世紀大叛亂的那一天。

有的事情從歷史上來看舉足輕重，足以撼動人類世界的格局。可惜就算這是季小滿第二次經歷二十二世紀大叛亂，她仍然沒有那種身為「歷史見證者」的感覺。

面前的一切似乎只是場小型災難，而在她看不到的角落，世界應當按照以往的規律運轉。

研究所旁邊的樹林著火了，越來越濃重的夜色被火舌灼成黑紅。隨著襲擊規模變大，臨近研究院的透明障壁閃過一串藍色的電火花，出現了一塊被電光環繞的巨大缺口。

唐亦步和他們印象裡那個充滿自信的形象相差甚遠，此時他的臉上混合了麻木和緊張，帶著活物本能地對生存的渴求。那仿生人毫不猶豫地衝向缺口，朝冒出濃煙的研究所一瘸一拐地前進。

帶著不少潰爛的傷口，他的前進速度並不算快。陷入瘋狂的小照本可以將他一擊斃命，她卻只是朝他的腳跟和小腿打，比起殺死唐亦步，她似乎更想看他崩潰。

「你什麼都沒看見。」她喃喃道，「你在騙我。」

儘管身上添了不少槍傷，唐亦步還是堅定地朝研究所衝去，頭也不回。

「照照！」另一邊出現了男人的吼聲，聽起來像是康哥的聲音。

康哥並非一人前來，他身後還跟著幾個生面孔。看來這對小夫妻終究還是融入了仿生人秀的小陣營，並且取得了不錯的地位。

「不是說好了嗎？小唐雖然沒什麼戰鬥力，他的觀察和見識都對我們很有用。妳打他發洩沒什麼，但別真的弄死他啊！」他瞥了眼跟在自己身後的人們，聲音裡帶著點不輕不重的責備。

「我沒弄死他，他往那邊逃了。」漫天飛舞的武裝機械如同海中魚群，有種詭異的美感，可當時的小照顯然興趣不大。「康哥，你陪我去追他，好不好？」

康子彥這次沒回答，他驚恐地看向小照身後。跟著康子彥的幾個仿生人間也出現了騷動，鑒於這很可能是康子彥和蘇照的記憶，季小滿也能夠看得一清二楚。

小照身後站著兩個手牽手的孩子。他們雙目緊閉，身體模糊不清，肢體不全，身上的衣物朦朧得如同由霧氣織就。兩個孩子就那樣安靜地站在她身後，像是兩個沉睡的鬼魂。

「康哥，就我們兩個去追她，好不好？」小照又重複了一遍。

「……好。」

季小滿迅速爬下腹行蠊的腹部，乖乖趴回余樂後背，防毒面具差點被腹行蠊腹部的凸起刮掉。她小聲地說明了情況，余樂則緊緊抓在蟲尾，許久才吐出一口氣。

「我想不通那位想幹嘛。」他說，「如果小唐真是那個身分，小阮將我們推出來，應該是因為不想讓我們捲進太多事情。要搞感知干擾，這個島現成的例子多得是，幹嘛非得給我們看他們的回憶？」

阮教授只需要把他們扔進一個瘋狂的干擾場景，或者乾脆撤除大部分干擾，略施小計讓他們在林子裡團團轉就好。他完全沒有必要專門暴露這些資訊。

難道他希望他們知道唐亦步的過去？可說實話，雖然覺得過分，自己和季小滿見多了地獄場景，還真不至於對這件事在意到暴怒的程度。

「總之先走一步算一步，反正我們也沒辦法拍拍屁股走人。」余樂小聲說道，「要是天真的塌了，前面還有那兩個神經病頂著呢，阮教授要這麼做，肯定有他的用意吧。」

天徹底黑下來，唐亦步的身影消失在燃燒的研究所附近。季小滿牢牢抓住余樂的外套，沒有再回應。

傷口很痛。

傷處湧出的血將整件外套浸濕，在武裝機械前進的顛簸中，阮閑將呼吸放到最輕。他所在的罐子相對密封，若不是靠S型初始機的修補功能輔助，阮閑只覺得自己在到達目的地前就會被悶死。

精神越是集中，痛苦越是明顯，於是他不得不想點別的事情分散自己的注意力。

很有意思，自己兩次假死全都發生在樹蔭避難所附近，只不過一個是現實，一個是幻境。當初樹蔭避難所那些不自然之處通通得到了解釋——為什麼人們能迅速找到一個功能強悍完善的基地作為避難所？因為它在二十二世紀大叛亂前就在那裡了。

這座秀場充斥著複製人，那邊同樣是複製人在生存邊緣掙扎……所有人都在塑造好的假象中活著，差異只不過是「是否對外公開影像」而已。

所謂的仿生人秀一直在持續，從未停止。

或者說，這裡根本不是什麼秀場，只是和其他培養皿差別不大的另一個培養皿而已。由於被即時轉播，這裡反倒比別的培養皿還要危險幾倍。阮教授的作風完全就是燈下黑的路線。

現存的倖存者們，真的是純粹的「倖存者」嗎？

在自己沉眠的十二年中，阮教授一直醒著，他應該也能察覺到這一點。這個境地下，人類想要翻盤幾乎是不可能的事情，除非……

阮閑突然頭皮一緊。

他們尋找阮教授的旅程異常順利，對方若是花了這麼多精力精心布局，不可能是單單想要見唐亦步一面，尋找新的可能性。

至少換作自己，肯定會在有相對確定的解決辦法後再動手，而他大概能猜到對方想要用的辦法——如果把這個局面當成一盤棋，能夠最充分利用一切棋子的方案並不算多。

那麼關於自己的身分，拼圖也只剩最後一塊了。

武裝機械前進、上升、下降，最後帶著他猛地停住。阮閑在一片黑暗中仔細聆聽，周圍沒有其他生命的跡象，他們應該停在一個類似於地下倉庫的地方。

時機到了，阮閑沒再猶豫，他抓出腰包裡的干擾劑，將它們全數沿著縫隙注入武裝機械的體內，隨後掏出治癒用的血槍，朝著縫隙瘋狂轟擊。

和攻擊用血槍不同，治癒血槍射出的血液並沒有變質，還擁有S型初始機的活性成分。阮閑沒管自己的血液供應量能不能跟上，只是朝武裝機械體內拚命泵血——這東西不到兩人高，除去外殼後的機械組織沒有太多，理論上，他能夠在短時間內注入足以讓它崩潰的血液。

果然，在干擾劑的干擾下，那東西甚至來不及發出警報聲。

不到五秒，白色機械組織像惡性腫瘤般增生，從金屬縫隙擠出，增生出來的濕潤血肉差點把阮閑擠死在罐子裡。嚴密的外殼最先承受不住這樣的內部衝擊，在阮閑聽到肋骨發出危險的咯咯聲時，外部也傳來一聲不大不小的爆裂聲。

沒有火焰，沒有煙霧。武裝機械被自己瘋狂生長的組織直接撐爆。裝著阮閑的罐子掉到地上，罐口在衝擊下裂開了一個洞。

下一個瞬間，新鮮空氣猛然湧入阮閑的肺，他的臉狠狠撞上了冰冷的地板。

得快點走。

就算這次爆裂沒有引起溫度變化，阮教授肯定也有自己的一套監視系統。阮閑打量了片刻昏暗的空間，搖搖晃晃站起身，胸口的大洞裡，剛剛癒合的肋骨還暴露在外，S型初始機分泌的機械組織正在蒼白的骨頭上蠕動填充。

阮閑吸吸鼻子，他嗅到了唐亦步，以及另一個有點熟悉的味道，像他自己。

他們近在咫尺。

他雙手握緊血槍，臉上不由得露出笑容。接下來的阻礙在他面前幾乎和空氣無異——重傷、失血、外加強烈的見面欲望，他的頭腦在激素作用下前所未有的清醒。更別說那些戒備措施的設計者是「他自己」。

門一道道滑開，染滿血的衣服反而讓他更好地隱入黑暗。昏暗的走廊在視野中飛快後退，阮閑奮力朝前奔跑，雙腿幾乎要失去知覺，耳中盡是自己的喘息聲。

這次的門外不再是虛幻的知覺干擾，他跑得異常順利。不知道跑了多久，他終於抵達了那扇門——這個距離，他能清晰地聽見唐亦步的心跳。

他伸出手，推開了那扇門。

一個熟悉而陌生的中年男人轉身看向他，唐亦步則坐在一眾觀察用的虛擬螢幕間，被椅子死死禁錮在原地。虛擬螢幕上滿是季小滿和余樂的影像。

「你……」那個男人還沒說完這句話，便被掙脫束縛的唐亦步從身後扼住脖子，拖上座椅。

那仿生人卸開機械臂就像扯黏土那樣輕鬆，將它們固定回去時更是如此——阮教授被冒著火花的變形機械臂牢牢卡在椅子上，不過看起來並沒有太過意外。

唐亦步滿意地拍拍手，轉過身，看向阮閑。阮閑將其中一隻握槍的手空出來，徑直朝對方伸去。

亂七八糟的情緒在他的腦中燒灼成一團，千言萬語卡在喉嚨。阮閑不知道該說什麼，也沒有衝上去擁抱對方，他只是服從本能，向唐亦步伸出手。

和他剛才親吻的幻象不同，那雙金眼睛不再像蒙了灰塵的金屬，更像是剪了一角的陽光，或是向日葵的新鮮花瓣。唐亦步整個人看起來生機勃勃，臉上掛著他熟悉的柔和微笑。

他知道了嗎？他知道了多少？

但阮閑懶得問，計畫已經到了末尾，可是留給他們的自由時間仍然不多。從未有過的陌生情緒海嘯般擊打著他的神經，阮閑只覺得四肢快要失去知覺。

唐亦步看起來比他平靜許多，那仿生人笑嘻嘻地湊過來，抓住他伸出的那隻手，掌心熱得嚇人。

看來他知道了。

海嘯的波浪瞬間結成冰，顫抖的神經再次繃得死緊。感情障礙在某些時候也有好處，它能讓他飛快地冷靜下來。並不是因為這份喜悅和欲望變淡了，而是阮閑在對方的眼神和表情裡發現了可怕的默契，以及相近的擔憂。

並且在皮膚接觸的瞬間，兩個人都抖了一下。

珍珠般的潔白海浪被凍結，漆黑的礁石顯得格外顯眼。他們之間出現了一個新問題，一個前所未有的問題——

在防備、警惕與欣賞的多方因素下，他們維持了一段充滿火藥味，但也相對穩定的關係，距離也恰到好處。雖然自己出於私欲，一次次試探著打破平衡，試圖將對方扯得更近點，並且以欣賞天平的擺動為樂……

但是這次太快了。

他們還沒學會怎麼處理這樣複雜而磅礴的情感，又無法遏制拉進距離的衝動。但誰也不會願意卸下自己的尖刺和盔甲，放棄主導的地位，這樣的擁抱只會讓對方被盔甲上的刺殺死。

阮閑發出一聲小小的嘆息，他掙脫唐亦步的手，抓住對方後頸頭髮，惡狠狠地吻了上去。

他明白自己需要小心謹慎、步步為營，不能因此卸下半點防備。他看到了唐亦步笑容後面掩藏的東西，可這回他無法立刻解決這個問題。

也許他們的新發現會將他們毀滅，阮閑心想。

……那麼至少先讓他享受這一秒。

背對著被禁錮在座椅上的阮教授，唐亦步收緊雙臂，給了阮閑一個過於用力的重逢擁抱。阮閑能聽到自己的肋骨再次響起不堪重負的嘎吱聲。漫長灼熱的吻後，唐亦步像以往一樣親昵地蹭蹭阮閑的臉頰，輕輕咬了口他的耳廓。

「十二年了。」

那仿生人輕聲說道，執拗地用那個特殊的名詞來稱呼自己的製造者。

「十二年了，父親。」

果然如此，阮閑抓住對方後背的衣服——關於自己的身分，最後一塊拼圖就位了。

CHAPTER 61　命運的禮物

之前阮閑對時間的流逝沒有太多實感。

十二年對他來說只不過是被槍擊中後一瞬的混沌，哪怕見識到科技的變化，人類社會的崩塌，他仍然缺少某種關鍵的觸動。他還記得中槍前吃的流食味道，以及研究所休息期間播放的卡洛兒．楊——那些帶著特殊音質的嗓音仍然在神經間流動。

雖說他通常不會忘記過去的細節，相比之下，那些記憶還是異常新鮮。

縱然阮閑吃驚過、迷茫過，但他始終沒有離開過旁觀者的角度。此刻他懷中的人卻像一團沼澤，讓他不得不從旁觀者的位置走下來，陷入現實。

一夜十二年。

這十二年對於唐亦步來說絕不算輕鬆愉快，之前偶爾也會有一些想法劃過阮閑的腦子——作為智能和戰鬥力都充足至極的仿生人，唐亦步仍然對廢墟海這種地方充滿警惕。在得到身為S型初始機的自己前，那仿生人只肯待在有充足醫療保障的地方，對疾病、感染和其他身體不適異常敏感。

現在他知道為什麼了。

阮閑很難描述自己現在的感覺。

他的NUL-00之前一直待在溫度和濕度都受到精確控制的機房內，陽光會曬在冒著氣泡的清澈冷卻液上。他曾經像對待自己的眼睛那樣小心地對待它，可那祥和的過去永遠只能是過去，有些傷痕註定無法痊癒。

唐亦步沒有鬆開他，那仿生人溫熱的呼吸掃過他的皮膚，體溫幾乎要讓他燒起來。

回想起他們之前的關係，阮閑第一次沒了那種游刃有餘的感覺。

於是他放鬆身體，多感受了一點對方的體溫，隨後盡量嚴肅地開口——不知道是不是心理作用，他不由自主地用上了十二年前的慣用口氣。

「好了。」

他安撫地拍拍唐亦步的後背，終於把那句話清晰地說出了口。

「別怕，我絕對不會再讓你出事。」

唐亦步的身體僵了僵，他慢慢鬆開阮閑的身體，但手還緊緊攥著阮閑被血浸濕的外套，像是怕對方無緣無故消失在空氣裡。那仿生人臉上帶著完美的微笑，阮閑卻有種莫名的感覺——唐亦步和他一樣暫時無法理清這些複雜的情緒，於是只能戴上自己最熟悉的面具。

「哇。」待兩人分開，阮教授才很有禮貌地哇了一聲。「精彩，畢馬龍[1]先生。」

阮閑帶著唐亦步走到對方面前，他沒有動槍，而是從腰包中掏出一把小刀，緊緊捏在手裡。

「雖然之前我就有猜想，沒想到真的是你。」阮教授連看都沒看那把刀子一眼，臉上反而露出十分禮貌的笑容。「算是意外之喜。」

「我不太喜歡被人叫成『意外』。」阮閑將小刀在兩隻手裡隨意交換，眼睛死死盯住阮教授。「我也不認為這對於你來說算『意外』。」

「不，我還是被 NUL-00 騙了兩下，它比我想像的狡猾多了。現在看到你，我大概清楚為什麼他會對我這麼戒備了。」變形機械臂卡進了阮教授的手臂，不少血從他的上臂滲出，但阮教授的臉上沒有半分痛苦。

「話說在前面，既然亦步確定了我的身分，你對我們來說沒有任何用處。」阮閑的語氣

1 畢馬龍（Pygmalion），希臘神話中愛上自己雕刻作品的雕刻家。

很是冰冷，「現在我還沒有殺了你——」

「是因為你更不喜歡 NUL-01，畢竟 NUL-00 對你來說很重要。」阮教授平靜地接了下去。如今當面對峙，兩人之間的不同之處顯得分外明顯。比起自己，阮教授更像是一位真正的領袖，他的氣質裡有著自己從未擁有的東西——堅若磐石的自信，以及將性命置於理想之下的超然。

還有被愛意環繞的人特有的、並非偽裝的開朗。

這一切都讓阮閑十分不舒服，冷汗慢慢浸濕他的後背。他看著那個奪走自己身分長達十二年的人，握刀的手微微顫了顫，有點蠢蠢欲動的意思。

「我給你看的東西沒有經過任何加工，都是 NUL-00 的原裝記憶。」像是看破了阮閑的想法，阮教授說出了他最為在意的點。「你可以慢慢和它確認，我也是第一次看到那些——除非 NUL-00 離我足夠近，不然我無法隔空破解那些資料。

「不過看到你的樣子，我大概清楚為什麼當初范林松會想要動手了。」見阮閑不答話，阮教授繼續道。

「當然，我不認同他的做法。可惜作為他的『造物』，我沒立場這樣說。」

「看來你也猜到了當年的事情。我有個推測，只差證據。再加上眼下這堆鬧劇……我們可以好好聊一聊。」

「阮先生……父親，我可以告訴你。」唐亦步十分認真地插嘴道。

被喚作「父親」的阮閑仍然不太適應，他下意識想要像以往那樣反駁，好在他硬生生憋住，勉強默認。

「沒關係，我需要他的回答來當測謊基準。」阮閑盡量平靜地擺擺手，「……我清楚『自己』是什麼貨色。」

「我也是看 NUL-00 的反應才猜到的。」

阮教授努力聳聳肩，活像他們真的在茶桌邊聊天。

「如果我猜得沒錯，范林松早就對你產生了殺意。他在二零九五年四月二十一日動了手，動手之前就已經做好了大腦一片空白的『我』，以及合適的填充記憶。畢竟按照當時的醫療紀錄，你的身體已經沒救了……范林松本來應該是想等你自然死亡，但普蘭公司的動作讓他等不及了。」

「所以他在四月二十一日下午，我見完 NUL……亦步後，去我的研究室找了個由頭挑起爭執。」阮閑接了下去。「監視器之類的東西恐怕也早就做過手腳。」

其實按照當時的情況，范林松直接殺了自己就好，沒什麼必要引起爭執。現在想來，那或許是范林松最後的道德掙扎——可惜自己的回應仍然十分堅決，堅持不肯讓 NUL-00 提前上市。

「爭執中，他開槍殺死了我。」阮閑指指眉心，「這裡，大概是一擊斃命，或者我又存活了幾分鐘。我記得不是很清楚，他們當時肯定是立刻用 α -092 的變種藥劑將我的『屍體』溶解了。」

「然後把事先藏在那裡、神志不清的我搬出來。聲稱我因為疾病惡化暈倒，需要治療。」

阮教授的笑容微微發苦。

「范林松好歹是我……是阮閑的工作搭檔，對他的行程和習慣一清二楚。當然，當時神志不清的我有一段時間無法繼續研究。按照研究所的程式，已經被汙染的 α -092 樣本會被送去地下儲存室取樣，並在月底被徹底銷毀。」

和自己的猜想一模一樣，阮閑心想。

一旦那倉 α -092 廢液被銷毀，曾經的阮閑就會神不知鬼不覺地消失。

除了范林松和那個臨時進入研究所的人，沒人會知道「阮閑」已經被掉包過了，就算有人質疑，也拿不出任何證據。阮閑的疾病本來就會影響腦部，也十分罕見，一切不正常之處都能用後遺症當成理由搪塞過去。

就這樣，病況惡化的「阮閑」需要靜養，專案裡地位僅次於阮閑的范林松自然能夠暫時接過阮閑的許可權。另一方面，由於被范林松注入人造記憶，醒來後的「阮閑」也不會立刻做出對范林松不利的決策。

在這段時間裡，徹底抹除沒有對外公開過的 NUL-00，保存研究資料，將其直接改為 MUL-01 專案，理論上完全來得及。

專案變更後，就算「阮閑」康復回歸，也無法坐回專案主負責人的位置。

……事情本該如此，只是范林松漏算了一環。

「這計畫確實挺完美的，可惜前提是所有人都按規矩行事。」阮教授笑著搖搖頭，「NUL-00 項目終止，NUL-00 的電子腦也應該被徹底關閉。范林松怕我醒得太早，發現不該發現的事情，趕著在四月底前把 NUL-00 送進銷毀處，想把它和裝有阮閑的廢液一起銷毀。可惜 NUL-00 顯然做了什麼不該做的事情，導致這一步出現了問題。」

「監視系統裡的同步指令。」阮閑回憶起唐亦步記憶裡的景象，「……亦步，你當時在想什麼？我記得那個時候你無權訪問研究所的資料。」

「那是一個禮物。」

唐亦步從阮閑身後抱了上來，雙臂摟住對方的腰，將下巴放在阮閑肩膀上。

「那天你的手潰爛得厲害，說打字不方便，語音輸入又麻煩。我就往監視系統裡塞了個同步指令，讓它把你的工作影像複製一份，傳送到你的個人電腦裡。」

「私自引用監控資料是要被究責的。」那股酸脹的情緒再次出現，阮閑的呼吸停滯了一瞬。

「但是由監控系統主動發送就沒問題。」唐亦步愜意地瞇起眼睛，神態有點像叼著獵物的野獸。「我沒查看那些資料內容，嚴格來說不算接觸資料，這個做法沒有違反任何規定。」

「……我很喜歡。」

「什麼？」

「你的禮物。」阮閑輕聲說道，「沒用上真的很遺憾。」

唐亦步從鼻子裡噴出一口滿足的氣。就算他們還身在敵營，那仿生人整個人都軟趴趴地鬆弛下來，喉嚨裡發出饜足的嘟噥聲。

「你看，它們狡猾極了。」

阮教授的口氣裡倒沒有多少譴責或者貶低的意思，他用手指敲敲椅子扶手，將面前兩人的注意力引了回來。

「范林松對自己太有自信，連最初的那步都沒有走好……不過現在看來，我冤枉了范林松。如果 NUL-00 悄悄動了這樣的手腳，他肯定是在不知情的情況下，不慎把自己射殺你的影像資料給了 MUL-01。而 MUL-01 顯然把它開放給了秩序監察，這份情報兜兜轉轉，最後落到了我的手裡。」

天下終歸沒有不透風的牆。

也許范林松自己也沒有想到，他的完美計畫竟會暴露於 NUL-00 一次不正規的擦邊操作，動機又僅僅是「想要送出一份小禮物」。

「根據 NUL-00 的記憶，它在逃亡當天為了引開銷毀人員的注意力，降低暴露的風險，刻意擾亂了另一個銷毀區域的銷毀指令。」

「……和我的工作相關的銷毀區域，是嗎？」阮閑任由唐亦步黏著自己，絲毫沒有拉開距離的打算。

「是的，猜猜結果是什麼？銷毀指令出現混亂，銷毀部門會自己提高銷毀要求。但凡是無法確定重要程度的廢液，一律進行儲存處理，不會直接銷毀……這問題說小不小，說大也不大，最後按照內部問題進行處理，范林松並不知情。」

「而清醒過來的你怕是對那倉廢液毫無印象，也不會去確認或調用。就算范林松去查詢，銷毀部門給出的回應也只會是『已經按照規章進行處理』。」阮閑做了幾個深呼吸。

NUL-00逃脫前扔下的煙霧彈，陰差陽錯地救了他的命。

接下來的事情，不用唐亦步或者阮教授繼續說，阮閑也能猜出來是怎麼回事——那倉廢液和其他樣本一起安靜地躺在研究院地底最深處，安靜地經歷了戰爭與毀滅。最終在十二年後，因為意外露出地面並受損，從而導致自己甦醒。

關於阮教授的布局，他沒有猜錯。

這盤棋裡，似乎沒有專門針對自己而設的地方，只是留出了「NUL-00的同伴」或者「秩序監察臥底」這樣的餘裕。如果自己真的是阮教授的造物，布局應該再精巧些才對。

他是阮閑，或者說，被S型初始機硬是從地獄拉回來的幽魂。

「差不多就是這樣，現在我只有一個問題。」

阮教授抬起頭，表情嚴肅了起來。

「就算這一連串巧合真的發生，你也無法活下來——那個年代的α-092哪怕是變種，也不足以穩定復原結構複雜的人體。」

「確實。」阮閑沒有否認。

「S型初始機其實在你手裡，對嗎？NUL-00不會輕易被阮閑的性格蠱惑，他一開始之所以接受你，恐怕是因為S型初始機的原因。」

阮閑不置可否：「這個問題很重要嗎？」

「很重要。」阮教授活動了下脖子，「關係到人類社會的存亡。」

「聽起來確實挺嚴重的。」

阮閑稍稍低下頭，注視著「另一個自己」的人造面孔，臉上的笑意消失了。

「……抱歉，我還是沒有與你合作的打算。」

阮教授依舊沒有分毫慌亂的跡象。他平靜地打量了片刻擁抱著阮閑的唐亦步，沒有像阮閑所想的那樣開始慷慨激昂地說教，甚至沒有露出和譴責沾邊的表情。

「這樣啊。」他說，「可惜了，看來我們之後的相處不會太愉快。」

阮閑瞇起眼睛。

雖然情緒不穩，可他沒有放鬆警惕。阮教授不會毫無準備地放唐亦步進來，事實上，這也是他們沒有立刻離開的原因之一——既然阮教授敢見態度不明確的唐亦步，他手裡一定掌握著克制唐亦步的方法。

因此就算自己的疑問得到解決，唐亦步也不再需要再向這位「複製品」尋求什麼答案，他們仍然無法放心離開。

理論上，對方的智慧不在自己之下，性格雖然迥異，本性還是有或多或少的共通之處。阮閑任由唐亦步摟著自己的脖子撒嬌，巧妙地用身體將他和阮教授隔開。

「我們聊聊吧。」

確定身邊的情況暫時安全，阮閑開始按計畫套話。

「最初你把我當作亦步的同伴，或是主腦的臥底處理。順便觀察亦步的反應，以此來確定他的立場。畢竟比起余樂和季小滿，我和他具有更加牢固的親密關係。」

他和唐亦步在追尋胎痕時猜測過，無論真假，阮教授一開始必然會先嘗試「過度」的感情牌，對那仿生人的情感系統做出初步探查。

為了讓結果更準確，探查的對象不可能只限於唐亦步。無論是出於情感研究還是安全顧慮，阮教授也無疑會給身為「NUL-00 伴侶」的自己找點麻煩。

「先不論我的身分……如果看到我陷入險境，亦步動搖了，那麼說明他的情感已經豐富到『可以理解並推測』的地步。你不會真的對我動手，反而會好好將我帶過來，用感情牌拉攏他，順便暗中調查我的底細。」

唐亦步把鼻尖埋到阮閑的頸側，細細嗅著。有點癢，阮閑心想。

「……但如果亦步沒有太明顯的反應，那麼無論我是不是主腦的人，都只不過是被 NUL-00 利用的棋子之一。直接殺掉我，展示自己的價值和手段，最後加上一點感情牌，理性占主導的 NUL-00 會傾向於和你合作。」

阮閑一隻手握好小刀，空出一隻手揉了揉唐亦步的頭髮。

事到如今，阮閑甚至不敢確定戰敗的反抗軍是不是真正的反抗軍主力。說到底，和范林松的決裂也是此人搞出的一場戲，甚至可以說是一場觀察人工智慧對於創造者態度的實驗。

這個局早在阮教授發現 NUL-00 還存在時便布下了。他在各個培養皿留下線索，將 NUL-00 引導至S型初始機那裡，最後引到自己面前。

明面上讓秩序監察和主腦放鬆警惕，暗地裡撒下用線索做成的麵包屑為 NUL-00 指引道路。

為此，阮教授似乎不介意欺騙全世界。

哪怕阮教授不是當初的「阮閑」，也是這世上最接近阮閑的人。若是真正的阮閑已死，就算 NUL-00 是個比主腦還冷酷的傢伙，也仍然會為了擁有彙報對象而留下他的性命。

但這個推測有個漏洞。

從唐亦步的記憶來看，那仿生人之前並不好過。要不是運氣勉強還可以，唐亦步很可能先一步死在最初的仿生人秀場上。萬一唐亦步早就死去，這些做法無異於媚眼拋給瞎子看，半點用處都沒有。

另一方面，如今自己的身分暴露，態度也很堅決，阮教授仍然態度平和。那份平和不像是外強中乾，更像是早有準備。

「沒錯。」

果然，阮教授坦蕩地承認。

「可惜人算不如天算，看來你們把這件事琢磨得差不多了，我們不如省掉這些虛的，直接談價格吧——既然猜到了我的做法，你們還是堅持要過來。除去確認身分這件事，剩下的也就是『我為什麼敢見NUL-00』了。」

他對阮閑笑了笑：「如果我有防備NUL-00的手段，將它學到手，一方面可以保證NUL-00不受我的威脅，一方面還能用它來防備MUL-01。這就是你們的計畫，對嗎？」

「確實。」阮閑回了一個不怎麼真誠的微笑。

「如果是你，應該能猜出個八九分。能不能先把我放開？我帶你們去。」

阮教授掙了掙身上的金屬臂。

「價格也很簡單，你們只需要考慮一下這筆交易就好。」

阮閑和唐亦步對視一眼，沒有在彼此眼中看到退意——他們現在的確可以不管不顧地離開。考慮到實力問題，就算阮教授耍手段攔他們，也攔不了多久。

「……以及A型初始機毀滅的詳情，我也想知道。我們還要走一段時間，好好跟我講講吧，亦步。」不久前他剛問過唐亦步。

當時唐亦步非常詳盡地做了說明，對於他意外取得A型初始機這件事，阮教授應該是不知情的。就算他針對S型初始機做了防禦，他們的實力也極有可能在那些防禦之上。
計畫繼續。
然而阮閑總覺得哪裡不太對勁，一切好像太順利了。
就像是遺忘了什麼本該記得的事物，腦袋還沒有反應過來，身體便先一步做出了反應。可阮閑思前想後，沒有找到可能的危險。他看了眼虛擬螢幕中還在幻境中打轉的余樂和季小滿，還是決定先按計畫行事。
唐亦步也朝他點點頭，示意自己沒有其他想法。
那仿生人不怎麼客氣地打開機械臂，並沒有因為阮教授的「阮閑複製人」身分就下手輕些。阮教授簡單地點頭道謝，隨後對他們做了個「請」的手勢。
「不用擔心你們的同伴，我不會對他們做什麼。不過康子彥和蘇照不受我控制，余先生和季小姐應該不至於搞不定兩個普通仿生人吧。」阮教授整理了一下自己的領子，打開面前的一道道門。
他們正往地下更深處走去，深不見底的坑洞中發出隆隆悶響，像是地獄傳來的鼓音。阮教授隨便喚了個助理機械攙扶自己，帶著他們轉乘數個電梯，在黑暗中行走。
四周除了黑暗，便是這座人工島建立之初遺留下的鋼鐵廢墟，除了來來往往的零星機械，阮閑沒有看到半個人類的影子。
阮教授在他們面前走著，阮閑狐疑地盯著那人後背——別說是一個相對正常的人，就算是自己，也需要一定的對外交流管道。這完全不是個有利於身心健康的工作環境。
就是這裡。
阮教授對阮閑的疑慮一無所知，他帶領兩人走上金屬大橋，打開照明燈。微黃的燈光照亮了沉睡在地底的巨物。

有點像由機械生物的屍首融成的噬菌體，這是阮閑的第一印象。他抬起眼睛，果然在那怪物頂端發現了類似訊號擴大器的結構。

……雖說之前有猜想，在真的看到它時，阮閑還是感到震驚。

「就像你猜的那樣。」阮教授雙手扶住懸空橋邊的欄杆，口吻輕鬆。「這是用於刺殺MUL-01的裝置。」

唐亦步的表情一片空白，而阮閑扭過頭，面部肌肉有點扭曲。

「你……」他調整了一下呼吸，「你留下所謂的火種，真的是為了這種事情嗎？」

「只有擁有同等計算水準的NUL-00才能更安全地破開MUL-01的防火牆。只要將NUL-00的電子腦轉移進去，它會擁有不遜於MUL-01的硬體。」

阮教授沒有回應阮閑的注視，他執著地看著那沉睡在黑暗中的機械怪物。

「不過MUL-01除了自身近乎完美的硬體外，還外接了不少機械處理器作為輔助資源。單兵作戰是行不通的，我們也必須有相近的計算資源——」

「計算資源？」阮閑沒控制口氣裡的諷刺，「你是說『人腦』吧。」

「啊。」唐亦步反應很快，不過情緒波動沒有阮閑那麼明顯。自從確定了阮閑的狀況，那仿生人渾身散發出郊遊中的輕鬆氛圍。「……根據對末日真相的認知，這個資訊是『啟動指令』。」

阮教授點點頭。

人腦說白了也算是某種有機電腦，只要掌握足夠的理論知識，同樣是可以駭進去的。

不過人腦本身自然比電腦複雜得多。若想絕對控制，除了強悍的入侵能力，還需要一個確切的啟動指令，從而達到從意識主人那裡得到掌控權的目的。

看眼下的情況，這個啟動指令便是「末日的真相」。

「啟動指令生效後，那些人腦可以作為我方的計算資源進行使用。當然，這個過程會對於人的精神造成巨大的負擔，所以我也是有仔細地挑選過。太脆弱的人絕對承受不了NUL-00的外接，只會白白耗費資源。」

「就算能承受住，和MUL-01打完入侵戰，那些人就算沒死，也絕對會瘋掉。」

阮閑仍然盯著阮教授，一字一頓地說道。人的大腦終歸承受不住太過龐大的資訊流，事後精神失常已經可以說是最好的結果了。

所有反抗軍，外加遍布各個培養皿的知情者。在面前機械正式啟動的剎那，都會成為一次性的血肉電腦。

包括不遠處的余樂、季小滿。阮閑自己的腦被S型初始機修復過，混入了機械成分，不會被這樣複雜精密的針對性指令干涉。

自己和唐亦步是安全的，但是……

「如果使用它，我們的勝率在九成以上。MUL-01的設計有我插手，我已經做好了專門針對它的病毒模型，病毒可以讓它徹底被破壞，並且無法再修復。」

阮教授還在平靜地繼續說明。

「秩序監察們無法做出第二個主腦，當前的培養皿模式會徹底崩潰。所有被主腦控制的機械生命也不再是威脅……我知道，會有相當多的人犧牲，但會有更多人活下來。」

「這就是我的計畫。」

阮教授終於側過頭，回應了阮閑的視線。

「當然，NUL-00不幸損毀的可能，我也考慮過。如果由我自己來搭載這個硬體，勝率不過在百分之四十左右。」

是了，阮閑心想。

就算沒有唐亦步，阮教授也會做出之前那些事情。這樣他可以在不引人注目的情況下，獲得一個絕對安全保密的研究環境。

平心而論，如果要對付主腦，阮閑也想不出比這更有效的方式。但無論是倖存者還是反抗軍，人們未必全都願意為了這百分之四十的機率犧牲自己。更何況這個計畫一旦走漏，必然會引起極大爭議，最後被主腦察覺。

至於對 NUL-00 的安排，不過是這個計畫的附屬。如果 NUL-00 還在，他可以把百分之四十左右的勝率提高到百分之九十以上，僅此而已。

「怪不得你想把S型初始機給我。」唐亦步扒著橋邊欄杆，身體前傾。「……這個過程也會對我的電子腦產生損耗，但如果有S型初始機，勝利後我還能正常存活。」

NUL-00 對人類沒什麼感情，絕對不會做賠本買賣，阮教授料到了這一點。

「沒錯。我們有百分之九十以上的機率能夠消滅主腦，兩位也都能正常地存活下來。」阮教授掃了眼阮閑，「如果 NUL-00 沒有拿到S型初始機，可能要辛苦你給它供應大量的血。如果兩位都沒有拿到它，百分之九十的勝率恐怕要變成百分之七十四左右了。

「當初你因為 α -092 的變種僥倖存活，不過它其實也不足以支撐你的身體。那麼可能性只有兩個——第一，你得到了S型初始機，而後被 NUL-00 發現；第二，已經獲得S型初始機的 NUL-00 在研究所廢墟發現了你，決定為了情報救你一命。」

阮教授整個人轉向阮閑。

「我傾向於第一種可能，畢竟S型初始機由我親手製造。它會識別『與自己結合並且嚴重受損的生命體』……而它恰恰是以你遺留下來的 α -092-30 樣本為基礎研製的。」

「所以它識別到了記憶體有 α -092 變種、並且軀體趨於崩潰的我，將我誤認定為需要修復的對象。」阮閑沒有迴避對方的審視，「這的確是一種可能。」

「總之，我不相信你們之中沒有人拿到它。」阮教授挑挑眉，「就這樣，百分之九十以上的勝率，要不要交易？」

「不要。」唐亦步歡快地答道。「有百分之十左右的失敗可能性，不是嗎？我和父親能夠過得很好，沒有必要插手人類和主腦之間的麻煩事。」

「我也沒什麼興趣。而且這件事情的決定權在亦步，畢竟他要承擔最大的風險。」阮閑瞥了眼煙霧中的機械巨物。「我更喜歡他現在的身體。」

話音剛落，他終於意識到了纏繞自己已久的違和感。阮閑只覺得內臟一沉，他屏住呼吸，慢慢轉頭看向阮教授的方向。

他怎麼能忘了呢？這個人在某種層面上也算是他的「兄弟」，是這世上最接近他的人。

阮教授同樣是一個瘋子。

……這根本不是對方最大的籌碼。

他們一開始就被阮教授誤導了，以為這裡是對方精心經營的藏身地，作為主腦的頭號敵人，阮教授肯定不會輕易暴露自身。然而這是一場對弈，除非兩邊差距異常懸殊，否則這世上沒有不會損失棋子的對弈。如果從這個角度來想……

阮閑的血液幾乎要結冰，他看著對方平靜微笑的臉，毫不猶豫地將手臂揮舞出去，刀刃直接劃開阮教授的咽喉。

赤紅的鮮血噴了他一身，那具軀體朝後倒去，順著橋邊緣的空隙滾落，掉進橋下深不可測的黑暗。阮閑沒有費心去擦乾身上的血，他抓住唐亦步，下意識想要離開——

啪。啪。

有人在橋的另一端鼓掌，與此同時，橋兩端的出入口都被封死。那人在陰影處停了片刻，終於走近。

他的樣子和剛剛掉下去的阮教授一模一樣。

「我還以為你會更晚一點發現。」阮教授說道，「看來就算比你多活了十二年，我也不能對你放下太多警惕，阮先生。你比我想像的要更加危險。」

「但就結果來說，我們還是上當了。」阮閑擺出一道假笑，「你也比我想像的更瘋。」

眼下那股違和感得到了解釋。

為什麼阮教授一開始便敢於用真身面對唐亦步，為什麼給出一個他們可能拒絕的所謂「防備手段」。這裡的機械來來往往，他又硬是步行帶他們走了好長一段路——

「你向主腦告密了，如果我沒猜錯，你告訴了他 NUL-00 還在。」阮閑緩緩吐了口氣，從牙縫裡往外擠著字句。「之前那些亂七八糟的事情不過是在拖延時間。」

阮教授沒有否認，他摸摸下巴：「是的，我也給出了具體位置。秩序監察應該在來這附近的路上。如果你們離開這座島，很快就會被發現。你了解我，就像我了解你——道德約束不會有用，我得切斷你們的所有後路才行。」

「你一開始就打定這個主意。」阮閑咬緊牙根。

「你們都是非常冷靜的人，不會一氣之下任由這裡被摧毀。我和主腦爭鬥了十二年，現在我是你們最大的勝算。」阮教授拍了拍乾淨的白外套，「如果你心裡實在過不去，多殺我幾次也沒關係，我能感覺到那些痛苦。」

他想了想，又補充了句：「但我建議你晚點再動手，現在這裡是密閉的，再調一具軀體過來也挺困難……」

結果他話音剛落，阮閑便開了槍。唐亦步改裝過的血槍威力驚人，直接將阮教授的頭顱轟碎。碎裂的頭殼裡沒有流出腦漿，只有不少凝膠狀的填充物和一顆栗子大小的金屬立方體，看起來有點像某種接收器。

果然。

阮教授為了完成自己的計畫，可謂是下了血本。他的本體應該在某處，遙控這些由血肉製造出的逼真傀儡——它們沒有腦，只能從本體那裡接收訊號，一旦沒了腦，便無法存活太久。

「可惜我真的很生氣。」阮閑語氣生硬地說道，「你剛剛讓我的 NUL-00 平添了百分之十的死亡率。」

「抱歉。」這次聲音從噬菌體狀的機械怪獸附近傳來，比起人聲，更接近電子音。「我們必須贏。」

「這不代表你可以理直氣壯地——」

「沒有理直氣壯。」

那個聲音像是在嘆息，儘管由人工合成，阮閑還是從其中聽出了些苦味。「將要犧牲的人是我的罪孽，將你們拉進來也是我的過錯。我不打算為自己辯解，這就是戰爭。

「就算知道一些做法十分殘忍，違背道德，但我必須考慮……存活的大多數人。我是人類在這場戰爭裡的指揮，那麼這些就是我要背下來的責任。如果我輸了，沒有人能阻止主腦。連你也不行。」

唐亦步沒有插話，他只是四處亂看，彷彿兩人爭論的事情與他無關。

「你對人類的存亡可真是比我執著太多了。」阮閑冷笑。

「我別無選擇。」阮教授的聲音仍然平穩。「……我別無選擇。」

「真的嗎，如果我說……亦步?!」

唐亦步突然翻過懸空的鋼鐵橋，輕巧地跳上那個巨大的機械怪物。他攀爬的動作快而俐落，很快就爬到了那個噬菌體狀機械怪物的頂端。

「我找到他了！」唐亦步朝阮閑開心地揮揮手，指了指上面一個鋼鐵小門。「控制那些軀體的發射端在這裡！阮教授，談判時面對面談可是禮節，我們……」

唐亦步輕鬆地拉開鋼鐵小門，而後陷入沉默。

「亦步？」

「……等我一下，阮先生。」

唐亦步從鋼鐵小門裡小心地拿出了什麼，隨後按原路攀爬回來，站到阮閑面前。他的表情有點少見的複雜。

「那就面對面談吧。」電子音裡多了些疲憊。「既然事情已經到了這一步，這樣也好。」這一次聲音是從唐亦步身上傳來的，唐亦步默默將一個黑色的立方體機械捧到阮閑面前。它表面黯淡無光，只有數個排列整齊的介面。長寬高不超過少女的小臂。

那裡面必然無法放下一個完整的人。

「我已經準備好了。」阮教授的聲音繼續道，「帶著完整的身體只會降低成功率，這是利用率最高的方案，沒辦法。」

阮閑沒有說話。

「就像你猜的那樣，這裡面只有我的腦。無論勝率是百分之四十還是九十，我的死亡率都是百分之百。」

阮教授的語調平靜依舊。

太脆弱了，阮閑心想。

唐亦步只要一抬手，這位反抗軍的總司令就會跌下懸空橋，悄無聲息地逝去。

不過阮教授有一點沒有猜錯——就算他們不合作，也沒有特地殺死阮教授的必要。畢竟MUL-01確實是自己和唐亦步的敵人，他們誰都不會為了一時的快感而主動毀掉敵人的最大牽制。

時間彷彿停止了幾秒。

阮閑一時間覺得這場面有點詭異地滑稽——自己的腦和軀體都混進了S型初始機，很難再被歸類為人類。阮教授則只剩下一顆在器械中維持活性的大腦，唐亦步更是從頭到腳都和人類沒什麼關係。

他們卻在這裡討論人類社會的未來。

「……我總算知道什麼叫『對人格與記憶的自然性有著近乎極端的擁護』了。」阮閑沒去碰那個黑色的立方盒。「如果我是你，我寧願提取自己的人格資料，再做一個人工智慧來輔助亦步。」

唐亦步左右張望一番，找到一張小鐵桌，將黑盒放在桌面上，緊靠著一個還剩一點可可的陶瓷杯。

「那更像是對外宣稱的說詞。」這次回答他的是人聲。

又一個阮教授的「軀體」不知不覺來到橋上，他隨手在虛擬螢幕上戳了幾下，兩個機械助理開始著手清理橋上的血漬和屍體，還有一個搬來三張凳子，一隻機械手舉著裝有食物和飲料的托盤。

阮教授顯然不怎麼喜歡用電子合成音發表意見，他捏起一片餅乾，慢慢咀嚼。

「傳達給大多數人的資訊需要簡單明確，很少有人會考慮太過詳細的定義類問題。」

他用一個相對禮貌的動作指指阮閑：「比如我可以說你是原本的阮閑，也可以說你是由阮閑整個溶解後再拼合的產物，後者是個很曖昧的定義。」

阮教授似乎完全不介意阮閑之前的攻擊行為，他朝阮閑友好地眨眨眼。

「將人粉碎後原樣拼合回去，爭議應該不會太大。但是以分子級別的精度複製一個人，爭議就會開始出現。從分子層面上來看，兩者的差距沒有多大，兩個構成相同的分子差距能夠代表『自我』的差距嗎？」

「即使你的軀體資訊和父親完全一致。」

唐亦步非常不客氣地叼了塊餅乾，有點口齒不清地說道。

「你們的記憶也完全不同，在概念上，你們兩人更接近同卵雙胞胎——生物資訊相似到奇蹟的那種。」

說罷，唐亦步煞有介事地拿了兩塊餅乾比劃了下，沒有半點被主腦盯上的緊張感。

「如果記憶也完全一致呢？」阮教授微笑。

唐亦步不說話了，他盯著阮教授，阮閑再次感受到了他們重逢時那種微妙的危險氣息。

「……這些事情，恐怕人類自己都需要一段時間好好思考。甚至永遠都無法得到一個統一答案。徹底想清楚前就將它們投入科技，是相當危險的做法。」阮教授適時轉移了話題。

「我對你的領導心得和道德傾向不感興趣。」

阮閑不想聽對方嘮叨，阮教授很明顯在轉移話題，他可不想被繞進去。

「我只想問一件事。你沒有提取自己的人格資料，我不認為是單純的信念問題。」

輕輕嘆了口氣後，阮教授沉默了很久。

「如果可以的話，我也不想死。」他最終這麼說道，再次召出虛擬螢幕，啟動了某個程式。

噬菌體狀的機械底部原本是一片黑暗，下一秒便被偏紅的燈光照亮。下面除了阮閑猜測的固定裝置，還有別的東西——無數黑箱子整整齊齊地被擺放在架子上，藉由錯綜複雜的線路彼此串聯，連接在噬菌體狀的機械怪物之上。

每個箱子上面都標有一大串數字，有點像序號。那些箱子材質不透明，不過阮閑大概能猜到裡面裝了什麼。

它們和桌上的黑盒樣式一模一樣。

「我複製出這些身體，不是單純為了『方便行動』。」阮教授喝了口熱可可，「我當然不會把挖出的大腦隨便丟掉，這樣好歹能少傷害幾個貨真價實的人。」

「……」想到那些腦都來自於和自己同源的阮教授，饒是感情淡薄的阮閑，還是忍不住感到毛骨悚然。

「但是很遺憾，它們和其他人的腦一樣，只能作為外接資源使用，無法像我一樣用思維支援 NUL-00。」

阮教授苦笑。

「我甚至做過電子腦，你們應該找到了我的思維接入針。我曾經試圖把記憶和最多的思維演算法注入，但效果還是不好……要達到最好的效果，我的腦就必須在取樣時被完全粉碎。」

那意味著真正的死亡。一個徹徹底底的矛盾——想要存活，就必須用電子腦代替自己。但要取得完美代替的效果，又要把自己的腦徹底粉碎。

何況有 MUL-01 的叛變紀錄在前，電子腦的安全性尚且存疑，還不如對複製出的人腦多下點功夫。阮教授索性捨棄了思維接入針，將它留在電子腦交易興旺的地下城，作為線索麵包屑的一部分。

「……你瘋了。」

雖然這話從自己嘴裡說出來很諷刺，但阮閑找不到其他更合適的形容。任誰都不會喜歡觀賞自己鋪天蓋地的活腦子，正常人怕是兩三週就會徹底瘋掉。

「我們的確去過地下城。」唐亦步則收了笑容，開始散發敵意。「那邊有能夠把活人的腦訊息複製給電子腦的技術，如果時間足夠，除了影像記憶，轉移思維模型也是有可能的。」

「那麼甜甜系列和季小姐本人的性格和行為有完全一致嗎？」

阮教授放下杯子，抬眼道。

「人的思維是個很精巧的東西。客觀記憶最容易分解，可是人格、思維習慣，以及更加細節的方方面面，必須進行全腦分析才能獲得。對象是活人，那些技術頂多能把思維模式還原個七八成，而且誤差還不可控——七八成或許對一般人來說夠用了，可這是戰爭，不是兒戲，哪怕只有一成誤差都不行。」

唐亦步含糊地唔了聲，一副被勉強說服的樣子。

「至於複製出來的腦，我本人也算是被灌注記憶的複製品，我知道整合來源各異的記憶、穩定自己的思維方式需要多長時間。」

阮教授又看了眼阮閑：「它們的思維狀態和新生兒相差無幾，這不是幾杯記憶雞尾酒就能解決的。總而言之，時間不夠，變數太多——MUL-01對時間的利用效率比我高得多，我們的差距只會越來越大。所以這件事必須盡快。」

「我沒有疑問了，感謝解釋。」阮閑點點頭。「我們走吧，亦步。」

阮教授差點嗆到。

「我確實不會殺你。」阮閑沒碰那杯甜飲料，「你也確實騙到了我們，可我們也沒說過一定要和你合作啊？」

阮教授用袖子擦了擦濺到黑盒上的可可，眉毛高高挑起。

「……開個玩笑。」阮閑扯扯嘴角，「今天到手的情報有點多，給我們一晚的時間想想，怎麼樣？」

一個小時後。

不知道是不是專門為 NUL-00 及其同伴準備的，偌大的地下空間裡還真有幾間不錯的客房。

不過這個「不錯」也只是相對而言，嚴格來說，它甚至不如地下城娼館的房間。一切用品都帶著粗獷的工業品風格，好在該有的都有，沒缺什麼必需品。

「想多收集點資訊？」唐亦步說道，用毛巾擦著滴水的頭髮。那仿生人似乎篤定阮閑不會輕易答應合作，直接跳過了相關的問題。

「先按他的步調走，太早亮底牌沒有好處。」阮閑突然有點說不上的緊張。「阮教授做到了這個份上，肯定不會輕易放我們離開。正好這裡我不了解的技術也挺……多……」

唐亦步湊近，溫熱的水氣撲面而來。

阮閑一時間有點不清楚要怎樣面對唐亦步。

先不說社會系統早已崩潰，他們沒有半點血緣關係，倫理從不是他的顧慮。但他心中的 NUL-00 和唐亦步猛地重合到一起，他還是有點不知所措。

之前和那仿生人針鋒相對時，他還能恣意放開自己的欲求，現在那份感情裡卻多了種陌生而刺人的情緒——

患得患失。

唐亦步痛苦的記憶還在他的腦子裡循環播放，混合著五年來與 NUL-00 相處的點點滴滴。

如果說今天之前那仿生人不幸死去，他頂多會難過一陣，隨後繼續平淡地生活。

可那自顧自的愛意變了味道，現在阮閑不清楚自己是否能夠繼續了。

此刻唐亦步毫髮無傷地站在自己面前，阮閑也能感受到胸口隱祕而連綿的鈍痛。

他甚至不清楚這種情緒的名字。

阮教授還在的時候，阮閑還能靠正事來轉移自己的注意力，此時他無處可逃——靠近的唐亦步心滿意足地咬了口他的嘴唇，沐浴過後的清新氣味直鑽他的鼻子。

「我也這麼想。」那仿生人愉快地說道。「我們……」

「噓。」

阮閑伸出一隻手，按住唐亦步的嘴唇。隨後手指順著唐亦步的嘴唇撫上臉頰。那是和堅硬主機殼差別甚遠的柔軟，但同樣溫暖。指尖從上挑的嘴角一路走向耳根，最後阮閑索性伸出雙手，捧住唐亦步的臉。

「十二年前，你是我唯一珍視的東西。」阮閑小聲說道，「現在也是。」

「話是這麼說。」唐亦步一隻手覆上阮閑的手背，促狹地擠擠眼。「你也沒有完全對我卸下防備啊，父親。」

「沒辦法，習慣了。」

被這樣稱呼的阮閑只覺得皮膚相觸的地方燙得驚人，他勉強維持住語調的穩定：「我只是想說清楚，我絕對不會拋棄你。」

如果真的有那麼一天，我們需要再來一次彼此廝殺，肯定不會是因為這種無聊的原因——阮閑原本想要這麼說，但話還沒出口，他又將它們吞了回去。

感情障礙總能讓他維持不合時宜的清醒，比如現在。

阮閑心裡十分明白，他對 NUL-00 的依賴並不是什麼淤泥裡長出的蓮花，或是黑暗中無暇的光。他清楚其中私欲的部分。

自己將為數不多的情感全部灌注在它的身上，有相當一部分原因是「NUL-00 無法離開自己」。

無論自己表現得如何異常、感情又是如何寡淡，它不會因此厭惡他、離開他。就算它學會了厭惡，自己也有足夠的時間慢慢彌補，不用擔心它意外死去或消失。

永遠不用擔心說錯話、做錯事，雖然談不上完全剖開自己，但是阮閑總可以在它面前得到暫時的解脫。

如果說十二年前的人生如同高空走鋼絲，NUL-00 就像鋼絲之下的那張網。縱然他不會真的墜落，僅僅是知道它在那裡，他就會無比安心。

可現在這張安全網長出了腳，可以隨時隨地消失。如果唐亦步想，他可以徹底消除自己的蹤跡。

幾乎是出於本能，阮閑下意識換上了最完美的面具——NUL-00 所喜歡的那個父親，再稍稍混合上之前自己的表現。

他將它重新戴好，嵌在肉裡，再用針細密地縫合。

「嗯，我很開心。」

唐亦步大大咧咧地表示，眼底同樣拂過一絲阮閑看不懂的壓抑。像是想要掩飾那絲微妙的情緒，那仿生人給了他一個擁抱，聲音軟而輕。

他們都在努力壓制什麼。

不過現在，這些事情或許不是重點。阮閑吐出一口氣，決定用其他方式宣洩那些陌生的情感。他慢慢解開外套釦子，將腋下槍套一丟，走進還亮著燈的浴室。

「介意再洗一遍嗎，亦步？」踏進門之前，他朝他的 NUL-00 伸出手。

結果熱水打開後，在第二天早上才重新被關上。阮閑躺在金屬浴缸裡，關上水龍頭的動作差點用光他全身上下的力氣。他原以為自己和唐亦步一路下來夠瘋狂了，然而昨晚幾乎要熔斷他所有的神經。

不知是不是想要發洩十二年來的委屈和失落，那仿生人總喜歡在他最放鬆的時刻，在他的耳邊輕輕喚一句父親。即使阮閑仍然無法將「製造者」與「親人」畫上等號，他也依舊會因為這個稱呼顫抖。

結果水灑了一地，浴缸裡被鬧得剩沒多少熱水。

唐亦步現在占了浴缸的半壁江山，睡得正熟。哪怕頭殼裡裝著電子腦，他也不是真的需要睡眠。對方濕漉漉的黑髮垂落在自己的脖子上，阮閑將它們輕輕拂開，又吻了吻唐亦步的髮頂。

他還沒有弄清唐亦步那些壓抑情緒的來源，但他確實在昨晚感知到了它的影響——有那麼幾個瞬間，在自己試圖攫取更多空氣，並且壓住那些遊蕩在腦海深處的戒備和瘋狂時，他感受到了殺意。

哪怕他們正處於最親密的時刻，哪怕他正使盡全力表露出最恰當的情緒。從那雙金色的眼睛深處，他看到了毀滅的欲望。

CHAPTER 62 資訊傳遞

阮教授坐在懸空橋附近的鐵桌邊，他一邊吃早餐，一邊打量被煙霧與燈光包裹的巨型機械。聽到橋另一端響起屬於人的腳步聲，他扭過頭，看向來客。

「早餐。」唐亦步嚴肅地提出要求。「兩人……不，四人份的。要有肉、蛋，以及足夠的糖分。」

那仿生人的穿著與昨日不同。微長的黑髮帶著濕意，或許是嫌棄到處都是釦帶的貼身戰鬥服不好穿脫，唐亦步直接穿了阮閑的襯衫。他的體型比阮閑壯實一點點，襯衫顯得有點緊，於是他索性連釦子都不肯扣，鎖骨和肌肉的線條大喇喇地露在外面。

不過除了嫌麻煩，阮教授還感受到了那麼一點宣布所有權的味道。

「那位……阮先生呢？」阮教授平靜地收回目光。

「床上，回籠覺。」

「原來如此。」阮教授拿起水煮蛋在桌面上敲了敲，「至於早餐，我記得你們身上帶了乾糧。」

唐亦步微微睜大眼睛，臉上露出一絲貨真價實的震驚：「你都把我打包賣給MUL-01了，總該給點飯吧。」

「開個玩笑，稍後會送到兩位房間裡。」阮教授笑了笑，「特地背著他來見我，你應該還有別的事情要談吧，NUL-00。這裡的隔音措施很完善，請便。」

「嗯。」唐亦步隨意一跳，坐上懸空橋邊的欄杆，危險地保持著平衡。「你昨天對我們說了謊。讓MUL-01帶走范林松，根本不是為了試驗『AI是否會殺死自己的創作者』……你只是需要讓 MUL-01 誤以為反抗軍陷入了劣勢。」

阮教授沒有打斷唐亦步的意思，他仔細地剝著水煮蛋的蛋殼，臉上還掛著微笑。

「作為構建核心程式的人，你才是 MUL-01 真正的創作者。范林松是專案的主負責人，可在技術水準上，他還差得太遠。人類有人類的界定方式，我們有我們的界定方式。」

唐亦步背對著沉眠中的巨型機械，仍坐在欄杆上，有意無意地晃著一條腿。阮教授仍然沒有什麼反應，目光平靜得像在看一隻甩尾巴的貓。

「范林松服用過 DNA 干擾劑，一旦被殺，無法再進行複製。你應該是一開始就額外保留了自己的基因樣本吧。」

唐亦步沒有在意阮教授的反應，相當直白地繼續。

「你知道為了從范林松那裡取得資訊，MUL-01 不會立刻殺死他。而你不會大意到把自己的去向暴露給早晚會被俘獲的人，MUL-01 同樣清楚這一點——這樣比起直接粉碎范林松的腦並且一次性取得資訊，不如先把他養起來，作為間接研究你的材料，必要時還能拿出來擾亂反抗軍這邊的士氣。」

「不錯的猜測。」阮教授不置可否，「不過這不需要瞞著阮先生吧。」

唐亦步笑了：「如果你真的不在意，昨天就不會特地說這個謊了。『AI 不會殺死自己的創作者』根本就是個偽命題。」

阮教授嘆了口氣：「……是。」

「你希望延後我和阮先生可能產生的衝突，畢竟無論少了誰，你的計畫成功率都會降低。」唐亦步摸了摸身上的襯衫，臉上帶著和發言完全不符的柔和情緒。

「你和 MUL-01 果然很像……不，應該說 MUL-01 像你。」

阮教授站起身：「你想要完全粉碎他，是嗎？」

「現在還只是個想法。」唐亦步沒有否認。「你什麼時候發現的？」

「你們見面前，你看向虛擬螢幕的眼神。我想知道原因，你和他並不在敵對立場。」阮教授很是乾脆。「請告訴我，這有助於我理解 MUL-01 的行為模式，並且不需要你真的付出什麼代價。」

「很可惜，我猜我的理由沒辦法成為參考。」

唐亦步從欄杆上跳回橋面。

「父親是我見過的最壯觀的謎題，之前就是，現在尤其是，那種吸引力很難抗拒。他對我有遠超平均值的影響，並且影響還在逐漸加深，我無法控制。」

唐亦步做了個深呼吸。

「就連在這個時刻，他甚至從未捨棄我，而且沒有任何瑕疵……我想要他。」

就像看到獨一無二的花，或者一閃即逝的自然現象。知道它們註定會消亡，人們也會想盡方法將它們留下。語言傳述、畫作、影像、資料標本。隨著時代發展，做法不盡相同，目的卻十分相似。

唐亦步不認為自己的想法有什麼邏輯問題。

學習和成長的欲望刻在他的本能裡，完美的研究對象又存在於他的身邊。嘗過一次被捨棄的感覺，虛驚一場後，這種將對方徹底據為己有的衝動變得越發明顯。

人是會變的，他看過數不清的例子。這一刻他的父親是那樣完美，但隨著時光流逝，阮閑可能會消逝於意外、可能會變成自己不認識的模樣、也仍然有背叛自己的細微可能……以這個時刻為基點，「阮閑」擁有無數的可能性。

如果什麼事情都不做，任由對方繼續這樣下去，他的父親最終只會走出一條路，而那條路未必是最為合適的——

花自然地凋落還算美好，但若是它缺水枯萎、被車碾碎、染病發霉，不得不說是無法挽回的浪費。

但自己有解決的辦法，只要粉碎對方，他可以將對方的一切全部記錄於自己的腦中。只要擁有合適的設備，他可以創造無數個「完美狀態的阮閑」，將最漂亮的花帶回世間。

「我想要他。」

他重複了一遍。將對方從頭到腳全部記錄下來，這是他能想到的最完美的解法。只是這樣單純的目的。

可不知為什麼，唐亦步總覺得哪裡不太對勁。按理來說，一夜親密過後，今早應該是個完美的時機——他完全可以從這個地方扯出一堆零件，製造一臺掃描粉碎機，將那美麗的謎題集合悉數記錄。

然而他的腳把他拽到了阮教授這裡，某種不知名的感情在阻止自己那樣做。

出於對未知的好奇，唐亦步順從了。結果就是眼下的狀況——他明確說出了自己的想法，而阮教授的臉色開始變得凝重，明顯是聽懂了他的意思。

「你們是真的不知道什麼叫『敬畏生命』嗎？」阮教授聲音裡的苦味越來越重。

「生命只是一種自然現象。我和大多數生物一樣，自己靠本能活下去，不會在這個問題上糾結太多。」唐亦步聳聳肩，「而且人類大多也只是『有選擇地敬畏生命』，或許是怕生態圈崩潰得太快，至少我沒見過多少人敬畏致病菌。」

不是對於生命現象的糾結，唐亦步嘴上說著，在心底劃掉了對於未知情感的猜測之一。真麻煩，看來阮教授這裡也不會有答案。只要有這份強烈的未知感情在，他就無法順利下手。

阮教授沒有再回應，只是看起來有點難過。

「那麼暫且先這樣，我還有自己的問題要想。」唐亦步表情垮了下來，他悶悶不樂地轉過身，決定回房間等飯吃。「記得把我們的同伴也帶下來，外面的感知干擾沒有繼續的必要。」

「和你一樣，我也有我的問題需要確認。」阮教授沒有立刻答應。「當然，我肯定不會真的為難余先生和季小姐——」

「我是說那隻格羅夫式 R-660 生命體。」

「……」

余樂正在心底大聲罵娘。

他們彷彿被困入一段反覆循環的時間，從唐亦步獲得身體，到唐亦步突破仿生人秀場的障壁，再到唐亦步倒在燃燒的研究所門口，這些場景被重播了兩三次。季小滿曾經試圖進入研究所內部，然而記憶的提供者——康子彥和蘇照夫婦顯然沒有進入過研究所，導致研究所裡只有一團程式錯誤般的漆黑。

事情到了這地步，余樂已經完全不知道阮教授想要做什麼了。如果這是考驗，那這考驗未免過於枯燥乏味，這怎麼看都更像是在拖時間。

可拖時間也說不過去，自己和季小滿都不是什麼戰略型武器，沒什麼迂迴阻擋的必要。不如三兩下把他們揍暈，扔在某個角落來得更快。

長時間的精神緊繃使他疲憊不堪，又不敢放鬆警惕。幾分鐘前他剛打了個瞌睡，精神恍惚間看見一枚彈片劃過他的小腿，下意識把它當成真實存在的物品。下一秒，他的小腿處便傳來一陣劇痛，隨後是血液沾濕衣料後特有的黏膩感。

年輕的季小滿倒還有幾分精力，她迅速掏出腰包中的繃帶，簡單幫余樂包紮了一下。她的動作有點急，幾個碩大的零件彈出腰包，掉進泥地，她也沒來得及去撿。

就算場景不斷循環，康子彥和蘇照也沒有放過那隻腹行蠊，這回他們愉快地殺死了它，正在生火燒烤它的步足。鑒於這隻腹行腹行蠊極有可能不存在於現實中，他們實際上在吃什麼，余樂不願意細想。

「小奸商，我們得找個地方睡一下，這樣下去不行。」他壓低聲音。

「嗯。」季小滿臉色蒼白，點點頭。「每人半小時，輪流來。」

「不知道小阮和小唐怎麼樣了，這裡一點變化都沒有，真他媽難猜。不過我覺得阮大教授不至於為難我們兩個小角色，看這陣勢，他們八成正活蹦亂跳呢。」

余樂從腰包裡摸出塊包裝肉乾，丟給季小滿。

「但循環這些東西也挺沒意思的，他是想幹嘛啊？」

「我不知道。」季小滿對阮教授的好感度比余樂高些，她看起來尤其沮喪。雙手接過肉乾後，季小滿騰出一隻手，在黑暗中摸索剛剛不慎弄掉的零件。結果零件沒摸到，她倒是摸到一個圓滾滾的玩意。

「嘎！」那東西委委屈屈地叫道。

「π?!」余樂一下子清醒了，「你阮爸呢？跑哪去了？」

鐵珠子把嘴裡的零件吞下肚，急促地嘎嘎嘎了一長串。然而兩個純人類並沒有和機械生命交流的能力，余樂和季小滿對視一眼，很難說誰的表情更迷茫點。

π氣悶地將臉埋進土。

半晌之後，它艱難地伸出小腿，三兩下把石塊啃成粗糙的人形。隨後它努力做出凶惡的樣子，一口把小石塊含在嘴裡，飛快跑進灌木。

然後它無精打采地骨碌碌滾回原地，吐出石塊，再原樣重複了一遍。它重複了一遍又一遍，直到季小滿變了臉色，啊了一聲，鐵珠子才呼哧呼哧趴在原地，委屈地翻過肚皮。

分。

「小阮這是被抓走了吧，我覺得……」余樂撓撓頭。

「重點不是這個，我明白這裡的景象為什麼一直重複了。」季小滿的臉色更加蒼白了幾分。「是證明訊號。」

「什麼證明訊號？」

「唐亦步一直沒掩飾自己的仿生人特徵，對吧？」

年輕機械師的聲音有點顫抖。

「除了玻璃花房，其他地方根本沒多少可以自由活動的仿生人。無論發生什麼事，有那雙眼睛在，他都比我們更容易被記住。更別說我們前不久剛和秩序監察的老大對上，那個時候他……他也沒蒙著臉。」

余樂的表情漸漸凝重起來。

「這裡的探測鳥有傳遞視覺干擾資訊的能力，能把這些景象傳達到主腦那裡。如果……我是說如果，有人想向 MUL-01 證明『和你同級的人工智慧還在，並且四處活躍』，這不是最好的證據嗎？」

季小滿抱起鐵珠子，咬了咬嘴唇，沒心思再去碰肉乾。

「……老余，秩序監察恐怕很快就會過來這裡。我們沒時間了。」

卓牧然在自己的辦公室裡喝茶，無數虛擬螢幕在他身邊飛舞低鳴，如同某種能在空氣中暢遊的異形水母。

資料、文字和圖像在虛擬螢幕上快速跳躍。清澈的茶湯表面浮出點點冷光，卓牧然搖搖杯子裡的茶，他的辦公室裡一點擺設都沒有，可他還是能在水面倒影中看到山的影子。

那座禁錮了他整個童年的山。

卓牧然長長地吐了口氣，彷彿這樣就能把沉澱在肺裡的苦痛呼出去似的。他從藥瓶裡倒出幾枚藥片，就著茶水服下，它們能夠幫他把睡意驅散。

沒有睡眠就不會有夢。他不需要再夢到在帶著黴味的稻草上醒來，伴隨著變形脊柱帶來的隱痛和屋外傳來的叫罵，將眼下的一切現實反認作夢境。哪怕一切早已過去，哪怕那種絕望只會持續一瞬，他都不想再次體驗。

而他只是千千萬萬絕望者中的一個，他們本來註定死在時代的角落，一生見不到閃爍的霓虹燈和高樓長長的影子。

他們沒有任何可以失去的東西，所以他們成為了主腦最為鋒利的刀刃。

現在是各個分部的秩序監察指揮進行報告的時間。他不需要特地分出太多精力，反正只要有足夠的輔助演算法，分出一點點心便可以處理好那些報告。

比起那些反反覆覆的抵抗和征服，他對前段時間發生在玻璃花房的事件更感興趣。可惜饒是他把倖存三人的影像上傳到系統，暫時也沒有什麼有效回饋傳回來。事後他在玻璃花房進行地毯式資訊搜查，卻只在預防收容所找到一個因為欠債而崩潰的醫生。

那位姓宮的醫生全程情緒激動，給出的資訊也非常多，可其中有價值的部分卻少得可憐。最有價值的大概是「紅幽靈」這個名字，以這個名字為線索，倒是能從幾個培養皿之間扯出一條暗線。

只是相關資訊仍然欠缺太多，還不足以得出一個相對確定的結論。

「卓牧然。」一個聲音招呼道。「虛擬螢幕 DS-09i3，仿生人秀場的資料回饋，請注意篩查。」

卓牧然握住茶杯柄的手指力道大了幾分，他屏住呼吸，回頭看向突然出現在房間裡的人。一個看上去不到二十歲的青年正坐在他的桌子邊緣。

他穿著寬鬆的白色上衣，頭髮長過肩膀，長相十分柔和，乍看之下很難分出性別，但也不是那種帶有侵略感的漂亮。

突然出現的青年安靜地坐在那裡，純粹而平和，如同深冬冰封的泉眼。周身散發出一點點無機質感，比起活人，他更接近一尊精緻的蠟像或者栩栩如生的人偶。

「MUL-01。」卓牧然行了個禮。

那的確不是活人，只是MUL-01投射下來的影像。它喜歡分析人的思想，計算在場者的喜好偏向，尋找最為合適的交涉形象。卓牧然每次見到它，它的形象都會有些微的變化。

面對失去女兒的母親，它會化身為充滿生機的少女。面對熱血激昂的年輕人，它會以威嚴中年人的形象出現。面對正值妙齡的女性時，它又會變成溫和俊朗的年輕青年。

它沒有自己的模樣，只會變作人們最容易放下防禦、或者最容易被吸引的樣子。

MUL-01之所以在自己面前變成這樣，卓牧然猜得到原因。他剛剛離開山裡，對他進行引導的老師便是這樣一位文質彬彬的青年。

主腦那張柔和的面孔巧妙地揉合了一些自己熟悉的元素，它們讓他看起來和自己有些微相像，有種親人般的錯覺。

「是阮閑給我的訊息。」MUL-01換上一個非常人性化的表情，「仿生人秀場G-098132探測鳥捕捉到了循環影像，根據初步分析，他表示NUL-00還存在。」

「阮閑不會這麼簡單地跳出來。」卓牧然把茶杯放在桌角，和MUL-01的投影保持了禮貌的距離。

「確實。」

MUL-01的聲音幾乎聽不出電子合成的痕跡，像極了真人。

「資訊內容很有說服力，不過目前也沒有確切的證據。目前最高的可能性有兩個，阮閑找到了 NUL-00，正以此逼它加入反抗軍那邊。或者這是個事關反抗計畫的陷阱。卓牧然，將資料修復的優先順序調低，先把這件事弄清楚。」

「我會親自——」

「你留在這裡，畢竟陷阱的可能性也不低……你對我很重要。」

聲音極好聽，語氣裡的溫柔和關心又恰到好處。若是一般人，很容易被 MUL-01 徹底蠱惑，以為它真的擁有一顆能與人共鳴的心。

身處秩序監察的頂點，在 MUL-01 的指令下製造過無數屍山，卓牧然早已過了被哄騙的階段。倒不如說，他想要的就是這樣近乎全知全能，又異常冷酷的領導者。

人的領導終歸有瑕疵，神沒有。無法動搖、一視同仁的冷酷同時意味著極大的公正。

……哪怕只是人造神。

「是。」即使心裡清楚，對方溫和的態度仍然對卓牧然十分受用。可能這也是 MUL-01 沒有更改態度的原因之一。

「如果 NUL-00 真的活到了現在，又被阮閑暴露出來，它自身絕對擁有一定的武裝。這回先讓你的複製體去探探，不能輕敵。D型初始機的衍生品兩臺，剩下的兵力由你規劃。環境控制部門已經開始了周邊環境評估，必要的話可以使用戰略級武器，把那座島抹除。」

MUL-01 微笑著繼續。

「不過考慮到事後恢復的資源耗費，我僅允許將它作為最後的手段。如果你真的用了，我對你的評價會下降百分之六。」

「不需要留阮閑的活口？」卓牧然清楚那座島上有多少複製人，更清楚這場行動會導致多少人死亡。但既然 MUL-01 不提，他也不會自討沒趣地問。

「根據我對他的了解，他不可能被這種等級的打擊殺死。」MUL-01 又笑了笑。

「Y洲地區全面戒嚴，無論NUL-00的情報是真是假，阮閑的反撲要來了。」

卓牧然愣了愣。反抗軍呈潰敗之勢已久，他們僅僅是收到一份來源不明的資訊，發現了一個四處遊蕩的小組織，事情應該沒有嚴重到這種程度。

「我知道你在疑惑什麼。」MUL-01臉上掛著無辜的微笑，站到卓牧然面前，金色的眼睛底下只有飄蕩的迷霧，沒有絲毫情緒的痕跡。「不要猶豫，和以前一樣，你會看到這樣做的必要性。」

「我不會懷疑您。」卓牧然一直緊繃的面部肌肉不知不覺放鬆許多，「我永遠也不會……」

他的話還沒說完，MUL-01的投影便消失了。

卓牧然朝面前的空氣收回剛剛露出的微笑，打開虛擬螢幕，觀察那座島及周邊地勢，開始戰力估算。他重新端起茶杯，抿了一口溫熱的茶水，一邊推算對方可能的反擊走勢，一邊打開MUL-01發來的「疑似NUL-00」資料。

然後他差點把茶噴出來。

他見過虛擬螢幕上那張臉——那是紅幽靈組織裡有紀錄的非戰鬥型仿生人，曾經在自己面前抱著技術人員玩馬拉松的傢伙。

如果不是MUL-01下了命令，卓牧然真有點想去親自一探究竟。自己融合了D型初始機，就算身處核爆中心也不會受多重的傷，他想不通MUL-01阻止他的理由是什麼。

不過MUL-01總是對的。

「目的地座標已發送，Z-α和Z-β帶隊，我來遠端指揮。Y洲各區域秩序監察注意，地區性防禦級別提高到B級以上，請各位加強對各個培養皿的監察，隨時保持警惕。」

「以下是各區域的行動規劃……」

即將被襲擊的區域內。

「快點吃。」阮閑穿好襯衫，嘴裡叼了塊塗了花生醬的麵包。「這裡很快就會受到襲擊。」

唐亦步正興致勃勃地揮舞湯匙，試圖用花生醬把整片麵包裹起來。他嘴裡還嚼著煎火腿，儘管沒有發出任何咀嚼聲，他的臉頰鼓得像松鼠。

聽到阮閑的發言，唐亦步的湯匙頓在空中，費力地擠出聲音：「唔損哷？」

「因為我了解『我自己』。」阮閑毫無障礙地聽懂了唐亦步的問題，「我也姑且算了解你。你穿過我的衣服，對嗎？你去見了阮教授。」

唐亦步假裝噎到，一陣大咳，就是不答話。

阮閑好笑地遞過一杯牛奶，拍拍他的背：「別裝了。」

「想問一些私人問題而已。」白賺了一杯牛奶，唐亦步吞下嘴裡的食物，用力擦擦嘴。

「嗯。」

那仿生人又在掩蓋情緒了，阮閑沒有追問的意思。知道自己的身分後，唐亦步沒有把那顆能夠取走自己性命的耳釘弄下來，這能說明不少問題——他知道對方絕對不是忘記了，昨夜的一片混沌中，唐亦步的舌尖不知道多少次故意劃過那枚耳釘。

「我更在意阮教授隱藏了什麼。」

唐亦步揚起眉毛。

「我總覺得他的圈套還沒完。如果是我……如果是我的話，不可能在『你還在這裡的時候』暴露你的位置。」

阮閑伸出手，抹掉唐亦步嘴角還沾著的一點牛奶，相當自然地舔乾淨。

「主腦發現後不可能沒有任何反應，不管它信還是不信，採取怎樣的舉措，秩序監察都會把這裡當作重點檢查區域。」

穿好槍套，血槍歸位，阮閑披上洗乾淨的白外套。

「就算現在的阮教授服用過干擾劑，那些複製腦畢竟是出自他私自存下的基因樣本——假設秩序監察發現了它們，得到了阮教授的遺傳訊息，能做的手腳多的是。搞不好我還得陪他倒楣。」

「我考慮過。」唐亦步把塗滿花生醬的麵包吞下肚，舔舔嘴角。「這不是逼迫我們合作的方式之一嗎？我認為他有足夠的防禦措施——」

「我不相信任何人，眼下的狀況不怎麼好，我想那一位和我不會差太多。」阮閑搖搖頭，「為了不留下痕跡，這裡『註定被毀掉』。他知道我們會拒絕，說不定也猜到了我們擁有他預估以上的力量。只是阮教授具體的安排，我現在還猜不出來……」

唐亦步仔細舔著湯匙，慢慢皺起眉：「你確定嗎，父親？」

「我很少有想要的東西。」說這話的時候，阮閑直直看向唐亦步，瞳孔微微放大。「所以它們一旦出現，我會抓緊留住它們的一切可能性。」

感情豐富的人有無數種方式讓自己收穫愉快，而他只擁有一片荒蕪的沙漠，如今那片荒漠中長出一株奇蹟般的玫瑰。

他不捨得看它枯死。

「所以我不信他會這麼簡單地放手，也不想用性命去賭這件事。如果我沒猜錯，我們的逃跑很可能也是他預測中的一環。」

好的計策只會讓人別無選擇。

退一步來說，若是阮教授沒猜到這一齣，他們能逃到一個相對安全的地方思考決策。但若是阮教授猜到了……

「早點走能把握更大的主動權，我們得快點找到余樂他們，離開這座島。」

唐亦步的目光在阮閑左耳的耳釘上停留片刻：「現在就走？」

「現在就走。」阮閑口氣很堅定，「你呢，對這裡的探查怎麼樣了？」

像是被發現偷餅乾罐的小孩，唐亦步眨眨眼，笑容裡還帶著點不好意思：「還行，阮教授的防火牆挺厲害，我只撈到一點點資訊，不過也夠弄清余樂他們在哪了。」

「做得好。」

阮閑並不意外，他闖入這裡時，唐亦步正在查看播放余樂和季小滿境況的虛擬螢幕。既然有訊號輸入，就能定位到相關的檢測設備，由此找到他們的位置。

唐亦步向來行事謹慎，哪怕身懷A型初始機的力量，他也鮮少主動涉險。要是真當那仿生人認出製造者後樂得什麼都不做，自己可能早就被唐亦步吃得連骨頭都不剩了。

進入這裡的第一時間，唐亦步必定會拚盡全力尋找緊急逃生用的出口。

另一方面，自己的確把余樂他們推出了「門」，但在現實世界裡，他們必然不會相距太遠。這座森林裡少有罕見的機械生命，只有季小滿身上帶了不少珍貴零件。饒是阮教授見多識廣，也終歸沒當過鐵珠子，不可能完美模擬出食物對鐵珠子的吸引力——跟丟了自己，鐵珠子勢必會去找季小滿。

如果他的推斷沒錯，他的同伴們現在已經在外面會合在一處。

「你應該駭進阮教授的探測器了吧，π和他們在一起嗎？」為了確保判斷無誤，阮閑主動確認道。

「在一起，余樂受了點小傷，不會影響行動。」唐亦步將眼睛閉上幾秒，迅速確認。見對方沒有藉由手環等器具輔助，直接用電子腦進行入侵，阮閑總覺得有些不安。然而眼下的環境並不適合仔細確認一切。他對唐亦步點點頭，示意自己準備好了。

唐亦步一隻手臂環住阮閑的腰，將對方牢牢箍在臂彎裡。他沒有走門，直接撕開不算牢固的客房頂部，躍入機械殘骸堆積而成的一片黑暗。

阮教授的保密措施做得很好，周遭安靜得嚇人，甚至沒有多少機械運轉的嗡鳴聲。唐亦步腳尖點在各式殘骸的凸起處，飛快地向上跳躍。

途中若是遇到無法繞開的土石與金屬板，阮閑會先一步探查附近是否有還在運轉的監視機械。確認一切安全後，唐亦步會像剝捲心菜似地撕開那些障礙，帶著他一路向上走。阮閑索性閉上眼睛，放開其他感知，不放過任何可疑的聲音。

他聽到四面八方的金屬斷裂、瓦礫滾落聲，聽到地底最深處那個機械怪物的轟鳴，聽到滾輪滾過硬地板，機械助理內部的齒輪喀喀轉動。唐亦步跳得飛快，前進產生的風撞上阮閑的臉。

風聲混合著那仿生人的心跳，有如溫暖細膩的泡沫，近到彷彿要將他包裹起來。為了穩住身體，阮閑也主動摟住唐亦步的腰腹，對方的心跳聲驟然快了幾拍。

非常奇怪，在那短暫的一剎那，一向扎根於他心底的戒備淡了幾分。

沒有對話，看不到彼此的臉，只剩下溫度和心跳。兩個人在漫無邊際的黑暗中朝上走著，像是從深海向天空浮去。土層越來越堅固，他們前進的速度越來越慢——按理來說，這不是什麼好現象，阮閑卻希望這段過程持續得更久些。

然而這個念頭剛從腦海裡冒出頭，阮閑便空出一隻手，粗暴地扯了扯左耳上的耳釘，直到空氣中出現一絲血腥味。它讓他猛地清醒過來，沒有被那片溫暖靜謐的黑暗蠱惑而去。

不能鬆懈，不能沉淪。如此重視 NUL-00 的自己尚且放不下警惕，對方對於自己的眷戀不代表任何東西。

他曾被所謂深刻的愛意矇騙過一次，交出主動權後，等待自己的只會是滅亡。比起不切實際的夢，阮閑更願意相信自己的經驗。

終於，他們躍出泥土堆疊成的海面。

昨晚的澡白洗了，這是阮閑的第一個想法。

唐亦步的力道不小。鑽出地面後，他用力甩了甩身上的泥渣，而後開始細心拍打全身都是塵土的阮閑。阮閑則第一時間查看四周，成功發現了目瞪口呆的季小滿，以及整顆球僵住的鐵珠子，附近沒有余樂的蹤影。

沒了余樂，他們就沒辦法最大效率地利用那輛車。阮閑剛打算皺眉，就從樹杈上發現高高掛著的余船長——

「你們兩個有病嗎？」余樂俯臥在粗壯的樹枝上，身上半裹著毯子，頭髮上還沾著幾塊泥。他咬牙切齒，一字一頓地朝下問候道。

「真他媽了不起的人工智慧，啊？鼴鼠精吧，老子這輩子還沒……」余樂結巴了一下，似乎是找不到合適的形容詞，尷尬地把後半句嚥了回去。

「剛剛余樂在休息，唐亦步把他頂飛了。」季小滿體貼地補充。

唐亦步瞄了眼余樂，跳上樹枝，拎提袋似地將余樂拎了下來：「對不起。」

連鐵珠子都能聽出這句話裡沒有半點誠意的味道。

可惜鐵珠子顯然沒什麼關於平等的意識，它正愉快地繞著唐亦步蹦跳轉圈，活像顆長了四條腿的金屬衛星。

「算老子倒楣。」余樂呸了一口，表情裡的調笑沒了。「你們見到阮教授了？」

「見到了。」阮閑沒打算隱瞞，阮教授也是這兩人跟來的主要目的。就算情況危急，他們也未必會因為這樣就一頭霧水地跟他們走。

余樂唔了聲，季小滿握緊拳頭。

「我們的問題已經解決了。至於余先生的問題，我們可以離開這裡後再解釋。」阮閑飛快地說道，「季小姐的母親那邊，我們也弄到了解決方案。秩序監察快打過來了，大家最好趕緊離開——」

季小滿和余樂對視一眼。

「我先不問你們打算怎麼走。」余樂吸了口氣。「唐亦步，你是MUL-01的原型或者廢案吧。」

阮閑瞧了眼季小滿，下一秒便反應了過來。

為了救助自己的仿生人母親，季小滿在電子腦方面研究頗深，從那段回憶中發現蛛絲馬跡也不算意外。NUL-00的存在沒有對外廣泛公布過，所以他們才會做出這樣的猜測。

這個問題終究還是來了。

就算季小滿不太懂人情世故，余樂是完完全全的老油條。比起殺出一條血路，他們布下簡單的感知迷彩，靠余樂的車離開才是最為低調的做法。但一旦離開了這座孤島，余樂和季小滿會成為「可能洩露唐亦步去向的資訊源」。

尤其在主腦推測出NUL-00還存在的現在，無論他們當中的誰被抓住，主腦都能從兩人的大腦裡榨出不少有效情報。

最安全的做法是「滅口」。作為曾經的墟盜高層，余樂不可能想不到。就算裝傻，有季小滿這個電子腦專家在，唐亦步也未必會這麼放過他們。眼下他們逃也沒辦法逃，只能將事情搬出來談條件——

「他是。」唐亦步還沒開口，一個成熟穩重的聲音愉快地接過話頭。「編號NUL-00，不是淘汰版本或者廢案。如果按照人類的關係類比，他算是MUL-01的兄長。」

阮閑和唐亦步幾乎同時看向聲音的源頭——

立方體的黑盒嵌在一個古怪的代步機器人裡，那東西有三條腿，頂端頂著個比黑盒稍大的透明玻璃槽，黑盒泡在槽中的淡藍液體裡。整個小機器人只比唐亦步的膝蓋高一點，動作倒是挺靈活，玻璃槽邊還搭載了不少阮閑認不出功能的零件。

季小滿那邊已經警惕地舉起了槍口。

「阮教授。」阮閑先一步開口，「把您那麼重要的工程丟在地底，真的沒問題嗎？」

季小滿手一抖，槍差點掉到地上。余樂從牙縫裡抽了口氣，不可置信地瞪著那個造型古怪的機器人。鐵珠子大喜過望地衝上前去，張嘴就啃，結果被那機器人一隻腳輕鬆制住，溫和地踢了回來。

「因為現在還有那麼一點時間，我也有想知道的事情。」

「謊話。」阮閑毫不留情地戳穿了對方。

「你們的車在那裡。」阮教授指了指遠處研究所的幻象，大叛亂那天的景象仍然迷惑著他們的感官。「研究所內部。」

「我們查……查看過，那裡缺少訊息，只有空白……」季小滿的聲音裡帶著震驚和疑惑，很難說哪種情緒的分量更多。

「很快就不是了，對吧，NUL-00？」那個小機器人走近幾步，唐亦步臉上的輕鬆表情消失了。

「你故意讓他入侵了你的資料網路。」阮閑對自己的慣用手法再熟悉不過。

阮教授果然早就猜到了他們很可能不會妥協。

如果要逃走，尋找余樂並低調逃走是他們的最優選擇。那麼唐亦步絕對會選擇入侵資料網路，取得余樂他們所在的位置。

唐亦步自行改造過自己的電子腦，靠研究所遺留的老資料，阮教授只能取得唐亦步正式進入仿生人秀前的記憶。就算解析康子彥和小照的視角，他仍然無法判斷唐亦步在研究所裡做了什麼。

但如果趁著唐亦步入侵，利用這段連接，他同樣能從對方的電子腦內挖出些表層資料——

比如最基本的影像記憶。

仿生人的記憶系統不比人類簡單，定位特定記憶是件極其麻煩的事情。不過麻煩歸麻煩，捷徑也有。只要讓記憶的主人沉浸在和記憶相似的場景，特定的記憶便會被自然而然地喚起。

那人真的做了萬全的準備。哪怕是這樣變數巨大的棋局，阮教授仍然把每個角落的棋子全部調動了起來，捨不得浪費手裡的每一步。

從唐亦步觀看季小滿和余樂的情況，到唐亦步趁一夜停留竊取位置資料，再到外部的記憶場景循環——

很難說阮教授是從哪一步開始布局的。

幻境在阮教授手裡，他只需要把他們不得不去的目的地定位為研究所內部即可。哪怕現在唐亦步不願意，他也肯定會本能地回憶起那一天所發生的一切。

而記憶資料一旦被截獲，便無法再度挽回。

「光是 NUL-00 這個身分，就足夠讓 MUL-01 下定決心抹殺他了，其他只是陪襯。」阮教授沒用肉體，阮閑無法分析對方的表情。「兩位不像是願意分享資訊的樣子，我只能判斷，你們手裡還捏著我不清楚的底牌……能威脅到主腦的事情不算多，這不難推斷。」

「但你需要確認。」阮閑掏出血槍，捏在手裡。

「是的。」

「……你們在說什麼鬼東西？」余樂啞著嗓子打斷了這段對話。「小阮，你這口氣可不像是想當反抗軍的樣子。要是你也是MUL-01的親戚，我勸你早點說——」

「阮先生不喜歡我很正常。」那個搭載阮教授大腦的小機器人轉向余樂，「畢竟我是搶走他人生的冒牌貨。」

「什——」

「或者我換個說法。」玻璃方槽裡的溶液冒出一串氣泡。「『阮閑先生』不喜歡我也很正常。」

CHAPTER 63 殘缺的記憶

「這夢真生動。」余樂低聲驚嘆。

「剛才我瞧見小阮喊那個小玩意『阮教授』，那東西又叫小阮『阮閑』，這是什麼我不知道的問候方式嗎？」

說完他乾笑兩聲，下意識站到季小滿和唐亦步之間，將她與唐亦步隔開。唐亦步意味深長地看了余樂兩眼，隨後又把視線釘回阮閑身上。

「總之如果這是個玩笑，那還挺不好笑的。」

一開始余樂本人對阮閑沒啥想法。最願意加入反抗軍的大多是些軍人和公務員，其次是大叛亂前生活還不錯的普通人。

作為一個不需要照顧家庭的單身罪犯，余樂從來沒有過那麼高的覺悟，在廢墟海混混日子就很讓他滿足了。如今跑來這裡，也不過是因為臨時升起的一腔熱血，外加實在沒有別的事情可幹。

為了保證生活平穩，還在廢墟海那時候，余樂一直致力於探聽廢墟海外的消息。「阮閑」對他來說和歷史課本上其他小領袖沒有多大差別——聽過名字，知道人厲害，但沒什麼具體概念。

而印象鮮活起來要歸功於涂銳。身為反抗軍的一員，涂銳對阮閑多多少少有些崇拜情緒，沒事就掛在嘴邊。

畢竟在這個人命如雜草的時代，「最讓主腦頭痛的人類」不是隨隨便便就能弄到手的稱號。

他也從影像紀錄中見過阮閑的模樣，一個輪椅怪人，樣子還挺能唬人的。

然而眼下他面前只有一個漂亮的年輕人，還有一個怪模怪樣的小型機械，余樂一時無法反應過來。他的精神已經被唐亦步這個MUL-01的親戚搞得搖搖欲墜，承受不住第二次打擊。

可惜「阮立傑」沒有露出半點開玩笑的意思。

余樂能感覺到季小滿掐住了自己的手腕，她有點抖，仍然一言不發。

這本該是一次孤注一擲的瘋狂旅行，事到如今卻完全變了味道——不知不覺中，他們好像攪進了一件了不得的事情裡。

余樂在腦子裡瘋狂回想那對年輕人一路上的行為，這才勉強抓住了些實感。只是他原本還想和唐亦步談談條件，現在卻一時間找不到詞。

我們知道得有點太多了，余樂茫然地想道。

「你真的是阮閑？」他轉向自稱阮立傑的年輕人。

「……算是。」阮閑的情緒不是很好。

他就知道這件事還沒結束，雖說有所防範，阮閑還是沒想到阮教授會做到這個地步。看來他們骨子裡埋藏著同一種瘋狂。

那人一定做了無數備案——針對包括NUL-00活著或死去，是否帶有同伴，又是否答應合作等各種情況。他們終究還是沒能逃出對方精心編織數年的網。

阮閑能推算接下來會發生的事情。

就算他們成功取得了車子，也不一定能夠低調離開。假設自己是阮教授，肯定會趁機多逼出點唐亦步的底牌，一方面好掌握更多資料，一方面讓主腦把精力暫且放在唐亦步身上，好趁機執行自己的計畫。

打死他都不信阮教授的大本營真的在這裡。

就算瘋的程度差不多，阮閑自認不會用這麼重要的東西冒險，執著於勝利的阮教授更不會這樣做。但地下那些東西看起來也不像是感知干擾的產物，它們必然有什麼用途。只是他的機械知識落後於時代，短時間內很難判斷。

糟糕就糟糕在時間緊迫，他們來不及收集更多資訊。為了保全自己，他們只得按照阮教授預測好的路走下去。

阮閑看向身邊的唐亦步，那仿生人一直是一副心情大好的模樣，活像被推到風口浪尖的不是他本人。

此時那仿生人正拿眼瞟著身邊的余樂和季小滿，活像廚師在打量新鮮的食材。而兩位混跡戰場已久，不會漏掉唐亦步意味不明的審視。

余樂警惕地瞪回去，雙臂肌肉肉眼可見地繃緊。還在震驚中的季小滿顫抖著握住槍，金屬指尖撞得槍把喀喀響。

自己不欠余樂和季小滿多少人情。若是剛醒來不久的自己，面對想要滅口的唐亦步，他多半不會阻止——理論上，兩人的消失只會讓他們的逃亡變得更麻煩。而劍走偏鋒，踏上更為危險的路，他沒少做過這種選擇。

可如今阮閑的心態有點變化。

一方面，自己似乎是變得怯懦了——他開始不願意讓唐亦步承擔太多風險，哪怕他清楚對方能夠應付。另一方面，他也有那麼一點……那麼一點點，開始畏懼失敗的可能性。

另外，余樂和季小滿無論怎麼看都不算是善人那一掛，出於某種模糊的情緒，阮閑仍然不太想讓這兩人死於這種理由。眼下所有選擇都伴隨著風險，比起逃亡難度增加的風險，他更願意面對可能的身分洩露。

反正唐亦步已經暴露了，無論自己是不是阮閑，都必然會被主腦盯上。

幹掉主腦前，只要把這兩個人控制在視野範圍內就好。

「亦步，關於余先生和季小姐——」

「我不會殺他們，父親。」唐亦步大方地答道，笑得彎起眼睛。

「父……?!」余樂的表情活像被雞蛋噎住，「好了，小奸商，雖然這話不該由我說——主腦是有毛病，但我們這邊的人毛病也不小，人類完蛋囉。」

鐵珠子嘎地一聲咬上余樂的腳趾，余樂嗽了一嗓子。

季小滿依舊沒有答話，目光在阮教授和阮閑之間掃來掃去。

「既然兩位處理完了同伴的問題，最好快點開始行動。」阮教授用電子音催促道，「這裡不是適合聊天的地方。」

「別想著就這麼混過去，我可不會這麼簡單地買帳。」

確定自己暫時不會死，余樂甩開腳上的鐵珠子，痞氣又回來了。

「等一下必須老實交代，不說小奸商，我對你們可沒啥請求。」

「先跑再說。」阮閑拉住唐亦步的手腕，衝向感知干擾中的研究所。

那個存在於他人記憶裡的唐亦步俯臥在臺階上，正在朝熊熊燃燒的研究所內部爬去。他身上的槍傷還在不停流血，地上留下一道非常顯眼的血痕。

「NUL-00，你當時為什麼要跑去研究所？」阮教授操縱著三腳機械跟上，「在仿生人秀的那段時間，你應該無法得到外界的情報。」

「近距離收集一點點資訊還是做得到的，那裡給我的感覺很安全。」

唐亦步任由阮閑拉著，甚至刻意放慢了腳步，語調裡帶著一點狡黠的得意。

「並且方便確定技術發展程度，也肯定會有相當數量的物資。」

他頓了頓。

「最重要的是，我想見見父親。」他的語調相當平穩，「……雖然到最後也沒見到。」

「說到這個，大叛亂那天我正巧外出。」阮教授搭乘的三腳機械靈巧地躍過石塊，

「MUL-01很會挑時間。」

「如果大叛亂沒有來呢？」跑在前面的阮閑關注點在別處，「你要被蘇照和康子彥虐待到死嗎？」

心底漾起一片酸苦，他沒忍住聲音裡咬牙切齒的味道。

「我已經很努力地保命了。」唐亦步的聲音瞬間變得異常委屈，阮閑頓時泄了氣，只能默默朝空氣發火。

「而且大叛亂必然會到來。」欣賞了片刻阮閑的反應，唐亦步微笑著繼續說道，聲音裡軟綿綿的委屈霎時間無影無蹤。「我只是不確定需要幾年。」

「……你事先就知道會有大叛亂？」阮教授的聲音嚴肅了幾分。

「離研究所近，我也能弄到一點點沒有加密的消息。就算是父親本人，不借鑒我的程式架構，也不可能這麼快製造出一個新的強人工智慧。」

唐亦步輕飄飄地答道。

「而我得到這個消息的時候，MUL-01已經啟動了。我沒有任何管道通知你們，就算有，我也沒有義務冒著生命危險通知你們。」

他垂下頭，在阮閑看不到的角度，用堪稱冰冷的視線瞪了眼那個三腳機械。

「退一步，就算我能成功將這個『猜想』傳遞到外界，也剛好有位高權重的瘋子願意買帳，你們也什麼都做不了——你應該清楚，阮教授，棋局是時刻變動的。從MUL-01正式掌控網路的那個瞬間起，一切就註定會發生。你們自己做出的消極預測還少嗎？絕大多數人都要等自己吃到苦頭，才能意識到問題的嚴重性。」

「這倒是實話。」余樂插嘴道，沒控制聲音裡的諷刺。季小滿則垂下頭，眼睛只盯著地面。

那臺三腳機械頗為人性化地嘆了口氣。

「我明白。」阮教授的聲音有點低落，「我只是想問你事先知道的原因。」

「我也明白，只是這些話憋了不少年，說出來還挺爽快。」唐亦步將一根手指豎在唇邊，「至於原因……等我們順利逃出去再說吧，好歹是家族機密。」

阮閑不打算加入這場內容有點驚世駭俗的對話。

他的注意力全在研究所那邊——研究所內部並沒有如余樂所說的一片漆黑，阮教授的計畫明顯成功了，唐亦步的記憶被成功截獲，自動填補上了那段空白。

燃燒的研究所大廳裡濃煙滾滾、空無一人，金屬燒焦的味道格外嗆鼻。影像裡的唐亦步在武裝機械的殘骸中爬動，朝著一樓的設備室堅定地爬去。只是事情不怎麼順利，他還沒有爬出幾步，便跌落進地板上的巨大裂縫。

也許自己判斷有誤，是那仿生人故意跌進去的也說不定——當阮閑看到大廳之下被改造出的樣子時，這樣的念頭飄過他的腦海。

那不是他熟悉的研究所地下室。

比起安靜到殘酷的大廳，這裡的人們仍然在與武裝機械激戰。那些機械螞蟻般朝大廳中央源源不斷地衝去，又被閃爍的防護網瞬間炸毀。

鬥爭的中心是一座巨大的柱狀水槽。柱狀水槽的玻璃上滿是鮮血和彈痕，周圍人類與機械的殘骸疊在一起，堆積如山。一個沒有固定外型的白色物體正在浸泡液中悠然旋轉，活像一隻大型水母，沒有被周遭的激戰影響半分。

唐亦步觀察了半晌環境，又凝視了許久那團古怪的乳白色物體。他保持著俯臥的姿勢，吃力地向它伸出一隻手，手掌邊緣發出黯淡的藍光，像是在讀取什麼。

隨後，那張滿是血漬和塵土的臉上慢慢綻開一個笑容。

鐳射正在燒灼銀灰色的金屬牆壁，炸彈炸開一聲聲慘叫。分屬兩邊的武裝機械彼此撕扯，尖叫的警報聲彷彿就要刺破耳膜。在一片混亂的硝煙中，那個屬於過去的唐亦步搖搖晃晃站了起來。

他像是想要指揮一支看不見的樂團，又實在抬不起臂膀，只得無力地支起前臂，抽動手指。阮閑認得那個動作——唐亦步在試圖駭進這裡的防衛系統。

子彈與光束在那仿生人的鬢邊擦過，他的鞋早就跑丟了，銳利的機械碎片刺傷了他的腳。槍傷的血混著腳底新傷口的血，在燒黑的地面留下一個個不算刺眼的深紅腳印。

他一視同仁地踩過人類燒焦的殘肢，踏過機械還在冒煙的碎片。只能抵擋機械的防衛網變紅兩秒，終究沒有攔住這具血肉之軀。唐亦步朝那半破損的玻璃槽伸出手去，像是想要給它一個擁抱。

正在激戰的兩方人馬幾乎同時發現了他。

唐亦步扭過臉，金色的眼睛有點充血。入侵機械那邊像是收到了自毀指令，它們原地顫抖起來，肢體扭曲，隨後發瘋般地攻擊自己的同類。剩下的人類不多，才剛有人想指揮手下的離線機械接近，身上各處的通知聲便此起彼伏地響起。

阮閑能夠聽見其中的內容。

「A型初始機銷毀中，請勿干擾……A型初始機銷毀中，請勿干擾。」

唐亦步用盡最後的力氣，將半破碎的玻璃扯開，沒管手上新添的傷口。那團白色的東西順浸泡液流出，流過他的小腿，隨即像找到了樹幹的藤蔓，飛快地纏繞上去，消失不見。

隨後，唐亦步驟然倒下，艱難地爬進一旁高聳的屍堆，看樣子虛弱到了極點。

人們還在向通訊器咆哮什麼，但通訊器不再傳出回應。入侵機械繼續源源不斷地衝進房間——這段記憶靜止於這個畫面，那些人的命運不難猜測。儘管A型初始機能將唐亦步的身體增強，卻沒有S型初始機這樣完善的恢復能力。記憶中止於此，身為記憶主人的唐亦步肯定是暈死過去了。

記憶沒有靜止多久。

破碎的玻璃缸漸漸消失，裝甲越野車的輪廓越發清晰。隨著屍山和濃煙的逝去，周遭環境逐漸變得正常——

「哎呀。」康子彥和小照正停在車子不遠處，小照一隻手捏著「幼年蘇照」的咽喉，一隻手舉起，朝他們打了個招呼，「剛才真刺激，對吧康哥？」

康哥卻沒有像以前那樣瘋瘋癲癲地給出反應。

他死死盯著唐亦步，臉上白得發青，嘴唇顫抖得厲害。

「帶我們走。」

他朝唐亦步的方向說道。

「帶我們離開這裡，求你了。」

看來A型初始機的外貌與S型並沒有太大區別，阮閑回憶了一下在廢墟裡遇見的S型初始機，無論是大小、形態、質地還是顏色，它和唐亦步記憶裡的A型初始機完全一致。

漂浮在液體中，水母似的白色團狀物。

只不過被自己體內「疑似舊版本」的α-092吸引，它主動融入了他。這座島上的影像可能被造假，但自己在廢墟時的記憶絕對貨真價實。

阮閑終於拋棄了心底最後的疑慮。

自己獲得S型初始機看來確實是意外，而非阮教授的障眼法，或者藏有退路的計畫。阮教授無法事先預測到他會及時到達那個房間，如果這是計畫的一環，那麼沒有比這更扯的計畫了。

這想法讓阮閑暫時安下心來，將注意力轉向面前的年輕夫婦。

幼年蘇照全身是血，衣服上滿是草葉和泥土。小孩子身體瘦弱，被成年蘇照捏緊喉嚨，雙腿懸空，全身都在一陣陣地抽搐。小小的康子彥面朝下倒在一邊，手還探向小蘇照的方向，後腦流了一大片暗紅色的血。

掐著年幼的自己的脖頸，小照臉上沒有什麼特別的表情，活像自己捏住的是一隻麻雀。

季小滿的反應最快。

她人還沒回過神，手上的槍卻已經伸出去了。小照像是有預知能力似的，她在恰好的時間點抬起手腕，扔下手裡的幼年蘇照，順利躲過子彈。

余樂則拿出墟盜的專業態度——被一堆恐怖的資訊炸得歪七扭八，對現況也一無所知，他權當沒聽見康子彥的哀求，率先衝向車，一屁股坐進駕駛座。和季小滿不同，他記牢了那兩個孩子「不存在」這回事，作為走石號曾經的領袖，余樂顯然不打算在沒有意義的事物上浪費太多時間。

裝著阮教授大腦的三腳小機械似乎想要說些什麼，結果它還沒開口，就被阮閑面無表情地一把撈起，粗暴地扔進車後座。

鐵珠子巴不得回到舒適的車內，它緊跟著阮閑跳上車，趁人還沒上齊，在柔軟的車後座打了個滾。

要不是情況著實緊張，不想節外生枝，阮閑不清楚自己會不會忍不住動手，向那對長期虐待唐亦步的小夫妻討些代價。另外，他對唐亦步會怎麼應對也有點興趣，憑藉A型初始機的實力，唐亦步能在一秒內殺死兩人——

幾秒過後，裝甲越野車外只剩下季小滿和唐亦步。

季小滿的注意力還停留在那兩個「不存在」的孩子身上——幼年康子彥仍然昏迷在原地，全身沾滿塵土，看起來可憐兮兮的。小蘇照正在揉著喉嚨咳嗽，看向季小滿的眼睛裡滿是哀求。

見大部分人毫無動搖地上了車，成人康子彥的臉色難看得像死人。他高舉空空的雙手，試探性地接近唐亦步。

「小唐，那個是A型初始機，對吧？你們是不是從外面過來的？求求你，帶我們離開這裡……我不祈求你的原諒，我知道普蘭公司的一些情報，我們來交易——」

唐亦步臉上帶著標準的笑容，他微微歪過頭，臉上的笑容面具似地文風不動。

「康哥，你在胡說什麼？」小照笑嘻嘻地接近，手裡的槍口抵上康哥的後腦勺，「這裡不是挺好嗎？這裡是我們的家。他們要把車帶走了，我們得快點搶過來——」

「什麼資訊都行。」康哥沒有管小照，「我必須帶她離開這個地方，求你了。」

「人類社會已經崩潰了。」唐亦步的聲音裡聽不出什麼情緒。

季小滿看看唐亦步，又看看遠處呼救的孩子，眼底全是迷茫和掙扎。正在交談的兩個男人視他們為無物，彷彿那些哭喊並不存在，小照則用手指誇張地堵著耳朵，嘴裡唱起跑調的童謠。

「我知道，好歹我也是幹這行的，看那些天的陣勢，大概能猜出一些事情。」康哥沒有放棄，「沒人去修理那座研究所，外面肯定是出事了……不說這個，我手裡真的有資訊，我們交易吧，行不行？我不是要你們護送或者怎麼樣，只要讓我們離開這座島就好，哪怕途中失敗也……也沒關係。」

阮閑在車內瞇起眼，緊緊盯著唐亦步的一舉一動。

「你們拿得出什麼？」唐亦步暫時沒有離開的意向。

「研究所擅長機械硬體加強，我們公司更擅長記憶資料和軟體的操作。MUL-01 上市後，我的小組專注於研究人腦與電子腦的資料傳輸，市場上相關技術九成都是我們研發的。這……這方面我有自信，我們領先於排斥這個技術的阮閑。」

唐亦步自然知道對方想要提什麼。

阮教授異常排斥大叛亂前流行的記憶操作，將研究重心放在各類初始機的研發和完善上。在記憶資料的處理方面，普蘭公司確實曾經是領頭羊。就算主腦會改良技術，基礎的路線也不會差太多。

包括秩序監察的記憶更新、培養皿內複製人的「記憶灌輸」、仿生人秀場的「人格設置」，自然也包括將早已死去的蘇照、康子彥記憶從地獄拉回的技術。

而阮教授只研究過應用場景非常有限的思維接入針，就算他在大叛亂後將這片領域撿回來。在極其有限的條件下，也很難真正超越普蘭公司當年的進度。

不得不說，康哥給出了一個不錯的價碼，唐亦步不長不短地「哦」了一聲，尾音意味深長。

見唐亦步這副表現，車內的阮閑也能將對方的條件猜個八九不離十。

可阮閑只覺得諷刺——真正的康子彥和蘇照早已死亡。和樹蔭培養皿的情況不同，康哥應該早就清楚了這一點，可為了保留這兩份記憶資料，他仍然掙扎著要存在下去。

就像真正的幽靈。

「我可以給你部分資料模型！等離開這座島，我再給你剩下的。」康哥沒管小照頂在腦後的槍，眼看著要跪下去。「求求你，求求你，我能理解你生我們的氣，但是……但是……」

「我沒有生氣。」唐亦步心平氣和，「一開始可能有點，不過別在意。你看，就像腳趾踢到桌子，你也不會真的記恨桌子。」

「……他確實不適合立刻上市。」車內，阮教授幽幽地來了一句。

那不是仁慈或者寬容，單純是不在意，某種意味上堪稱恐怖的「不在意」。阮閑明白阮教授指的是什麼，但他沒打算理會對方，只是繼續看著唐亦步。

「父親，我們帶上他們吧，放在車頂上。」唐亦步朝車裡擺擺手，笑容驟然燦爛。「不會有隱患的，說不定還能吸引點火力。」

「隨你。」阮閑點點頭。

「這是我的車好嗎？」余樂鼻子裡哼了聲，隨後乾咳幾聲，顯然是想起了自己當下的處境。「算了算了，愛怎樣就怎樣，快點就行。」

得到許可的剎那，康哥回身一劈。小照措手不及，被打了個正著。她的身體軟軟地倒了下去，被康哥摟在懷裡。生怕唐亦步反悔，康哥用躲避怪物的速度向車頂攀爬。

「那兩個孩子……」季小滿還在猶豫，不知道是不是經歷使然，她對小孩子格外容易心軟。

三腳腦容器趁阮閑不注意，嗖地跳下車後座，朝季小滿走去。猛地看到這麼個東西靠近自己，季小滿下意識倒退一步。

「小滿姐姐。」還有意識的小蘇照還在求救，像是完全忘記了被唐亦步一槍爆頭的事情。「小滿姐姐……」

「季小姐，秩序監察快到了。」阮教授用電子音溫聲規勸，「上車吧，他們是不存在的。」

「那你，呃，您解開感知干擾。」季小滿不怎麼自在地站直。

「姐姐，康子彥受傷了，哪怕妳帶走他一個……」小蘇照越爬越近，臉上滿是淚痕。

「我們在這裡，我們就在這裡啊！」

她用手指摳著地面，指尖鮮血淋漓。季小滿鐵了心沒去看她，但人還有點恍惚。

「為什麼你們要帶走壞人，不幫我們？」

孩子絕望的聲音讓人嘴裡發苦，淒涼的哭腔讓駕駛座上的余樂也不怎麼舒服地挪挪身子。

「我們就在這裡！」

感知干擾似乎撤掉了大半，燃燒的建築與星空通通消失，取而代之的是森林與藍天。可是那兩個孩子仍然匍匐在附近，奄奄一息。

「既然是不存在的，帶著也沒關係吧。」小蘇照哭得撕心裂肺，季小滿聲音很低，把金屬手指握得喀喀直響。

「我們已經在這裡浪費十分鐘了。」唐亦步溫和地提醒道，「最多還有五分鐘的準備時間，請注意。季小姐，如果妳五分鐘內做不出決定，我只能採取強制措施了。」

而作為季小滿詢問的對象，那個膝蓋高的三腳機械沒有答話。不知為何，季小滿從它身上感覺到了濃濃的悲傷氣息。余樂搖下車窗，在意地瞧過來。

「我想問你們很多事。」他提高嗓門，好讓幾步外的季小滿也聽清。「先解釋這個吧，唐亦步。之前你說這兩個孩子是漏洞，然後我們就分開了——現在是時候把事情說清楚了。」

「恐怕阮教授不能讓他們消失。」唐亦步平靜地表示，「還記得壁紙那個比喻嗎？」

「記得啊。島上所有人的感知干擾是第一層，阮教授獨自製造了第二層感知干擾，將現實蓋在最底下。」余樂語速極快，「怎麼了？」

「這兩個孩子是第一層壁紙上的東西……不，倒不如說他們是貫穿兩層壁紙的釘子，連接了兩層壁紙。」唐亦步瞥了余樂一眼，「他們恐怕是車頂那兩位的想像產物吧，看他們的精細程度，製造他們的人一定相當想回到過去。」

只是想像的產物，就像斑駁的陶瓷娃娃頭、蠕動的血肉、或是讓人反胃的幻象植物。

「只不過有一個區別——我們的阮教授自然不認為那些稀奇古怪的東西是真的，卻忍不住在意那兩個孩子，潛意識把他們當成活生生的人。

「換句話說，以前只有阮教授藉由自己構建的第二層壁紙影響最表層，而這是唯一一次，最表層的感知干擾反過來影響到了阮教授。」

那兩個孩子被蘇照製造出來，慢慢被其他人「承認」，最終確實存在於這座島上。這是只會在這裡發生的事情——深刻而絕望的回憶凝結為血肉，踏進殘酷的現實。

他們被一個又一個人「承認」，作為意識的集合，活在鏡頭下，誕生於這個世界。然而感知干擾如果徹底解除，他們會像肥皂泡那樣輕巧地消失。

對相關知識有所涉獵的季小滿抱住肩膀，整個人有點抖。

……那是只存在於他人認知中的「人」。

「所以他們是薄弱點，既被我承認，也被這座島上其他人承認。如果有人傷害他們，就能夠暫時打破兩層『壁紙』間的界限。」

阮教授的三腳腦容器終於開了口。

「用你們的比喻，相當於把釘穿兩層壁紙的釘子拔鬆，能看到第二層也是當然的。我把他們送到你們身邊，的確是想引導唐亦步來見我。」

「小滿姐姐。」那幻影還在哭泣。

小照和康哥是兩段入駐肉體的回憶資料，而那些回憶在混亂前再次把自己切分，複製出兩段小小的回憶殘渣。

它們甚至連肉體都沒有。

「小滿姐姐——」小蘇照抓住季小滿的褲腿，哭得幾乎要喘不過氣。

「走吧，季小姐。」阮教授發出一聲長長的嘆息，「沒時間了。」

季小滿沒說話，眼眶有點泛紅。

「秩序監察到了。」那三腳機械說道，「他們……有別的用處。」

季小滿抬起頭，剛想說些什麼，面前的景物便晃動起來——它們再度穩定下來時，她人已經被唐亦步拎到車後座，和阮教授的三腳機械一起。

她努力抬起頭，看向車窗外——小蘇照呆呆地坐在原地，兩隻手拚命抹眼淚。

隨後她炸開了。

地上兩個小小的身影像是古怪的禮炮，又像是鼓脹氣球上兩個新添的針孔。和上次的色彩噴發不同，像是一整個世界透過那兩道身影噴向天空。

季小滿的身體僵了僵。

原本就瘋狂的島嶼變得更加瘋狂，無數扭曲的新影像在島上浮現——盛放的花，擁擠在一起的笑臉，遊樂場的摩天輪橫著旋轉，摺好的紙鶴在空中飛舞。

而在那些美好事物的間隙中，他們所在的島中心四周升起死牆，將其他複製人隔離在外，隨即無數炸彈砸了下來。

余樂撤去了裝甲越野車前後排之間的玻璃隔板。

季小滿和阮教授的三腳機械待在後排，阮閑坐在副駕駛座，車窗大大地敞開，他隨時可以將身子探出車外，支援唐亦步。

唐亦步攀在車側，一隻手緊緊扒住車頂的支架，一隻手拿著從車裡摸出來的槍。

外面已經不見那兩個孩子的身影，季小滿的眼神有點迷茫，像是還沒有反應過來。

阮教授的腦操縱著三腳機械塞進座椅縫隙，將自己穩穩固定在後排。鐵珠子已經滾進了座位間的墊子夾縫，見大家都上了車，它開始放心地呼呼大睡。

窗外則完全亂了套。

臨時升起的死牆如同劣質布偶的外皮，它們盛不下勃發的幻象。那些色彩繽紛的東西通過兩個不存在的孩子湧出，鼓鼓地擠在車子周圍，遮天蔽日，源源不斷。像是這世上所有的樂園同時傾塌，裡面帶有顏色的一切事物都擁有了生命，一同決定來場盛大的遊行。

炸彈徑直墜入那些感知干擾鑄就的幻象，彷彿船錨沉入彩色的海洋，沒有濺起太多水花。

「往哪走？」余樂憋紅了臉，看起來有一萬個問題想問，最後挑了個字數最少的。

「正北。」阮教授和阮閑幾乎同時開了口。

余樂沒廢話，他飛快發動車子：「我先用手機將就一下，有難搞的障礙隨時提醒我，你們做得到吧。」

既然阮教授已經在他們車上，應該不至於再去用感知改寫手機顯示。余樂調整了一下駕駛座前的手機位置，鼻子裡哼了聲。

「嗯。」阮閑輕聲回覆，眼睛盯著攀在窗外的唐亦步。

五顏六色的氣球活物般扭動，衝向天空。旋轉木馬馬蹄朝天，吊桿插入地面，上下躍動。好在廢墟海出身的余樂心理素質夠強大，託穿梭劑的福，他看到什麼都敢駕車一頭撞上去。異象暫時將他們保護在最底部，一時間沒有秩序監察找到他們。阮閑觀察了片刻窗外那群狂歡的死物，隨後收回目光。

「地下那東西一開始就是幹這個用的吧。」

雖然阮教授擁有獨自撐起第二層「感知壁紙」的能力，前提也是感知干擾不會太複雜。目前被死牆圍出的島嶼中心撐滿了稀奇古怪的玩意，那可不是後排小小的三腳機械能做到的。

正如他自己，阮教授同樣是個經驗豐富的騙子。

他展示給他們的噬菌體狀機械根本不是對付主腦的刺殺裝置，而是控制這座島的感知干擾裝置。而裝置上那些複製大腦八成被用在了增強感知上。

「刺殺裝置確實存在。」阮教授聽起來沒有很意外。「我只是沒有把它安置在這裡。」故意選擇危險的燈下黑做法，或者乾脆放在別處。兩種做法都說得通，沒有足夠的資訊，哪怕是阮閑自己也不好判斷。事情到了現在，對方的布局徹底明晰。

雖然不願意承認，他和唐亦步在情報收集上惜敗一著。十二年的實戰差距果然還是存在的。

「在您二位嘰哩咕嚕些我們聽不懂的話前，考慮一下我們的感受。」余樂一踩油門，加快了車輛的行進速度。他隨手將一個紙團扔到阮閑大腿上，臉色不是很好看。

「趁現在安穩，趕緊把事情說清楚。」

他透過後視鏡瞟了一眼後座的三腳機械：「我這人最恨被蒙在鼓裡。我和小奸商只知道唐亦步是 MUL-01 親戚這回事，然後呢？你們幾個飛快衝回來，嘟囔一堆莫名其妙的東西，按著我們一起跑。

「這件事總得有個解釋，說實話，那兩個孩子也就算了，後面那個怪機器的情況我都不清楚——」

「我還不明白。」季小滿打斷了他，聲音有點啞。「那兩個孩子的事情，我還不明白。」

阮閑抱住雙臂，沒有說話的意思，用目光給了後排阮教授一個「您先請」的示意。

「算了，我是該解釋一下。」

阮教授的聲音裡有種古怪的安撫效果。

「從季小姐這邊開始吧……那兩個孩子，所有的反應、表現，都是由康子彥和蘇照創造出來，隨後被其他人的印象塑造的。這件事說起來也挺複雜，簡單來說，他們是『他人眼中的人』。」

「可是……」

「他們沒有生命，雖然行動模式很像活物，但確實沒有。季小姐，我明白妳的心情，哪怕我很清楚其中的原理，還是免不了被影響——妳可以把他們想像成藝術作品裡被塑造的角色，那樣會好受些。」

「他們沒有感覺嗎？」季小滿的聲音裡有點少見的惱火。

「我不知道，沒人能知道。生命這個概念本來也是由人定義的。」阮教授輕聲說，「這就是當初沒有控制好發展的代價。我們的社會倫理完全跟不上技術前進的速度。如果在這些問題上鑽牛角尖，人會瘋掉……所以我才一直堅持人的『自然性』。」

他停頓了片刻，轉向余樂的方向。黑盒在玻璃槽中晃了晃，又冒出一串水泡。

「正式自我介紹一下，我是正牌阮閑的複製人，你們認識的那個阮教授。準確來說，是阮教授的大腦。現在的我同樣很難被劃分到『人類』的範疇。」

余樂抓住方向盤的手抖了下：「……你把自己的腦子挖出來了？」

「他確實挖了。剩下的我來說吧。」阮閑將余樂扔回來的紙團揉了揉，放進口袋。「我的身分很難用三言兩語說清楚，暫時不解釋了——簡單說來，亦步來這座島上找阮教授，是阮教授早在幾年前就做好的計畫。我們都只是陪襯。

「他在地下製造了一座感知干擾機械，用來隱匿自己的身分，同時謊稱它是對付 MUL-01 的武器，好判定亦步的立場。這就是我們剛剛在聊的東西。」

阮閑擦拭著自己的血槍。

「阮教授調查過你們，知道你們是如假包換的人類，只有我出身不明、行為可疑。所以按照我的推算，他會殺死我給亦步看，順便將我的屍體帶回研究。

「我需要趁這個機會去亦步身邊。但我不確定他會不會讓你們目擊這一幕，字條只是以防萬一而已。我不知道你會怎麼做，但季小姐恐怕會衝出來幫我吧。」

「……聽這說法，連你都不是人？」余樂嘶地抽了口氣。

「姑且算，但嚴格來說也未必算，不要太在意。心裡實在過不去，你可以把我當成正牌阮閑的僵屍。」

阮閑將血槍收好：「接下來是重點——確定亦步還在，並且不太想合作，我們的阮教授把亦步的存在暴露給了主腦。如你所見，已經找上門來了。」

余樂好歹也是曾經的大墟盜，話說到這個份上，他已經能猜到阮教授想要做什麼。事到如今，他們不想合作也得合作。唐亦步的身分註定他不會感情用事，只會選擇對己方最有利的方案。

「你們這都沒跑掉？」余樂喃喃道。

「慢了一步，沒想到這位也那麼瘋。」阮閑聳聳肩。

余樂翻了個白眼，決定不去追究那個「也」字代表的意思。

姑且算確定了兩人的身分，按理來說最該激動的季小滿卻依舊情緒低落。嬌小的女孩在後座蜷縮身子，看起來沒有和阮教授說話的意思。

「下一步呢？」余樂透過後視鏡瞥了眼季小滿，快速收回目光。

「擺脫追兵，接下來看情況。」阮閑再次看向窗外的唐亦步——敵人還沒攻過來，唐亦步固執地吊在車側，甚至開始愉快地玩弄那些幻象。

在他們說話的同時，那仿生人正伸長一條手臂，讓手掌拂過路上五顏六色的雲狀物，情緒看上去很是高昂。

他不擔心嗎？

阮閑第一次體會到了擔心到煩躁的感覺。最近那股患得患失的情緒簡直要把他逼瘋——如果他們足夠幸運，唐亦步不至於在秩序監察面前暴露太多實力，他們還有隱姓埋名藏起來的可能。但如果唐亦步暴露了戰力，他們就不得不和阮教授合作，先下手為強，做掉主腦。

後者代表著唐亦步要承受確切的死亡率。何況阮教授已經把他們引到了這一步，不至於在這種細節上出差錯。

這個念頭讓阮閑胸口堵得厲害，看著面上無憂無慮的唐亦步，他有種心臟瀕臨爆炸的煩悶感。

曾經的在意變為關心，可「關心」無疑是種陌生而痛苦的情感，阮閑不怎麼喜歡。

按理來說，若要保全自己，他應該盡快想辦法擺脫那枚致命的耳釘，離唐亦步遠遠的。然而就算清楚這是最合理的做法，阮閑依舊堅定地將它扔到了腦後。他無法再游刃有餘地處理那份愛意，它混合了欲求、遺憾和占有欲，成長為擁有巨口的怪物，反過來將他一點點吞噬。

別說擺脫它，如今他甚至無法阻礙它繼續成長，阮閑只能盡力讓兩個人一起活下去。

這種失控的感覺簡直糟糕透頂。

「父親。」像是察覺到了阮閑的注視，唐亦步撈了一把淡藍色的雲塊，往阮閑懷裡一扔。「這東西的觸感還挺逼真的。」

「……你可以先進來。」

「我得好好看著車頂兩位。」唐亦步笑得像隻偷到雞肉的狐狸。「而且看這個陣勢，我猜……」

他話音未落，阮閑一聲「小心」就出了口。

余樂的一路橫衝直撞讓他們很快到達死牆邊緣，繽紛的幻象變得稀薄，車子的影像暴露於漫天飛行器之下。兩枚追蹤彈先行轟擊下來。

唐亦步朝阮閑擠擠眼，手臂使力，短暫地騰空而起。他一隻手撈住一枚追蹤彈，轉手將它扔向不遠處的死牆。

巨大的爆炸衝擊波吹得那些彩色幻象齊齊顫抖，死牆卻沒有被撼動半分。余樂猛打方向盤，好讓車子不至於正面吃下這一記衝擊。

車子的劇烈晃動驚醒了鐵珠子，它嗖地鑽進季小滿懷裡，可憐兮兮地嘎嘎叫。它試圖在混亂中啃一口三腳機械的腳，豈料阮教授未卜先知般地將腳抽離縫隙。

季小滿則摸摸它的外殼，姿勢很穩，只是情緒還是不太好。

見炮彈無法炸開死牆，唐亦步掃了兩眼爆炸情況，嫌棄地嘖了一聲，把另一枚追蹤彈直接擲了回去。

它們的威力太小，顯然不是用來攻擊的。主腦應該是想用爆炸情況定位他們的具體位置，阮閑皺眉，剛想開口提醒唐亦步——

唐亦步伸出一隻手，抓住阮閑的前襟，從窗戶外將他俐落扯出。

「抱緊我的腰。」那雙金眼睛閃閃發光，近在咫尺，唐亦步吻了一下阮閑的額角，溫熱的呼吸拂過脖頸處的皮膚。

為了躲避連綿而下的轟擊，車子還在高速行進。棕褐色的地面在眼前飛快後退，糊成殘影。阮閑下意識摟住唐亦步的腰，後者踏著車門把手，直接躍上車頂。

小照還在昏迷，康哥將她緊緊抱在懷裡。為了保證兩人不至於被車甩出去，他將左臂擠入車頂狹窄的固定桿縫隙，手臂已經一片血肉模糊。

唐亦步的注意力則在頭頂密密麻麻的飛行器上。那些不懷好意的武裝機械被塗成白色，在陽光下閃著冷光，他朝它們露出笑容，活像灑滿天空的不是敵人，只是蒲公英的飛絮。

「父親。」唐亦步轉向阮閑，笑得前所未有的開心。「我剛剛做了一個決定。」

「什麼？」車頂風聲不小，阮閑提高了嗓門。

「我要對付 MUL-01。」唐亦步愉快地說，「和阮教授一起。」

「不行，你那邊的風險實在是……」

「我計算過，確實會高些。但是我有我想看的東西，把這些條件算進去的話，合作還是挺划算的。」唐亦步伸出手，戳了戳阮閑的臉。

「如果你有什麼想法，我們可以好好商量。亦步，聽好，不管你想看什麼——」阮閑深吸一口氣，沒有撥開唐亦步的手，試圖耐著性子扮演曾經那位「溫和的阮教授」，可惜他顯然失敗了。

「打個比方，我想看你現在的表情。」唐亦步快樂地回應道，「而且還想看更多。

「父親，除了你的課題，我現在找到了更多有意思的問題。在我解答出他們之前，資料只能從這樣的實踐中收集——」

唐亦步一躍而起。

阮閑從未見他跳到那個高度。

唐亦步直接跳上了離他們最近的飛行器，撕麵包般將金屬覆蓋的武器扯成兩半。隨後他乘著爆炸的氣流，又跳到另一艘稍大的飛行器上。這回他沒有將它隨意扯散，而是掰下尾部的飛行翼，將碎片扔向周遭衝來的其他飛行器。

炮彈與鐳射轉了方向，齊齊向唐亦步射去，可那仿生人如同捕食鳥雀的貓，或者乘著海流的遊魚。他在飛行器之間跳躍，每一次躍動都伴隨著數次爆炸。

攻擊大多錯開他的身體，偶爾有些接近命中，都被他反手撈起，轉向別的方向。

那仿生人的動作裡沒有一絲慌亂，甚至是優雅的。襯著地面上熱鬧的幻象，炸開的飛行器如同藍天上樣式古怪的煙火。

而他的 NUL-00 在爆出的硝煙中舞蹈。

雖然唐亦步看起來像是占了優勢，阮閑的心跳還是沒有回到正常頻率——

這樣下去不行，阮閑緊咬牙關。

更多、更大的飛行器正在往這邊飛，他們面對的完全是前哨。這只是試探，而他們正在被觀察。

秩序監察沒有立刻抹平這座島，這意味著眼下的境況對於主腦來說，依舊完全在「可控範圍」。

唐亦步不可能不清楚這一點。這是徹頭徹尾的挑釁，阮閑心想。

……不是被逼到不得不出手，那個仿生人想要展示自己的實力。

CHAPTER 64　特等席

仿生人秀場的實況轉播沒有停。

最開始，人們的注意力各自集中在島周邊的「重要角色」上，也有不少人持續付費觀察康哥與小照。但自從他們進入樹林，傳回的影像就一直是休憩和行進，沒什麼新東西。

沒有人去報錯——仿生人秀場是由秩序監察直接監視的，不可能出現這樣低級的錯誤，一定是那兩個人做出了無聊的決定。作為秀場的焦點之一，他們似乎決定放棄今天的關注點，悠閒地打發時間。

對於觀眾來說，每一秒都意味著費用流失，沒過幾個小時，他們的注意力便全部集中回島周邊。連續不斷的衝突反覆上演，那些人用他們給出的關注兌換食物、武器與日用品，一切正常。

直到島中央升起死牆。

原本不大的島被切分為兩部分，管理區所在的島中心被死牆嚴密地包圍起來，隨後無數鮮豔的東西開始從島中心向外噴湧。死牆如同從地面探出一點的炮口，源源不斷地朝天空轟擊島上從未出現過的新鮮玩意。

所有人的注意力頓時都被吸引而去。

無數白色的飛行器在死牆上空盤旋，如同在海中成群遊蕩的魚群。那些顏色清新漂亮的事物不斷湧出，一開始人們以為那是仿生人秀場弄出的什麼新噱頭，直到飛行器開始依序爆炸。

半數以上的觀眾下了相近的決定——他們試圖購買離爆發地點最近的鏡頭，卻沒有任何一個人成功。那些探測鳥的視野裡只有豎過來的地面，厚厚的腐葉和草莖把傳回的畫面遮住了七八分。

它們墜落地面，大多斷了生機。

「情況如何？」

用於仿生人秀場直播的探測鳥全數陣亡，秩序監察的戰爭用飛行器則牢固得多。卓牧然平靜地看著那些飛行器逐一爆炸，拋出一個簡短的問題。

「三十秒內，第一批偵測部隊損傷百分之八十以上。實行進攻的只有一個人。」一個和卓牧然十分接近的聲音從虛擬螢幕彼端傳來，「建議繼續觀察。」

「第二批部隊跟上，如果五分鐘內沒有捕獲那個仿生人，你們兩個立刻出手，不要拖太久。」卓牧然緊盯那個在硝煙和火焰中活動的小黑影。

第一批偵測飛行器是純粹的機械，雖然擁有一定的攻擊能力，歸根究柢還是些被遠端操縱的呆頭鵝。第二批則更接近實戰武器——它們不是單純的飛行器，而是經過改造的機械生命。無論是戰鬥力還是靈敏程度，都和第一批的炮灰不在同個水準。

雖然 MUL-01 有盡可能收集情報的傾向，但卓牧然不想冒太大風險拉長戰鬥時間。對方只派出了一個人，無論原因是自信過剩還是窮途末路，目的都是拖時間。

卓牧然極度厭惡將戰爭節奏的主導權讓給對方。

「需要出擊的情況下，Z-α 正面迎敵，Z-β 側面支援，將攻擊重點放在那輛裝甲越野車上。」他繼續指揮，「後勤部隊放出地面探測器，給我搞清楚這個感知噴發的成因……不，不是戰後評估，現在就做。」

「明白。」

卓牧然這才長呼一口氣，他放大面前的虛擬螢幕，朝爆炸中心撕扯機械的狂徒眯起眼。

當初他確實沒想過，那個戲弄自己的仿生人會是MUL-01最為危險的敵人之一。卓牧然改造過自己的身體，他本人相當於市面上最為先進的審訊機器，如果那個叫作「唐亦步」的仿生人對人類有規格外的維護心理，他不可能看走眼。

那個仿生人對人類並沒有偏袒之意。倘若不希望被NUL-00發現後斬草除根，唐亦步只需要默默躲起來就好，完全沒必要如此高調地活動。

他的行動是煙霧彈？還是有更深的緣由？

卓牧然端著杯子，裡頭的茶早就冷了。他轉過身去，剛想把茶水倒掉——

「不需要想太多，牧然。」

MUL-01的投影不知道什麼時候出現在他背後，仍然擺出一臉安撫人心的微笑。

「NUL-00是未完成品，也沒有接受過正規的教導。它的很多行為不能用人類的認知去解釋。」

「那您沒有必要刻意延長戰鬥時間，直接將島消滅就好。恕我直言，您這是在冒險……」

「我對NUL-00的電子腦和性格資料很感興趣，它可以作為我補全自己的更新檔。阮閑在人格治療前，偶爾會有些偏激卻有效的構思。」

主腦沒有半點不耐，用青年樣貌的投影細心解釋。

「阮閑也參與了這個計畫，他不會愚蠢到讓我隨隨便便毀掉NUL-00。兩個可能——毀滅行為在他的推斷範圍內，他已經有了應對甚至利用的手段。或者那座島上有哪怕NUL-00被毀也要掩埋的東西，NUL-00只是引導我們毀滅島嶼的幌子。」它做出總結。「在確認現狀前就採取最終手段，是低效而浪費的做法。」

「是。」卓牧然吞下了反駁的話。

MUL-01伸出一隻手，虛虛按上並放大螢幕上仿生人的身影。影像不需要眨眼，它就那樣雙眼一眨也不眨地凝視了幾秒虛擬螢幕，臉上的表情回歸空白。

「或許我們能拉攏它。」見氣氛變得古怪，卓牧然抓緊機會開口。「從概念上來說，NUL-00算是您的同類、您的兄弟。它和阮閑的理念並不一致，也不像是對當前人類的境況有什麼意見，只要我們……」

「這是我第四百一十三次提醒你，卓牧然，不要把人類的邏輯套在我身上。作為秩序監察的總司令，你應該比所有人都清醒。」

MUL-01收回手。

「假如把我們定義為一種生物，我們最大的本能會是學習和吞噬。我們不需要像人類那樣繁衍，也沒有需要維護的遺傳因子。NUL-00不是需要我珍視的同胞或親人，它是我最好的獵物，它也不會放棄抹除我的機會。

「現在不會有勸降相關的計畫，以後也不會有。」投影的聲音相當堅定。

「……明白。」

第二波敵人衝擊而下的時候，阮閑察覺到了一點不對勁——這次的飛行器樣式和第一批完全不同。比起造型簡單俐落的飛行機械，正朝他們衝過來的東西更像是某種金屬和仿生組織貼合的怪鳥，個頭比成年棕熊還要大上幾分。

和探測鳥一樣，它們的頭部沒有正常形態的口鼻眼，只有集合成束的鏡頭式結構。扭曲的翅膀下方則結了不少白色肉瘤，造型奇異的彈藥嵌在裡面，不知道是它們自行製造的還是人工安裝上去的。

和那些表面光滑的飛行器不同，這一批機械生物的腳爪尖利，身軀脆弱處覆蓋了硬刺。它們的關節比一般機械難拆很多，就算被撕開也不會爆炸，被扯斷的部位也會藕斷絲連地連著不少黏滑而有韌性的仿生組織，難以用於二次攻擊。

實體層面的攻擊已經無法控制狀況了。七成怪鳥群朝唐亦步衝去，三成朝地面的裝甲越野車衝來。

余樂別無選擇，只能用上所有的駕駛技術，把笨重的車開得彷彿渾水裡的泥鰍。面對一般障礙，他還能發動車裡的緊急噴射裝置，將車子彈出牆外——然而死牆會使一切機械設備失效，余船長只得在牆內側繞來繞去。

「接下來怎麼辦？」眼看著一群怪模怪樣的玩意朝愛車衝來，余樂的嗓子差點吼破音，「老子空不出手！」

「等。」阮教授只回了一個字，「這樣繼續轉就夠了。」

「你他媽說得輕巧。」余樂的聲音有點尖，手上又一個大轉彎。

體重漲了不少的鐵珠子被慣性坑了一把——它從季小滿的懷裡滑出去，砰地撞上車門，氣得嘎嘎大叫。

「我去車頂幫忙。」季小滿沉默許久，終於憋出來一句。「π，你守著……你守著阮教授。」

鐵珠子咬住季小滿的衣角，可憐兮兮地望著她。可惜它沒有流淚的功能，只能努力讓三隻小眼睛快速明滅。

「乖。」季小滿打開車窗，無視了瘋狂的車速，手腳俐落地爬出去。

鐵珠子見撒嬌無效，怒氣沖沖地轉過頭，洩憤似地一口啃向三腳機械——阮教授活像有預知能力，他再次平靜地將金屬腳挪開。

鐵珠子喉嚨裡發出一大串威脅的哼哼聲，有點像引擎運轉。可惜它還沒哼完，車子又一個急轉彎，差點把它甩出窗外。

阮教授嘆了口氣，伸出一隻腳，指了指季小滿座位下的某個空隙。

鐵珠子半信半疑地挪進去，發現空間大小剛好合適，就像縮在外殼裡那樣愜意。它舒適地挪挪身子，瞬間把敵意扔到九霄雲外，朝阮教授的三腳機械友好地嘎了一聲。

車外的氣氛可沒這麼祥和。

季小滿爬上車頂，原本不大的空間更加不便活動。好在她戰鬥經驗極其豐富——季小滿沒有在車頂停留，而是徑直跳上死牆。憑著體重優勢，她快速投擲出繩鉤，兩三下攀上牆頂。

深知死牆的特性，曾經的機械獵手沒有用先進的槍械類武器。

季小滿撥動手臂，零件喀喀運轉，左手小臂變成了一把輕型機械弩。她從隨身背包裡抽出幾把箭頭閃爍的爆裂弩箭，開始攻擊那些飛向車子的機械生命。

與此同時，她腳下的動作也沒停。發現她的機械生命們向她扔出無數爆彈，季小滿無法在一個地方停太久。

好在她並不是獨自對付它們。

阮閑沒有離開車頂，他在亂竄的裝甲車頂站直身子，靠S型初始機的感應能力維持住了平衡。他沒有使用自己新發現的血液特性，而是老老實實使用攻擊血槍，集中攻擊那些生物頭部的監視器結構。

雖然它們飛得極快，試圖將頭部藏好，終究還是拚不過初始機的感知，以及初始機主人的異常戰意——

阮閑把自己的鬱悶全發洩在這些怪東西上，血槍的吸血裝置藏在他的袖子下面，正源源不斷地啜飲他的鮮血。失血的冰冷和痛感混成眩暈的快感，暫時將他從那團未知的情緒亂麻中解放。

機械生命劈哩啪啦掉在地上，被余樂毫無慈悲地碾過，深褐色的泥土幾乎要被四散的組織液染成白色。

阮教授讓他們等，阮閑能猜出對方想幹什麼，並且沒有干涉的打算。反正唐亦步已經暴露了，自己現在能做的極其有限。

阮閑深吸一口氣，又轟掉了一打季小滿來不及處理的機械巨鳥。在觀察清楚這玩意的結構後，這次他故意讓其中一隻接近，然後縱身躍了上去。阮閑將自己的電子手環取下，介面快狠準地戳進怪鳥頸部的接縫。

不像唐亦步和季小滿那樣精於戰鬥，他只能用雙腿禁錮住那東西，在機械生命的掙扎中堪堪穩住身體。虛擬螢幕在空氣中明明滅滅，阮閑一隻手扭著那東西的要害，一隻手飛快地入侵它的神經系統。

他沒見過這樣的生物程式，只能靠幾乎要飆升到頂點的激素絞盡腦汁，竭盡全力即時破解。

不知道是不是有意，唐亦步已經離開了血槍的有效射程。那仿生人並不會飛，高空的落腳點又只有敵人——

儘管可能性很低，萬一他受了重傷，萬一他不小心掉下來，萬一主腦那邊拿出什麼新型武器……

想到這裡，阮閑恨不得把那些嗡嗡直響的雜音從腦子裡挖出來。最近這個症狀越發明顯——一旦碰上跟唐亦步相關的事情，那些一驚一乍、毫無用處的雜音就會變得分外響亮。他仍然能冷靜地做出決定，過程卻困難了數倍。

糟糕透頂。

明明在相認之前，他的愛意還沒有這些倒楣的副作用，一定是哪裡出了問題。如果說對NUL-00 的珍視使得這份愛意濃了幾分，也不太合理。

就算是從前，阮閑也從未考慮過將 NUL-00 和自己放在同一個天平上衡量。而用十分自我的方式愛上唐亦步後，他也從來沒想過那仿生人會為帶給自己這麼深的影響。

不過眼下不是自我分析的好時機，清楚問題存在就足夠了——解決問題前，他得確保他們兩個都活著。

阮閑咬緊下唇，單手破解的動作沒有停下，他從嘴裡嘗到了血味。終於，在一枚炮彈眼看著要炸上他的臉時，那怪鳥終於不再掙扎，動作變得順從而僵硬。

伏低身子，他持續輸入指令，衝向唐亦步。

唐亦步身上確實有傷，傷口還不小。阮閑深吸一口氣，剛開始思考怎樣盡量隱祕地治療他，那仿生人反倒腳下一蹬，炮彈似地朝阮閑衝來。

那勢頭太猛，阮閑差點被他撞下去。唐亦步趁機一手勾住阮閑的腰，一手按在鳥狀機械的頭頂，血將他的緊身衣打得透濕。

「你來啦。」唐亦步開心地笑了笑，垂下頭，在阮閑耳邊吹了口氣。「什麼都別做，父親。」

「按照你這個失血速度，你最多還能撐兩個小時。」

「你會接住我的，對吧？」唐亦步吻了吻阮閑的額頭，「別忘了，主腦在看著。」

就在那一瞬間，阮閑極不情願地領會到了唐亦步的意思——哪怕他不希望兩人如此心意相通，可他幾乎能夠本能地猜到那仿生人的想法。

見阮閑的臉微微扭曲，唐亦步笑了。他將沾滿血跡的手指斜斜按在嘴邊，比了個安靜的手勢。隨後他用那指尖劃過阮閑的臉，刻意留下一道血跡。

「這可是特等席，父親。」

他伸出沾血的手，手掌周圍的藍光異常耀眼。

一陣氣爆以兩人為中心爆開，周遭的機械鳥一瞬間停住動作，彷彿時間凝固了。下一秒，它們的頭部亮起紅光，同步轉過身，開始向更遠處的飛行器衝去。

狡猾的傢伙，阮閑扯扯嘴角。

是的，唐亦步確實打算暴露自己的武裝能力—— NUL-00還存在，並且擁有A型初始機，這樣的情報確實合情合理。

但是秩序監察和主腦並不知道，他們手裡還擁有另一臺初始機。唐亦步還是他認識的那個唐亦步，絕對不會在任何情況下自斷後路。

只不過那仿生人弄錯了一點，阮閑伸出手，摸過臉上的血跡。

……他自己也從來不是願意讓出主動權，服從安排的類型。

「你說得沒錯。」他說道，吻了下唐亦步帶血的嘴唇，「這裡確實是特等席。」

就像一場遊戲，卓牧然心想。

被投入戰場的秩序監察數量遠遠少於機械生命，他們的大軍在虛擬螢幕上匯集成一片藍色光點，將那幾個零星的紅點擠到看不清。以這方戰地實況為中心，不同角度的影像源源不斷地傳回。

別處可能還會有點麻煩，仿生人秀場從不缺監控設備和錄影設施。整座島的監控設備全被開啟，包括島周圍那些最為昂貴的。它們能清楚拍到幾十公里外一隻蜻蜓的翅膀紋路，並且不需要擔心被戰場影響。

「勘察人員已到達管理區。」一片虛擬螢幕飛到他的視野邊緣。

「駐守的秩序監察呢？」

「李義尋，六十二歲，編號零九零二三四，我們發現了他的頭顱。」報告者的聲音裡沒什麼情緒，「他的頭顱被放置在自己的房間中，接在維生機械上，沒有自主意識，但是腦還活著。稍等……組織檢測結果出來了，他至少維持這個狀態兩年以上了。」

「也就是說，有人利用他的腦波訊號偽裝自己，這座島早就被別人接手了。」卓牧然的聲音冷了下來。「定期報告是怎麼做的？」

「李、李先生是這方面的專家，送來的身體和精神資料也很健康，沒有更新的必要。之前我們也派人去確認過，在窗邊看到了他……李先生說解開門禁戒嚴很麻煩、也有安全隱患，我們就隔著窗戶交流了……」

「所以之前你們只看到了他的臉和上半身，是嗎？」

「對、對不起。」

人總是會出這種問題，卓牧然冷淡地看著虛擬螢幕彼端的勘察人員——人總是想在各種各樣奇妙的地方省事，反觀機械就不會犯這種錯。

「回來寫報告，一切按規矩處理。」卓牧然沒有發火，「控制島嶼的八成是想要藏匿的反抗軍，做這事的人既然肯按秩序監察的方式繼續管理這座島，這裡一定有東西。」

「是，我們正在找。」勘探人員擦擦額頭的汗。「司令，我們……」

卓牧然果斷關上了虛擬螢幕，將注意力集中在戰鬥之上。主腦的投影沒有消失，那個青年的虛影停在房間內，正專注地觀察虛擬螢幕裡不大的戰場。

NUL-00 並沒有隱藏自己的意思。

有趣的是，一個眼熟的漂亮青年反制住他們的進攻型類鳥機械，衝向了 NUL-00 身邊。卓牧然認得那張臉，是反抗軍的技術人員，他本該死在上次的烈火裡。

難道是量產的複製人？不過如果及時用上頂級醫療設備，也是有可能保住性命。

無論是哪種可能，NUL-00 的資源儲備顯然比他們想像的豐富。

眼下戰況膠著，光靠一個技術人員衝上去不會有任何作用。或者他帶了什麼武器？卓牧然摸摸下巴，朝虛擬螢幕中彼此親吻的兩人挑起眉毛。

……有意思，他想。

虛擬螢幕另一邊。

鳥狀機械飛在高空之上，風大而冷，將阮閑的外套衣角吹得獵獵作響。唐亦步的鼻尖被凍成了粉紅色，他正把全副精力放在控制那些怪鳥上，鼻子微微皺起。

阮閑手有點癢，很想戳一戳他的鼻子。不過他忍住了這個荒謬的衝動。

唐亦步對鳥群的反操作效果顯著，正在移動狙擊的季小滿壓力一下子輕了不少，余樂也不需要再把裝甲越野車開成貼地飛行的戰鬥機。不過阮閑心裡清楚得很，這一切不過是暫時的。

主腦知道唐亦步是NUL-00，這一切比起襲擊，更像是在測試唐亦步的基本戰鬥資料。好戲一定在後面，現在放鬆只會讓他們死得更快。

怪鳥暫時成了他們的伙伴，不知是有意還是無意，唐亦步將他們身下那隻的系統許可權全數開放給了阮閑。

阮閑一隻手曖昧地攬緊唐亦步的腰，藉此將虛擬螢幕掩蓋在兩人身體的間隙裡，他緊盯那些數字，飛快地心算。

在不遠處，那些被操控的機械生命衝向更周邊，生物導彈炸出的紅煙在藍天的襯托下格外刺目。沙丁魚群似的飛行器大隊裡出現了一個顯眼的空隙，他們兩人就在這個圓形空隙的正中央。

唐亦步將那群怪鳥的主導權徹底搶到手後，終於有精力好奇地觀察阮閑。阮閑沒有忸怩，任由那仿生人隨意打量，心裡的計算沒停。

主腦之所以沒有一下子將他們轟上死路，或許一方面是為了觀察唐亦步，一方面是忌憚阮閑可能的安排。但這個局面不可能一直僵持下去，誰都不知道主腦準備的殺手鐧什麼時候會——

這個念頭還沒在阮閑腦子裡走完，新的身影便加入了戰局。

兩個裝備了強化裝甲的人影飄在空中。

說「裝備」可能不太確切，和當初的卓牧然不同，這兩個人的強化裝甲好像直接嵌入了肉裡，變為軀體的一部分。那兩人身形和身高完全相同，散發出的味道與卓牧然毫無二致，像是同一個源頭投射出的兩道投影。

他們的面孔被改造過，沒有正常人的五官，只有密集排列的鏡頭，猶如詭異的蜂巢。兩人的頭皮上沒有半根頭髮，反倒密密麻麻釘著不少小型機械組，彷彿增生的骨甲。灰白色的強化裝甲和肉體融合得很好，沒有血液或者疤痕，好像天生就是兩副身體的一部分。

兩人身上穿有適配強化裝甲的制服，胸章上分別標了 Z- α 和 Z- β。

他們沒有交談的意思，出現不到一秒，便徑直朝唐亦步衝來。唐亦步跳離阮閑所在的怪鳥，又逮住一隻，毫不猶豫地衝向那兩人。

唐亦步選擇對自己右手邊的 Z- β 下手。他閃電般按住對方的肩部關節，另一隻手握緊對方的手腕發力，試圖把對方載有更多攻擊設備的手臂扭下來。就阮閑看來，這個判斷沒有錯誤。

可是唐亦步失敗了。

那雙可以徒手破開金屬的手沒能撕掉那條手臂，對方甚至連脫臼的跡象都沒有。見攻擊沒有生效，唐亦步沒有戀戰，第一時間操控著怪鳥遠離。

而 Z- α 用不像人類的反應速度瞬間回擊，下手削掉了唐亦步左手小臂的一大塊皮肉，連帶著怪鳥的大半截翅膀。鮮血瞬間濺起，唐亦步痛得嘶地抽了口氣，反手攻擊敵人看似脆弱的頭部。

如果這是一對一的作戰，唐亦步說不定還能成功。可惜他的對手顯然是被主腦全副武裝過的，Z-α和Z-β的強化裝甲同時啟動，兩人周遭的空氣一下子變得酷熱無比。

唐亦步身下的機械生物猛地顫抖了一下，本來就受傷的翅膀無法再活動，體表的金屬也瞬間被燒熔。唐亦步立刻翻身，在這隻機械怪鳥墜地前乘上了另一隻。可儘管他動作很快，手臂上還是留下了一大片燒傷。

唐亦步深吸一口氣，硬是把痛叫吞了下去，眼眶裡多了點痛出來的濕意。

「被加強過的高級D型產物，從味道來判斷，這兩個人八成是卓牧然的複製體。我剛剛觀察了一下他們的強化裝甲，爲了將D型產物的優勢發揮到極致，他們搭載了不少靈活的加速裝置、衝擊裝置，以及至少三種輔助防禦裝置。」

阮閑用那枚耳釘將資訊傳遞過來。

「從強化裝甲的設計和精密度看來，他們應該是主腦手下的頂級兵種，數量不會太多。但是亦步，即使你的A型初始機確實很強，身體終究還是純人類。這場戰鬥在地面的話倒也還好，你在空中活動不便。

「我們的戰鬥準備並不充分。如果我不支援，你贏不了的。」

可是如果暴露了他們手裡還有S型初始機這件事，他們在主腦那邊的資訊優勢就不復存在了。唐亦步齜牙咧嘴地甩甩傷臂，掃了眼正下方地面上不斷跳躍的彩色小球，命令機械鳥立刻直降。

阮閑緊跟著降下地面，戰場徹底變得混亂。

唐亦步控制的怪鳥將沙丁魚群般的隊伍沖散，鐳射和導彈亂飛。

牆頭上的季小滿不再進行狙擊，她飛快地跳下牆，用鉤索勾住狂奔的裝甲越野車，在余樂的配合下鑽回車內，窩在副駕駛座大口喘氣。散射的鐳射光束灼傷了她的肩膀，險些轟掉她一邊的義肢。

年輕女孩硬是一聲不發，她單手從車前翻出紗布，牙齒咬住一頭，開始熟練地包紮。

「離 NUL-00 遠些。」阮教授下令，「他帶下來的那兩個東西不好惹。」

「離什麼？」

「……離唐亦步遠點。」阮教授說，「我們需要再撐八分鐘。等時間快到了，我會提醒你。你到時候再衝去他們那邊，將他們接上車，然後朝太陽的方向開。」

「你確定我們有命那麼幹？」余樂喃喃道，「你剛才說不好惹的玩意，有一個正往這邊來。」

「別慌，我會想辦法處理。」阮教授語氣平穩。

不遠處，Z- α和唐亦步正在蹦跳的彩色球海裡纏鬥在一起。唐亦步的人類軀體讓他吃了不少虧，儘管動作依然俐落，人已經全身鮮血淋漓。Z- α的強化裝甲被唐亦步硬是憑藉血肉之軀拆了一小半，但看起來仍然精力充沛。

殘損的強化裝甲正將不明液體推進他的身體，唐亦步不需要S型初始機的嗅覺也能夠判斷，那絕對是某種效果強烈的興奮劑。

強化裝甲防禦時的高溫灼傷了唐亦步的手，也引燃了四周的樹木。雖然他們眼前只有跳躍得越來越快的彩色塑膠球，呼吸卻變得越來越困難——空氣充滿煙塵，灼熱得要燙傷氣管。天上還不時有飛行器的殘骸掉下，對於Z- α來說或許還好，唐亦步可半點都不想被砸到。

父親說得對，主腦有備而來。敵人身上所有設備全部是最為頂尖的水準，不管是戰鬥環境還是場地，都非常限制他的表現。

他確實贏不了。

……不過唐亦步也沒想贏。讓 MUL-01 看到這副慘狀就夠了，唐亦步緊緊盯住敵人臉上蜂巢狀的黑色鏡頭。

反正自己一開始的目的就是拖延時間。

阮教授想和他們一起離開這裡，那麼他勢必要毀掉地下那堆滿是自己大腦的巨型干擾機械。唐亦步很清楚徹底抹除痕跡的做法——火焰和爆炸，後者效果更好。

不說他的父親，他對阮教授研究頗多。那個傢伙絕對不會做沒有把握的事情，等待他們的絕對是一場足以毀掉一切的特殊爆炸。

問題是「什麼時候」。

唐亦步搖搖晃晃地站起來，眼饞地瞄著敵人的強化裝甲。傷口處要命的劇痛讓他開始懷念阮閑嘴唇的溫度，等離開這裡，他一定……

等等，如果他能推斷出阮教授的打算，阮閑一定也能。父親肯定能猜出自己沒有送死的打算，只是想對主腦多扔幾個煙霧彈。既然如此，對父親而言更合理的做法是回到車裡，去幫余樂他們處理可能面臨的敵人，最大限度地保持低調。

然而阮閑沒有那樣做。

計算脫軌的感覺讓唐亦步後背泛起一陣顫慄，它帶來了新鮮的恐慌，以及微妙的快感。

他美麗的謎題集又要生成新的謎題了。

像是回應他的思想，阮閑輕飄飄地出現在 Z-α 的身後。唐亦步不知道阮閑做了什麼，Z-α 似乎沒有發現他。

接下來，他拿出一個模樣古怪至極的機械。那東西跟易開罐差不多大，看起來極為嚇人。他幽靈般地靠近 Z-α，將那東西的尖頭猛地刺向 Z-α 的頸部。

人類的腕力當然無法損傷D型產物的皮膚。那個小機械卡進Z-α頸部的強化裝甲縫隙，隨後爆炸開來，騰出一陣暗紅的煙霧。

Z-α第一時間捂住頸部，沒有攻擊阮閑。唐亦步身上霎時一片冷汗，若是Z-α決定繼續動手，阮閑可能會整個人瞬間被碾成肉醬。

可是Z-α沒有動手。

那改造人就像即將窒息的人，費力地撓著自己的咽喉。隨後強化裝甲內的皮膚開始隆起，蒼白的機械組織迅速增生，Z-α很快便沒了人形，變成了一大坨畸形的肉瘤，徹底失去了行動能力。

半晌過後，那些肉瘤開始潰爛，發出讓人難受的咕唧聲。

唐亦步咕咚吞了口唾沫，聯想到阮閑入侵阮教授地下堡壘的手段，以及方才持續不斷的計算行為，他隱隱有了個猜測。

唐亦步思索幾秒，決定選擇對自己最有利的應對方式——他眨眨濕潤的眼睛，努力把受傷的胳膊挪到身前，語調軟了下來。

「好痛啊。」他委屈地表示。

效果立竿見影，他的阮先生糾結地看過來，看起來很想立刻給自己一個擁抱，同時又想要把自己痛揍一頓。

有趣的反應。

「你……」阮閑咧咧嘴，半天才皮笑肉不笑地提高聲音。「算了，還能走嗎？」

「不能。」唐亦步順手扔出一塊石頭，直接將試圖靠近的又一架飛行器擊墜。

阮閑：「……」

他舉起血槍，又擊毀一群襲擊過來的無人機，隨後伸出手。

自己肯定還能走，阮閑也絕對看出了這一點。唐亦步不知道自己為什麼要說這個謊，它就那樣從嘴裡擅自鑽了出來。

可能只是為了更方便地交流，他這樣告訴自己。

「還有一個。」唐亦步壓低聲音，腦袋靠上阮閑的肩膀。

「**我知道。**」

「還要多久？」

「**馬上。**」阮閑將唐亦步扶穩，吻了下那仿生人的頭髮。「**裝甲越野車過來了，剛剛那招只能用一次。接下來還要麻煩你出手了，亦步。**

「**要算好時間，確保主腦拿不到Z-α的屍體。我之後會向你解釋，加油，傷患先生。**」

「……」

這八分鐘過得就像八年那樣漫長。

余樂在廢墟海沒少處理敵手，有試圖搶奪資源、來他地盤上散布明滅草的墟盜，也少不了長得奇形怪狀的機械生命。

廢墟海的中心地帶孕育了不少異形，最黑暗的角落就像海溝之底那樣莫測。他的部下撈上來過不少奇奇怪怪的玩意，余樂自認膽子算大，一次都沒被嚇到過。

可面對衝來的Z-β，他的腿頓時一陣發麻。

本來這輛沉重的裝甲越野車就被他開得如同離弦的箭，在余樂進一步加速後，它幾乎要原地起飛。Z-β毫無慈悲地衝上前，幾枚炮彈朝車子射來。

「別躲。」阮教授說道，「該怎麼開就怎麼開。」

「說得輕巧。」余樂做了個深呼吸，四周模糊成團的鮮豔色彩讓他有點想吐。涂銳給的車還不錯，就算被他這樣往死裡開，也暫時沒出啥問題。

余樂的手有點哆嗦，但他還是艱難地穩住動作，眼睛盯著卡片大小的手機螢幕，尋找最合適的路線。

很奇妙的，Z-β的兩枚炮彈並沒有命中車子，而是擊中了緊貼車輛的地面。爆風掀得車子震了震，好不容易才維持住平衡。

副駕駛座的季小滿用繃帶纏好了傷口，直接打開車門，準備將同伴們拉回來。

阮教授的三腳小機器人被虛擬螢幕包圍，上面淡藍色的文字飛快閃動。鐵珠子嘗到了空氣中緊張的味道，死死卡在座位底下，大氣都不敢出。

「知覺干擾？」余樂恨不得多長出一雙眼睛，一雙看路，一雙盯住Z-β。

之前哪怕是開船應付秩序監察的「消毒」，他都沒有這麼緊張過。余船長背後的衣服被汗浸得濕透，眉毛上反射著汗水的碎光，呼吸快而短促。

車子品質好歸好，終究比不了主腦手下的尖兵。Z-β離他們忽遠忽近，最近時離車子還不到一臂，余樂的心臟快從喉嚨裡跳出來了。

「是知覺干擾，再堅持一下。」阮教授言簡意賅，聲音異常嚴肅。

阮閑第一個進了車。他個子不矮，副駕頓時擁擠了幾分。

季小滿靈巧地翻過椅背，坐去相對寬敞的後座。坐穩後，她眼睛一眨也不眨地看著不知道在虛擬螢幕上操作什麼的阮教授。

阮閑並不是一個人進來，車門還敞著，他攬著唐亦步的腰，幫對方穩住重心。那仿生人委屈地蜷起長腿，上半身還露在車外。

「時間？」阮閑直接朝後座扔去一個問題。

「二十五秒。」阮教授答道。

Z-β的攻擊出現了古怪的停滯，像是接收到了新的指令。無數無人機正朝變成一大團爛肉的Z-α聚集，Z-β的攻擊也變得相對保守。唐亦步掙扎著從車上抽出輕型火箭炮，努力將Z-β轟遠，順便將靠近Z-α屍體的無人機轟飛。

「**十秒**。」阮閑安靜地配合唐亦步的動作，透過耳釘報時。

「關上車門，現在！」還剩三秒左右時，阮教授厲聲喝道。

阮閑把唐亦步抓回懷裡，在副駕駛擠得像錯生在同一個殼裡的兩粒花生。唐亦步用力縮起頭，車門這才終於順利關上。

「你要幹……」余樂警惕地發問，可惜「啥」字還沒出口，車子就在巨大的爆炸衝擊波中飛上了天空。

和地下城邊那次完全不同，余樂恍惚間還以為車底下有顆核彈爆炸了。車子周邊閃爍著淡橙色的光輝，像是套了層半透明的多面光殼。它不怎麼平穩地直衝雲霄，隨後呈拋物線下落——主腦那些滿天的飛行器也沒有逃過此劫，離得近的直接化為灰燼，遠點的被爆炸吹飛到海上。遠遠看去如同散落在水面上的羽毛。

余樂的愛車在空中旋轉了一周半，終於一頭砸進死牆外的樹叢。車輪陷入沙地，海面近在眼前。

「這輛車搭載了水行模式，現在一切跟著我的指示走。」

「開玩笑，這他媽不是樹靶——」

「感知迷彩，我只能撐兩個小時，這期間主腦找不到我們。兩個小時內我們必須離開這座島，到達地面。」阮教授語速極快，「從這邊直走，到達最近的陸地需要一小時四十七分鐘左右。」

「這不是最近的路。」阮閑一邊和唐亦步糾纏姿勢，一邊插嘴道。儘管他多少能猜到答案，他還是不太喜歡這種所有安排都由另一個人掌控的感覺。

「主腦會在離島最近的岸邊設下最重的防禦，我們必須冒險。」阮教授答道。

虛擬螢幕快像蟲繭那樣把阮教授包起來，整座島都在震動，巨大的隆隆聲震得人胸腔發悶。爆炸的濃煙從島中心不斷噴射，灰黑的煙柱戳入天空。

阮閑聽到了海水倒灌的聲音——剛剛的爆炸肯定徹底摧毀了阮教授建立的地下根據地，順便把島中央的一切都炸成了齏粉。

保護罩在他們著地後便撤掉了，但是還有些爆炸的煙氣環繞著他們。僅僅是這一點點煙氣，就在車表面留下了幾片深深的腐蝕痕跡，爆炸的威力超出了他的想像。

阮教授就連一粒沙子都沒有留給主腦。如果他沒猜錯，這座島已經從不規則的近圓形變為了環形，島中央的所有事物被徹底破壞，由奔湧而上的海水吞噬殆盡。

「至少讓我知道目的地吧。」身為曾經的領導者，余樂顯然也不怎麼高興悶頭按別人的安排走。

「主腦的城市，我猜。」

唐亦步舒服地窩在阮閑懷裡，他個頭大了點，這種行為給試圖調整姿勢的阮閑帶來不少麻煩。

「因為我們最沒理由往那邊走，所以那邊的防備會弱很多。」

「是。」阮教授肯定了這個猜測，但沒有進一步解釋的意思。

阮閑鼻子裡哼了聲。換作是他，大概也會做出這樣的選擇。不過沒有阮教授的感知迷彩，他們或許會走得更辛苦點。

雖然心裡鬱悶，但他不會衝動到用這一車人——尤其是自己和唐亦步——的生存率去換得一時爽快。

阮閑打開車門，和唐亦步一起摔到了沙子上。

「小阮?!」

「這件事還沒完，給我們幾分鐘。」阮閑從沙子上站起，唐亦步則帶著傷蹲在沙子裡，痛得哼哼輕吟。

那仿生人雖然一副散漫的樣子，卻一點治傷的打算都沒有。當初為了誤導阮教授S型初始機的所在，阮閑特地給了唐亦步幾管血，以備不時之需。

可剛剛在車上，唐亦步雖然痛得嘶嘶抽氣，卻沒有半點想要治療的打算。

他就知道這件事還沒完——那個防護罩和感知迷彩很可能無法同時發動，唐亦步認為追兵有可能存在。

果然，就在余樂詢問目的地時，他聽到了車後不自然的聲音。

Z-β跟在他們後面。

不得不說，主腦手下的尖兵品質還是有一定水準的。爆炸幾乎將Z-β的強化裝甲腐蝕一空，他渾身是血，皮肉鬆鬆垮垮地垂在骨頭上，一小堆內臟在體外拖著。那東西臉上的蜂窩狀鏡頭不斷閃爍電火花，頭皮上不少附加機器不知道掉去了哪裡，空留幾個血洞，甚至能看到一點粉色的腦組織。

「如果是D型初始機，應該不會落到這個地步。」唐亦步不哼了，他拍拍身上的沙子，再次繃緊肌肉。「來吧，收個尾——時間有限。」

Z-β沒有五官，喉嚨裡卻發出一陣陣混濁的響動，讓人聽得渾身不舒服。

他向他們衝來，活像沒有痛覺，手裡緊緊握著一塊變形的金屬碎片。阮閑這回沒用血槍，他謹慎地使用了余樂車裡的槍，朝那東西流出來的內臟一陣射擊。唐亦步的做法更乾脆——那仿生人衝了過去，試圖把那皮肉被腐蝕的脖頸擰斷。

然而有一槍從其他方向射來。

Z-β卻沒有按照他們想像的路線行動。他沒有攻擊身為重要目標的唐亦步或是阮閑。那東西的感知系統可能已經失效了，開始選擇最好對付的目標。

他朝最後一發子彈的來源撲去。

小照不知道什麼時候醒了，她半跪在車頂，用自己的槍朝Z-β瘋狂掃射，嘴裡斷斷續續哼著變調的童謠。康哥為了掩護她，被剛剛的爆炸波及到不少，他正奄奄一息地趴臥在車頂，用力喘著氣，後背一片血肉模糊。

「別開槍。」他夢囈似地說道，用手扯扯小照的袖子。「他們會處理的，別開槍……別開槍……照照，我們要離開這裡了。」

他的眼眶通紅，眼淚不停滾落。

「照照，妳聽見了嗎，我們可以走了。」

小照扭過頭，朝他露出一個扭曲而甜美的笑容。

「這不是我們的家嗎？」她說，「我不想走。」

「妳聽好，我騙了妳，是我騙了妳！」康哥絕望地咆哮道，「我早該跟妳說的，這都是我的錯……求妳了，別打了，讓他們處理——」

可惜他的力氣和精神完全比不上小照，手又卡在車頂的欄杆裡，無法動彈。小照跳下車，她的鞋不知道什麼時候弄掉了，她就那樣赤著腳站在海邊。碧藍的海浪淹過她白皙的腳，給人一種溫暖的錯覺。

「我不想走。」她興高采烈地重複了一遍，手上的攻擊沒停。「小唐他們要走就走吧，我要留在這。」

唐亦步從背後扼住Z-β，事實證明，高級D型產物的堅固程度超乎想像——哪怕身上吊著一個人，頸骨被掰得喀喀響，內臟被轟得稀碎，他仍然堅定地朝小照走去。

康哥開始死命抽自己那隻被欄杆卡變形的手，試圖從車頂爬下來。

「蘇照和康子彥早就死了，我們根本不是……根本不是原來的我們。」

他趺趺撞撞地摔上沙地，嘴裡語無倫次地叫嚷。

「我早就該告訴妳，蘇照和康子彥都是活著的時候儲存的資料，理論上，我們的思維……我們的思維最多和他們有七八分相似。我們就是我們，我們和秀裡的其他人沒有太大區別，我們可以活我們自己的，我們本來有優勢……」

那些被灌注的回憶，終究是被輸入的資料。它們沒有把真正的蘇照和康子彥從死亡中帶回，反而成為了困住他們的詛咒，如果早點說清楚這一切，或許他們可以早點拋棄不合時宜的道德，活得更好些……

康哥的十指抓入沙土，血液將乳白色的沙子染成暗紅。

橫豎都是絕望，快刀說不定比鈍刀好些。可惜世上沒有「如果」。

「……跟我走，求妳了照照。」他只能一遍遍懇求自己瘋掉的妻子，聲音嘶啞。

「我早就知道是假的啊？」小照哼著歌，「不然根本解釋不了，我明明懷著孕，還想給你個驚喜呢，結果和你一起醒過來後身體資料正常，什麼都沒有了……康哥，我不是一直在問你嗎？到底出了什麼問題？現在我們又能去哪呢？」

她笑得越來越燦爛。

「這裡就是我們的家呀。」

康哥打了個哆嗦。

他不再懇求，甚至不再說話，只是搖搖晃晃站起身，擋在Z-β和小照之間，虛弱而堅定地張開雙臂。

Z-β果斷攻擊了他，那幾乎只剩裝甲的東西輕鬆地撕開了康哥，像是扯開一個腐爛的布娃娃。

唐亦步仍然致力於掰斷那東西的頸骨，動作沒有停過，而阮閑將所有能攻擊的地方攻擊了遍，打空了子彈，在十幾步外換著彈匣。

「對不起，小唐。」康哥小聲說道。

他倒在地上，努力挪了挪，看向踩在海裡的小照——後者哼著歌，踩著水，仍然有一搭沒一搭地射擊著，像是對他的離去渾然不覺。

Z-β被康哥攔了幾秒，沒能攻擊到小照。他沒再走出幾步，終於被唐亦步順利地掰斷了頸骨，軟軟地倒在地上。

「上車，走了。」見隱患已經除掉，阮閑招呼唐亦步上車。

唐亦步沒動，他饒有興趣地看著那對年輕的夫妻——康子彥的複製人生命跡象極其微弱，隨時可能死去。而蘇照收了槍，輕快地走近，隨後躺在垂死的康哥身邊。

空氣中漸漸再次出現兩個孩子的身影。

他們手牽手，站在蘇照身邊，身上穿著他們熟悉的破舊衣服。只不過這一次，幼小的康子彥面目不清，看起來就像是一團煙。

「太陽真好。」成年蘇照對著丈夫的臉說道，親了他的額頭一下。

「對不起。」康哥動動嘴唇，沒能發出聲音。「對不起。」

「這讓我想到我最喜歡的記憶。」蘇照笑著說道，「之前你不是一直問嗎，我不想告訴你，現在我突然想說了。

「你總是猜我們第一次相遇那天，第一次約會那天，你求婚那天……你可真是個自戀狂。」

康哥安靜地看著她，臉色青白，氣若游絲。

「我最喜歡的記憶和現在很像……那時我早就醒了，你還在睡。天有點陰，我打開冰箱拿水喝。發現冰箱裡的水果爛掉了，想著等等一起拿去丟掉。我喝完水，看了看還在睡的你。」蘇照伸了個懶腰，「沒辦法解釋，可我就是記得很清楚。

「你要睡了嗎？」她快樂地說道，「也是，太陽挺好的。等你醒了，我們一起再去搶輛車吧。」

確定康子彥已經失去生命跡象，唐亦步轉過頭，和阮閑一起回到車內。

車內一時很安靜。

那對年輕的夫妻面對面躺在被血染紅的沙子裡，旁邊有兩個身影模糊的孩子在看著。

「……走吧。」余樂悶聲說道，發動車子。越野車輪胎上方伸出輔助浮力機，它們迅疾地拍打著海水。

島中央的濃煙還沒有散去，那兩人的身影很快消失在他們的視野中。

CHAPTER 65 理智的決定

裝甲越野車兩側探出柔軟的滑行翼，它們在海面上波浪般起伏，整輛車前進得極快。主腦的探測飛行器靠得近了，車輛便短暫地潛入水中，等待精細掃描從頭頂拂過。

唐亦步和阮閑上車後，位置再次出現了變動。季小滿坐在副駕駛座，唐亦步和阮閑坐在後排。π還擠在它的專屬空間裡，而為了讓阮教授集中精力控制臨時搭建的感知迷彩，他們將車內用來放行李的最後一排騰出了個位置，好讓阮教授獨自安靜地待在那裡。

冒著煙的島早已被他們拋在身後，原本粗壯的煙柱遠遠看去就像一截灰黑色的線頭。比起腦子裡其他方案，這的確是最為輕鬆安全的逃離方式。陽光撞碎在四周的海面上，仿生滑行翼啪啪拍打水面，海洋特有的潮水摩擦聲鑽進耳朵，一時間視野內不再有其他人造物，一切祥和無比。

可車上的氣氛卻不怎麼輕鬆。

余樂姑且算是達到了目的，無論他本人現在怎麼想，他已經成功幫助阮教授從主腦眼皮底下逃開。季小滿見到了最想見的人，然而她明顯還在整理情緒，看上去壓力不但沒有減少，反而又多了數倍。

自己和唐亦步應該算是最倒楣的，阮閑心想。

他們確實得到了各自想要的答案，但還是小看了阮教授對於打贏戰爭的執著，不小心踩進了後者編織的陷阱裡。眼下所有人的利益暫且一致，不過等到了目的地，免不了又是一場紛爭。

阮閑嘆了口氣，決定趁這寶貴的一個多小時好好休息。他將腦中激盪的思緒按下，轉頭看向唐亦步。

說實話，雖然他能明白唐亦步的策略，但他仍然不認同那仿生人主動暴露自己的行徑。目的確實就一個，可是方法可以有很多。作為回擊，他也選擇了更高效卻更危險的路。大有兩個人一起在懸崖邊跳舞的意思。

如今阮閑很難說自己後悔還是不後悔——戰略方面，他不認為自己的做法有什麼問題。自己不出面，主腦也會把他調查個底朝天，不如提前給出錯誤的引導，將自己塑造成某個被唐亦步蠱惑的高級技術人員。既然這一招能騙過阮教授，那麼騙過主腦也不算太難。

只要讓它的猜測從S型初始機上離開，他就算成功了一大半。

後悔的點也有。這個做法讓他們之間本來就亂成一團的情感關係變得更加複雜。面對唐亦步，阮閑說不清自己現在是該生氣、該安撫還是該給他一個熱烈的吻。

他一向看不透那仿生人堪稱異常的想法，也不再能清晰掌握自己的。

在位置坐穩之後，唐亦步仍然親熱地靠著他，卻選擇了注射剩餘血液的方式來治療自己的傷口。隨後唐亦步脫下了被血浸透的上衣，他沒有立刻將它洗淨，而是簡單配了點溶劑，打算把Z-β留下的血跡提取出來。

等傷口癒合，那仿生人用溫水浸好毛巾，把上身和臉上的血漬、汗水與塵土抹淨。這個過程長而仔細，認真程度堪比舔淨自己毛髮的貓科動物。確定自己身上不再有血液的腥臭後，唐亦步長長地吁了口氣，隨後盯著窗外珍珠般的海浪泡沫發呆。

熱烘烘的體溫從乾淨柔軟的皮膚上散出，滲入布料，最終羽毛般掃過自己的神經末梢。阮閑扭過頭，認真注視著唐亦步的側臉。

或許在又一波緊急事態到來前，把他們的感情問題理順會是個好主意。

他必須小心，這個問題完全超出了自己的控制範圍。如果唐亦步是他知道的那個NUL-

00，那麼他勢必也不會多麼擅長這些方面——NUL-00看過足夠多的案例，可惜那些案例裡沒有像自己這樣的極端情況。

「余哥，能不能把最後一排的隔音關上？」唐亦步注視了片刻浪花，微笑著開口。

余樂頭也沒回，只是默默地將阮教授和他們隔開。

「前排的也關一下，謝謝，我和父親需要一點點私人空間。十分鐘就夠了，不會耽誤太多事情。」

聽到父親這個稱呼，余樂條件反射似地抖了一下，但這位大墟盜顯然沒心情發表評論，他隨手在虛擬螢幕上甩了甩：「怎麼，要不要我再給你們配個背景音樂？」

「不用了。」唐亦步禮貌地回絕。

他瞧著最近一波掃描飛行器遠去，待前排的透明隔板升到車頂，唐亦步把車窗打開一點點，帶著海腥味的新鮮空氣驟然湧入。海風在他們耳邊呼呼直叫，車上的悶熱散去幾分。

「亦步？」阮閑清清嗓子，試圖製造個平和點的開場。

「我分析了一下我們兩人前不久的行為。」唐亦步終於轉過臉，臉上意外的沒有多少表情。「父親，我們都選擇了高回報高風險的做法，並且偏離了我們一直以來的行動模式。」

「……是。」

「我很早之前就知道，我對你的興趣會為我自己帶來損傷。」

唐亦步摸著自己肌肉勻稱的手臂，就在不久前，上面還殘留著可怖的裂口和燙傷。

「那個時候的損傷還在我的控制範圍內，為了得到更多有用的資料，我也樂意接受。但在知道你是父親後，這種興趣失控了。

「一方面，我確實樂於研究這些新鮮的情感，收集更多資料。另一方面，我仍然想要存活。它們之間開始出現矛盾……而我的解析速度趕不上未知感情的變化速度，這很糟糕。」

阮閑沉默地聽著，唐亦步直直看著他，身後是清澈的天空和絲綢似的海，可他的心臟像是灌了鉛，搏動得十分艱難。

四周的一切突然讓他覺得無比乏味。

「如此繼續下去，這樣脫離行動模型的狀況會越來越多，我們很快就會毀滅。」唐亦步得出了與阮閑相近的結論。

他們都太過生澀、太過固執，靠近的速度又實在是太快。如同在黑暗狹窄的水域攜手潛入洞穴，稍不注意便會因為失控雙雙殞命。

阮閑不是沒想過放緩前進的速度，可他拉不住身下陌生的烈馬。這份濃郁的情緒開始讓他覺得可怖，他知道他們得更小心地對待，只是……

唐亦步伸出手，捧住阮閑的臉。那仿生人的手心有點燙人。

「……我們可能得到了同一個答案。」唐亦步小聲說道，「不，你得到結論的時間可能比我要早。」

「我還是我，你還是你。就像以前那樣？」

「我有了可以留住你的感情紐帶，獨一無二、不可取代。根據我對你的分析，你……不會輕易離開。」唐亦步的語速越來越慢，「你會留在我身邊。同時像你希望的那樣，我也不會輕易離開你。」

有那麼一秒，阮閑有點懷念他們知道彼此身分前的關係——自私卻恣意，隨意揮灑內心漾起的情感。他們可以無拘無束地親吻彼此，一次在床鋪上消磨數個小時，起身後又繼續針鋒相對，可以毫不猶豫地割斷對方的喉嚨。

可認清彼此後，結實黏膩到讓人惱火的蛛絲在兩把利刃之間纏繞。他們變得小心翼翼，卻又更加瘋狂。

唐亦步沒有猜錯，就像之前的每一次，他們再次得到同一個結論。……準確說來，先一步戴上面具的也是自己。可阮閑卻不怎麼想贊同唐亦步，他抿緊嘴唇。

「多巴胺不一定要生殖行為供給，我們並不會受到太大的影響——我一向能控制體內的激素。我陪伴了你五年，知道你對自己的身體也有極高的管理能力。我們只需要改變行為模式，我們有過去作為現成的例子。」

那仿生人的語速快了起來。

「在環境安全下來前，讓我們恢復十二年前的相處方式，在我看來是最好的解法，並且完全可行。這樣能有效抑制失控行為的產生，不會有太多未知因素出現，干擾……干擾……」

「我理解。」阮閑說道，「……別哭。」

「啊？」唐亦步一時間沒反應過來，他用指尖抹抹微紅的眼底，用舌尖舔了舔那鹹澀的液體，表情變成純粹的震驚。

「可能是海風有點大。」阮閑越過唐亦步的位置，將車窗關上，故意讓聲音顯得如釋重負。「常見的事情。」

「唔。」唐亦步胡亂抹抹眼，「那我們的看法取得一致了？」

「……」阮閑沒有回答。

在當下緊張的狀況中，這或許是明智的做法，阮閑心想。在這份激烈的感情進一步「惡化」前，將它用鋒利的刀子切掉——從邏輯上來看，這的確能讓他們之間的關係不那麼劍拔弩張。

但他就是不想開口肯定，給出一個確切的答覆。

隨後他們誰都沒再說話，唐亦步還在疑惑地抹眼睛。阮閑則交叉雙臂，看向隔板上被π

撞出的米字形裂口。

往好的方向想，唐亦步安全地待在自己身邊，阮教授在後排，他們面對主腦並非毫無勝算。

一切都很好。

……一切都很好。

阮閑將雙手放在陰影裡，微微使力，劇痛從手指根部傳來。他的心境一開始還算平和，焦躁和不安神奇地平息了片刻，可隨著時間流逝，它們再次捲土重來，混合成讓人難以忍受的寒意。

他們只是把暫時解決不了的問題放進罐子，封存起來。

阮閑反覆做著深呼吸，在心中一遍又一遍重複計算利弊，試圖說服自己。唐亦步沒有哽咽，沒有顫抖地呼吸，只是仔細地用手背擦著眼淚。

那些淚水顯然沒有隨海風的離去停下，它們的量不多，卻源源不斷，沒有停息的意思。而淚水的主人臉上沒有任何和痛苦相關的表情，只有越發濃重的疑惑。

「我再想想。還有些時間，你先睡一下吧。」阮閑輕輕嘆了口氣，他勾過唐亦步的肩膀，讓對方躺在自己的大腿上。唐亦步順從地側過身，蜷起腿，仍然一言不發。

「急劇恢復後身體會相對脆弱，體內化學成分失衡也是很常見的事情，不要想太多。」阮閑盡量溫和地說道，「睡一下吧。」

他伸出手，用手掌虛虛蓋住唐亦步的雙眼，嘴上又重複了一遍。「……睡吧，亦步。」

他們之間的距離極近，溫度卻沒能再傳過來。肌膚相觸之處像是結了厚厚的冰層，帶來奇妙的疏離感。

「嗯。」

唐亦步陷入了短暫的混亂。

他蜷縮起腿，彎起脊柱，擠在座椅連成的空間之中。他的腦袋壓著阮閑的大腿，姿勢雖然不算舒展，但也絕對談不上不適。

在確定他沒有再繼續流淚後，阮閑移走了捂住他雙眼的手。此刻他的眼前只有副駕駛座旋轉九十度後的椅背，厚厚的透明隔板上有不少劃痕和泥點。唐亦步一個個數著它們，儘管他一眼就能捕捉到確切的數字。

眼眶有點乾澀的痛感，現實仍然在軌道外繼續前行。

唐亦步原以為父親會在這件事上果斷地贊同自己，可他得到的只有沉默和空白。同時自己也出現了詭異的情況——他的淚腺自顧自地開始分泌淚水，止都止不住，活像相關的神經失控了。

他不開心。

自從遇到阮閑，唐亦步的每一步棋都是深思熟慮後按下的。一開始，他確實存了引誘阮閑的心思。畢竟感情上的連結能讓他們的合作關係更加穩固，唐亦步能看出對方情感的空白和空虛，他一直都很擅長抓住一切能抓的機會。

然後自己對這個人產生了興趣。

起初只是一點點火星，而後燒成旺盛的火。這份興趣開始隱隱有些引火焚身的味道，可他願意為那些新鮮的資料冒險。

那些親吻和擁抱能讓他獲得快感，九成以上都是這具純人類軀體的功勞。而保持心情舒暢有利於健康，唐亦步也看得出對方的清醒——他的阮先生並沒有被他成功蠱惑，那人的感情冷酷而自我，他們完美地維持了各取所需的關係，這樣下去也不錯。

然而在確認阮閑的身分前，他的興趣還是出現了失控的傾向。它滾雪球似地變大，最終化作徹底的占有欲。與此同時，他開始過度在意對方的心情，在意自己的形象。

確認對方的身分後，一切攪成亂麻的複雜情感徹底決堤，而他只是快刀斬亂麻，做出了最合理的決策。

唐亦步看過足夠多的案例，也拿余樂之類的人做過詢問樣本。占有欲、依賴感、肉體衝動、激素指數異變……哪怕這些因素統統混合在一起，也無法被確定為「愛意」。

阮閑只是他最感興趣、最為執著的那個人類，他原本是這樣想的。

資料沒有缺失，邏輯沒有錯誤，一切按部就班。就像燃料燒盡，火焰熄滅；或是潮水退去，露出沙灘上的石頭。

也許正是因為火光消失、汪洋後撤，煙霧和沙粒中露出了其他東西——

他無法準確地描述它。那些未知不算顯眼，存在感卻異常強烈，如同空屋被蛛網覆蓋的角落。

唐亦步只知道自己非常不開心，他甚至無法解釋這份不開心。他的資料庫裡沒有任何能用於參考的資料，這讓他感到貨真價實的恐懼。

他伸出手，試探著摸了摸阮閑的膝蓋，假裝調整自己的睡姿。海水在窗外嘩啦嘩啦作響，余樂撤去了座位之間的隔音板，一時間車上只有幾個人的呼吸聲。

為什麼不贊同我，父親？

他們想要殺死彼此那晚的複雜感情再次出現，唐亦步本想問出這句話，卻沒有力氣張開嘴。於是他只得闔起乾痛的眼，用淺睡來穩定自己的情緒狀況。

阮閑說得對，他剛剛從重傷狀態恢復，體內各式激素還不平衡。反正父親主動暴露在主腦面前，按理來說不會立刻離開自己，他還有很多時間。

就小睡十分鐘。

然而唐亦步睡得很沉，直到車子觸岸，他才醒了過來。眼睛的乾澀感變得更加明顯，他一點都不喜歡那種感覺。

唐亦步習慣性地看向阮閑，後者卻沒有像往常一樣回應他的目光。阮閑正皺著眉頭發呆，視線鎖在座位底下呼呼大睡的π身上。

唐亦步突然有種如鯁在喉的不快感。

不需要阮教授指點，余樂自覺地打起方向盤，將車子轉進臨海的石壁洞穴中。車尾處噴出雜亂的熱流，將胎痕的痕跡用碎石和塵土掩蓋住。

遠處能看到白色的建築，它們在陽光下顯得有些刺眼。地平線處則有一點點死牆的影子，不知道是不是視覺疲勞產生的錯覺。

「看兩位方才的表現，我沒理解錯的話……接下來我們仍然會一起行動。」阮教授的三腳小機器人跳上椅背，無視了兩人之間的古怪的氣氛。「余先生、季小姐。如果你們想要退出，現在是最好的時機。」

「話是這麼說，後面那兩個沒意見？」

「大部分情報已經給了主腦。兩位要是自由活動，自然會有被秩序監察發現並取腦研究的風險。但這比和我們共同行動的風險小一些。兩位都是有經驗的人，應該知道怎麼躲。」

「哈。」余樂乾笑一聲，摩挲著手裡的方向盤。「你沒回答我的問題，我看小唐可不是這麼想的。」

唐亦步認真地盯著余樂，沒有半點被點名的窘迫。

「做個交易吧，我跟你們走。搏一搏單車變摩托，這樣刺激的機會一輩子也沒幾回。老子這命本來就是小唐他們撈回來的，賠回去我也不吃虧。」余樂弄了根自製捲菸叼在嘴裡，沒點火。「我的車和物資挺方便的哈？價錢也實惠，你們讓這個小妮子走吧。」唐亦步揚起眉毛。

「我歲數不小了，本來就是他媽的死刑犯，死了不過爛命一條。季小滿還小，屁事不懂，就想著救她媽。」

余樂想了想，又把沒點著的菸捏回手裡：「蹚這趟渾水對她沒半點好處，讓她走唄？」

季小滿握緊了金屬手指，安靜地坐在副駕駛座上。

唐亦步開始回憶和季小滿相處的每一個瞬間，好確認那個女孩有沒有接觸過什麼不該接觸的資訊——這麼一想，比起余樂，季小滿確實更游離於隊伍之外。她加入得要更晚，在玻璃花房也沒怎麼介入他們的具體行動。雖說地下城那段時間多多少少會暴露點恢復力相關的資訊，但暴露程度不嚴重，應該不會引起主腦的注意。

余樂這談判條件倒也不是張口就來，那個墟盜頭子顯然自己琢磨了不少事。

「可……」

「我不走。」季小滿小聲說道，摸摸被袖子包裹的左臂義肢，像是在確認什麼。

「小奸商，妳不要妳媽了？」余樂嘖了聲。

「不是，我不信任他。」季小滿單膝跪上車座，直起腰，越過椅背看向阮教授。「唐亦步和阮立……阮先生都不是隨便答應合作的類型，看他們的態度，更像是被迫和他一起行動。在森林裡的時候，我們也有被襲擊重傷的風險。老余，你受傷了不是嗎？」

「那算個屁的傷……」余樂瞥了眼自己的腿，剛嘟囔一番，就被季小滿錐子似的目光打斷。

「我在地下城的時候見過不少人，我會看人。」季小滿深吸幾口氣，繼續道。「目前我不信任阮閑……阮教授。」

她這句話說得不是很有底氣。雖說阮教授的三腳小機械沒有眼睛，季小滿依舊沒有和它「對視」的打算。

「我不怎麼喜歡蘇照和康子彥，也不覺得他們是多好的人。但他們確實是因為他才捲進這件事的，不管他們是仿生人還是複製人，阮教授似乎完全不介意他們死在事件裡。余樂，你知道我母親的情況，我沒勇氣相信這麼一個人會對她上心，更何況他根本就沒幫助我的義務。」

「這世上沒有免費的好事，至少我沒見過。」她的聲音有點顫抖，「我不相信他，我只相信交易……我不走，我要他欠我人情。」

余樂無聲地嘆了口氣，阮教授沒有答話。

「就這樣。」憋出這句話後，季小滿果斷地轉過身。她像是還沒有從印象破滅的影響中走出來，嘴唇血色淡薄，眼眶卻有點紅。

「那就這麼定了。」自己怎麼樣都不吃虧，唐亦步不想在這件事上花太多時間。他用餘光瞥著阮閑，阮閑則固執地盯著π。

那股被某種東西噎住的感覺變得越來越明顯。

「你的計畫。」阮閑看著π說道。

「嘎？」鐵珠子睡眼惺忪地表示。

「先往西走，穿過主腦的城市，避幾天風頭。」阮教授反應很快，他語氣平和地答道。

「計畫。」阮閑重複了一遍。

「心不甘情不願的合作對誰都沒好處。」阮教授打太極似地回答，「你們的情緒也不怎麼好，這不是個商議的好時機。不管最後我們會不會合作，這幾天總是要躲的，讓你看看主腦的世界也不錯。」

「萬一我覺得還不錯呢？」

「我不認為 NUL-00 的製造者會認同那種做法。」

唐亦步左右看了看對話的兩方，貼到了阮閑身邊。他習慣性地想要拉住阮閑的手，又意識到他剛剛聲明要回歸另一種相處模式，唐亦步獨自糾結半天，自己把兩隻手握起來，胳膊有點彆扭地垂在身前。

阮閑沒有再回答，他發了一下呆，半晌後終於轉過頭，朝唐亦步親切一笑——那笑容和十二年前沒有任何差異。

這也許是個和解的信號，唐亦步想。可他總覺得他們之間少了什麼，少了某種他自己沒有意識到的東西。如同牙痛，健康時牙齒彷彿「不存在」，而它開始痠痛後，他才開始意識到那份「不存在」的重量。

他吸吸鼻子，連個假笑都沒有成功擠出來。

儘管阮閑曾對他說過「別怕」，這份邏輯無法解析的感覺反而讓他越發害怕。

「意見基本上達成一致了，我們要怎麼走？」余樂適時解了圍。「不是我說，這輛車肯定被盯上了。那邊也不像地下城那樣亂七八糟的，我們一上路就會被發現吧。」

「交通工具是必要的。借用城內交通設備的風險過高，步行又太慢。只要控制得當，感知迷彩可以勉強使用。合理規劃時間，留出讓我恢復能量的機會就好。」

「我懂了，被迫跳火圈就這心情。」余樂喃喃道。

「車內的物資最好也趁機補給一下。」阮教授繼續道，「我和 MUL-01 周旋了這麼多年，躲避經驗還是累積了不少，不用擔心。不過關於主腦的城市，我得跟你打個預防針——不要和任何人說話。」

「啥玩意?!」余樂抽了口氣。

這次不光是余樂吃了一驚，阮閑也擰起眉頭。

「和居民任何不必要的交流都會引起主腦的注意。還有一些詞，你們務必記牢，彼此交流的時候也不要說出口，讓人聽見。」

「我很好奇。」唐亦步將四周昏暗潮濕的岩壁用目光刮了一遍，終於找到了轉移注意力的目標。

「還請您解釋一下原因，我們不是沒有在玻璃花房待過——」季小滿的措辭要小心得多。

「那裡和玻璃花房完全不同，說到底，培養皿是『培養並觀察可能性』的地方。既然在那裡待過，你們肯定清楚，玻璃花房的規則並不是全無漏洞，它給人留下了犯錯的空間。」

「……就那也算留下犯錯的空間？」余樂差點把手裡把玩的菸嘴嚼爛。

「是的。正好天色也不晚，時間還寬裕，我解釋一下吧。」

阮教授的三腳機器人艱難地爬過阮閑和唐亦步所坐的那排，停在駕駛座的靠背頂端。π眼看著三腳機械的金屬腳從眼前踏過，它響亮地吞了口唾沫，忍住不動嘴。

「大家多多少少都想過吧？某一次對話、某一次相會如果能重來會怎麼樣。或者更詳細點，每一天能重來會怎麼樣……在重大選項前存檔，一旦出了錯，就回到決定前的時間點，這種做法一直很受歡迎。」

余樂的表情有點僵硬，他臉上漫不經心的笑消失了。

「沒人能在現實中那麼做。」他的聲音有點嘶啞。

「主腦的城市裡，每個人都是那樣活著的。」阮教授的語調慢了下來。「只要擁有足夠多的資料，施加合適的影響，所有事件——無論是固定事件還是偶發事件——都可以被計算。大到人生決策，小到一日三餐，人的潛意識其實很容易被暗示和影響。」

「可是這和存檔有什麼關係……？」季小滿囁嚅道。

「不像玻璃花房，主腦城市裡的每個人都搭載了腦輔助機械，簡單來說，等於為大腦加了個擴充電子腦。主腦會利用人們的睡眠時間，讓他們一遍又一遍地夢到『明天』，並且監視他們的情緒數值和起伏。」

唐亦步迅速反應了過來。

確實，如果掌握足夠多的資料，加上機械腦給予的外部刺激，一切都可以被模擬——明天的氣溫濕度、明天會遇到什麼人、發生什麼事，人與人之間又會產生怎樣的蝴蝶效應。

只要主腦想，它甚至可以精確控制一個人該在某個時間看到什麼東西。所有推送的資訊都被精挑細選過，所有的激素指數都被嚴密監控和記錄。

「在輔助電子腦的幫助下，人們可以夢見『明天』上億次。他們共用同一個夢境，連他人的選擇變動也會計算在內。第二天醒來後，除了潛意識裡淡淡的印象，他們什麼都不會記得。但這些提煉篩選過的潛意識足以讓他們度過完美的一天。」

三腳小機械發出幾聲不那麼機械的苦笑。

「當然，人和人的利益不可能完全一致，所以主腦會挑選最為合適的那個方案。對於利益受到損害的，暫時性地調整人格也是可能的……簡單來說，在足夠的激素刺激下，他們會變得樂觀大度，不那麼計較得失，仍然能夠擁有一整天的好心情。

「那座城市裡沒有悔恨。」他總結道。

「對於那些『不正常的人』呢？」阮閑提出質疑，「就算計算充分，我不認為每個人都能被討好。」

這套規矩成立的前提是每個人都懂得尊重和禮儀，擁有程度相當的道德感。否則不可調和的爭論總會存在。

「『害群之馬』的人格會被修正，不可逆轉地修正，修正到那種人懂得所謂享受生活為止。」阮教授冷笑，「在主腦看來，這是『完全幸福』的社會。」

一切痛徹心扉的悔恨和錯誤都不再存在，一切隱藏的才華都會閃閃發亮。每次相遇和離別都是最為完滿的狀態，表現失常這個詞語組合只會存在於歷史中，每個人的每一天都經過嚴密的計算和呵護，選擇「最好的」可能。

某種意義上，這倒也稱得上是理想國，他們更像是要破壞這場夢境的惡徒。

阮閑做了幾個深呼吸，沒有去看其他人的表情，固執地繼續：「我想大家都足夠了解了，現在談談那些不能被說出口的詞彙吧。」

「我舉個例子，反抗軍、阮閑、阮教授，這三個詞不能被提到，不能被書寫。」

「怎麼說？」

「剛才我說過，所有人的腦都外接了機械腦。它們搭載了……唔，你們就當它們搭載了病毒吧。」

連喉嚨都不再有的阮教授清了清嗓子。

「特定詞彙如果被聽到、看到、摸到固定的次數，機械腦會將接受訊號的腦識別為敵人，進行電擊破壞。相比之下，玻璃花房的自由度可以說是相當高了。」

「等等。」余樂困難地開了口，「也就是說我在大街上喊一圈『阮教授』，能死一片人是嗎？」

「緩衝次數是足夠的。而且通常來說，他們在聽到第一遍的時候就會關閉聽覺，然後盡速去相關機構消除記憶，重置次數。電子腦銷毀大腦前，每一次都會有相當激烈的警告，就連昏迷的人都能被吵醒。」

余樂：「……他們不知道你……」

「嗯，不知道，畢竟只有秩序監察才能免於被約束。那是反抗軍最難滲透的地方，好在主腦還在根據培養皿改良社會架構，它的城市還不多。」

「我們……我們不能跟他們說話，因為在主腦的計算中，我們是不存在的變數，對嗎？一旦人的行動軌跡出現異常……」

「只需要一到兩秒，它就能夠推斷出蝴蝶效應的中心。」三腳機械做了個點頭的動作。

「好吧。」余樂將額頭撞在方向盤上，「我不該嫌棄地下城的，這一路他媽的一個地方比一個地方變態。這下我們紅幽靈都當不成了，紅都嫌刺眼。」

「……理念還是有可取之處的。」阮閑輕聲說道。

阮教授的三腳機械猛地扭頭朝向阮閑，盛放大腦的玻璃槽中冒出一大串氣泡。

「說說而已，別介意。」察覺到阮教授的警惕，阮閑勉強笑了笑。

「眼見為實，你可以自己感受一下。」沉默片刻後，阮教授的聲音有點僵硬。「我要休息了，畢竟待會要撐住感知迷彩。余先生，等太陽下山，還請您先朝正西方前進。」

「哦。」余樂乾巴巴地應道。

「你怎麼看？」阮閑將π抱在懷裡，再次轉向唐亦步。

還在氣悶的唐亦步反應慢了半拍：「……？」

「主腦的理想國。」阮閑耐心地補充道。

「……邏輯上似乎沒有問題……」邏輯上的確沒有問題，唐亦步想。站在管理者的角度上，他自己也很難想出更為合適的管理方式。它就像他現在面對的狀況，邏輯上挑不出錯，可他的神經就是在咆哮哪裡不對，吼得他頭痛。

「但是……但是，唔，我再想想。」

他有點委屈地塌下肩膀。

「有『但是』就好。」阮閑放在鐵珠子外殼上的手緊了緊，「課題繼續。」

說這話的時候，阮閑又把目光收回去了。唐亦步索性也轉過目光，望向遠方光芒閃爍的潔白城市。

時間似乎回到了十二年前，他們在漫長離別前的最後一次會面。

「今天的課題有點複雜。」在輪椅上奄奄一息的阮閑表示。

當時還是NUL-00的唐亦步感覺良好。之前的每一次課題，他都給出了足夠詳盡且具有說服力的答案。剛剛完成人類情感的全面剖析，他的自信心空前高漲。

連最為複雜的「愛意」，他都給出了足夠完美且全面的解答。

從正常的到扭曲的，從常見的到少見的。他的報告差點把電子紙的容量撐爆，阮閑足足看了一週才看完，也沒能給出什麼修正意見。

如果他當時有鼻子，他一定不介意把它高高地翹起來。

然而就在那一天，唐亦步迎來了那個噩夢般的課題。時至今日，他仍然無法給出一個確切的答案。

「課題的主要問題就一句，NUL-00。

「你如何定義對人類的『傷害』？」

CHAPTER 66　殘渣

和培養皿不同，主腦的城市沒有邊牆。城區四周的綠化做得非常好，城市郊區的房屋也精美異常，沒有半點粗糙的痕跡。

道路上幾乎沒有幾輛行駛的車子，大部分車輛都在空中滑翔。裝甲越野車在平坦的道路上疾馳，可能是不滿於車內古怪而僵硬的氣氛，余樂索性打開音響，曖昧刺耳的三流歌曲瞬間填滿空氣。

季小滿勉強打起精神，從車座底下翻出零件箱，開始餵食π。鐵珠子的興致比車內其他人加起來的總和還高些，它把零件嚼得異常響亮，活像在享受香脆的炒豆子。嘎吱嘎吱的聲音夾雜著露骨的歌詞，本來奇怪的氣氛又變得詭異了幾分。

做完說明後，阮教授自己跳回了最後一排，繼續用虛擬螢幕包裹自己，將車子用感知迷彩隱藏起來。

「我要窒息了。」余樂在一串尖銳的噢噢女聲中表示，「涂銳生氣的時候都沒這麼無聊，他已經算是我這輩子見過最死板的人了。我怎麼沒有半點掀起偉大革命的感覺呢，這氣氛和運屍沒兩樣。」

說著，他瞥了眼以相近的姿勢抱著雙臂的唐亦步和阮閑：「尤其是你們兩個。小唐，你不是挺能瞎聊的嗎，怎麼一句話都沒有了？」

唐亦步從鼻子裡噴了兩口氣，他鬆開抱在胸前的雙臂，從一旁的小型冰櫃裡掏出一袋果乾，開始洩憤似地往嘴裡塞。

「一點情緒問題，不用在意。」阮閑表示，「現在我們大概在什麼位置？」

「正往西北走呢。」余樂瞥了眼駕駛座旁邊的虛擬螢幕，「算是往回走——地下城不是在廢墟海的東南嗎，玻璃花房差不多在地下城東邊。我們離開玻璃花房後算是南下。主腦的城市在海岸和培養皿死牆之間的位置。」

曾經的大墟盜對方向足夠敏感，他對著虛擬螢幕比劃了一下。

「現在過了那堆懸崖了，看見天邊那根黑線沒？那肯定是玻璃花房的死牆，等我們繞過這個城市，牆應該就歸地下城那邊了。不過繼續走下去也回不來廢墟海……」

「再往前走是無人森林保護區，有山地。過了山地後得往北走一點點，這樣離一零三六培養皿最近。」唐亦步嘴裡塞著果乾說話了，「……通稱森林培養皿。」

隨後他目光灼灼地盯著阮閑。

阮閑嘆了口氣，還是咬了餌：「路上只有主腦的這一片城市？」

「看樣子是。海岸線就這麼一條，死牆也都連著，中間可不就這點地方。」余樂隨意地接過話。

唐亦步咕嘟吞下嘴裡的果乾，差點把余樂的後腦勺盯出個窟窿。

不過話匣子已經打開了，窗外繁華的白色調城市又讓人心曠神怡，氣氛的確比剛才好上了幾分。阮教授這個小小的形態雖然怪異，但只要把他強行當成加濕器之類的東西，倒是能勉強找回點不久前的感覺。

「要是主腦找到我們……」季小滿輕撫π的外殼，試探著開口。

鐵珠子正得意地躺在季小滿的腿上，喉嚨裡發出水沸騰似的輕微咕咕聲。

「那可真是一網打盡了。」余樂乾笑兩聲，「不過我們阮大教授未必會有事。畢竟他可以偽裝成機械寵物啥的，和我們這些有胳膊有腿的不一樣。」

說完，余樂從後視鏡裡瞄了瞄阮閑：「沒有針對你的意思哈小阮，只不過就算你說你是阮閑，我們也沒啥概念。怎麼說呢，你性格和最後面那個可是一點都不像。」

「如果像的話，我早就和他一起擠在最後面了。」

阮閑並沒有表現出多少排斥交談的樣子。余樂的說法讓他隱隱有了個猜測——阮教授不會走廢棋，那人的每個行為都有目的。他特地帶領他們走這條路，不可能單單是為了掩蓋行蹤，他們應該在前往某個目的地。

「和我們不一樣，你和季小姐都是真性情，有不顧後果下手的可能。不說阮教授之前的表現，亦步對你們來說也還有滅口的威脅……挾持我是個好主意。」

阮閑嘴上繼續著之前的話題。這確實是實話，比起理性過剩的自己和唐亦步，性格風風火火的余樂和涉世未深的季小滿更讓阮教授警惕——前者對人類興亡漠不關心，後者對複雜大局缺乏認知，更容易做出危險的判斷。

「哎呀，你說這啥話。」余樂打著哈哈，「我就稍微想了那麼幾秒，現在早就沒那想法了。再怎麼說我們也是有過命交情的人，我可不想真的當畜生。」

唐亦步盯余樂後腦勺盯得更起勁了。

「哦……」阮閑意味深長地接話道。

「看我的心思這麼清楚明白，你倒是說說你們兩個出了啥問題？前不久還打得火熱，恨不得膏藥似地黏著。現在嘴上叫著爹，氣氛卻和葬禮會面差不多。」

余樂明顯不是個喜歡吃虧的人。他故意把音樂換了一首，幽怨的前奏響起，卡洛兒・楊的《淚流不止》取代了原本惡俗的歌曲。

隨著歌曲切換，連鐵珠子惬意的咕咕聲都換了個節奏。

「沒什麼，亦步是我親自創造的。後來出了點事，我和他都差點被人弄死。」阮閑大大咧咧地承認，「至於 MUL-01……後面那位是根據我開發亦步時的資料創造了主腦的主要程式。」

「你沒回答我的問題。」余樂嘖了聲，「我不管你是不是和你自己造的東西搞上了。我說句實話，大家都是同一條船上的人，感情問題最他媽容易搞出事。」

說罷，他奇怪地扭頭瞄了唐亦步一眼：「……如果他真的有感情的話。」

順著余樂的視線，阮閑也看向唐亦步。余樂的擔憂沒錯，他現在雖然能正常對話，情緒卻整整幾個小時沒有平復。阮閑恨不得打開他的腦殼，好好掐住負責分泌相應激素的大腦部位，最好把它挖出來扔掉。

他已經竭力不去看唐亦步了。

奇異的是，這回他沒有再感到那股陰暗的憤怒，對於唐亦步也氣不起來。說白了，分屬不同生命形式，他一開始就沒指望對方能拿出多麼真心實意的回應。

眼下情況緊張，那仿生人的判斷也不算有什麼問題。

可自從摸到唐亦步的淚水，阮閑整個人都不怎麼對勁。他的十指像是失去了感受溫度的能力，心臟處沒有疼痛，只有無窮無盡的酸苦。

他對唐亦步說「別怕」，可在看到對方流淚的那一秒，他彷彿回到了數十年前那個悶熱的屋子。陌生的恐懼和不知所措啃噬著他的腳。

某種意義上來說，阮閑相信自己更為清醒。和 NUL-00 相處對他來說只不過是數月之前的事情，他現在所抱持的絕對不是對於「作品」的珍惜和憐愛。

而這讓他越發感到挫敗。

……如今這份不正常的愛意正讓自己變得軟弱。

現在看來，他的情緒整理同樣悲慘地失敗了。唐亦步抓住了他的目光，可憐兮兮地瞧回來，阮閑做了深呼吸——有那麼一刻，他簡直想衝上前去，掰開那個仿生人的頭蓋骨，檢查一下那個半個椰子大小的電子腦裡到底打著什麼主意。

「阮先生。」唐亦步聲音軟綿綿的，他不叫他「父親」了，並且毫無疑問在撒嬌——十二年前，每當NUL-00遇到自己暫時無法解決的問題時，它都會這麼幹。

可惜唐亦步的示弱攻勢還沒徹底展開，一個急剎車把阮閑剛剛萌芽的心軟跡象瞬間碾沒。

唐亦步做了個深呼吸，確切地朝余樂展現出了殺氣。

「操，別衝我來。」在卡洛兒．楊抒情的長嘆中，余樂尖著嗓子答道，聽起來像是緊張到了極點。「趕快問問你們後面那個——路中間這傢伙是怎麼回事？」

一個少年正站在車來車往的馬路中間。明明是夜晚，他卻戴著一副古怪的深色眼鏡，正巧站在裝甲越野車的必經之路上。這裡剛好是條岔路，無數檢查光束反覆掃描，余樂根本不敢貿然做出可疑的變道行為。

那少年伸出一條胳膊，朝他們擺擺手。

「奇怪的車。」少年小聲說道，阮閑聽清了這聲嘟囔。

「我沒有遇過這種狀況。」阮教授的電子音適時傳來，「我的感知迷彩不可能被看破。那個孩子身上一定裝載了少見的額外附件。NUL-00，你記得監視一下周邊的訊號狀況。」

「嘖。」唐亦步不滿歸不滿，就他的動作看來，他還是照做了。「沒有發現新出現的通訊訊號。」

「把那個孩子弄上車。」阮教授說道。

「理由？」阮閑皺起眉。

「他的行為明確違反了主腦的交通管制條例、未成年管理條例、夜晚活動法規，但是附近沒有相應的警報出現。不是他的輔助電子腦出了什麼情況，就是主腦故意為之——如果是後者，新的警告訊號也該出現了。這是主腦的地盤，它可不會在這裡放長線釣大魚。」

阮教授跳到阮閑的座椅靠背上：「主腦正在改良調整整套社會架構，bug 或者漏洞不會多，但也不是不存在。如果讓他這麼跑了，輔助電子腦又恢復正常，我們很快就會暴露。」

「哦。」余樂僵硬地說道，「在你們閒聊的時候，小奸商已經把他撈上來了。」

正在注視阮教授的唐亦步和阮閑這才扭過頭，看向車前。

那個大半夜在交通道路上作死的少年被季小滿按在車座上，眼神正看向阮教授的方向，臉上寫滿了好奇。

少年看起來十四五歲，一頭清爽乾淨的短髮，身上的長袖T恤材質柔軟，顏色是讓人舒服的暖灰色。除了雙眼被怪模怪樣的眼鏡遮住，他的五官相當清秀，皮膚和氣色也好得驚人，可見生活品質相當好。

不過他的四肢異常纖瘦，沒什麼肌肉，肩膀還沒季小滿一個小個子女生厚。

「這車好髒。」他興致勃勃地評論。「還有一股怪味。」

「怎樣，幾位，要滅口嗎？」余樂聞言齜起牙齒。

「你看得見這輛車。」阮教授故意讓電子音顯得格外濃重，三腳機械站得筆直，一副要偽裝成智慧檢測設備的樣子，「您的日常行為測試出現了偏差，懷疑為輔助電子腦故障。還請盡快聯繫——」

「你們才不是做測試的秩序監察呢。」少年掙脫了季小滿，好奇地四處亂看。「他們不會開這麼臭的車，也不會這麼盡心地扮演情景劇。」

他的口氣開始變得欠打：「我知道你們是什麼……你們是秩序監察想要篩查的壞傢伙，對吧？對吧？你們要攻打這座城市嗎？」

「不。」阮閑盡量平和地接過話頭，試圖再次轉移自己的注意力。

「好好好。」少年激動地搓了搓手。「那你們把我帶走吧！」

「……」

「就算你們殺了我，也還是會有麻煩的。」少年笑起來，露出雪白的牙齒。「我的電子腦是我自己搞壞的，但它沒有停轉，只不過把每五秒的資訊傳遞換成了每二十四小時……只有我自己知道怎麼處理它的情報。但它要是離開我的體內，或者訊號因為被破壞而停止，主腦馬上就會發現它的位置。」

「主腦的技術不會這麼糟糕。」見阮教授沒有說話的意思，唐亦步開口道。「就算你是天才，憑你一個小孩子，也不可能做到這個地步。」

「前提是我的大腦和身體健康。」少年嬉笑道，「可是我的腦和身體都有問題，我搭載的輔助電子腦是特殊型號，安全系統沒大眾版那麼完善。」

說罷，他摘下了一直戴在臉上的深色眼鏡。

阮閑立刻明白了阮教授的感知迷彩出現問題的原因。

按照目前的科技發展程度，殘疾人士少之又少。九成以上的致殘因素都可以被事先排除或克服，哪怕是季小滿這樣嚴重的殘疾，只要主腦願意，它也能讓她長出新的手腳。

在這種情況下還擁有這種程度的殘疾，可見少年的疾病足夠罕見且複雜，複雜到主腦讓他降生於這座城市，卻沒有給他一雙健康的眼睛。

男孩的眼眶裡塞著駭人的人工眼球。它們乍一看很像通體漆黑的球體，只不過會隨著轉動閃過一絲微藍的螢光光澤，彷彿某種貓眼石。但在黑夜裡，猛然這麼一看，少年的雙眼裡只有徹底的漆黑。

「所以我能看見你們。」他笑嘻嘻地說。

「……說謊，主腦的漏洞沒那麼好鑽。」阮教授終於開了口。「我們不會和底細不明的人合作。」

少年的轉過可怖的眼睛，撇撇嘴：「行吧，行吧。總之你們別殺我哈，我真挺無害的——」

他舉起兩隻瘦得過分的手。

「我已經死了。」他說。

就算少年身材纖瘦，和季小滿擠在一個位置上多少還是有點不合適。先不說到底男女有別，季小滿也完全不喜歡和他人皮膚接觸——她鬆開按住少年後背的手，貼緊車門，一副想要把自己壓成車窗貼紙的樣子。

「要是早兩天發現你，說不定還能嚇到我。」老余不怎麼友好地瞪了少年兩眼，再次啟動車子。「老子管你活的死的，滾到後面去，別貼著小女生。」

「我叫仲清，很好記吧。」自稱仲清的少年試圖翻過椅背，可惜動作不是一般的遲鈍。比起久病無力，更像是根本不適應動作幅度太大的活動。

他咬牙了半天也沒能翻過椅背，雙腳焦慮地亂蹬，踩到季小滿好幾下，差點一腳踹到余樂太陽穴。唐亦步不太情願地抓住他的襯衫，將個頭不高的仲清拎小雞似地拽到後排，把他擠在自己和車門之間。

那仿生人大大咧咧占了車座中間的位置，一隻胳膊自然地搭上阮閑的肩膀。

仲清對所有人的態度不太感興趣，他正激動地四處亂看。阮閑能聽到他胸腔裡心臟劇烈有力的搏動，這個少年體溫正常，身上也沒有散發出病人特有的腐敗味道。除了那雙不正常的人工眼，無論怎麼看，仲清就是個健康的普通孩子。

「哇。」仲清用手指摸著車窗玻璃上的灰塵，左翻翻右翻翻，精準地找到了車門邊的小冰箱。他毫不客氣地伸手摸出一罐櫻桃汽水，噗呲打開。他喝了口，然後做出個嘔吐的表情。

十四五歲的男孩。雖然不至於無理取鬧，但加上點自以為是和故作深沉，仍然能算在狗都嫌的範疇裡。

見自己的寶貴存糧被糟蹋，唐亦步不快地繃緊身子。這種不快在那男孩把開過的飲料放回去時達到了頂峰——

「你說你死了。」唐亦步用一種不那麼自然的「溫和」口氣說道，「可你現在生命體徵挺穩定的，不太對勁，需不需要我幫你調整一下？」

「現在我才是老大，不想暴露就乖乖聽話！」仲清嚷嚷，「反正你們不能殺我，不能打暈我，也不能惹我不開心。你這什麼口氣啊？我是死了，可那是對於主腦來說……」

「果然。」一直保持安靜的阮教授插嘴道。

「這小子說謊了，對吧？」阮閑毫不意外地接下去。

他畢竟還是個孩子，可能沒經歷過多少真正的緊張場面。阮閑看得出來，仲清很聰明，或許真的擁有出色的才能。但他在吹噓自己怎麼搞定主腦的時候，體溫明顯升高，眼神不受控制地亂飄，顯然是看情況胡亂編造了一堆藉口。

面對唐亦步的恐嚇，仲清嘴上說著大話，眼睛卻不停瞄著唐亦步手臂上的肌肉——那仿生人剛穿上外套不久，胸口和袖口都敞著，沒有用帶子束好。

仲清根本沒有他表現出得那麼沉穩。

不過阮教授沒有立刻指出太大的漏洞，這小子能把藉口編得像模像樣，肯定對相關理論很是瞭解。

事實上，仲清朝他們吆喝了一堆，其中只有兩個話題像是實話。

他有辦法引起主腦注意，以及……關於他「已經死亡」的那些話。

儘管心裡有數，之前阮閑樂得將對話交給阮教授和唐亦步，正好可以在一邊安靜觀察。而看現在的勢頭，仲清惹毛唐亦步簡直是早晚的事——他們本來就在同一立場，那仿生人的情緒也肉眼可見地不怎麼好。

「這是最新型的輔助機械。」阮閑拍了拍阮教授的玻璃罩，瞄了眼在玻璃罩中翻滾的黑盒。「瞧見了嗎？它能看出你是不是說了謊，然後把消息悄悄傳給我們。說謊是沒用的，我們可以帶你出去，但你知道這個城市的情況。」

阮教授合作地保持沉默，水缸裡吐出一串泡泡，默默扮演沒什麼腦子的輔助機械。

「這車不怎麼先進，又髒又破，你也瞧見了。我們的先進設備有限，一個不留神就會被主腦抓住……好好想想，只有我們安全離開這裡，你才能和我們一起順利離開。為了大家好，我希望你將真實狀況告訴我們。」

阮閑從身邊的置物架上取下一瓶水，隔著唐亦步遞給仲清。後者扁扁嘴，扭開蓋子猛灌大半瓶，隨後抹抹嘴。

「……我不相信你們。」仲清嘟囔道，將水瓶握得緊緊的。

「我猜猜看，打量你是有用的。」阮閑仔細注視著緊張的少年，「……果然，你怕我們剝奪你的行動能力。可惜晚了，那瓶水裡我放了點東西——」

仲清的臉一下子綠了，他乾嘔幾聲，試圖把水吐出來。眼看著少年將嘴瞄準車上的地毯，老余的臉也有變綠的趨勢。

「——騙你的。」阮閑微微一笑，「仲先生，如果我們想讓你失去行動能力，有的是方法。現在我們更想和你合作。你是這座城市的人，應該知道不少只有本地人才知道的情報。雖然我們有我們的計畫，但也很歡迎你來當臨時嚮導，幫我們排除可能面臨的危險。」

仲清張張嘴，眼看著動搖起來，主動權全被阮閑捏在了手裡。

「這樣你不需要擔心一口氣說完情報，失去價值。我們也能和你綁在一條繩子上，換個安心，也相對更安全些。你願意嗎，仲先生？」

被稱為「仲先生」顯然讓仲清十分受用，他裝模作樣地思考幾秒：「行吧，雖然指揮不了你們挺遺憾，但魚死網破更難看……唉，活著不容易，死了更不容易。」

仲清裝得嚴肅，額頭已經冒出了細汗。他長吁一口氣，把瓶子裡剩下的水也喝完了，喝完後還不忘心有餘悸地補一句：「這水裡真的沒加東西吧？」

「沒有。」唐亦步相當遺憾地表示，他調整了一下情緒，又恢復成阮閑熟悉的那個唐亦步。

車內的氣氛緩和了一些，卡洛兒．楊的《淚流不止》還在循環播放。

「先回答我們幾個問題吧。」阮閑趁熱打鐵，「你說你已經死了，是怎麼回事？為什麼你在主腦的監控範圍外？……你又是怎麼發現這輛車的，和你相同狀況的人——」

「暫停暫停。」仲清大叫，「只許問一個！慢慢來！」

「建議您繼續詢問第一個問題。」阮教授在阮閑張嘴前發了話，阮閑深深地看了那個三腳小機械一眼。

「我也沒說謊。」

不等阮閑重複問題，仲清相當自覺地答道：「按照這裡的法律，我就是死了嘛。不過前不久臨近的培養皿出事了，主腦決定把人流量較少的公共設施進行遷移改良和升級。過程中會有短暫的斷電，我就是趁那個時候跑出來的。」

這回仲清沒說謊，阮閑側過身體，仔細聽著。

「我說我的電子腦特殊是真的……畢竟主腦對屍體的管控不可能比正常活動的公民嚴密，反正我不清楚什麼原理，大概是我在斷電的時候做了什麼不該做的事……反正按照主腦的紀錄，現在我還在自己的棺材裡躺著，除非我再故意刺激電子腦，不然它不會主動查看我的狀態。」

分。

季小滿原本雙手抓住椅背，表情嚴肅地圍觀後排四人的交談。結果仲清一口一個屍體、棺材，她默默抽了口冷氣，緩緩降低身子，好讓椅背遮住自己，只露出眼睛和眼睛以上的部分。

老余嗤嗤笑了幾聲，把車內的音樂音量調低。

「其實你們說得對，我擅長程式方面的知識，但也就是半桶水。當時發現斷電，我就胡亂操作了一通，誰知道就這麼成功了。別問我弄了些什麼，我自己也記不清。」

仲清那雙沒有瞳孔眼白之分的黑眼睛仍然令人不安，可他現在紅了臉，那份恐怖感倒是淡了不少。

「是bug。」阮教授言簡意賅。「他很有可能弄亂了定位程式，出現了雙重定位和檢測……算了，總之是bug。按照他的說法，我們暫時沒有暴露的風險。」

「為什麼你一直叫自己『屍體』？」確定狀況完全在可控範圍，阮閑鬆了口氣。

「因為我死了啊？」仲清奇怪地說道。「哦，你們是指生命機能停止嗎……那我倒還好，唉，怎麼說呢。我聽媽媽講過，以前的死亡不是這麼定義的。」

他又撇嘴：「能不能給點吃的啊，這個說起來很麻煩的。」

「說完再給。」唐亦步警惕地把座位邊沒吃完的果乾握在手裡，仲清瞪了他一眼，朝唐亦步扮了個鬼臉——配上那雙眼睛，效果好得驚人。

季小滿的腦袋又往下降了半公分。

「我這眼睛不是有問題嗎？這個不用另外解釋了吧。」

仲清氣呼呼地說道，眼睛時不時斜向唐亦步的果乾。

「主腦的城市建好後，開放了全面醫療。但我的毛病挺罕見，它治不好我，就幫我裝了這個……嘿，據說我能看到的顏色比正常人還要多不少呢。說回來，我也不知道你們看到的世界是什麼樣子的啦。

「本來大家都以為沒問題了，結果我長到這個年紀，身體還是弱得不行。雖然那病不會影響我正常生活，但我長不壯，跳不高，一直這副鬼樣子，沒辦法像其他人那樣正常交際。而且什麼來著……哦，它讓我體內的什麼什麼激素微妙地失衡，導致性格扭曲。扭曲個屁。」

「然後呢？」季小滿用氣聲問道。

「然後我爸媽決定用最先進的方法治療我。」仲清翻了個白眼，「那技術不是很久前就有了嗎？當時還不普及，普蘭公司那個永生計畫。唉，總之就那麼回事，他們向主腦申請『全軀體干預』，帶了完全健康的『我』回家。」

阮閑胸口突然有點悶。

「……全軀體干預？」

「你不知道嗎？完了完了，我這是跟一群炮灰合作了。」仲清扯了扯頭髮，「二十二世紀大改革後，正式公民的全軀體資料都有完備的紀錄。記憶、人格、情緒、健康資料……精確到某個時間點人體內所有分子的狀態。

「反正那之後，大家都帶著輔助電子腦生活，一切資料變動都會被上傳。那之後我用這個鬼樣子活了十二年，提供的可參照資料肯定夠了。他們只要向主腦申請，對軀體健康資料進行單獨修正，再結合這些年積累的其他資料……」

「他們就能有個完全健康的兒子。」阮教授不帶情緒色彩地說道。

「對對，就是這樣！」仲清咧咧嘴，「我嘛，不過是屍體、殘渣……之所以沒被銷毀，也就是為了繼續提供這種疾病的珍貴資料，防止那個健康的『仲清』再出問題。全軀體干預可是很貴的。」

仲清坐在車座上，隨便晃著兩隻腳，口氣聽起來有種做作的開朗。

「所以我已經死了。」仲清宣布。

「……」阮閑一時間不知道該說什麼。

「你知道那些是什麼嗎？」似乎是發現了阮閑複雜的情緒，唐亦步伸出手，指指地平線處模糊的死牆。

「說好了先問一個問題的，我都要累死了！」

「果乾是很珍貴的資源。」唐亦步嚴肅地說。「而且你已經死了。」

「……好吧。」仲清翻了個白眼。「就一句話的事，那邊是汙染區啊？主腦一直在那邊收集資料。那邊輻射很強烈，也沒有幾個活人。你問這個幹嘛？」

CHAPTER 67 行屍走肉

「Z-α、Z-β已停止運作。從他們最後傳回來的訊號來看，兩人應該都被破壞掉了。」一下屬低頭報告道，卓牧然看不到他的臉。其實剛拿到訊號時他就有了判斷，後續的資料分析只是坐實了他判斷正確而已。

自己在主腦面前失誤了。

MUL-01對手裡的D型初始機進行了持續改進，將資料全部儲存後，它將原樣本作為獎賞送給了他。

它曾試圖根據那些資料逆向解析S型、A型初始機的結構，可惜不太成功，只弄出了一隊品質還算過得去的強悍兵力。

話說回來，主腦將D型初始機給他，一方面也是看上了他的肉體與D型初始機的契合度。Z-α和Z-β是他的複製人，正因為這個體質，他們才被用於和D型衍生物進行融合和改造。

S型產物太過溫吞無害，A型產物雖然強悍，在沒有後備支援的情況下很容易因為受傷而失去戰力。D型是測試對手能力的最佳型號，搭配主腦量身定制的作戰強化裝甲，戰鬥能力也不會比A型產物差到哪裡去。

可他們輸了。

根據戰力看來，NUL-00擁有在大叛亂開始時，名義上被「銷毀」的A型初始機。卓牧然在他們的戰鬥過程中沒有停止過觀察和計算。唐亦步本不該是Z-α和Z-β的對手——他的軀體幾乎是純人類的，關節和肌肉都太過脆弱。

就算有A型初始機幫忙，人的肉身終究比不過特製的合金。

然而他剛鬆懈下來沒幾秒，變故便突然出現。唐亦步的人類同伴——或者說他飼養的人類科研人員——衝了出來，用某種藥物擾亂了戰場的局勢。

從表現來看，那或許是某種對機械病毒。但看它的容器和完成情況，那東西還處於研究階段。

而向他們出賣唐亦步資訊的正是阮閑，也就是說，阮閑和 NUL-00 在此之前並沒有合作關係。他正藉由這種做法對唐亦步施壓，逼他為了自保而選邊站。

紅幽靈根本就不是從屬反抗軍的勢力，NUL-00 有自己的武裝和科研力量。

卓牧然心煩地擱下茶杯，他一點喝茶的心思都沒有了。

島中央的爆炸使得他們損失了幾位精英探查員，爆炸之後的毀滅也毫無意義——Z-β 在生命最後傳來的訊號被嚴重干擾，他無法推斷唐亦步他們的去向。

自己在主腦那裡的評價毫無疑問會下降不少。

「阮閑本人應該不在那座島上。」卓牧然朝幾步外的主腦報告道，「扣除明確死亡的仿生人秀參賽者，島上的生物擾動回饋沒有顯著變化。

「因為島上存在嚴重的感知干擾，擾動回饋的探測需要時間較長，我剛剛命令人徹底計算了一遍。最近一個月，只有四個人來到島上，離開的也是四個，生物特徵極其相似，沒有人被置換。」

「嗯。」主腦應道。

MUL-01 面無表情，沒有實體的手指在卓牧然的茶杯邊緣轉了一圈。

「我已經命人在附近的海岸沿線布下埋伏，所有的培養皿也都進入戒嚴狀態了。接下來我們會對無人區進行地毯式搜查，他們跑不了。」

主腦縮回手指：「我的城市呢？」

「所有公共設施都被改良和升級過，玻璃花房的事件不會重演，其餘問題現象也都在正常範圍內。若有異常，我會第一時間派人徹查。」

「給你出動SAD小隊的許可權，不過Z-α和Z-β已經倒了，再製造需要時間。沒有D型衍生物作為前鋒，你能調動的還有S型、A型共四名戰士，請不要浪費。」

「是。」

「還有一點，請活捉那個和NUL-00維持肉體關係的科研人員。我對他的作品很感興趣。」

「個人認為，殺死後取走頭顱解析比較安全……」

「那樣沒辦法收集到全軀體資料，做不到完美複製……他不一定能像現在這樣創造新的東西。」主腦的投影終於露出一點笑意，「我有自信說服他，放心。如果你做得到，我可以不追究這次失誤。」

「明白。」卓牧然微微低下頭。

待主腦的投影消失，他打開存放SAD小隊的倉庫影像。

這座巨大的倉庫僅僅為了六名戰士建造。主腦費盡心思改良的衍生品仍然達不到初始機的水準，穩定性也有所欠缺。好在它極其擅長機械配件的設計和人體改造，能夠靠添加附屬物來平衡這些缺陷。

Z-α和Z-β需要被重新製造，眼下倉庫的六個液體槽中有兩個空蕩蕩的，其餘四個裡則盛放著沉眠的生物體。

液體槽的玻璃壁有整面牆那麼大，沒有任何接縫的痕跡，無數圖表、數字和文字在其上閃爍。槽內生物的身上接滿密密麻麻的管線，懸浮在清澈的混合液中。

和已經被擊殺的兩個戰士相同，那四隻生物也兩兩相似，彷彿出自同一個原型的複製品。

卓牧然將手指按上虛擬螢幕中的景象，拉近視野，開始查看資料。

撇開自行隱藏遺傳訊息的阮閑等人，主腦找遍了資料庫中尚存的所有基因訊息。這是它在浩如煙海的資料中尋得的樣本，它們和不同初始機的特性最為適配。

作為A型的高級衍生物，兩名A型戰士早沒了人形。比起人，他們更加接近某種奇異的野獸——他們的身長足足有四米以上，身體結構活像沒了毛的異形老虎，幾乎沒有任何正常的皮膚露出來，每個關節都嵌套了完美的合金護甲和輔助機械。

S型則恰恰相反，他們——更準確地說，她們的大部分肌膚裸露在外，身上穿著十分方便行動的戰鬥服。兩名女子身上改造的痕跡較少，只有不少管道從皮膚鑽出又沒入，黑紅的血液在其中奔湧。

配上蒼白的皮膚，以及在混合液中飄散的黑色長髮，她們看起來有種古怪的脆弱感。

非常美麗的女人。

然而卓牧然的表情沒有半點動搖。他的目光的確在她們身上多停了片刻，但那並非是因為異性之間的吸引——那張看過成百上千次的臉突然生出了點奇怪的熟悉感。

卓牧然沉思片刻，沒能找到那詭異熟悉感的來源。

也許是自己太過敏感。他搖搖頭，繼續確認液體槽上的度數，將這個想法暫時按了下去。

「提前喚醒R-α和R-β，對她們進行常規記憶治療。」卓牧然下令道。

主腦的城市，深夜。

阮教授無法長時間維持感知迷彩，他原本想要引導余樂繞著某座建築複雜地來回駕駛，觸發監控bug來獲取休息時間。只是他們剛繞到第三圈，仲清不幹了。

「轉什麼啊！」他大叫，「我真的要吐了，真的！」

「我們得找個地方躲。」余樂吼回去，「吵得老子頭痛，我們又不是專門他媽來給主腦送菜的。我話說到這，今天你要是敢吐在我車裡，我可不管啥合作不合作——信不信老子剝了你的皮，攪爛做成固體燃料塞進處理器裡？」

仲清呆住了，一個十分複雜的表情慢慢浮現在他臉上。阮閑懷疑他這輩子都沒被這樣吼過。

小孩子就是豁得出去，仲清呆了呆，開始撲簌簌掉眼淚。

「哭也沒用，你以為我幹嘛循環播放這首歌？剛剛還有人嗷嗷哭呢，免疫了，抱歉。」

唐亦步響亮地噴了口氣，表情嚴肅。鐵珠子在季小滿懷裡睡飽了，有樣學樣地跟著噴了一口氣。

面對少年的眼淚，余樂不為所動。

「你是不是人啊？」仲清用手背抹了幾下眼睛，吸吸鼻涕，眼淚說停就停。「我……我這不也是想幫你們嘛。我知道更安全的地方，你們就是在白費力。呸！」

「叫余哥。」老余不冷不熱地答道，「那當然好，你要說就快點。反正我們都是一條繩上的螞蚱，要倒楣一起倒楣，賣人情就免了。」

「知道了，大爺。」仲清嘟囔。

余樂脖子上的血管鼓了起來。

「去舊的殯儀館。」仲清不情願地轉向「脾氣比較好」的阮閑，「現在他們在那邊做最後的資料記錄和探查，新的殯儀館已經建出來了，這個舊的兩週後會拆掉重新規劃，監視挺寬鬆。」

說著他扯下一張紙，擤擤鼻子，用擤完的紙指了指阮教授。

「你們能帶著這種東西，多少懂點技術吧？嗯？駭進去不是比在這亂轉好嗎。」

「我需要你的協助。」阮教授轉向唐亦步，「將那片區域的監管程式入口開放給我，一秒就夠了，時間太長容易被發現。」

唐亦步轉頭看向阮閑。

「先確定一下比較保險。」阮閑點點頭。

唐亦步凝視了他片刻，開始沉默地操縱虛擬螢幕，全身上下帶著奇妙的憂鬱氣息。

事情到了這一步，阮閑是真的不清楚那仿生人在糾結什麼了。在他的構想中，自己才是該混亂的那一個，唐亦步的思路應該非常清晰堅定才對。

他的 NUL-00 從不會猶豫。就算遇到解不開的問題，唐亦步也會將它塞進計畫表裡，合理安排時間慢慢解析。阮閑能摸透他之前的所有表現和行為，卻完全看不透這仿生人當下的狀態。

他們之間的那團亂麻被流水沖洗，慢慢濕潤腐爛，種種糾結之處本應該被流水帶走。可一切都被洗淨後，剩下的殘骸仍然無法分離。

余樂說得對，他們的狀態的確不對勁，再這麼下去會出事。等安頓下來後，他們可以在今晚敞開心房聊聊。

阮閑活動了一下脖子，把目光從鬱悶的唐亦步身上移開，投向窗外。

下一刻，他的心跳差點停住。

他看到一個一閃而過的人影，是女人的身影，她正慢慢朝市中心的方向走著，柔順的長髮披在肩膀上。

不知道是不是錯覺，他們的目光像是一瞬間對上了，而後她被快速行進的裝甲越野車甩在後面。

這是他今晚看到的第二個「死者」，阮閑花了好幾秒才回過神來。

……那是他的母親。

和活蹦亂跳的仲清不同，她早就死了，屍體就腐爛在他面前。

阮閑第一時間集中精神。窗戶外已經沒有女人的身影，但他還能傾聽和嗅聞。

他聞到了熟悉的浸泡液的味道，有點刺鼻，帶著一絲絲工業產品的甜味。在研究院廢墟中取得S型初始機時，他曾被這種液體潑了一身。

然後是人類淡淡的體味。

阮閑記得母親的味道，可那時他的嗅覺只能說是普普通通。當下他聞到的味道和記憶裡的十分接近，卻也有一點點不同。他不太確定。

那人腳步輕而平穩，不知道是否真的察覺到了阮閑的視線，她已經被車子遠遠甩在了後面。

阮閑後背冒出一層薄汗。剛從那個噩夢般的島嶼離開，他對自己的知覺仍然不算信任。離開島嶼的影響範圍後，他們缺失的記憶全部被取了回來。雖然裡面也沒有什麼大不了的資訊，頂多有那麼一兩個畫面，讓他們對那座島有一些了解。饒是如此，為了取得先機，阮教授還是暫時封鎖了那些記憶資訊。

雖然氣味能夠證明自己看到的人確實存在，視覺卻可能被造假，不能過早下結論。

待會他要問的問題又多了一個。

唐亦步憂鬱地確認好了地域狀況和路線，也仔細篡改了警備程式最薄弱的地方。再三確定那不是陷阱後，余樂才將車開往殯儀館的方向。

「就是這裡。」目的地越來越近，仲清一點都不客氣地啪啪拍著椅背，「看見那個暗著燈的樓了沒？看見了沒？那就是我……我住的地方。」

看嘴形，他像是準備說「我家」，說到一半又混著空氣將它們吞回肚子。

「這個時間人最少了。」仲清穩了穩情緒，「他們已經處理完了地下室和一樓，我通常就在一樓躲著。」

「食物呢？」阮教授順著話題問道。

「街道上有不少自動售貨機和自助售貨店。」仲清撓撓頭，表情有點尷尬。「你看，我這不是死了嘛，只要拿一點點，確保誤差在每日可接受範圍，就不會有人找到我頭上……」

「你是說卡著損耗比例偷東西。」唐亦步總結。

「幹嘛說得那麼難聽！」仲清嚷嚷。

「沒人注意到你？」眼看仲清臉漲得通紅，又要去招惹唐亦步。趁阮教授還沒開口，阮閑趕緊把話題拉了回來。

「沒有。」小孩子的表情永遠變得很快，仲清剛才的惱羞成怒無影無蹤，取而代之的是諷刺。「主腦幫大家算好了每天的行程和重點嘛。你們在街上也不會專注觀察幾個人或者幾輛車路過吧？

「在這座爛城裡犯罪傾向、意外因素都會被算出來，普通致病基因也會被提前查到。不管是意外還是疾病，正規公民不需要擔心任何事情。除非他們像我一樣倒楣，得了還沒被研究透的罕見疾病……反正大家更懶得管其他人的事了，只要我不做出特別引人注目的行為，就和不存在沒啥兩樣。」

說著他捏捏喝空的水瓶。

「我在街上逛了好久呢，只要不摘眼鏡，就不會有人看我。」他小聲補充了一句。

與此同時。余樂在唐亦步的指揮下將車停在空倉庫一角，用遮蓋布遮好。所有人跳下車，開始查看周圍的環境是否適合久留。

跳下車後，仲清做了個深呼吸，露出了如釋重負的表情。

「媽呀，我可終於解放了。」

「我、小奸商、小阮一組。小……唐亦步，你和阮教授帶著那小子一起走，我們分頭探探。」余樂朝深呼吸的仲清翻了個白眼。

「不。」余樂話音還沒落，唐亦步便直白地拒絕了。「我要和阮先生一組。」

余樂瞇起眼睛，鐵珠子跳到唐亦步身邊，迷茫地嘎嘎叫。

「你們不需要在這裡戒備我。」唐亦步開門見山，「說實話，就算你們挾持阮先生，我也能在你們反應過來前將你們殺死。另一方面，我能猜到一點主腦的想法……這座城市被高度管控，對於死屍的敏感程度肯定很高，在這裡把你們滅口，只會提前暴露我的行蹤。」

隨後那仿生人意味深長地瞧了眼阮閑。

阮閑能猜出唐亦步沒說出口的話——季小滿和余樂還不知道S型初始機的事情，讓他們和真相保持距離，能讓事情簡單不少。

余樂看向阮教授，三腳機械站在仲清身後，不著痕跡地點點頭，示意唐亦步的說法沒問題。

「好吧，這個死小子歸我們了，你們也正好解決一下你們的破事。」余樂抓住仲清的T恤，毫不客氣地將他扯到自己身邊。

仲清嗷地一口咬上余樂的手，非常狡猾地跑到季小滿身邊，讓個頭相近的季小滿擋住自己，最後對余樂扮了個大大的鬼臉。

季小滿尷尬地站在原地，她偷偷看了眼阮教授的三腳小機械，條件反射似地繃直脊背。

「考慮到戰力問題，我們搜索地下室，你們向上搜，怎麼樣？」

余樂往腰裡別了幾把槍，摸了摸下巴上的鬍渣。

「三個小時後這裡會合，通訊就免了，總覺得這裡監視器不少。最多三個小時後車前見。」

「可以。」唐亦步點點頭。鐵珠子又往唐亦步的腳邊靠了靠，好表明自己的追隨立場。

儘管季小滿對仲清還有點抗拒，仲清卻特別喜歡纏著看起來更加無害的季小滿。余樂斜睨一眼試圖和季小滿搭話的仲清，不怎麼友好地露出牙齒。

地下室確實相對安全。不過為了以防萬一，季小滿還是啟動了自己的虛擬螢幕，好捕捉異常訊號。

「姐姐好厲害。」仲清少見地嘴甜起來，「這種解析方法我一直不懂……」

「我也不懂，不懂挺好的。」余樂趕蒼蠅似地將仲清抓開，「好好帶路。」

「我都說了沒事了，還不是你們自己不信。人變老之後都這麼多疑嗎？還是就大爺你自己——」

「小看主腦可是會吃虧的。」余樂沒辦法真的和一個孩子計較，勉強維持住了情緒平穩。

「……我也吃不了多少虧了。」仲清的聲音低落下去，「要是你們沒來，我應該也活不了多久。雖然有吃有喝有住，但這裡藥物和醫療管理嚴得要命……要是我再生病，只有等死的份。比起天天提心吊膽，說不定被處決還更輕鬆點呢。」

余樂用冷光燈掃射空空如也的地下室，沒有說話。

殯儀館的地下室很大，但大部分器械都被運走了，只有少部分被遮塵布蒙著，屍體般堆積在牆角。室內氣溫偏低，沒什麼蚊蟲，如果不考慮舒適度，這裡確實是個挺合適的地方。

「你家……」季小滿試圖打破沉默，可她話剛出口就察覺到了話題的不合適，又默默住了口。

「沒事，漂亮姐姐可以隨便問。」仲清聽起來很是開朗，「我去看過，看過不少次。公民『仲清』很健康，主腦為他安排了合適的朋友。他們……他們都過得很好。」

「我明白那種感覺。」季小滿小聲說，甜甜-Q2的臉在她腦海中一閃而過。「親人不一定是真的在意『你』，那種……」

「我不知道。」仲清似乎裝不下去了，語氣裡開朗的味道淡了點。「姐，妳肯定清楚，人體內每天會有一大堆細胞死去。只要時間足夠久，身體裡絕大部分細胞都會被徹底換上一遍，但妳還是妳，對吧？」

「……是。」

「和這種情況同理，公民仲清是我沒錯，也是老爸老媽的孩子。」

仲清踢著地面，哪怕上面什麼都沒有。

「如果不是還想觀察這種病在活體內的發展，在仲清康復的那一天，我就該被處理掉，不應該醒過來。」

「你能接受？」

「不太能。」仲清咧咧嘴，向前走了幾步。「但百分之九十九點九九的人都認可，我又能跟誰說呢？反正我只是特例，大部分人一輩子都碰不到我這種情況啦。『我』還在老爸老媽身邊，我們過得很好——我只能這麼想，我想老爸老媽也只能這麼想。」

不然誰都無法接受現實。

「……等等。」仲清突然收起複雜的口氣，他抓住老余腰後的腰帶扯了扯。「那邊的布置和我之前看到的不一樣。」

「你能看到那邊的東西？」光還沒照到那邊，余樂揚起眉毛。

「能，但別指望我描述。我們眼裡的東西差別太大。」仲清強調，「我只能告訴你，它們看起來不一樣了。」

「怎麼個不一樣法？」

「……屍體少了幾具。」仲清皺起眉，「奇怪。」

另一邊的氣氛則詭異地融洽，可那融洽裡有八九分只是表象，活像在進行某種商業會議。殯儀館的二樓還留有不少東西，只不過那些機械阮閑大多都不認得。不少生物和人類的軀體浮在液體槽中，被黑暗模糊成看不清輪廓的影子。

阮教授喀噠喀噠跑在π前面，可能是環境太過陌生，π不再試圖啃咬阮教授的三腳機械，只是小心翼翼地跟在唐亦步身後。

「……那個孩子說的『永生計畫』是怎麼回事？」阮閑站在唐亦步右邊，左手被那仿生人牽得死緊。

「大叛亂前不久實行的實驗專案。」阮教授轉動著盛放大腦的機械槽，「從前為了解決疑難雜症或者追求永生，人們會冷凍自己的軀體或者腦。普蘭公司更進一步，提出了返老還童的服務。」

「那個項目原本是用來和研究所的α-092比對，當時研究所的態度是修復損傷，普蘭公司的主張是將患處直接更換掉。」唐亦步搶過話題，「它一開始由康子彥負責統籌，後來康子彥因為妻子的去世自殺，專案開始向其他方向發展。

「人的衰老會引起身體全面衰竭，只靠替換健康器官無法撐太久。普蘭公司乾脆提供全身更換服務——利用基因技術製造一具年輕健康的身體，附贈致病基因剔除，然後將腦移植進去。」

曾經被病痛折磨得山窮水盡時，阮閑自己也曾考慮過類似的方案。不過他的情況實在特殊——他的病明確影響到了腦部，使得他的腦部格外脆弱，經不起這種程度的遷移。

像是看出了阮閑的想法，唐亦步繼續：「不過也有不少人腦部狀況特殊，或者病灶就在腦部。後來他們……將項目推進為『人格與記憶』的腦對腦轉移。」

「普蘭公司的仿生人一直在應用人格資料，他們在這方面的技術相當成熟。」阮教授不冷不熱地補充。

阮閑不需要進一步解釋，他清楚那意味著什麼——正如仲清的情況，人們複製一個完全健康的軀體，然後將記憶和思維「轉移」進去。

只不過轉移真的是轉移嗎？

在神經資料方面，這類轉移更接近複製與刪除兩個動作的結果。也就是說……

「這個永生項目在大叛亂前有沒有出過什麼事故？」阮閑換了個角度。

「有。它在早期只開放給少數志願者，不過所有志願者和他們的家庭對它的評價都極高……大約在大叛亂前半年吧，這個項目即將投放市場前，出了一起事故。」

阮教授顯然比唐亦步更清楚這件事的細節。唐亦步有點氣鼓鼓地閉了嘴，將阮閑的手握得更緊了些，阮閑忍住了痛，一聲不吭。

「當時的志願者是一名癌症擴散、全身器官衰竭的老年男性。他的新軀體被調整為三十歲，相關致病基因也被修復了。事情到這裡都還正常——普蘭公司按照流程進行了記憶思維轉移，『獲得新生』的志願者情緒良好。按照當時的規矩，為了確保替換下的軀殼不被用在其他方面，軀殼會在志願者及至少一名擔保人的見證下冷凍粉碎處理。

「但是在銷毀的時候，本該沒有知覺的軀殼醒來了。他還沒有恢復神智，只是暈乎乎地問了句話。『結束了嗎，醫生？』……當時那具『軀殼』是這麼問的。」

阮教授的語速很慢，聲音仍然聽不出什麼情緒。

「然後呢？」雖然阮閑對事情的發展已經有了大概的猜測。

「『轉移』不過是最容易被接受的宣傳詞。複製走思維後再專門消除無異於脫褲子放屁，反正被淘汰的軀體都要處理掉。普蘭公司不會把資金浪費在這種地方。

「當時項目正要投放市場，肯定不能出這種輿論危機。這件事被解釋為遺留資料的影響，志願者對麻醉劑不敏感，舊軀體還保留著一點資料碎片。志願者『本人』和家屬樂意接受這種解釋，輿論也沒有激起太大水花。」

阮教授語調裡的無奈越發沉重。

「後期也出了類似於『替換身體後人格出現輕微變化』的質疑，但普蘭公司都將它們解釋為健康狀況改變導致的精神改變。實際上，那只不過是當時技術不到位，做不到全腦資料收集……如果說現在的主腦能在不粉碎腦部的情況下收集到百分之九十五的資訊，當時普蘭公司頂多能復原不到百分之八十。」

唐亦步的表情有一瞬間變得有些古怪，看起來像是渴望，又混合了些許輕蔑。

阮閑收回視線：「……我明白了，謝謝。」

這個話題讓他和阮教授之間的氣氛變得有些僵硬。

某種意味上，他和被拋棄的原軀殼差不了多少。阮閑也不相信范林松能搞到多少自己的記憶，別說還原程度，阮教授的記憶恐怕是百分之百的人造物。

隨著空氣中的尷尬越來越冰冷濃稠，阮閑再次開口：「我沒有在這層樓感覺到危險，阮教授。我想單獨和亦步談談，我們暫時分開一下吧。」

他又看了唐亦步一眼，這個話題顯然讓唐亦步的臉有點莫名抽筋——眼下那仿生人扭曲著臉，像是吃到了極酸的糖，又像是在忍受某種牙痛。

「好。」三腳小機械發出一串低笑，「我幫你們照顧π，給你們三十分鐘。」

自始至終被憂鬱包圍的唐亦步還沒回過神，就被阮閑扯著手腕離開走廊，進入一間小小的空房。他沒有掙扎，乖乖任由阮閑拖著走。

房間被清理過，空空如也，角落裡有個乾掉的觀賞魚缸，裡面只剩下一些灰色的卵石。唐亦步靠牆站好，散發出的憂鬱氣息幾乎要將空氣染成灰色。

「和余樂他們分開是對的，至少阮教授不會以為我們在密謀滅口。」阮閑順手關上門。「說吧。」

「說什麼？」唐亦步揉了揉被阮閑握紅的手腕，表情恢復了無害的模式。

「身為你的製造者，我有責任指引你。」阮閑清清嗓子，他突然覺得喉嚨有點發乾。「身為你的……嗯，合作對象，我也希望了解你的想法。」

唐亦步慢慢收起臉上無害的微笑。

阮閑則閉上眼睛，長長呼出幾口氣。他輕輕拉起唐亦步一隻手，緩緩放上自己的脖頸。

「我之前從沒在你身上感受過那麼強烈的殺意……對我的殺意。」

在阮閑的指引下，唐亦步的手掌虛虛蓋在他的脖頸上。

「而且你的情緒有明顯的超載跡象，我之前見過一次。我認得。」阮閑瞇起眼。十分詭異的，這個危險的動作反而讓他再次感覺到了對方的體溫。

「……這次我不跟你玩好爸爸那一套——亦步，我很好奇，你為什麼不動手？」

NUL-00的確曾有一次情緒超載的紀錄。

阮閑仍然記得那天，那天是他踏入研究所多年來第一次真的感覺到驚慌。

當時NUL-00專案正處於初期，NUL-00本身的思考迴路已經相對穩定。就擁有的知識和情報來說，它已經超越了所有還活著的人類，但就對外界的認知方面，它更接近於一個情緒有點鈍感的青少年。

不太纖細，但在奇怪的地方異常敏感，動不動會扔出幾個不知道是愚蠢還是聰明的問題。

在阮閑的強烈建議下，NUL-00不需要二十四小時處理研究所安排的相關問題。它擁有不少可以自己安排的時間，而作為它的「監護人」，阮閑有義務監視NUL-00在這些閒置時間裡的內部計算動向。

說實話，那是他枯燥生活中為數不多的娛樂之一。

那天下午，他正像往常那樣查看NUL-00的運算紀錄——不知道為什麼，它突然對熱狗這種食物產生了濃厚的興趣。它一開始還拿出了幾分氣勢，試圖深度分析人類的味覺系統和食物偏好，然而分析剛開始三分鐘，NUL-00便用接下來長達一個小時的時間瀏覽各地麵包和熱狗的高解析度圖片。

然後是番茄醬、芥末醬的品牌和評價，在肯定自己對熱狗這種事物擁有百分之百的辨識能力後，NUL-00溜到美食評價網站上轉了幾圈。

最後它控制了一家好評熱狗店附近的鏡頭，快樂地觀察來來往往的人類、翻附近垃圾箱尋找吃剩熱狗的流浪犬，以及時不時飛來啄食麵包屑的麻雀。

NUL-00當時不可能擁有食欲，那是它和其他生命最重要的差別之一。食欲作為複雜生命體的基本欲望之一，NUL-00對它的學習熱情空前高漲。

它偷偷摸摸把寫了三分鐘的分析文章刪掉，用最大的字型改為一句話。

想吃熱狗。

隨後它又愉快地將它從自己的內部存檔裡清除，假裝自己什麼都沒幹，並且情緒度數異常高漲。

NUL-00的自娛自樂也娛樂了阮閑，他思考片刻，點了一份熱狗——雖然以他的身體條件無法食用，但他可以把它留在機房，讓那個好奇心過剩的人工智慧接觸一下實物。

果然，從他駕駛輪椅進機房的那一刻起，NUL-00就撥出一個飛行鏡頭專門跟拍熱狗袋子。

我的 :D

它在空氣中投出一句簡短的話。

「是啊，給你的。」阮閑拎起袋子，「我等等會把它放在隔壁的分析室，你可以隨便研究。」

氣溫正好，主機殼在身邊隆隆作響。烤麵包、熱油脂和香料的香甜味道在空氣中飛舞。阮閑突然有點睏，他像往常一樣把輪椅停在主機殼旁邊，打算打個盹。

NUL-00 如同得到了新玩具的孩子，開始仔細掃描躺在分析臺上的可憐熱狗，活像那是什麼解決世界危機的重要關鍵。

然而意外還是來了。

「阮教授，關於 NUL-00 專案的開發，有些安排……」

「我們出去說。」這裡 NUL-00 能夠聽到，而對方談論 NUL-00 的口氣就像在談論一個物品。雖然那是事實，但是 NUL-00 絕對不會喜歡。

「沒什麼大事，就是提前知會你一聲。上面覺得這個項目已經發展起來了，你一個人來引導的壓力有點太大。暫定由范林松和你一起承擔 NUL-00 的引導和測試工作，作為我院元老，范老先生在這個項目上還有很大的表現空間……」來人顯然沒聽進去這句話。

「不行。」阮閑說。

來者是個小主管，他顯然不太喜歡阮閑的答案。

「我不是想把這個專案握在手裡，」阮閑看懂了對方的表情，「范先生幫我分擔了不少重要工作，我很感激。只要過了這段時間，我會很歡迎他，或者其他人一起測……培養 NUL-00。但現在還不行，它的思維系統還不夠成熟。」

「你們上個月已經提交了它的問題處理報告書和智慧檢定結果。」

「我是說它的情緒。」

「它沒有情緒。」

阮閑看了眼 NUL-00 在來人腦袋上方投影的中指影像，欲言又止。

「下午的會議我會參加，相關的報告也會提交。如果大家看完報告後還是堅持這個想法，我也沒什麼可說的。」

然而就在會議舉行的當下，NUL-00 出了問題。

它像是突然變傻了，無論輸入怎樣的問題，它都只會給出一張熱狗圖片作為回覆——有的被啃了一口，有的被啃了兩口，角度千差萬別，品質高到可以出一本熱狗攝影大全。

有了這種不穩定的突發事件，增加引導人員提升思維處理難度的計畫自然不了了之。

阮閑再次進入機房時，NUL-00 正忙著往牆壁上投影各式各樣的熱狗。看到阮閑的身影，它的情緒指數一下子提高了不少。

父親 :D

「我不是你的父親。」阮閑的語氣卻異常冷淡，「你不該這麼做，NUL-00，專案組的成員都不是傻子。這次計畫之所以被擱置，不是因為他們上了你的當……只是你出問題的可能性哪怕只有百分之一，我們也必須把它當做百分之百來處理。」

我知道 :D

「你不能把我視為特殊對象，雖然就處理常式的角度來看，我能理解你的雛鳥情節。」阮閑冷淡地繼續。「可是 NUL-00 項目會持續很久，也有可能耗費十年以上的時間。引導者的增加是早晚的事情——我會在近幾年死亡，你清楚這件事。」

NUL-00 沒有回應。

「由於一些比較特殊的個人原因，我能夠理解你思考問題的一些方式。但是如果我死前沒能把你完成到一定程度，後面的人也無法順利接手，你很可能會被拆解，他們會利用你的既有資料和演算法直接另起新專案。」

阮閑冷酷地繼續。

「而我希望你能好好走下去，你應該也能算出這一點。這次胡鬧只會降低專案組對你的信心，以及對我的綜合評價。」

「我以為你會開心。」沉默許久後，NUL-00用合成電子音回答，這次它沒有投影。

「我很生氣。」阮閑說道。「你有權衡全域利弊的能力，計算和判定甚至不需要一秒，可你仍然選了很不明智的抗議方式。」

沒等NUL-01回答，阮閑直接調出了它在胡鬧前的思維日誌。NUL-00確實盡可能增加了最多的變數，然而那些計算條件裡沒有他的死亡。

它考慮到了，卻刻意忽視掉這個必然發生的事件。

一時間，阮閑不知道該為它的情感進步開心還是警惕。他的NUL-00第一次將情緒因素置於現實之上，這是個美麗卻危險的信號。

「我只是想要更多時間。」NUL-00回答，「我知道你的時間不多了，所以我想要更多。」

那一秒，阮閑感到無比矛盾。

如果現在開始疏遠NUL-00，自己去世後，它受到的思維干擾會少些。按理說，這是更為明智的選擇。可如果自己現在就放手，他不確定NUL-00是否能得到相對正確的引導——

同為異類，他知道它可以多麼瘋狂和脆弱。

NUL-00顯然也在計算他可能做出的決策，它乖乖收起所有投影，機房瞬間黯淡下來。

「不要走，阮先生。」它說，連父親都不敢叫了。

「……算了。」阮閑嘆了口氣。

他終究還是決定留下，至少他們可以一起處理可能出現的問題，他也想在死前多感受些溫暖和輕鬆，而不是一個人孤零零地死在冰冷的病床上。

「NUL-00，把你最近幾天的做法和邏輯推演做成報告，發給專案組高層，並且好好道歉，聽見沒？」

「嗯。」

「給我明確的答覆。」

「我會照做。」

阮閑搖搖頭，調整了一下情緒：「如果你做得好，我可以再幫你帶……」

「你能不能別死？」它突然問道。

「你知道答案，這不是我能控制的……」

「你能不能別死？」NUL-00像是沒聽到阮閑的話一樣。

「不能。」

「你能不能別死？」

阮閑開始覺得不對勁了，所有投影再次被打開。只不過投影出來的全是他的疾病相關的資料，它絕望地計算著，一邊重複提出矛盾的問題。

「只有你成功維持長久的健康，我才能把你的死亡可能納入計算。」

「你能不能別死？」

阮閑快速拉出NUL-00的即時思維日誌，裡面一片混亂。它在邏輯上接受了他即將死去的事實——以醫學技術的發展速度來算，至少二十年後才能治癒這類疾病。但是阮閑沒有那麼長的時間來等待。

可它的情緒平衡系統卻不斷否定這個結論，NUL-00 陷入了徹底的矛盾，這個矛盾導致了部分計算思路的閉環。

……這下它是真的出了問題，情緒系統出現了明顯的超載跡象。

更糟的是，生物都有自己的方式來處理過剩的情感問題——慘叫、哀鳴及眼淚，它卻沒有。

混亂的循環中，NUL-00 收起了疾病資料的投影，在阮閑面前投出了兩個巨大的血紅字元。

:(

……而從漫長的回憶中離開，他正面對唐亦步第二次情緒超載。

雖然他的 NUL-00 換了個外殼，言語和情緒給人的感覺卻沒變——之前無論情況再糟，唐亦步都有一種超脫於現實的自信，而他現在失去了它。

唐亦步嗖地收回按在阮閑咽喉上的手，彷彿他的頸部皮膚是燒紅的烙鐵。

他們在昏暗的房間裡彼此瞪視。

「挺有意思的，上次你情緒超載是不想要我死，現在又是因為想要殺了我。可惜現在我沒辦法看你的思維日誌了。」

「準確來說，我想要將你徹底粉碎，然後完美儲存。」唐亦步警惕地將手插進口袋。「但根據我對你的了解，我認為你不會喜歡那個過程。」

「確實。」沒人會喜歡被活生生攪碎。

「是吧……我不想傷害你，這句話也是真的。」唐亦步看起來甚至有點迷茫，活像剛才發表殺戮言論的不是自己。

阮閑突然笑了，他本來想把笑容藏起來，它卻擅自變得越來越明顯。

「你笑什麼？」

「沒什麼。」阮閑笑著說道，將腦海裡的熱狗照片丟了出去。「是我做了什麼嗎？你應該不會憑空生出儲存我的決定。」

「我們的性格並不合適，無論是作為搭檔、朋友、親人還是情侶。說句難聽的話，我們清楚彼此是什麼貨色。現在之所以還能這樣相處，只是因為我們……互相珍惜，我猜。」

唐亦步支吾半天，才斷斷續續地繼續——一旦涉及到還沒理解的自身感情，那仿生人一臉無助，如同被偷了過冬橡果的松鼠。

「但這個現狀早晚會改變。你可能死在我看不到的地方，你可能為了保全自己而做出傷害我的決定，也可能直接離開或背叛。無論是哪種，我都會失去你……但我不想傷害你。

「我們十二年前的相處模式穩定而完美，我想如果恢復那時候的關係，我也許能解決這個問題。你也是這麼想的，對吧？之前你也故意在我面前展現一些十二年前的性格模式。但那……不一樣，我無法解釋，我就是想要更多。

「……可是我真的不想傷害你。」說著他自己又開始鬼打牆。「父親，我無法完成你的課題，對人類的情緒判斷也越來越不準確，甚至無法分析我自己的感情……激素資料我明明都有的。」

唐亦步十分挫敗地搓搓臉，語調裡帶著點萬念俱灰的味道。承認某件事無法解釋似乎比絕食更讓他痛苦。

阮閑有點吃驚。

他本來想和唐亦步來一次相對理性的對話，結果對方就像漏氣的氣球，輕戳一下自己就噴著氣飛起來，同時肉眼可見地越來越乾癟。

「我想不出解法，我答不出來。」唐亦步絕望地總結，這句話聽起來像一聲小小的哀鳴。

見唐亦步漸漸有恍惚倒下的趨勢，阮閑連忙扯緊對方的領子，給了那仿生人一個安撫的吻——這回他沒有思考利弊，抑或是兩人之間的合適距離。

「我沒有結論。」

就像本能。

結果唐亦步一臉「我已經是個廢人了」的悲愴，翹起的髮梢都塌下去幾分，並沒有增加多少輕鬆的情緒。

「你的前提條件有一點問題。」阮閑伸長手臂，摸了摸唐亦步的頭頂。「我也犯了一樣的錯誤。」

阮閑曾以為殺意和真正的愛意是無法並存的，他們兩個必須消除其中一邊，才能夠繼續一同前行。

於是面對唐亦步的戒備和殺意，自己本能地抵抗一切可能的風險，下意識選擇平穩的模式。然而當唐亦步正式提出建議的時候，自己卻無法立刻接受。

也許就任性這方面，他的 NUL-00 是從他自己身上學到的。

「我的確不喜歡被攪碎，不喜歡被戒備，不喜歡你對我產生殺意。」

阮閑一隻手攬住唐亦步的腰，一隻手輕輕按上對方的後頸，給了那憂鬱的仿生人一個擁抱。

「不過如果你真的動手，我也樂於殺了你來自保，我想我們扯平了。」

「可是……」

「說不定最後我還是會背叛你、離開你，我沒辦法給你一個我們都不信的承諾。但至少我們可以……積極一點。」阮閑咬了口唐亦步的耳廓，「不是所有問題都有答案，接受現實也不錯。」

唐亦步在他肩膀上委屈地噴了口氣，阮閑忍不住又笑了。

這個世界上沒有能夠立刻讓一切變完美的咒語，他比誰都清楚這一點。最近幾個月他才用切身體會的方式明白，用自己所習慣的方式愛上一個人，在那個瞬間，對方好像滿足了你所有的期待和幻想。

然而有燃燒的熾熱就會有溫度的流失。

太多人想要的更像是一個夢——所愛的人無論何時都會做出最讓自己滿意的回應，性格就像被計算好了那般契合。

這世上可能真的有那樣的奇蹟，可人一生中又能抓住多少奇蹟呢。

或許這個問題確實像他們想像的那樣複雜而沉重。就算他們無法一下子解開，在問題下寫上第一行字總是個好的開始。

至少現在阮閑非常清楚，他還不想放手。

「之前我不想對你坦白，理由和你一樣。現在我要明確告訴你，和你一樣，我也仍然能夠對你產生足夠的殺意。」

也許目前他們的確不合適，阮閑想。他們同樣抗拒改變，以此逃離可能面臨的糟糕發展，但逃避永遠不會是問題的解法。

「既然繼續下去，有朝一日我們還是可能會殺死彼此。不如主動改變現狀，讓這件事的機率慢慢降低。」

阮閑又親親唐亦步的鬢角，安撫那個快被完美主義溺死的仿生人。

「我回不到十二年前了。現在我能殺你，但我也愛你，我不會再迴避這一點。至於你……你的殺意本身對我來說不是傷害，明白了嗎？」

那仿生人的眼淚彷彿還在他的掌心發燙，他知道唐亦步也不再是那個情緒簡單的 NUL-00。

他們都回不去了。

唐亦步抱緊阮閑，他安靜地嗅了嗅他的氣味，吐出一口氣。「嗯。」他輕輕哼了一聲，「我再想想看。

「雖然這個結論可能……沒有太多資料支撐，我也找不到理論邏輯。」

那仿生人聲音小得可怕。

「……我想我愛你，阮先生。」

CHAPTER 68　廢棄計畫

鐵珠子不喜歡這裡。

就習性來說，它更喜歡廢墟林立的荒野——容易撕扯的金屬廢墟半埋在沙土裡，巴掌大的機械生命時不時從斷壁殘垣中鑽出來，食物種類豐富又充足。這裡則完全不同，所有事物都被照料得很好，就算是準備拆除的建築，也沒有累積多少灰塵。

一切機械嵌合完整，又被仔細監督著，它連下嘴都不怎麼敢。

不過不滿歸不滿，它並不後悔和那些人類共同行動。他們讓它吃到了不少廢墟海裡見都沒見過的美味。它不用再擔心被拾荒木偶之類的大型掠食者捕食，還有人溫柔地幫它清潔外殼。人類的隊伍裡甚至有一個它的同類——唐亦步能懂得它想表達的意思，他是它最好的朋友。

姓阮的人類和唐亦步十分親近，那麼他一定是非常愛護機械生命的人，鐵珠子嚴肅地把阮閑劃分到心裡第二位。

光是和那兩人在島嶼上分開了一段時間，鐵珠子π就已經感受到了各種不適應。眼下它忍不住緊張地四處亂看，生怕那個姓唐的大傢伙就這樣一去不復返。

而且它餓了。

鐵珠子用不算發達的機械中樞思考了一下，轉過身，無比深沉地看向阮教授——那三條機械腿看起來相當靈活，說不定它能好好和他討一條。阮教授之前似乎是人類，他肯定很擅長用兩條腿走路。

鐵珠子為自己的智慧震驚幾秒，隨後無比自信地轉向阮教授。

結果它剛嘎出一聲，外殼接縫處便傳來一陣刺痛。阮教授趁它一動也不動認真思考的空檔，從溶液槽下方伸出一隻機械臂，細細的針管穿過金屬外殼的空隙，抽出一小管白色的組織液。鐵珠子憤怒地轉過身，然而那隻機械臂已經被阮教授收回自己的機械容器內部了。

鐵珠子氣得要命——眼下情況緊張，它根本不敢大聲叫，這傢伙絕對是看準這一點才下手的。

那三腳機械在下一刻高高跳起，跳到接近兩米高的廢棄機械之上。而跳不了那麼高的鐵珠子開始繞著廢舊機械的底部轉圈圈，口中不善地嗚嗚作響。

不過它的大朋友很快就出現了——唐亦步和阮閑從走廊盡頭的空房內走出，看起來心情不錯。

鐵珠子可算見到了救星，它炮彈似地衝過去，砰地一頭撞在唐亦步的小腿上，急促地嘎嘎直叫、飛快告狀。

哪怕是S型初始機都無法讓痛覺消失，何況是治癒力不高的A型。唐亦步當即委屈地嗷了聲，蹲下身，用力揉著被鐵珠子撞到的地方。

阮閑憋住笑，一隻手把滿地亂轉的鐵珠子抱了起來：「它好像有話要對你說。」

「它的力氣越來越大了。」唐亦步站了起來，倚向阮閑，將一小部分體重掛在對方身上。「我大概知道它想說什麼。」

他們再次和阮教授碰頭的時候，阮教授還站在原來的位置，分毫不差，彷彿什麼都沒發生。

「你取了π的組織液。」唐亦步開門見山。

π氣憤地嘎嘎低叫幾聲，表示贊同。

「因為你們不會同意我這麼做。」阮教授平靜地答道，「現在看來，事情和我想的差不多。它在S型初始機的影響下發生了變異，而NUL-00也能和它進行直接交流。」

「不是『不會同意』，是會把這個作為交易的價碼。既然你要取它的組織液，至少也要給點零件或者情報來交換。」阮閑不怎麼愉快地糾正道，拍了拍懷裡π的外殼。「……還有，亦步能和它交流，是很奇怪的事情嗎？」

π用圓滾滾的身體猛蹭阮閑胸口，委屈地嘎嘎直叫，那份委屈和無辜頗有點唐亦步的風範。

「無論是NUL-00還是MUL-01，原始程式中都不具有類似的功能。它們都可以解析資料，前提是將這些機械生命的神經中樞徹底連進系統。」阮教授說道。「但我沒有在它身上發現類似的跡象。」

「那是我自創的。在外闖蕩總要學點東西，和它們交流能讓我得到不少情報。理論上很複雜……總之，那些常見的機械生命，我都能進行一點簡單的交流。」

唐亦步聳聳肩，瞧了眼：「有時候可能會用點小手段，讓它們對我產生好感，但不會對它們有什麼損傷……我都會在事後將暗示收回。」

「意思是你可以像主腦那樣，單方面將它們併入你的神經網路，直接控制它們。在島上的時候，你也對主腦的機械兵鳥那樣做過。」阮教授繼續道，口氣有點古怪。

唐亦步吃驚地看著阮教授，活像是他在問一加二等於幾：「不一樣啊？那些鳥是主腦派來揍我的！……其他沒被主腦控制的生物，我向它們打聽情報，是有求於它們。好好對話不是基本禮節嗎？」

阮教授一時間沒反應過來：「什麼？」

阮閑能理解一點阮教授的困惑，唐亦步對人類確實沒有多少善意。但從其他層面來講，他對他們的惡意也沒有多少——在那仿生人眼裡，鐵珠子作為生物的重要程度甚至有可能在余樂和季小滿之上。

那個俊美的人類軀殼確實會給人「同類」的錯覺，但在本質上，他只不過作為一種獨特的人造物種，一視同仁地對待其他物種罷了。唐亦步的潛意識裡根本沒有半點以人類為中心的想法。

自己從來沒有教給他這些。

倒不如說，正因為想要避免 NUL-00 代入不恰當的先天立場，他才沒有對 NUL-00 灌輸那些東西。如果人們想要一個真正客觀的管理者，潛意識的立場才是最大的阻礙。

而現在他的 NUL-00 變成了這個樣子……它——或者說他，經過無數判斷，自己選擇變成了現在的樣子。

阮閑突然感覺到一陣莫名的輕鬆，就像十二年前的那些日子。

「基本禮貌。」唐亦步重複了一遍，他還有意無意地倚著阮閑。「我可以把它們控制進我的神經網路，可這種併入會損傷它們自己的神經中樞。它們會變成我的一次性資料庫，失去自我，並在我拋棄它們後死掉。明明是我注意一下就能順利解決的問題，沒必要一上來就直接發生衝突。」

阮教授看了兩眼還在阮閑懷裡嘎嘎直叫的鐵珠子，陷入沉默。他只剩一顆封在漆黑盒子中的大腦，阮閑無法猜到他的情緒。

唐亦步莫名其妙地看了阮教授一眼，他掏了掏口袋，從深處摸出個不知道從哪裡摸來的小鋼錠。鐵珠子歡呼一聲，掙開阮閑的懷抱，衝向唐亦步，將鋼錠咬在嘴裡。

「亦步，這層應該沒什麼問題了，我也沒有在樓上感覺到生物的氣息。你先去處理一下樓上的監控設施，我和阮教授負責收集這一層的情報。」

阮閑思考片刻，決定先將唐亦步支開。而後者也明顯察覺到了他的這個打算。

唐亦步歪了歪身子，甩甩被鐵珠子撞過的小腿，就差在臉上寫上「我受了重傷」。阮閑轉過身，捧住那仿生人的臉，來了個正經八百的深吻。藉口失了效，阮閑的建議也確實合理。唐亦步只得領著鐵珠子，不情不願地消失在走廊盡頭。

「你知道它的想法多危險嗎？」見唐亦步身影徹底消失，阮教授這才嘆了口氣。

「我倒是挺為他自豪的。雖然我個人對人類的未來不怎麼關心，搞出大叛亂的也不是我家那個。」阮閑抱起雙臂，「你要π的組織液做什麼？」

「你能猜出來。」阮教授說，「我想你已經猜到了，不然你不會特地支開他。」

「武器化，是嗎？」

「S型初始機是我親手完成的，阮閑先生。就算我們能力相當，你還是缺失了這十二年的時間。只不過短短幾個月，又沒有相應的設備……你能將它利用到這個地步，已經很讓我吃驚了。但是從π的進化狀況來看，你對它的了解還不夠。」

「我只對將它子彈化有點研究。」阮閑將治癒血槍甩了過去，阮教授用機械臂接住了它。這個環境倒是對談判相當有利——除非他們真的瘋了，不然在這裡起衝突只會讓主腦漁翁得利。選擇這個時機談這件事，看來阮教授對這趟逃亡之旅計畫已久。

多了解一分初始機，他們的力量就會多一分。阮教授知道他們很難抵擋這種誘惑。

「那麼我猜是π給了你靈感。」阮教授掃描了一番治癒血槍，「你潛入我的基地，以及對付主腦的Z-α，用的都是類似的手段吧……機體無法控制的異常增長只會導致死亡。」

「確實。攻擊神經中樞最有效，否則需要相當大的量。」當初他在那隻機械鳥上計算了半天，才搞清楚了初始機對機械生命的影響資料。

而和他設想的差不多，看Z-α、Z-β的頭部改造程度，他們的腦部必然需要經過機械修整。濃縮血霧的攻擊確實生了效，要是目標換成余樂，恐怕結果只是幾個噴嚏。

阮閑將血槍裝回槍套：「你在這個時候驗證這件事，是想和我們，或者說我做交易吧。」

「是。」阮教授答道，「其實我本來想把S型初始機留給NUL-00，也是考慮到了這一點。」

「NUL-00不是人類，只要它願意，它可以駭進近乎所有機械生命的系統，並且用S型初始機進行合適的攻擊……至於你，無論是從技術還是對S型初始機的控制來說，你都很難做到這些。」

「如果亦步真的將它拿到了手……哪怕他不想和你合作，也很容易作為機械生命的『病毒庫』，和主腦拚個魚死網破，是嗎？」

如果唐亦步真的成功掌握了S型初始機的力量，又得到了阮教授的技術和理論支持，阮閑還真無法肯定那仿生人會不會心動——畢竟唐亦步的自保意識向來高到突破天際。

「那就是另一套計畫了。」阮教授安靜地說道。

「現在你發現我也能勉強使用它，所以打算搶救一下這個計畫？」阮閑攤開手。

「你不會拒絕。」

「難說。」

「它可以給你克制NUL-00的力量，你不想要嗎？」阮教授聲音平靜，「我能看出來，你真的對他懷有感情，我不打算評價這一點。但你不能否認，你穩住局面的原因之一是『NUL-00隨時都能夠殺了你』。目前他比你強。」

阮閑摸了摸左耳的耳釘，沉默了片刻：「有勞您費心了，不過我暫時不打算從您那裡接受什麼戀愛建議。」

「還有，它也可以給你在主腦身邊自保的能力。」阮教授的情緒沒有半點波動，電子音在空蕩蕩的房間中迴盪。「……作為側面保護NUL-00的手段。」

阮閑瞇起眼睛。

「就像你理解 NUL-00 那樣，我同樣理解 MUL-01。」阮教授嘆了口氣，「它……很快就會找上你。」

「說到這個，我正好還有個問題想問。」阮閑的口氣冷了下來。「……希望你能如實回答，因為它搞不好已經找上來了。」

「什麼問題？」

「你對我的母親……我們的母親，知道多少？」

阮教授因為「我們」這個詞沉默了十餘秒。

阮閑安靜地等他繼續，眼下他心情不錯。畢竟就算了解彼此的想法，真正用話語說出來仍然是兩個效果。唐亦步那句「我愛你」像一把溫暖的刀子，它深入皮膚、穿過肋骨，精準地戳中他的心臟。

他的一部分神智相當清醒，能夠繼續和阮教授周旋；一部分神智輕飄飄的，如同敞開傷口泡在溫熱的死海裡，同時享受著疼痛與解脫。

阮閑從未如此有耐心過，他巴不得阮教授沉默得更久點，好讓他有更多時間把這些美妙的感覺刻在記憶之中。

「……我不知道她真正的樣子。」

片刻的寂靜後，阮教授如此答道。

「我的記憶裡確實也有父母。現在想來，他們的設置非常標準。中等偏上、又不至於太過富裕的家庭，兩個人都是地位不低的公務員，長相都是溫和耐看的類型。無論是教育方針還是與我的相處，他們全都做到了滴水不漏，讓人挑不出任何錯處。」

阮閑挑起眉毛：「他們還在嗎？」

「在我很小的時候就死去了。父親在我懂事不久後為了保護民眾犧牲。母親將我養大，在我生病後精心照顧我。作為一個母親，她堪稱完美。可惜在我再大一點的時候，她的身體垮掉了，那是我……唔，應該說，『記憶中的我』想要從事這方面工作的原因。」

阮教授的聲音裡多了點苦笑的味道。

「母親去世前把我託付給了好友孟雲來。我狀況特殊，孟女士的權威也不小，所以我得以提前進入研究所工作。這是我記得的全部事情。」

阮教授的聲音第一次有點不平穩。

「在我的印象裡，范林松同樣也是母親……是媽媽的朋友，爸去世後，他幫了媽不少忙。比如為了讓媽有時間帶我去遊樂園，他會主動幫我媽承擔一部分工作。

「但我想，我記憶裡的媽媽應該不是我真正的母親。她或許是范林松從別人那裡收集資料後，製造出的完美形象。其實深入探查爸媽的履歷，還是能發現疏漏的——他們是從無數人的描述和經歷中拼湊出的『完美父母』，每一件事都是真實的，但不屬於我。你們在玻璃花房應該嘗過記憶雞尾酒，我猜我是那種技術的第一體驗者。」

「可你沒有立刻解散反抗軍，或者向范林松尋仇。」阮閑陳述事實。

「有些東西不是『知道是假的』就能立刻割捨掉的。」

那個泡在液體中的大腦如此表示。

「哪怕現在有人告訴你，你記憶裡一切美好的東西都是假貨，你也無法立刻……擺脫它們的影響。我現在還記得遊樂場爆米花和霜淇淋的味道、有點故障的擴音器、以及它播放出的音樂。

「對於『我』來說，那可能是我能得到的最好的東西了。」

「確實。」阮閑輕聲贊同。「我，唔，我們的生母叫阮玉嬋，是個很普通的人。至於父親……我剛出生不久，他發現我的病無法治癒，自己跑了。他們當時沒有結婚，我之後再也沒聽說過他的消息。」

但阮閑曾在母親那裡看到過父親的照片。她僅僅留了一張他們的合照，不知道是打算作為紀念還是證據。

那是個相當年輕英俊的男人，只不過眉眼間有股輕浮的氣息，性格也不像是穩重的類型。

在他還小的時候，母親也曾期望著父親會在某天回來，和她共同面對沉重的現實──阮閑記得母親掛在嘴邊的那些話，他們認識多年、是青梅竹馬，約好了一起來繁華的城市打拚，他只是一時想不開。

後來她不再提那些話，話也慢慢變少了。

「……到了現在，我還是不清楚他的名字。他從來沒有回來過。」

阮教授安靜地聽著。

「我們的公寓又小又髒，但那是母親能租到的最好的地方。一開始她不想搬走，是怕父親回來找不到人……後來可能是習慣了吧。賺的錢都扔給了我這個無底洞，她也租不起更好的地方。

「畢竟預防機構將我判斷為潛在危險分子，我的病也不在常規援助範圍內，我們申請不到社會慈善補助。之後會發生什麼，你應該大概能猜到。」

阮教授仍然一言不發。

愛意、信仰、信念、來自過去的溫暖，很難抵得過真正的貧窮和絕望。它們並不會一擊斃命，而是從內部吃空一個人的良知、希望，將人慢慢磨損成可怕的模樣。

「她也去世得很早，我想。」阮教授輕聲說道，「最好的謊話真假參半，范林松是按照劇本來的。」

「自殺，那個時候她差不多瘋了。」阮閑平靜地表示，「她發現她的愛治癒不了我這個怪物，她的堅持讓她失去了再次好好生活的機會。我註定會把她拖到深淵，而她甚至沒有勇氣親手殺了我。」

每次毆打和痛罵後，她會緊緊抱著他，哭著道歉。可自己不知道該給出什麼反應才是正確的——無論是被踢打的時候，還是被抱住的時候。

「……在你面前嗎？」阮教授反應很快。

范林松本質上不是個邪惡或者嗜血的人，他們都清楚這一點。那個老人偏激而固執，卻不會因為一點矛盾就動手殺人。

「是。按照預防機構的判斷，我確實不適合負責危險的世界級專案。自從我進入研究所，范林松一直替預防機構對我進行評估。現在看來，他認為你比我更適合成為『阮閑』。」

已經發生的事情沒辦法抹去，已經造成的傷害無法收回。那些記憶註定會跟隨他一生，並且將他往黑暗裡推。

阮閑清楚這一點，范林松也清楚這一點。

它們像安置在他靈魂深處的定時炸彈，而根據預防機構的評估，阮閑自己也是桶乾燥而不穩定的炸藥，沒有比這更糟的組合。

阮閑忍不住笑了笑。

NUL-00 專案是最後一根稻草，它逼迫范林松下了決定。可范林松不會知道，與 NUL-00 相處的那五年或許是他人生中最為平靜的時光。乾燥的火藥正在慢慢失效，他不想留下什麼，也不想破壞什麼。

長久的壓抑在那一個個滑稽的投影中消失，那時他只想死在那間溫暖的機房附近。

「……雖然我說這話可能不太合適，就結果來看，范林松的計畫不算成功。你是對的，那個時候的強人工智慧並不適合被投入市場。」

阮教授的電子音將阮閑從回憶中扯回。

「不過我猜你並不想和我談心。」阮教授繼續道，「為什麼突然談這些事？」

「因為我今晚看到母親了。」

阮閑背靠上停轉的機器，冰冷的觸感滲透衣服，爬上他後背的皮膚。

「我吻過亦步，他肯定不會放棄分析我的身體狀況。既然他沒給我警示，就代表我的身體本身沒有問題。主腦沒有發現我們，理論上也不可能專門給我這樣的知覺干擾……我看到的多半不是幻覺。但是你不知道她是什麼樣子，描述起來可能要麻煩些。」

「是這位嗎？」

一個女人的影像被投影在半空中，圖像中的女人確實十分美麗。她拍攝這張圖片的時候應該還年輕，眼裡還有光。

「是。」阮閑點頭。

「所有案件都會有官方紀錄，包括自殺案件。」阮教授說道，「根據你的描述，我剛剛查了查……最符合條件就這麼一位，她的孩子目擊了整個過程，但是因為年紀過小，資料被保護起來了。而特殊的地方在於，孩子的出生紀錄、社會履歷全被刪除，之後一片空白。通常來說，那個孩子不是在保護期間死了，就是——」

「范林松為了讓『你』完美地存在，委託預防機構更改了資料。」阮閑接過話。

接著他們誰都沒有說話。

他們都知道這意味著什麼。從製造複製人，到編輯記憶，再到更改系統中的相關資料，全都不是范林松一個人能做到的。

「治療」阮閑這件事，預防機構默許了，研究所內部肯定也有不少贊同他做法的幫手。

「……我很抱歉。」阮教授說道。

「不是你的錯，你沒必要道歉。」阮閑反倒笑了幾聲，「不過看你現在的做法……我想如果站在范林松位置的是你，你也會做同樣的事情吧？」

阮教授保持著沉默，沒有肯定，也沒有否定。

「我知道所有案件都會有官方紀錄，事情到了這地步，我不想追究到底多少人想讓我死。」阮閑擺擺手，「既然有官方紀錄，也就是說當年母親的屍體被公共機構驗過屍，留有遺傳資料樣本。」

「確實如此。」

「那麼我看到的確實不是錯覺。」阮閑摸了摸下巴，沒有露出半點沮喪的情緒。「這就很有意思了——按照我們目前的推斷，主腦沒有粉碎范林松並提取資訊。只憑末日前的數位紀錄，它很可能不知道『阮玉嬋』是我的母親，卻依舊製造了母親的複製體……你確定你的遺傳訊息沒有洩露？」

「我確定。在 MUL-01 還沒上市的時候，范林松便對相關的事情非常敏感，要求大家注意基因安全。他可能對殺死你這件事……嗯，沒有想像的那樣冷靜。」

液體槽中的大腦頗為人性化地嘆了口氣。

「大叛亂發生的當日，我和范林松正在外地演講。在他的堅持下，我們第一時間服用了 DNA 干擾劑……當時我是留了點自己的正常組織樣本，不過我一直隨身帶著，很確定它們沒有丟失。」

「我也很確定我的樣貌資訊不在系統裡。就算是比對面容相似度，我的年齡和那份檔案也對不上。」阮閑說道，「它應該不是針對我們來的，但是……」

「我知道那是什麼。」唐亦步從門框後探出一顆腦袋。

那仿生人在那躲了挺久。反正他們早就談完了S型初始機的部分，阮閑懶得去戳穿，任由唐亦步偷聽。果然，他們沒聊多久，唐亦步就自己跳了出來。

那雙金色的眼睛瞧了幾眼阮閑，情緒複雜。但那仿生人很少被情緒影響超過三秒——幾秒後，唐亦步臉上的表情就變成了得意。他又掃了眼阮教授，目光裡有種莫名其妙的贏家情緒。

「只有我知道那是什麼。」他強調。

「嘎！」唐亦步懷裡的鐵珠子狐假虎威地幫腔。

「……你說。」阮閑揉了揉額角，好氣又好笑。

天知道他的情緒多久沒有波動得這麼大了。

「說是可以說。」唐亦步緩緩收回伸出的腦袋，整個人移到門前，表情嚴肅。「不過我要情報交換——就你們剛剛聊的那些，我要更詳細的，阮先生。」

「成交。」

幾層樓下，另一組人的情緒和輕鬆毫不沾邊。

自從仲清「屍體少了幾具」的話一出口，地下室的氣溫像是陡然降低了幾度。季小滿吞了口唾沫，操作虛擬螢幕的金屬手指差點戳歪。

她不怕屍體，不怕血液和內臟，但是對於死去的玩意再動彈起來這件事，她還是完全無法接受。

「說話別只說一半。」余樂咬牙切齒。

「是和我放在一起的人，我不也是這裡的屍體嘛。」仲清小聲說，「主腦會留下一些罕見的活體資料存放和研究，他們的情況都和我差不多。但是……但是少了好幾個，不該是這樣的。」

「說不定只是被運走了。」「活體」這個詞顯然讓季小滿感覺好了不少。

「那也沒必要只運走一部分啊？」和季小滿相反，仲清那種天不怕地不怕的氣勢消失了，他看起來相當害怕。「不……不該這樣的，他們不該清點得這麼仔細。我會被發現的。」

他抓了抓自己的頭髮，那股少年特有的自信無影無蹤。

「我不知道。」他喃喃說道，「我不知道是怎麼回事，這裡不安全了，我們現在就走，行不行？求你們了。」

余樂沒心情再去戲弄仲清，如果說這些年的生活教會了他什麼——他從來不會看錯貨真價實的恐懼。

仲清是真的在害怕。

他蹲在地上，死死抱住膝蓋，大半張面孔埋在膝蓋裡，像是想要將自己從空氣裡抹除似的。

或許在他們四個成人面前強作鎮定已經耗盡了他全部的精力，余樂想。仲清唯一的優勢在於對這座城市的了解，但事實上，阮教授肯定也知道不少。這個孩子對他們來說不是必要的，更像個加分項，但是誰都沒有將這件事說穿。

仲清握著那一點點自己還能理解的現實，輕描淡寫地敘述發生在自己身上的一切。可余樂明白，仲清還遠遠沒有準備好面對死亡——真正想死的人不會有這樣劇烈的恐懼。

「站起來。」余樂伸出手。

「這裡不安全。」仲清把臉藏在手臂後，吸吸鼻子。

「沒事。我們也闖過不少危險地方了，保一個小鬼頭還是沒啥問題的。」余樂輕快地說著謊。

「真的？」仲清將信將疑地伸出手，「要是你們真的那麼厲害，不該有那種特別帥氣的移動基地嗎？」

「記得那個金眼睛的傢伙嗎？那小子和秩序監察的正規軍硬碰硬過呢。我們每個人都從秩序監察眼皮底下溜過，而且我車也挺好的。是你們這城市資源太多，身在福中……算了。」

這句話不太合適。余樂在心裡嘆了口氣，拽住少年瘦弱的手腕，把他從地上拉了起來。仲清哆哆嗦嗦的，看起來腿還在發軟。

「那你保證。」他嘟囔道。

「我保證，你絕不會有事。」余樂轉過頭，「繼續說說屍體的事。」

「……他們和我不太一樣，我是說，我的病潛伏期滿長的，也不至於要我的命。他們已經變成了奇怪的樣子，主腦幾乎把他們當作變異細胞庫使用。」仲清的聲音還有點虛，他的自信無影無蹤，緊緊貼在余樂和季小滿身邊，恨不得把自己掛在他們其中一人的背包上。

「會不會是這些人的……呃，後繼者出了事？主腦臨時要把他們的病變細胞調走，做一些醫學上的研究。」季小滿小聲猜測。

「我不知道，之前從來沒有過這種情況。就算有，也不至於好幾個人同時出問題。」仲清抱住胳膊，彷彿站在雪原中。「……我不知道。」

「待會問問上面那隊吧。」余樂用冷光燈繼續掃著地下室，瞇起眼睛。「我們兩個誰都不是這方面的行家，小阮應該懂得多些。」

「啊。」仲清突然出聲，漆黑的眼球在昏暗的環境裡就像兩個空洞，很難分辨他在「看」哪裡。

「怎麼了，小子？」

「那些人好像都是……都是接近研究完成的。」仲清撓著頭皮，「不過我也就是猜測，我沒辦法駭進系統。好久沒人從他們身上取樣了，所以我猜……我猜……」

他聲音越來越小：「算了，可能是我想太多。」

「我們會把這個轉達給阮先生的。」

季小滿相當認真地點點頭，繼續查看虛擬螢幕。

「這裡沒剩什麼了，老余。大型機械我不敢拆，裡頭搞不好有警報裝置。你可以看看地形，要是沒什麼別的事情，我們先回去吧。」

「那邊那個房間我們還沒去。」余樂指指黑暗盡頭的一個房間。

「根據這裡的內部地圖標注，那裡是這層的太平間。仲清剛剛指的就是那裡，我沒有從那裡發現自由活動的熱源。」

季小滿用指尖敲敲自己的電子手環：「每層都有這麼個房間，那裡的警備等級可能會高些，我們有必要看嗎？」

「沒必要，裡面真沒什麼東西。」仲清緊接著說道，「我的眼睛可以看到裡面的情況，就少了幾具屍體，別的都沒變。如果你想知道更多，可以問我。」

「還是看看比較放心。」余樂摸摸下巴，「你不是說那裡出問題了嗎？確認一下總是好的，萬一狀況不對，我們趁早撤。」

「真的沒必要。」仲清握緊拳頭，「我……我剛才太小題大作，還是別去了，萬一被主腦發現怎麼辦？」

余樂和季小滿悄悄對視一眼。

季小滿猶豫了片刻，她又增加了一個虛擬螢幕，一隻手不停地操作。「我不太擅長純程式解鎖，先去電子鎖那邊試試看吧。」

見阻止無果，仲清咬咬嘴唇，沒再說話。

事實證明，季小滿在地下城的經驗還是有用的——收集資料和資訊練就了她一身溜門撬鎖的本事，程式和硬體雙管齊下，那門還真被她弄開了。

「我們只有一分半。」季小滿焦急地表示，「老余，不要看太久，不及時關上門，警報會運作——」

仲清停在門口，沒跟他們一起進房間，像是對那個房間極其抗拒。他靠著牆蹲下，再次縮起身體，將自己藏在黑暗中。

余樂倒抽一口冷氣。

房間大概有一百坪以上，無數四四方方的玻璃長槽彼此堆疊，環繞房間四壁。玻璃全都都是不透明的黑色，如同上了漆的棺材。房間中央放著一張大大的金屬桌，上面擺滿他從未見過的機械。

「我……我暫時去除遮光模式了。」季小滿低聲提醒。

她的話音剛落，黑色的玻璃壁剎那間變得透明。除了五六個空棺材，幾乎每個裡面都橫躺著人。

……或者說，人形的東西。

余樂不知道他們是不是被改造過，總之在他的印象裡，人不該長成那些樣子。有的人腦袋腫脹成了正常人的兩倍大，五官被擠在頭顱邊緣奇怪的位置，身上也密密麻麻擠滿增生組織。有的皮膚上長出奇異的組織，活像是被層層樹皮包裹。

那些不是天生的畸形，都像是某種病發展到極端的樣貌。

在正常的環境下，這些人或許早就該死於疾病的發展。可根據他們偶爾移動的眼珠——如果那些眼珠僥倖能夠露出皮膚——來看，這些人都還活著。

在主腦打造的「太平間」內，這些古怪的疾病無法殺死宿主，它們持續生存下去，最終把宿主變成自然環境中不可能出現的樣子。

余樂打了個寒顫，仲清這小子的心理承受能力比他想得還強。他無法想像神智清醒地在這裡躺下去會是什麼感覺，若換作是自己，大概也會覺得直接死掉反而比較輕鬆。

可他們時間有限，余樂沒時間發表感想。他近乎冷酷地掃視過一座座玻璃槽，盡可能將資訊往腦子裡灌。

每個玻璃槽上都顯示著密密麻麻的資訊，還有指示軀體狀態的燈。余樂看了一圈，沒看到寫著仲清名字的空玻璃槽，直到季小滿伸出手，指了指房間上方。

一個空水槽安靜地待在那裡，和其他亮著紅燈的槽位不同，它的指示燈還亮著柔和的藍。那個位置在玻璃槽堆的頂端，配合搭著梯狀突出的玻璃槽邊緣，那裡確實更容易逃脫。

余樂用冷光燈掃過，從玻璃壁上找到了「仲清」兩個小字。名字的旁邊還有更多密密麻麻的說明，可那個「棺材」所在的位置太高，非常不方便閱讀。

縱然有著一米九的個頭，余樂還是踮起腳，試圖看清上面的字，並且努力無視其他玻璃槽中斜眼看向他們的人。

下一秒，所有玻璃恢復不透光的漆黑。

「沒時間了。」季小滿一把扯住余樂，身體有點哆嗦。「走吧老余。」

余樂吸了口氣，沒有拖延，隨季小滿一起離開了太平間。仲清還窩在門口，一言不發。這次余樂沒客氣，他直接拎著仲清的後領，把他提了起來。

「你沒說實話。」他冷冷地說道。

「我沒在大事上騙你們！」仲清喪氣地掙扎了一下，求助地看向季小滿。

季小滿抿住嘴，迴避了仲清的目光。這位年輕女孩雖然在人際方面遲鈍了點，腦子可聰明得很。她應該也發現了這裡面的不自然之處，余樂更加肯定了自己的判斷。

「裡頭跟個怪胎博物館似的，相比起來你也算清新脫俗了。」

見仲清站穩身子，余樂收了手。

「你這毛病不是什麼『無法傷及性命的慢性病』吧。」余樂嘖了聲，「就算它是，也肯定沒有瞎眼這麼簡單。你到底是什麼情況？」

「和你們沒關係！」仲清緊張地抓抓頭髮，「我給你們正確的資訊不就好了嗎？這是個人隱私，個人隱私……說到底，我啥病關你們什麼事？」

「你要突然出了啥意料外的狀況，我們的狀態和計畫都會被影響。說實話，小子。」

「……你的父母。聽你談到他們的口氣，他們曾經對你很好，是不是？」季小滿有點沙啞地開了口，「你的身體也還好，生活起居不需要人照顧。僅僅因為你『生活不便、性格不好』就動了替換身體的心思，我不太相信。」

仲清張張嘴，眼眶紅了。

「如果我說了，你們就不會和我合作。」他抹了抹眼睛，倔強地沒有抽泣。「我親爸媽都受不了的病，你們幾個陌生人願意理我才怪。」

「傳染病？」余樂頓時高度警戒。

「不是！」仲清的聲音有了點哭腔。「我發誓不是！」

「……那有啥不能說的。」余樂拍拍胸脯，和季小滿一起鬆了口氣。

「你自己看，那個姐姐先別看了，我怕嚇到她。」仲清退後一步，「余先生，你……跟我過來吧。」

余樂一隻手捏住腰間的槍柄，一邊前進幾步，靠到最近的角落。

仲清做了個深呼吸，隨後慢慢舉起雙手。余樂緊盯著他的一舉一動，無聲地吞著唾沫，腳底因為緊張而微微發麻。

「我長出了這些東西。」

仲清撥開了頭上柔軟茂密的頭髮，露出一部分頭皮。

看到露出的東西那一剎那，余樂半邊身子麻了一下。他瞬間明白了仲清父母執著於「一個健康的孩子」的理由，如果這病真的不會在短時間內致命，對於仲清和他的家庭來說反倒更糟。

余樂在仲清露出的頭皮上看到一隻人類的眼睛，嚴格來說，它比正常人類的眼睛要小一點點，虹膜的顏色有點淡。它正瞧向他，由於角度問題，它翻過大半，露出不少眼白，看上去讓人渾身不舒服。

「你……這……」余樂不知道該說什麼。

「很難用一兩句說清楚。」仲清說道，「我的病復發後，它們開始慢慢長出來，做手術也沒用。」

「它們？」余樂乾巴巴地重複道。

「嗯。」仲清小聲說道，又撓了撓頭髮。「……除了臉上這雙看不見的，我頭上還有六隻。」

「……」余樂抹了把臉，不知道該用什麼表情來應對面前的孩子。

沒讓季小滿跟來是對的，他想。他恨不得停止思考，直接把這個情況複雜的傢伙丟給阮閑他們。

「確實不像傳染病。」余樂半天才擠出來這句話，「想想也是，如果你這病特別厲害，這地方的防禦措施也不至於讓你跑得掉。」

仲清緊張地絞著雙手。

「算了，你先跟我們回去。小滿那裡你先別說什麼，她已經很緊張了，可能真的會被嚇到。」

「……謝謝。」

「別太早謝我。」余樂看向昏暗的天花板，「這事得讓小阮那幫人看過才行。」

「嗯。」

「小阮那幫人」的狀態則要更糟一點。

唐亦步剛喜滋滋地蹭回阮閑身邊，便被阮閑一把抓住，拉到一邊機器的遮蓋布下。那裡的空間足夠大，能勉強容得下他們。阮教授跟著爬了進來，伸出機械臂，緊緊箍住一旁π的嘴巴——鐵珠子從唐亦步懷裡掉了出來，剛打算張嘴吠叫。

「**有人來了。**」阮閑透過耳釘向唐亦步傳訊，「**還很遠，剛到樓下。探測機械的速度太快，已經到一樓了，我們來不及躲。**」

「**明白。**」唐亦步伸出手指，在阮閑頸側的皮膚上寫道。

「**它們看起來要上樓，應該是在清查這幾層的生命痕跡。**」

「**我得保留能量，感知迷彩最好留給人類。機械由 NUL-00 進行誤導。**」阮教授顯然也有應對這種狀況的方式——他在自己的玻璃槽上用淡淡的冷光閃出文字。

唐亦步沉穩地點點頭，他伸出一隻手，摸了摸鐵珠子。還在不滿地哼哼的鐵珠子沒了脾氣，乖乖地倚到唐亦步身邊。

夜色已深，無論來人是做什麼的，都不會是日常工作。但來的人不多，說是追兵又有點勉強。

事情越來越有趣了，阮閑心想。

CHAPTER 69　集體意識

幾隻長腳螃蟹似的探測機械步入房間。

它們移動得極快，用冷藍色的光束掃描房內的所有事物，內部發出喀喀的輕響。阮閑和唐亦步一起擠在最大那臺機械下的空隙裡，情況顯而易見地緊張，阮閑卻有些不合時宜的享受。

看來對方那句話對自己的影響比他想像的更深，連危機帶來的煩躁都變成了令人愉快的刺激。

唐亦步側過臉，有點不好意思地朝他笑笑，隨後伸出手——那仿生人縮起右手除了食指和中指外的其他手指，伸出的兩隻手指指尖觸地，模仿行走的小人，正經八百地「走」出遮蓋布。

在探測機械的視角，這場景大概稱得上恐怖——殯儀館空無一人的房間，白色的遮蓋布下伸出一隻蒼白的手，還擺著奇怪的小人手勢。

可惜探測機械們並沒有恐懼這種情感。

負責掃描這片區域的那隻探測機械兢兢業業地湊近，決定一探究竟。它剛在那隻模仿小人的右手邊停下，便被一把抓住。

微弱的藍光亮起又熄滅。

阮閑能聽到，在唐亦步鬆開那個倒楣的探測機械後，它兀自在原地東倒西歪了一下，像是喝醉了酒。隨後它和其他同伴一起搖搖晃晃離開房間，沒有任何警報聲響起。

寂靜又在房間中飄盪片刻，繼而被走廊上響起的人聲打破。幸運的是，來者的目的地並不是他們藏身的房間，而是再往樓上一層，位於走廊盡頭的房間。

出於謹慎，阮閑沒有立刻離開藏身之處，他仔細聽這個來人的對話，即時轉述給唐亦步後，再由唐亦步藉由資料傳輸的方式將資訊分享給阮教授。

只有鐵珠子喪氣地窩在唐亦步身邊，一副茫然的樣子。

「R- α已經到了？」人的聲音響起，聽口氣像是在對話。但屬於人的腳步聲只有一個，他的對話對象八成不在現場。

「到了，需要轉移的樣本還有十五份。辛苦你了，事情很急，我這邊也沒辦法。」

「唉，我都忘了上次加班是啥時候了。」走廊裡的人打了個哈欠，「待遇還行，補償挺不錯。就是不知道 R- α要這些屍體做什麼……算了，也不關我的事。」

「總比直接銷毀好。」和他對話的人安慰道。

「是啊，銷毀一個得簽個十來次名字吧，有的家裡人要求還特別多。轉運手續清爽多了，就是時間太晚。你那邊呢，情況怎麼樣了？」

「還是那個樣子，R- α的住處要進行最高等級的消毒處理和檢查。我這邊的工序快搞完了，這麼大一個地方就我一個人，這不是只好找你說話解悶嘛。」

「我倒是羨慕你，我這次運送的都是最危險的屍體。搬運機械得特別小心，一次只能運五個，昨天我剛運走一次，接下來兩天我都有活幹。不過好事也有——接下來兩次至少不用這麼晚了。之前我明明已經送了五個過去，誰知道他們要得那麼急。」

話語內容聽起來像是抱怨，但交談的兩個人聽上去心情都還不錯。

「說起來上次在休息空間看到的妹子……」

「R-α？」見兩個人開始聊女人，阮閑分出來一點精力詢問唐亦步。

「**是你看到的女人。**」唐亦步繼續在阮閑耳根下方的皮膚上用指尖寫字，「**當初你改良**

α-092有試圖治療自己的意思，畢竟它在修復器官上面表現出色。」

「**是。**」唐亦步點破了那層紙，阮閑瞬間反應過來。「**爲了取得最精確的實驗資料，當初試驗用的人類細胞，我用了自己的。我被襲擊時正在改良的α-092-30，確實是最爲適合我自己的改造方向。**」

反正拿自己當活體組織供體，阮閑不想一下子把腳步邁太大、也存了死馬當作活馬醫的心思——他打算先以自己破敗不堪的組織作為試驗品，如果它能取得理想的效果，再將它慢慢改造為普適的類型。

如果他運氣好點，取得可喜的成功，說不定還能靠它多活兩年。

就結果來說，未完成的α-092變種確實最適配於阮閑自己的DNA。

「**抹消你後，范林松製造了相對健康的阮教授。他等於置換了一遍『阮閑』的細胞，能做到以此控制病情輕重……阮教授對你改造α-092時的私人想法一無所知，他以它爲範本繼續，製造了S型初始機。**」唐亦步繼續寫道。

阮閑還記得在地下城時，從季小滿卡車裡查到的資訊——A型、D型都是由S型衍生的初始機型號，而S型初始機恰恰源於α-092這款奈米機器人。

準確說來，是他「生前」改造了大半，溶解了他身體的那款α-092-30。

倒過來推斷，在理論上，他和他的親屬是和初始機最為契合的融合者。身體狀況相對穩定的阮教授沒有把研究重點放在對人體的修復上，轉而將研究方向轉為對仿生組織的加強，他不知情也是正常的。

只有NUL-00才知道他曾經有那麼一點……想要活下去。

阮教授不知情，這意味著MUL-01也不會察覺這件事。它只是在它的資料庫中挑選最合適的樣本，然後將初始機給予適合者，或者將適合者的軀體再次製造出來。

當初自殺事件發生，母親的 DNA 樣本因此進入公共系統。作為和自己親緣最近的人，被 MUL-01 看中也不算奇怪，至於卓牧然……

「**卓牧然出身山區，阮玉嬋的案件資訊我記得一些，她的出生地也在那片山區附近。從遺傳訊息的角度來看，你們有可能是遠親。**」

像是看穿了他的想法，唐亦步的指尖停了停，又幸災樂禍地補了句。

「**你的輩分肯定比他高不少。**」

「**看來不久前那個不是我的母親。**」阮閑暗自嘆了口氣。

親眼目睹了母親的死，眼下他倒也沒有多麼失望。

那只是母親屍體留下的一份數位樣本，那些數據化為幽靈，再次將她的軀殼帶回世間。那個被復活的女人不可能擁有母親的記憶，她勢必被主腦灌輸了最為合適的記憶資料，就像……

阮閑不著痕跡地看了眼阮教授。

「**你會動搖的。**」唐亦步嚴肅地指出，「**我剛剛理解這種感受——理性上明白是一回事，感性上能不能接受是另一回事，你在我面前就動搖了。**」

「**那她也得給我機會動搖。**」阮閑輕輕擰了把唐亦步的腰，「**我覺得她會更樂意把我們打成肉泥，或者支援其他人把我們打成肉泥。**」

唐亦步輕哼了幾聲，挪了挪身子，兩個人反而貼得更緊了。

不過還是有風險在，阮閑繼續傾聽遠處的聲音。

他的眼睛十分像母親，雖然其餘五官更像父親些，還是很難說主腦會不會產生「親緣關係」相關的聯想。如果讓它知道 NUL-00 身邊也有一個潛在的 S 型初始機適配者，唐亦步放出的煙霧彈就廢了大半。

看來自己得在這方面多想想辦法，阮閑暗自思考。

於此同時，走廊上那位先生關於女人的話題終於結束。在玻璃摩擦的輕微聲響中，他再次開始抱怨工作。

「就因為這破事，這裡要封起來五天。明明一天就能拆完，就因為那個莫名其妙的『精神適應期』，還得讓周遭的人有時間緩緩。唉，要不是因為補助金是我薪水的兩倍，我真不願意接這麼……不日常的工作。」

「你得自己看守這棟樓？」

「看守倒不至於，我不是還有一大堆探測蟹嗎？反正在哪都是一個人幹活，這裡反而更自在點。你也知道，這裡要是封閉起來，應該就是全市最安全的地方了。就是他們不肯讓我把我的寶貝帶進來……」

「羨慕你，我還得和人面對面打交道。」他的通話對象笑罵道，「怎麼說也是工作，你把伴侶仿生人帶進去算什麼事？」

「……唉。」

「不聊了，R-α那邊又有事了。你趁早弄完休息，我先掛了兄弟。」

「這就繼續。」

一個多小時後。

「這裡要封閉五天？」余樂提高嗓門。

來工作的人運走了屍體，隨後啟動了建築封閉。五個人兩臺機械都回到了車前，比起洋溢著輕鬆氣息的唐亦步組，余樂那組的低氣壓尤其重。

分開前還活蹦亂跳到處挑釁的仲清此時變得無精打采，他不聲不響地跟在余樂身後，垂著腦袋，沉默不語。

見另一組不積極，阮閑率先站出來分享資訊，結果差點被余樂的飛沫濺到。

「四周已經被建築封鎖線封鎖了。」唐亦步比劃了一下，「這裡是一座密閉的光籠，一切進出的東西都要佩戴特殊晶片。不用緊張，雖然有點麻煩，但我能破解它。」

仲清偷偷鬆了口氣。

「他們在往外運『屍體』，目前推測是要供給 R- α 使用。R- α 和之前我們遇到的 Z- α 類似，是主腦手下的精銳兵。她應該搭載了高級S型產物。」

阮教授調整了一下液體槽的高度，繼續道：「不過不用擔心。就算她能用聽覺覆蓋城市，但會非常消耗精力和體力，只要我們不鬧出事，他們不會用這麼貴重的……武器來做監聽這種小事。」

「怎麼就這麼巧，我們剛到這不久，主腦又弄了個怪物來？」余樂揉揉額角，「上次也就是我們運氣好，要不是……咳，那誰準備了那麼猛的炸彈，我們搞不好都得被那兩個怪東西弄死。」

他瞄了眼一旁豎著耳朵的仲清，及時換了說法。

「要不是某人把亦步的消息放了出去，我們也不至於赤手空拳對上『那兩個怪東西』。」阮閑冷笑。

阮教授假裝自己什麼都沒聽見。

「現在怎麼辦？」季小滿說道，小心地看了仲清一眼。「五天的話，物資倒是夠，就是……呃，萬一他們運輸名單裡有這孩子，我們就得被抄了。」

「等休息完，我和亦步去確認一下缺失的屍體資訊。說不定能推斷出他們挑選屍體的標準。」阮閑擺擺手，「仲清的病如果只是他說的那個程度，應該沒什麼好擔心的。」

「主腦封閉了這裡，某種意義上來說，這裡反而更安全。我們可以多收集些資訊，仔細制定計畫，等封閉撤了再上路。」

唐亦步非常配合地開口。

「它肯定不知道我們在這裡，不然不會用這麼……低級的封閉。」

「我沒什麼意見，」季小滿小心地清清嗓子，「我不喜歡這裡，但是大家確實需要休息一段時間。」

那座島差不多把所有人的精力都絞乾了。

「……」阮教授罕見地沒有發表什麼看法。

只有余樂表情古怪地扭曲了幾下，他又看了眼仲清，等那孩子哆哆嗦嗦地點了個頭後，他才繼續：「我有話要說。」

一時間，所有人都看向余樂。

「仲清的情況有點……複雜。小阮，你懂點醫學吧？那邊那個應該也能幫上些忙。」余樂用目光示意性地掃了眼阮教授。「仲清，你跟我過來，小阮，你帶著鐵盒子跟我一起上車，幫他看看。」

「鐵盒子。」阮教授不帶感情地重複了一遍這個詞。

「我也要看。」唐亦步不滿地抗議。

「我要跟這小鬼一起上車，要不他絕對得緊張死。你在外面陪小奸商，把人家一個女孩子晾在外面算什麼。」

「從純戰鬥力上來說，這個女孩子可以打死五個你，余哥。」

余樂冷颼颼地瞧了唐亦步一眼。

好在一串斷斷續續的震動聲解了圍，阮閑瞄了眼自己的電子手環，對唐亦步搖搖頭：「亦步，你待在外面。」

唐亦步揚起眉毛。

「關海明。」阮閑晃晃手腕，「這孩子能來個多方會診了。你先迴避一下比較好，我不想回答太多關於你的問題。」

「……」唐亦步果斷從駕駛座掏出罐黃桃罐頭，一副打算在外面愉快野餐的模樣。

「剩下的問題只有一個了。」

阮閑瞟了眼已經站在車上的阮教授。

「我不知道是不是『單獨』和關海明談談更好些。」

阮教授沒有出聲，阮閑只當他默認。他朝唐亦步打了個手勢，示意對方掩護這次通話。

唐亦步叼著塊黃桃點點頭，回以一個OK的手勢。阮閑跟著阮教授上了車，沒管跟上來的余樂和仲清，接通了虛擬螢幕。

關海明的影像出現在虛擬螢幕裡，就這個角度，關海明只能看到阮閑和他身後漆黑的車窗。

「阮先生。」關海明的氣色徹底像個正常人了，雖然稍微還有點蒼白，但看得出精神不錯。比起上回匆匆終止的通話，這回的他看起來不慌不忙。

「關醫生。」阮閑沒多說。

「……我一直在試圖聯繫你。」見對方沒有繼續的意思，關海明自然地接過話題。「前段時間你們應該不在森林避難所附近吧？這些天來，你還是第一次出現在通訊訊號的覆蓋範圍裡。」

「這次你不趕時間？」阮閑指出重點。「而且我們在主腦的城市，你得確定這個通訊線路是安全的。」

「絕對安全，我利用了主腦自己的通訊網演算法。資訊振動頻率也卡了秩序監察的振動偵測邊界，振動本身不會引起注意。」關海明笑了笑，「至於趕時間的事……這是我找你的原因之一。」

「嗯。」阮閑簡單地應道。

阮教授安靜地站在他身邊，將自己藏在螢幕邊緣，默默注視著自己的學生。老余帶著仲清擠在旁邊的座位上，仲清臉上有點狀況外的迷茫。

「我這邊先說吧。」眼看著關海明又要張嘴，阮閑故意瞧了眼仲清，搶了先機。「我在玻璃花房見到了洛劍。關於你的老師，我還真打聽到了點事情。」他加重了「老師」這個詞的語氣。

身為阮教授的得意門生，關海明反應飛快。「關於老師的事情我們待會再討論。是這樣的，阮先生，最近各個培養皿進行了戒嚴，你接觸過相關消息嗎？」

「沒有。」但他能猜到，他們在仿生人秀場鬧出了不小的動靜，為了追捕他們，附近幾座培養皿戒嚴是再正常不過的事情——遠一點的廢墟海可能還好些，地下城和玻璃花房恐怕也難逃一劫。

「那你對外通訊不該更困難嗎？」阮閑抬起眼睛，「零點早就過了，丁少校的『更新』出了什麼問題嗎？」

「主腦認為資訊交接的那十五分鐘空白屬於安全隱患。為了應對戒嚴，它停止了附近秩序監察的每日更新，將重點放在了行為監督上。」

關海明露出一個有點複雜的笑容。

「自從你離開，我從來沒停過和丁少校的交流。雖然他每次被更新都會忘記……總之，我早就掌握了快速說服他的方式。現在『更新』暫停，我不需要再從零點更新那緊張兮兮的十五分鐘下手。他暫時願意替我把通訊訊號擴散開來，就這樣。」

「暫時願意。」阮閑咀嚼著這個片語。

「丁少校是一個……很有意思的人。」關海明嘆了口氣，「他不可能被我說服，只是覺得這樣比較刺激罷了。想想小丁，他對『自己』尚如此，怎麼可能對倖存者心軟。不管他是單純想要追尋刺激，還是打算放長線釣大魚、假裝合作以退為進，我只要能將資訊傳遞出去就行。」

「也就是接下來，我們可以更自由地聯繫。」阮閑又瞧了一眼旁邊裝死的阮教授。「我明白了，還有別的嗎？」

「得根據你的消息內容確定。」關海明沒有繼續的意思。

「我知道阮教授在哪，他還活著，狀況……姑且算不錯。」阮閑說道，「我想他有聯繫你們的能力，現在看來，他只是沒有聯繫你們的打算。」

關海明微微皺眉。

「……老師可能在進行需要絕對保密的計畫。」半晌後，關海明語速極慢地說道。「雖然他單方面傳回消息極難暴露，可能性也不是零。」

「你真的很信任他。」阮閑不帶情緒地總結。

「我有我的理由，謝謝你的消息，阮先生。我會和你保持聯繫，外面風險不少，如果有什麼我能幫得上的，還請盡管說。」

關海明禮貌地點點頭：「知道老師沒事，我就放心了。有什麼消息還請隨時聯繫我。」

和猜想的情況差不多，阮閑心想。

關海明沒有繼續聊的意思。看來只有自己聲稱為阮教授做事，並且拿出證據，關海明才願意把更多的資訊內容透露過來。

可是阮教授的三腳小機械仍然很安靜。

「能幫得上的事情還真有一件。」阮閑也沒有立刻追問，「我們這裡有個得了病的孩子，我的……同行人將他帶給我看。但你知道，我頂多會處理點普通傷口，還是讓專家看看更可靠。」

他又開始流暢地說謊，余樂嘴裡嘖嘖有聲。

「我很樂意。」關海明的聲音輕快了一些，他打開酒精音樂，揉了揉太陽穴。「來吧。」

仲清看了看老余，又看了看一邊的阮閑和虛擬螢幕彼方的關海明。他做了個深呼吸，理了理頭上的頭髮，然後睜開了全部的眼睛。

它們原本緊閉著，被細軟的頭髮遮起，一點都不引人注目。然而當它們全部睜開後，冷白色的眼白在一片黑髮中格外字眼。

他已經挪到了阮閑和余樂的位置中間，臉上兩隻嵌著人工眼球的眼睛看著阮閑，腦後幾隻怪眼瞧著余樂。阮閑聽得到，余樂面上沒什麼反應，實際上半天才平復緊張的心跳。

阮閑的第一反應不是恐懼，他只是有點好奇地看向仲清——這回他真的有點好奇，仲清眼裡的世界到底是什麼模樣。

他的研究方向更加「機械化」一些，重心在於奈米機器人、機械組織如何修復人體組織。曾經他的身體無法讓他成為真正的醫生，更別提擁有多少臨床經驗，對於這些……過於奇特的病症，阮閑接觸過的資料實在有限。而哪怕他翻遍腦海中每一個角落的記憶，他也沒有找到類似的病例。

天生的畸形、藥物影響或者人工誘導倒能實現類似的效果，單單只是疾病的話……

關海明緊緊皺起眉，表情嚴肅下來。

「很少見的病，我接觸過。我不清楚你們那邊是怎麼個情況，總之先讓那個孩子出去吧。」

「我不走！」仲清整個人都緊張起來，頭上八隻眼睛都大大地張著，看起來有點駭人。

「你不會有事的，小朋友。」闞海明拿出了十足的耐心，語氣讓人十分信服，雖然他看起來不怎麼能直視那些增生的眼睛。「只是有些話不方便當著孩子的面說。」

阮教授仍然盡職盡責地扮演著一個輔助機械的角色，繼續保持沉默。

「不到迫不得已，我不會在這座城市裡弄傷你。」阮閑坦然地直視著仲清，「你先出去吧，闞醫生可能要開始少兒不宜的話題了。」

仲清整張臉上寫滿了「信你才怪」。

「這是合作者的意思，先出來比較好。」一個聲音加入談話。

阮閑捏捏眉心，他知道那聲音是誰的——唐亦步最終還是沒有戰勝自己的好奇心，他沒有跟上車，卻把臉緊緊貼在了車窗玻璃上，鼻尖被壓得有點扁。為了避免闞海明的懷疑，他特地壓低聲音，聽起來有點像影視作品裡的綁匪聲線。

闞海明確實看不到這個角度，但阮閑懷疑就算他能看到，也未必能認出整張臉壓上玻璃的唐亦步。

阮閑伸出一隻手，毫不留情地撤下玻璃，唐亦步差點被慣性按著跌進車窗。他揉揉鼻子，那張英俊的臉又回來了。季小滿站在幾步外，努力看向遠方的黑暗，沒有轉頭的意思。

仲清有點憤怒地瞪了唐亦步一眼，在他睜開全部眼睛的情況下，這瞪視相當有壓迫感。

「非常巧妙的設計。」

唐亦步興致勃勃地操著綁匪聲線，仔細注視著仲清。那眼神倒不像看畸形或者怪物，也沒有阮閑那樣平靜，更像一位雕刻家發現了高品質大理石。

「其實考慮到存活率，最初我考慮過相似的肉體方案。人類的生理結構在戰鬥方面不占優勢，大型貓科動物的骨骼結構更好，可惜條件不允許。」

那仿生人聽起來在認真地遺憾和羨慕。仲清有點呆滯，像是不確定要怎麼應對這樣的態度。

「幸虧你沒那麼幹。」阮閑又拉開車門，快速吻了下唐亦步的額頭。「那樣我們睡一次要麻煩不少。」

唐亦步嚴肅地思考了片刻，點頭表示同意。

仲清緩緩轉過頭，一言難盡地看向阮閑，又驚恐地瞧了眼唐亦步，就這麼被稀里糊塗地推下了車。直到雙腳踩上地面，仲清還在琢磨要拿出什麼情緒來面對眼下的情況。

把仲清半哄半震地弄下車，阮閑朝唐亦步大方地做出飛吻，繼而殘酷地關閉車窗。

「行了，繼續吧。」阮閑轉過頭，朝虛擬螢幕裡一臉迷惑的關海明說道。「我把他弄下去了。」

「剛才那聲音是……？」

「不重要。」

「……算了，先說正事。」關海明揉揉太陽穴，「我知道那種病，名字挺長，也沒必要說。重點是那孩子的病已經到了末期，我不知道你們留他做什麼，怎麼說呢……」

「你剛剛說他不會有事。」余樂收了收臉上的表情，同樣皺起眉。「該說就說，別拖拖拉拉。」

「『他』確實不會有事。」關海明苦笑兩聲，「那個孩子叫什麼名字？」

「仲清。」

「那麼那個叫『仲清』的人類已經死了，至少之前的醫學概念是這樣定義的。不過這一點一直有爭論……他的病是一種非常特殊的病毒感染外加自體基因缺陷引起的，關於這種病，我們有個比較形象的說法。我們叫它『杜鵑病』。」

「聽不懂。」余樂非常直白。

「我不知道他是怎麼做到將身體狀態保持得如此良好的，通常病人會在青春期全身衰竭而死。這個看起來已經成年了。」

談到自己的專業相關，關海明不知不覺又恢復了冷漠而官方的語氣。

「具體的病理機制確實複雜，我舉些簡單的例子——不少寄生蟲會改造自己的宿主，讓它們產生變異，更容易被捕食。比如製造不利於生存的畸形體，或者讓它們變得更加顯眼、容易暴露在天敵面前，好保證自己能夠正常繁衍。」

「那小子是寄生蟲控制的僵屍？不太像。」

「我只是表達一個大概的感覺，不是精準對應的例子。事實上小到病毒大到寄生蟲，都會對自己的宿主產生影響。將它們引導向對自己有利的方向，遠離對自己有害的方向——為了獲得水分而讓宿主自己將自己溺死，為了遠離致命的水環境從而使宿主產生恐水症狀，諸如此類。

「杜鵑病的情況要更複雜點。致病病毒截獲了宿主的基因表達，對自己獲得的軀殼進行改造，從而獲得便利的身體，以及生存於宿主種群裡的知識和技能。無論是仲清的腦還是其他器官，在醫學上並未死亡，它們只是被……非人的生物接管了。」

余樂縮了縮肩膀，他臉上罕見地露出一絲呆滯。

「他的所有記憶都在，包括情感記憶。但控制腦的理論上不再是人類仲清……舉個例子，如果把沒有意識的腦比作存有大量資料的硬碟，現在這個硬碟換了個主人，不過對資料的使用方式相近罷了。」

「他騙了我們？」阮閑直擊重點。

「不……他自己可能也不知道自己『換了個人』，粗暴點說，給A灌入B的全部記憶，A也會自然地認為自己是B。」關海明搖搖頭，「杜鵑病實在太少見，除了患者，誰都不清楚具體的細節。通常患者會在青春期因為負擔過大而死，仲清不知道為何撐過了那個階段，現在他的身體狀況相對穩定，能夠正常存活。」

「那些眼睛……」余樂喃喃道。

「仲清自身應該有基因缺陷，我剛才有提到。病毒不過是截獲了他體內的遺傳訊息，試圖構築它自己認為合理的『眼睛』，保證軀體能夠繼續存活，為自己的繁衍製造條件。」關海明喝了口水，繼續道：「杜鵑病不會在人與人之間傳染，可你們帶著他也沒什麼意義。」

他放下杯子，嘆了口氣。

「他的遺傳資料被病毒篡改過，就這方面來說，他已經不能歸為『人類』這個物種了。現在以為自己是『仲清』的那個生物，它的思想更接近病毒的集體意識。」

「就算是這樣，你們還是要認為那是『人』嗎？」

「看來你對這病還挺了解。」阮閑的情緒比余樂平穩不少。仲清確實多長了六隻眼，可自己「被殺」前的樣子也和怪物差別不大，他早就習慣了在鏡子裡看到更糟糕的事物。

「不需要我給出點血液檢查結果？我們手上有點檢驗設備。」他補充道。

「不用，我這邊能看到你那邊的溫度資訊。我之前在負責相關專案的時候，專門研究過相關病例。他的體溫偏低，人也瘦削，增生的眼睛大小、位置和虹膜特徵都對得上。」

「如果你實在不放心，我可以在稍後給你一份需要檢查的血液項目。」掃了眼余樂難看的臉色，關海明補充了一句。「但我不會看錯，他的情況非常典型。」

「我明白了。」阮閑答道。

詢問關海明是正確的。並非一切知識和經驗都能被記錄下來。樸素如竹簍的編織、水果甜度的辨別，複雜如疾病的診斷，總有些東西無法被文字化，必須得靠時間長年累月釀成某種感覺。但既然有了結論，剩下的資訊補全可以由唐亦步代勞。

他瞧向阮教授，一直保持沉默的阮教授依舊沒有反應。

「感謝你的幫助。」阮閑只好結束談話，「近期我們可能會主動聯繫你。」

「隨時。」關海明順手整理面前散落的資料，打了個哈欠。

虛擬螢幕熄滅。

余樂坐在套了布製椅套的車椅上，整個人像抽去半截靈魂的泥俑，沒多少開口的意願。阮閑拉開車門，放在車外徘徊已久的唐亦步進來。唐亦步剛把那個黃桃罐頭吃完，身上還帶著股糖水桃子的甜香味。

「我和阮教授去調查那些屍體。」阮閑說道，「你在這裡看好他們，怎麼樣？」

「我們可以開誠布公地談。」阮教授終於出了聲。

「你剛才的表現可沒這麼坦蕩。」

「海明說過，一零三六培養皿的秩序監察目的不明，我不會貿然暴露自己的情況。」阮教授說，「現在的當務之急是確定仲清是否在 R-α 的需求名單裡。」

車裡的人都能聽懂阮教授的言下之意。

若仲清不在名單還好，他們只要避開那個為主腦工作的市民就行。但如果仲清在單子上，那孩子肯定也不願意犧牲自己躺回玻璃槽，除此之外，說不定這座城市都要被戒嚴。

在這個被主腦細心照料的城市裡，別說殺人滅口，綁架的暴露風險都高得很。

「我就說呢。」余樂輕聲說道，「天底下哪有這麼好的事，剛進城就撿到了好嚮導……果然都是要還的。」

說著他轉頭看向車外，仲清藏好了多餘的眼睛，正在和季小滿說話。

「你們聊吧，我出去抽根菸。」他從車座縫隙裡摸出包菸，目光頗有深意地掃過阮教授和阮閑。「我還不想捲入太深，小奸商那邊需要有個人一起把風。待會仲清要是問我們聊了啥，我就說是反抗軍的事情……串供我串好了，你們可別說錯。」

說罷，他扒住阮閑沒來得及關嚴的車門，叼著根菸跳了下去，並且毫不留情地把試圖跳上來的鐵珠子用腳撥到一邊。

車裡一時就剩兩個人，外加一個活著的大腦。

「是個聰明人。」阮教授轉過玻璃槽，面朝余樂的背影——曾經的大墟盜走到季小滿身邊，摸索了一下口袋，遞給她和仲清一人一塊巧克力。隨後他又拍拍仲清的肩膀，看樣子是在安慰那孩子。

雖然嘴上說著死了也算賺了，余樂卻沒有半分魯莽對待現狀的意思。

不過有趣的是，他對於人類的定義顯然比阮教授寬泛很多——在地下城時，他也曾塞給甜甜-Q2一顆酒心巧克力，余樂似乎對他人的頭殼裡裝了什麼並不關心。

很難說是粗神經還是看得太透。

「別看他那副樣子，他只會按照自己的想法做事。確實是個聰明人，不然我們不會帶上他。」

阮閑冷靜地說道。

「如果你有什麼話想對我們說，最好快點。探查其他屍體的狀況是必須要做的，理論上我們沒有需要商量的事。」

唐亦步眼裡的好奇快溢出來了，他活像衝進自助餐館的饑民——什麼都想要，嘴巴卻只有一個，只能被噎得張闔嘴唇，一個字都吐不出來。

「除了一零三六號培養皿，你們還能聯繫上哪些培養皿？」

「廢墟海那邊通訊設施不行，暫時聯繫不上。玻璃花房的人對我們態度一般，同樣沒有現成的聯繫方法。地下城那邊倒是留了聯繫方式，但我們還沒有聯繫過他們。」

阮閑還記得壓縮餅乾裡藏著的晶片。把自己改名為 K6 的何安將它交給了他們，雖然他安裝了加密聯絡程式，地下城方面卻從來沒有主動聯絡過他。阮閑也不是多麼熱衷交際的類型，自然也沒有主動聯絡過地下城。

「之前從康子彥那裡拿到的資料模型呢？」阮教授轉向唐亦步。

唐亦步深沉地抹抹嘴角，確定糖水桃子的湯漬沒有黏在嘴唇上：「關於人格和記憶傳輸的那個？康子彥沒有成功離島，我只拿到了一半的押金。」

阮教授陷入深思，阮閑則嘆了口氣，拍拍唐亦步的上臂：「說實話。合作是你答應的，適當的資訊交流也有好處。」

唐亦步不情不願地瞧了阮教授一眼：「康子彥死後，趁我們還沒走遠，我從他的手環上駭到了剩下的一半。」

接下來阮閑和阮教授一同陷入沉思。唐亦步的目光從兩人身上來回掃視了幾遍，也一臉嚴肅地思考起來。

「是時候了。」阮教授和阮閑幾乎同時說道。

「什麼？」唐亦步眨眨眼。

「刺殺 MUL-01。」阮教授說道。

「襲擊 MUL-01。」阮閑則如此回答。話出口後，他禮貌地做了個「請」的手勢，示意阮教授先說。

「除了仲清，其餘情況和我猜想的類似。一旦島嶼中心被破壞，NUL-00 和他的人帶我離開後，MUL-01 就會戒嚴周邊培養皿。」

「就是我們根據拿到的指示，一路經過的那些培養皿。」阮閑補充。

這些都在阮教授的計算內，阮閑並不意外。如果是他，八成也會這麼做——除非唐亦步和自己有強烈的自毀傾向，不然選擇確實有限。

「培養皿的戒嚴意味著內部壓力增強，以及管理形式的細微改變。對於培養皿裡的人來說，這些都是危險的信號。」阮教授沒有否定阮閑的說法。「情勢緊張的情況下，只要一點火花，就能對 MUL-01 造成不小的干擾。

「在原本的計畫裡，我們可以走這條路去真正的刺殺機械身邊，趁亂對 MUL-01 進行刺殺。只要 MUL-01 消失，以 MUL-01 為中心的一切都會陷入混亂。將要犧牲的人都是反抗軍成員，刺殺導致的人員犧牲會被記在主腦頭上，高壓加上憤怒，人們將會取得自由……如果我們成功的話。」

「有點狡猾。」阮閑公正地評價。

「你們可以在人們勝利後將真相公之於眾，我不需要名聲。」阮教授說道。

「就為了那些偽造的記憶？」唐亦步的重點則在別處。

「不，為了只屬於我的記憶。」阮教授說，「我說過，就算我現在放棄，MUL-01 也不會放過我。而就算我勉強活下去，記憶的品質不會超出已經在我腦袋裡的那些，單純的生存並沒有多少樂趣。」

這回他聲音裡沒了往常的溫和與開朗。

「除去對人類抹不掉的好感……至少這樣，無論是美名和惡名，被記住的都會是我。人們能夠重新獲得自由，我也能夠以我想要的方式死去，為什麼不呢？」

阮教授說的是實話，事到如今，他沒有必要在這方面欺騙他們。

阮閑把自己的計畫藏在心底，繼續誘導：「而你現在向我們正式提出這件事……你打算利用仲清？」

「這是個機會。」阮教授沒有察覺阮閑隱藏的情緒，「我大概能猜到R-α來這裡做什麼。如果我沒猜錯，它是前來補充『彈藥』的。看來MUL-01把它的武器化重心放在了另一條路上。」

「啊。」唐亦步反應很快，「高級S型產物不會那麼容易死去，也無法直接生成對人有效的致病微生物。但如果讓它攜帶，沒有比它更合適的攜帶者。」

就算它擁有人類的部分，它體內的S型產物也會不斷地對人類部分進行修復，直到一切恢復原樣。但如果目標是唐亦步，A型初始機可幫不上太大的忙——別說之前你死我活的硬碰硬，帶毒的R-α一個擁抱就能殺死他。

看來仿生人秀場的那一戰讓MUL-01收集到了不少資料。

唐亦步顯然意識到了這一點，講完後自己哆嗦了一下，往阮閑身邊挪了幾公分。

「是，正如我們可以利用S型初始機產生對機械『病毒』，主腦也在研究高效而精確的對人體武器，好來應對可能發生的反抗。畢竟核武之類的攻擊會無差別毀滅一切，隨之而來的環境破壞也很難處理。」

阮教授繼續道。

「我們可以利用這個機會，對S型初始機進行感染。只要控制好病情發作的時間，我們就能把僅感染機械生命的病毒送往主腦的精銳部隊。以此製造更大的混亂。」

「不錯的計畫。」阮閑說，「但要按照你這個計畫來，無論名單上有沒有仲清，仲清恐怕都得被打包送去R-α那裡。」

修改紀錄，然後控制仲清，利用殯儀館裡的資源製造對機械病毒，然後送到R-α身邊。

阮閑能猜出這個計畫的細節，然而……

「你沒辦法控制仲清或者 R- α 的行為。」阮閑說，隱隱為自己的猜測震驚。「你現在告訴我們這些——」

「他想把他的意識作為病毒的附屬品送出去。」唐亦步接過話頭。「利用從康子彥那裡得到的技術，將自己的意識轉移到仲清體內，再趁接觸時近距離轉移到 R- α 身上。」

他用金黃的眸子上下掃視了一番阮教授。

「如果他這麼做，意味著要去操作刺殺機械的是你和我，他在交代後事。」

「不，我不會把這麼重要的事情完全託付給別人。不過關於意識資料轉移的部分，你沒有猜錯。只要送出備份就好，我在那座島試驗過不少次，只不過效率一直沒跟上。」

「不完全的備份會導致人格差異。」唐亦步皺起眉。

「但是執著的事物不會變化，我想康子彥的例子已經很有說服力了。我信任他的技術，也會親手進行檢查。」

「……也就是說，你想把你的記憶備份傳輸給仲清，再傳給 R- α，以此同時，你的大腦繼續和我們一起行動。」阮閑做出總結。

「現在看來，這是可以做到的。」阮教授平靜地表示，「但我無法一個人做到，需要你們幫忙。這個做法至少能讓我們的勝率再上升百分之三左右。」

唐亦步收了偽裝，他死死盯住阮教授，如同盯住獵物的豹子。阮閑能看懂那個表情——唐亦步正在快速計算他們可能的得失。

阮教授的三腳小機械轉向他。

「我只有一個問題。」阮閑扯了扯白外套上的皺褶。

「……你問過仲清自己的意見嗎？」

「你應該聽到海明的診斷結果了。」

「我不關心他是什麼，他確實為我們尋找了一個合適的躲避場所，也提供了情報。嚴格說來，我算是欠他的人情。」

阮閑輕聲說道：「但我也想要那百分之三。」

唐亦步的死亡可能從百分之十降低到百分之七，不得不說，阮教授的提議很有誘惑力。阮教授的液體槽內冒出一串氣泡，不知道為什麼，阮閑能讀出其中的疑惑。

「……我有不同的提案。」他朝阮教授笑了笑，「直接把傳染源自己送過去，怎麼樣？」

阮閑指了指自己的太陽穴：「嚴格來說，這也是『阮閑的意識』。」

唐亦步的反應比阮教授要快——他就像尾巴被夾了那樣原地震了下，臉上的老謀深算瞬間變成被遺棄小動物的惶恐。這仿生人絕對看透了自己的心思，就算阮閑明白唐亦步的目的，他還是忍不住被那雙眼睛裡淌出的情緒影響。

唐亦步不需要開口，阮閑的耳朵裡已經滿是「別走」的喊叫。

阮教授則沒有半分被影響的跡象，裝著大腦的黑盒只是在液體槽裡持續吐著泡泡。咕嘟咕嘟的輕響讓車上的空氣也變得濃稠不少。

阮閑突然覺得這一切有點滑稽，他們此刻正在決定某個關乎人類文明的計畫。但他們並沒有衣著整潔地坐在會議桌旁，引經據典唾沫橫飛，他們只是窩在一輛舊車上，比起商量要事的變革者，更像幾個打算搶劫速食店的劫匪。

阮教授沒有立刻否定他的建議，正如每一個懂得禮節的上位者，他拿出了恰當的耐心。

「怎麼說？」

「在仿生人秀場，我已經暴露在了主腦面前。根據我們在島上的表現，它的結論極有可能和你類似——我是被唐亦步蠱惑和飼養的人類，為他提供技術支援。」

阮閑安撫地抓住唐亦步的手。

「卓牧然如果把我們和玻璃花房發生的事情聯想在一起，應該也能得到差不多的結論——紅幽靈並非從屬於反抗軍，我們都只是亦步的私人勢力。」

「是。」阮教授肯定了阮閑的說法。

「我憑藉一連串巧合陰差陽錯地活了下來，而你也還活著。就算你留了一手，保存了可以製造複製體的自體組織，也不可能蠢到把可複製品送到主腦門口。也就是說，服從於理性的 MUL-01 幾乎不可能產生『我是阮閑』的猜想。」

唐亦步的手指有點涼，手心濕潤，那仿生人是真的緊張了。

「……是這樣。」阮教授繼續。

「那麼我是最好的潛入人選。只要主腦認定殺死 Z-α 的東西是我研製的，它不會簡單地粉碎我的腦。它更可能把我留下，讓我為它做事，附帶打聽亦步的情報。」

「你不能確定。」唐亦步嘀咕道。

「如果它真的比你更接近一臺機器，它會的，它永遠會選擇最有利的路。既然我被你『洗腦』了，代表我足夠脆弱、好操縱。最大的難點反而是如何讓它相信我們已經決裂這件事……以及到主腦那邊後可能應對的身體檢查。別緊張，亦步。我會留給你足夠的血，你仍然會很安全。」

阮閑意味深長地瞧了眼阮教授。

「我想你也會保證這一點。」

「這樣聽起來確實比靠人格拷貝入侵可靠。」阮教授沉思了幾分鐘，「可惜我不同意你的提案。」

「怎麼說？」

「這座城市觸動了你，不是嗎？主腦非常有說服力，而根據你的經歷來看，你對人類沒有什麼歸屬感和責任感。」阮教授安靜地繼續道。「歸順於主腦，取得資源。只要手裡的資源足夠，你有很多方法可以偽裝NUL-00的死，為它換個外殼，然後在主腦的城市活下去。

「到時要是被你搶了先機，我的勝率連百分之二十都不到。」

這永遠是問題所在，阮閑並不意外。

這輛車裡的三個人——姑且把阮教授算作一個人的話——彼此間沒有信任。

「我不否認。」阮閑笑嘻嘻地答道。

「我建議維持原來的方案，機不可失。」

「那還挺麻煩的。余樂不像是能強迫那孩子走死路的類型，在對待小孩子方面，季小滿的心比余樂還軟。如果我和亦步不支持你，你一個『輔助機械』打算怎麼辦呢？」

阮教授吐出一串泡泡，沒有回應。唐亦步則在這個時刻陷入思考，那副可憐小動物的氣息早就被他扔到了九霄雲外。

「先這樣吧。」半天沒人說話，阮教授生硬地打破沉默。「至少先解決眼前的問題，確定仲清是不是在名單上。」

隨後他沒有繼續在車上停留，先一步跳下車子。眼看談話無法繼續，阮閑和唐亦步對視一眼——阮閑還抓著唐亦步的手，不知道什麼時候，被那仿生人改成了十指相扣的手勢。

「你騙了他。」唐亦步微微側過頭，偏長的髮絲順著肩膀垂下來一點。這句話裡沒有笑意，不是撒嬌，只是單純地陳述事實。「我只聽到了一句實話，你想要那百分之三的可能性那句。」

自己就坐在唐亦步身邊，手部皮膚相貼，手指根部嵌在一起。唐亦步的手溫暖有力，皮膚光滑柔軟，阮閑能在那隻手的皮膚深處察覺到從心臟傳來的搏動，活像自己正抓著一小隻暖和而溫順的動物。可他心裡清楚，唐亦步也能察覺到他的。

唐亦步可以藉由自己的心跳、近在咫尺的表情判斷，那不算簡單。但阮閑並不想冒險將想法暴露給阮教授，唐亦步與他的相處時間更長，他賭對方這一點點多出的熟悉感。

唐亦步果然發現了，這讓他省了不少事。

「所以呢？」阮閑轉過頭去。

那仿生人看起來有點掙扎，他顯然也想要提高那百分之三的勝算，但又不太想支援阮閑的計畫。令阮閑感到有趣的是，唐亦步一次都沒有看向窗外的仲清，他沒有把犧牲仲清的方案作為備選。

「你似乎有自己的打算，阮先生。」

接著他像是聽見了阮閑的心聲，繼續說道：「我不想逼你下決定，我說過，我不想傷害你。就算我同意犧牲仲清，擁有S型初始機的你不同意，計畫也無法實行。」

「相對的，如果阮教授不願意協助，潛入也會變得相當艱難。」阮閑微笑，「說到底，這些都只是我們遇到仲清之後，阮教授臨時起意的補充方案。我們沒必要這麼快下決定，他說得對，處理眼下的問題才是當務之急。」

說著，阮閑自己也跳下了車。

唐亦步還坐在車上，身體隱在陰影裡，只有那雙金色的眼睛微光閃爍。唐亦步就那樣沉默地注視著他，有那麼一瞬間，阮閑有種即將要被捕食的錯覺。那個仿生人似乎看穿了他的思想。

或許唐亦步真的察覺到了什麼，但他察覺到的東西不至於組合成一個確定的問題。

洞窟裡的野獸就那樣凝視了他片刻，終於慢吞吞地下了車，伸展四肢的肌肉。他沒有鬆開阮閑的手，而是藉由它將阮閑扯進懷裡，來了個噬咬似的吻。

「阮閑。」唐亦步突然用其他人無法聽到的聲音喚了一句，不是阮先生，也不是父親。

阮閑抹抹有點紅腫的嘴唇，他嘗到了一點血的味道，它在桃子的甜香氣中嘗起來格外明顯：「……怎麼了？」

「我還沒有準備好相信你。」唐亦步說道，「也還沒準備好離開你。」

阮閑伸出手，指尖輕輕拂過唐亦步的眼角。

「……走吧，別讓阮教授等太久。」

他確實有了一個計畫，一個誰都不能透露的計畫。如果說阮教授的計畫是已經成型的果樹，他的更像是藉機攀上樹幹的毒蛇。

它細弱、笨拙而幼小，卻已經決定了自己的方向。

阮閑仍對恢復這個世界的「原始面貌」沒有太大的興趣，對主腦也沒有什麼你死我活的仇恨。站在一個近乎局外人的角度，他將小蛇悄悄放上樹幹。

他不關心阮教授口中可能誕生的戰爭與死亡，阮閑只確定一件事——阮教授多年準備的方案確實有效，唐亦步也同意協助阮教授。

……然而他完全不想合作。

CHAPTER 70 反例與錯誤

秩序監察總部。

卓牧然走出總部大門，夜色已深，天空之上滿是繁星。他坐上自己的車，包裹他的虛擬螢幕魚群似地游向一側，為他空出視野。

卓牧然上車後，弄了杯咖啡給自己。他不需要親自開車，導航已經自己開始運作。

「安全屋。」卓牧然扔出硬邦邦的三個字。

「這麼晚？」副駕駛上投出全息人影。漂亮的青年笑著坐在副駕駛位置上，仍然穿著沒有任何裝飾的簡單白袍，不存在於現實的黑色長髮末端挽起，搭在一邊的肩膀上。那個幻象用金色的眸子瞧著他，形象和車內極其現代化的設計反而不太搭。

無論是白色袍子、黑色的長髮還是俊秀的臉龐，他身邊那位更像古時祭司的幽靈。

「因為我沒辦法確定誘餌的動向，必須盡可能收集更多資訊。」卓牧然又抿了口咖啡，「MUL-01，現在是我的下班時間。」

「我對你的新方案很滿意，也很好奇。」主腦表示，彷彿沒聽到卓牧然的後半句。「所以我決定分出一點計算空間給它，帶我一起去。」

卓牧然往咖啡杯裡扔了兩顆糖塊，倒也沒有表示半點不滿。幾秒後，車子自己啟動，直衝雲霄。

白色的車輛穿過雲層，在蒼白的月光中繞了幾個大彎，最終停在一片虛空之前。卓牧然將手指按上虛擬螢幕，一陣輕微的嗶嗶聲後，一個長方形的白色箱子出現在了車輛面前。它的高度恰到好處，彷彿建立在雲層之上。

那個長方體更像是由兩個立方體拼成的，眼下其中一半正敞開著，露出了上下疊加的兩個車位。另一個其中一面倒了下來，變為適合人落腳的平臺。

卓牧然下了車，車子自己朝車位奔去。他踩著白色平臺，進入了另一半「盒子」。在他完全進入室內後，放下的那個平面再次收起，長方體閃爍片刻，再次隱入空氣。

室內擺放很簡單。一張床，一個浴缸，一臺存放了不少食物的冰箱，以及簡單至極的廚房和盥洗室。卓牧然將所有生活必需設施集中在一個角落，立方體房間內大部分空間都空了出來，用於沙盤投影。

主腦是個方便招待的客人，它連茶水都不需要，只是自顧自跑到沙盤邊，看向那些不斷跳躍的數字和算式。

「他們很可能去了你的城市。」卓牧然為自己煮上了茶水，他似乎一定要喝些帶味道的東西，才能吞得下水。「如果看得見誘餌的狀況，事情能簡單不少。」

「嗯。」MUL-01 簡單應著。

水燒開後，主腦的注意力跑到了壺嘴噴出的白色水蒸氣上。他將一隻手放在壺嘴附近，看那些水氣沖過不存在的虛影。

「考慮到他們和阮閑的合作，我們不能留任何標記。任何追蹤程式、機械甚至於不自然的精神誘導，都可能打草驚蛇。」虛影青年的聲音仍然溫潤好聽，「只有我對誘餌一無所知，阮閑才可能去咬那些餌。

「NUL-00 的人在仿生人秀場展現出了不俗的能力，那應該是某種對機械病毒。手裡抓到了這張牌，阮閑一定會想辦法將它送到我這裡。」

「我不太確定。」卓牧然不卑不亢地表示，「周邊所有非城市區域我都增了兵，依然沒有收穫。最近幾個城市，我也都埋了餌……可根據我和阮閑打交道的經驗，就算我們在誘餌上什麼都不放，他也可能察覺那些是餌。」

「他知道，他會冒這個險。相對的，我也必須承受可能被襲擊的風險。」

MUL-01還在玩那些水蒸氣。

「就像下棋，無論棋手再強悍，只要雙方勢均力敵，就不可能一顆棋子都不丟……就像他知道我發現NUL-00的第一反應是測試和試探，我也的確那麼做了；就算為了收集資訊而導致NUL-00成功逃掉。

「R-α、R-β、M-α、M-β，最近的四個城市，猜猜誰會帶著木馬回來？」

阮閑有事瞞著自己，唐亦步一點都不喜歡這種感覺。

這感覺是嶄新的。自從他們相遇，阮閑對他瞞下的事情沒有一千也有八百，可那時他打從心底不在意這些細枝末節。它們曾經是雀鳥在雪層上留下的足跡，現在卻變成刀刃在肌膚上劃出的刻痕。

可他們剛談完不久，才許諾了用更溫和的方式探索彼此間剩餘的謎團。唐亦步試圖用一個吻軟化阮閑，順便撫慰自己，然而他沒有成功。

心臟像是被兔毛刷掃著，唐亦步討厭這種綿軟但無法忽視的細小焦躁。

阮閑已經鬆開了他的手，向不遠處的余樂走去。他在仲清面前半蹲下，從懷裡變戲法似地掏出一頂薄薄的線帽。它的樣式有點偏女式，但顏色是低調的灰色。仲清悄悄看了季小滿一眼，有點感激地接過線帽，將它戴在頭上。

戴上之後，仲清那副惹人煩的青少年聒噪氣息又回來了點。

又是他無法理解的行為，唐亦步想。

只要仲清閉好頭上的眼睛，季小滿就不會發現。而其餘人都知道真相，那些眼睛是否暴露在外似乎沒有太大區別。可阮閑不知道什麼時候摸來了頂帽子，還特地給了仲清。

按照邏輯，仲清更應該感受到被冒犯才是。他想不通。

唐亦步默默將它記在心裡，放在課題研究的那一欄。最近每記錄一次資訊，他便覺得自己離課題答案又更遠了一步。別說對於他人傷害的研究，連他自身產生的不快，唐亦步都無法好好解釋。

確實是個困難的課題，他的阮先生當初許諾了要和他討論來著，眼下對方卻像是忘了這回事。

唐亦步嚴肅地想著，不久後自己生起了悶氣。他折回車裡，打開攜帶式小提箱，把僅剩的幾罐櫻桃汽水全都塞進自己的背包，氣呼呼地背好。

他再回過頭的時候，阮閑已經開始向季小滿討要特定的醫療機械——作為一位機械師，季小滿不會把不常用的機械隨身帶著，她更喜歡臨時製作它們。

分開時還好，他們會合後，季小滿對車上的所有零件做了清點。為了避免引起她的懷疑，阮閑選擇直接向她尋求幫助。

當然，他也可能藉此舉動給季小滿表現的空間，從而讓阮教授間接欠她更多人情。

唐亦步倒是能想通這些，然而阮閑沒有向自己求助這件事還是讓他焦躁。

……這根本毫無道理。

唐亦步拉長臉，帶著殺氣打開一罐櫻桃汽水，打算用它來澆滅胃裡的暗火。

「我們需要抽血裝置，等狀況安定點，我打算從仲清那邊取得足夠的血液樣本。他現在問題不大，但沒了主腦的支持，說不定會出些意外狀況。」阮閑對季小滿說道，誠懇的表情挑不出任何瑕疵。「最好是耐用點的，我們的庫存不多。」

季小滿點點頭：「明白，我們的消毒藥品不多了，省著點用。」

「地下室我們都看過了，有三個直接出入口，四個電梯口。三個直接出入口裡，兩個是專供車輛使用的，出入要經過徹底的掃描。一個是緊急出入口，正鎖著，但我們應該能破解。」

余樂則談起正事。

「電梯那邊就別想了，不同樓層還有不同許可權，檢查只會更多。你們應該看到樓梯了，這幾層還好，再往上只能走電梯。」廢墟海曾經是各種建築的混合海洋，余樂顯然對相關問題研究頗多。

「……但我總覺得哪裡不踏實。」報告完自己這邊的情況後，余樂再次開口。「想睡覺就有人趕著送枕頭？我們剛逃到這，仲清就剛巧從主腦的監視下逃出來了？」

「他身上沒有任何被監控的跡象，也沒有任何追蹤裝置。」阮教授表示，「不過確實非常巧合。但因為沒有證據的猜想就選擇風險更大的路，這並不明智。」

「你的思維方式還挺像 MUL-01 的。」余樂嘟噥，「你確定它不會專門給我們來幾個類似的陷阱？」

「我們這邊變數肯定比它想像的要多。」阮教授平靜地答道。

「時間不早了，你們先睡一下，我和阮先生去確定一下被運走的屍體的共性。」唐亦步適時插嘴，將剩下的櫻桃汽水全都灌進嘴巴。

那個運送屍體的人已經驅車離開，這棟大樓裡還活著的就剩他們幾個，這是個絕佳的機會。

他還能夠趁機和阮先生多相處一下，他可以好好和對方聊聊他的課題。唐亦步心中的算盤打得啪啪響。

「你先去吧。」阮閑說道，「我還有點事情想要調查。」

唐亦步心中的算盤啪地碎裂，算盤珠子灑落一地。他張張嘴，憋住一個櫻桃汽水製造的嗝，不知道是因為胸口強行憋氣的抽痛，還是意外突至的打擊，唐亦步心口和鼻子一起酸了一下。

他不滿地皺皺鼻子。

「……我等等會上去找你。你聽見余樂的話了，最頂層的安全系統太過嚴密，又只有電梯。我的運動神經勉勉強強，只會拖你後腿——我會去留有樓梯的最後一層樓等你。」

似乎是察覺到了唐亦步的不滿，阮閑迅速加了句解釋。

他的阮先生越來越狡猾了，唐亦步心想。他無法從阮閑的解釋中挑出錯誤，對方的說法沒有任何問題。可他的不滿並沒有因為得到合適的解釋而消弭，反倒越來越強烈。

又是新奇的感受，唐亦步一邊用力不滿，一邊仔細把它記在心裡的小本子上。

他的父親正朝一個他無法猜測和控制的方向走去，那股徹底保存對方的欲望在他的心底再次翻騰。唐亦步頓時警覺起來，將它按回心底，意識到擁有一段私人冷靜時間也不錯。

要讓對方心甘情願屬於自己，他或許應該表現得更加無害而可靠。那些未知的情緒卻幫了倒忙，將他推向疑神疑鬼、邏輯缺失的方向，唐亦步有點喪氣地想道。

有那麼一秒，他甚至有點認同 MUL-01 的發明——如果能潛入對方的腦子，讓他們無數次提前類比這些對話，也許他不至於像現在這樣被未知、好奇、警惕和懊喪共同撕扯。

「好。」唐亦步熟練地控制著臉上的表情，面上平靜無波。

只不過在走過轉角的時候，唐亦步悄悄地瞥回去一眼——阮閑正和那個小三腳機械說著什麼，可惜在這個距離，沒有S型初始機的唐亦步聽不清對話內容。

他遺憾地踏上樓梯。

一個人的探索時間分外無聊，這在他之前的生活中是家常便飯，如今唐亦步卻只覺得它活像是被咀嚼過三四次的甘蔗渣滓。

大半夜過去，他愁眉苦臉地從沒樓梯那層樓搜索到頂層，又從頂層搜索回沒有設樓梯的最低層樓。反正沒有鏡頭能留下他的影像，唐亦步索性不再做表情管理，任由臉皺得像苦瓜。

結論是好的，比起仲清這樣詭異卻發展緩慢的疾病，主腦更偏好發展極快，殺傷力較強的怪病。將那些致命的東西進行加工和混合，唐亦步能在腦中想像出自己各式各樣的死法，無論哪種都帶著鮮血、腐肉和膿水，並且死亡過程不超過五分鐘。

想到這裡，他的臉更皺了。

要不是捨不得A型初始機這張牌，唐亦步真的願意把自己的電子腦塞進某個鋼鐵造物之中，而不是繼續在這具脆弱的肉體裡待著。

「亦步，你……」事先排除了一切隱患，唐亦步又想像得太過專注，以至於沒發現不遠處正等待他的阮閑。後者正瞧著他皺起的臉，語氣很是複雜。

阮閑背著個非常貼身的背包，心情和語氣同樣複雜。他從沒在唐亦步臉上看過那樣的表情──那張漂亮的臉痛苦地皺著，活像吃了極酸的東西，氣質有幾分像憂傷的沙皮犬。

而看到自己的那一瞬間，唐亦步很不自然地將那表情消去了，就像蒸氣燙過衣服上的皺褶。阮閑有點吃驚地看著那仿生人按部就班熨平那一臉苦相，換成標準的微笑。

「拿著這個。」他有點好笑地拿下背包，遞給唐亦步。

「什麼？」唐亦步乖乖接過。

「我問了阮教授一些關於S型初始機的事情。之前對戰Z-α時我還沒有抓住感覺，現在想法明晰了不少。」

阮閑拉開背包拉鍊，取出一個和哮喘吸入器大小相近的玩意。

「這是我用血槍提純的壓縮血粉。我簡單去除了無用的血細胞，它看起來就是普通的藥粉。季小滿的手腳挺快，抽血機的效率比我的血槍還高。」

唐亦步不解地望向阮閑：「我以為你不打算和阮教授合作。」

「為了防止你像 R-α 那樣爆掉，我加了不少緩衝成分。你自己也要嚴格控制用量，這個我待會再跟你細說，資料我也存在了瓶子的電子說明書上——別那個表情，這就是哮喘吸入器改的。」阮閑沒有直接回答他的問題。

「你要跑去主腦那邊？」這回唐亦步不打算簡單讓阮閑帶跑話題。

「不。」阮閑笑了笑，「只是以防萬一——主腦將主意打到了你身上，到時如果它剛好把你和我們都分開了，我未必來得及救你。有備無患。」

唐亦步開始正式討厭這種滴水不漏的說話方式了。

他的父親之前不會這樣和他說話，他的阮先生之前也不會這樣和他交流。如今的阮閑卻會這樣……當然，他之前可能也這樣幹過不少回，而最近自己才開始介意這些方面。

「我會隨身帶著的。」唐亦步走了一下神，悶悶地答道。他捏了兩隻藥瓶出來，將它們塞到貼身的暗袋裡。

阮閑欣慰地摸摸他的頭髮，動作很輕。

「仲清那邊暫時不需要擔心。」唐亦步享受了片刻對方的撫摸，「他不在名單上。」

「很好。」阮閑鬆了口氣。

「我想和你聊聊我的課題，阮先生。」唐亦步說著，一邊蹭過來，眼睛在陰暗的走廊中閃閃發亮。「你說過會和我一起討論的。」

「如果你想從我這裡得到答案，我只能很遺憾地告訴你，我也還沒找到答案。」

唐亦步差點把「你耍賴」寫在臉上。

「……我只是想，有些問題，說不定『找不到答案的人』比『找得到答案的人』更適合生存。比如余樂和阮教授，你看見了，雖然他們面對的問題和我們不一樣。」

阮閑凝視著面前的空氣。

「這是個繞不開的問題，當時我很好奇你的答案。」

「可是關於『愛』的課題，我當年……」唐亦步話出口一半，自己吞下了後半部分。

月光很明亮，而這間殯儀館的一側牆壁是單方向透明的玻璃。走廊雖說談不上多麼亮，細節也沒有被夜色模糊掉多少。萬物在青白色的月光下褪去色彩，世界如同由白錫鑄就。

阮閑回頭看著他，表情同樣複雜起來。

「當年我挑不出你的『錯處』，但我現在可以。至少我對你的愛意，無法被你那份報告涵蓋。」

確實如此，他們之間的關係太過複雜而特殊。唐亦步意識到了問題所在，人類普遍認定「愛」是個積極的詞彙。面對相關的問題，大多會給出肯定的答案，並且喜歡將它們歸入既有的模式，渴求認同感。

無數歌曲瞬間有了意義，一切合乎規範而安全。

當年的他確實錯了，唐亦步有些絕望地想道。先不說阮閑是否準確概括了自己的感情，並說出實話……

單憑他自己的那份報告，他也完全無法解釋自己現在的狀態。那些莫名其妙糾結和苦澀，他在歸納它們時無比輕鬆，自己嘗起來卻分外沉重。

「……我不知道我能不能找到那個答案。」

唐亦步有點茫然地表示，他的表情有點落寞，活像看著自己的住所和全部財產在烈火中燃燒。

「我明白你的意思，阮先生。否定一套理論，只需要一個確切的反例就夠了。『愛』這個課題找起來有點難度，但是『傷害』……」

比起愛，或許它更難在人群之間引起共鳴。

不說人類社會崩塌前他所掌握的資料，就說和阮先生一起走來的這幾個月，他已經擁有了太多的「反例」。

他望著幾步外的創造者，突然有點難過。

他們已經在所謂的殯儀館裡待了五天。

作為眾人唯一的觀察對象，能代表這座城市的最安全的視窗——那位看守殯儀館的工作人員過得非常舒坦，若是除去包圍他的這座陰暗建築，他過得如同在度假。

在裝甲越野車上的人吃豆子罐頭，被水燙過的木耳和紫菜，以及脫水的肉時，那位工作人員正在享受他的私人盛宴。他將一間空房改造成了臥室，現實增強投影為他解決了裝潢的問題，使得他能夠就著漂亮的掛畫、盛開的花枝和清澈的陽光享受食物。

那人時不時會和家人通話，根據之前的通話判斷，他的伴侶是位仿生人，但他們完全沒辦法察覺到這一點——

她笑容溫和、充滿生機，和自己的丈夫愉快地交談，並未因為他的暫時缺席而不滿。偶爾她也會耍些無傷大雅的小性子，讓接下來的對話更加甜蜜。至少就對話看來，他們無法否認她的人類身分。

他們甚至有一個孩子，一個健康漂亮的男孩。他會透過虛擬螢幕呼喚自己的父親，乾淨可愛、彬彬有禮，懂事到讓人心顫，性格和仲清相比的確是天上地下。

並且就唐亦步判斷，那是百分之百的純人類。

「伴侶類仿生人除了腦部，其餘身體結構與人類沒有差別。就像我一樣，他們的確擁有生殖能力——他們的遺傳信息經過提前設計，可以保證後代不會出現任何常見的遺傳疾病。

要是他的父親繳納更多的金額，他甚至可以在一定程度上訂製這孩子的外貌。這種做法在幾十年前就出現了，只不過當時人們只能根據父體或母體挑選生殖細胞。」

唐亦步如此表示。

「……而且未必合法。」他補充道。

透過虛擬螢幕，他們得以窺視到這一家人的生活一角。男子家人的住所看起來同樣令人心動，沒有任何腐壞的垃圾、來不及打掃的灰塵水漬，或者撕開的包裝袋。他們的家看起來就像從古早廣告直接搬進了現實，完美到有點不真實。

沒有爭吵，沒有瑣碎的生活事務需要操心，這五天來，這位嘴上抱怨加班的工作人員沒有一次露出煩躁或者憤怒的表情。

他幾乎不用擔心任何事情——妻子不用說，似乎在兒子出生的那一刻，最適合的人生軌跡已經被計算出了個大概。他不需要操心教育、意外、疾病或者孩子未來的選擇，終點已經被指定，他只需要負責陪伴那孩子長大，享受親人陪伴的樂趣，最終將他送去既定的目的地。

他們曾聽過男人和妻子商量兒子的入學事宜，沒人有怨言。

「……我怎麼覺得我們在當惡人呢？」說這話的時候，余樂正用湯匙挖罐頭裡的豆子。廢墟海的供給自然不會在口味上下太大的工夫，余樂的表情更像是在嚼泥巴。「這他媽不是天堂嗎？大家只負責呼吸，別的啥壓力都沒有。」

雖說根據主腦分配的位置不同，各人的生活品質有所差異。但絕大部分人對此心服口服——畢竟有智力、體力潛能等客觀指標的差異存在，就算對不屬於自己的東西起了貪欲，也沒有人能敵得過絕對的統治者——作為統治者的人類可能會有私欲、醜聞或者判斷失誤，但主腦不會有。

一點人格干涉和修正後，沒人會有異議。就算做最底層的工作，舒適地過一輩子也不會有問題。

跟這裡相比，玻璃花房都顯得有些野蠻了，如果阮閑沒猜錯，玻璃花房更像是一個用於實驗「可能出錯的細節」的測試城市。

他知道主腦消失後，眼前這些人會面對什麼。

他們早就不習慣自己做出人生相關的決策，主腦一旦消失，他們會瞬間變成失了指南針的船，困死在人生的海面。

倘若他們一行人執意與 MUL-01 為敵，這就是他們註定要破壞的東西。阮閑此時有點感謝自己腦內不正常的那部分。他的確被這座城市觸動，卻沒有因此心軟。

當初預防機構對他的判斷沒有錯，自己確實是個冷酷而自私的異類，活得像條藏在草叢中的毒蛇。

阮閑反覆質問過自己，他沒辦法否認心底的真實想法，也無法為邏輯上應有的道德審判所傷。

他可能是這世上距離聖人最遠的東西，當生存還是他唯一目標的時候，他可以是無害的。但事到如今，他不介意打碎面前的一切，換取他的 NUL-00 額外百分之三的生存率。

阮閑最早退出了這場觀察。

然而這五天中，阮教授異常沉默，哪怕是面對余樂的質疑，他也一言不發。不過他沒有阻止阮閑就仲清的病情聯絡關海明，看起來並未因此動搖。

但剩餘兩位人類的意志並沒有那樣堅定。

不說余樂，就連季小滿也有點動搖。她看著男人的笑容直發呆，在那個工作人員連線自己的父母，大笑著聊天時，年輕女孩的眼眶紅了。

唐亦步同樣沒有被面前的景象困擾，他更像是在思考其他的問題，時常心不在焉。阮閑給他的那些吸入器被他藏在了身上各個邊邊角角的小地方，那個背包裡除了吸入器還有點簡單的吃食，唐亦步選擇將它時刻背在身邊。

在確定自己的計算過程出現缺陷後，唐亦步消沉了挺久。他幾乎拿出進食以外的全部時間觀察眾人，盯得每個人直打寒顫。除了阮閑——阮閑簡單地活著，活像早就適應了這樣的生活。

除了安撫唐亦步和查看仲清的身體情況，並安撫那個孩子，阮閑拿出了大部分的時間和阮教授聊天。唐亦步留心偷聽過，可惜只聽到了關於技術的探討。

阮閑持續詢問阮教授那個刺殺機械的運作原理、唐亦步生存率的演算法，以及主腦那邊流行的防禦監察措施。他沒有去問城市和主腦本身相關的問題，阮教授也就一一作答了。

無論是關於自身感情的疑問，還是關於人類情感的探究，他的研究進度幾乎停滯不前，像是踏入了深度及腰的泥沼。

這五天唐亦步過得如坐針氈，以至於分不出時間來和阮閑單獨相處。

他的阮先生莫名忙碌了不少，而他只有討幾個擁抱的力氣，順便用低落的情緒撈幾個有安撫效果的親吻。他的願望像是已經實現，又像從未存在過。似乎有一萬件事等著他做決定，而他連一個「確定」按鈕都碰不到。

唐亦步漸漸有點不知道該怎樣處理自己的殺意與……這份越發古怪的複雜感情。他對什麼都不再確定，陌生的恐慌抓住了他的心臟。他只能被迫把精力放在如何抹消 MUL-01 這個議題上，同時猜測阮閑是不是在用同樣的做法拖延。

這種狀態太過危險，必須盡快改變。

幸運的是，在暴露恐懼的支配下，仲清比剛上車時老實了不少，滿心只想著解除這座建築的封鎖，好讓他們早點逃出這座城市。

這段日子緊繃至極，又淡而無味，幾乎每個人都開始產生不同程度的煩躁情緒。其中仲清尤為突出——這孩子一天比一天緊張，但凡他們在這裡多待一小時，他驚弓之鳥的氣息便重一分。見他們久久不肯離去，看起來又沒什麼緊迫感，他的精神簡直快崩潰了。

唐亦步大概清楚原因，最近阮閑給出的結果不是很理想。

在唐亦步看來，那些只是小問題，常見的頭痛腦熱罷了。仲清是他們一行人中身體最虛弱的，也從沒吃過這樣的苦。之前他還能去市區取得美味便捷的食物，現在只能陪他們一起窩在陰冷的地下室吃放了將近十年的豆子罐頭。

對於從未被平凡病症所苦的仲清來說，這無異於晴天霹靂。不知道是生活環境驟變的恐慌磨光了他的耐心，還是病毒集體意識的自保傾向過重，他的情緒尤其低落。

今天也不例外。

與關海明的例行交流完成後，阮閑按照慣例抽了仲清一點血。唐亦步則按照慣例查看了下那個工作人員的狀況——那人正開著音樂，泡在臨時浴缸裡，舒服地喝著冷飲。

這幅景象讓這支臨時隊伍的整體情緒又灰暗了幾分。

隨後唐亦步踱到阮閑身邊，看對方意味不明地忙前忙後，盯得阮閑脖子後的汗毛都立了起來。在得到對方一個吻後，唐亦步才慢悠悠地挪走，在腦中拚命計算 MUL-01 接下來可能執行的計畫細節。

唐亦步只覺得自己的耐心也快要到達極限，連對方溫暖柔軟的吻都沒辦法讓他開心多少——就算阮閑嘴巴上說著他們要更積極地面對這段關係，這些天過去，事情只是變得越來越糟。

他想不出解法，還不如考慮怎樣對付 MUL-01 更讓人舒適。

唐亦步發著呆，直到輕輕撞上牆壁，然後沉默地改變行進路線，活像一顆在撞球桌上緩緩移動的球。

然而手環發出的警告讓這顆球猛地回到現實——

仲清跑了。

余樂正在和季小滿一起調試車輛，以保證車子不會在他們逃跑時出差錯。阮閑拖了一大堆亂七八糟的機械窩在牆角，不知道在忙些什麼。那個孩子趁所有人都在忙，自己跑出了地下室。

仲清最近雖然情緒焦躁，卻沒有任何出格的舉動，眼下應該是阮教授正在照料他，唐亦步沒有對他進行特別提防。

唐亦步立刻閃到阮教授該在的位置，那個三腳小機械倒在地上。狀況看起來沒有大礙，只是系統受到了瞬間的干擾。一個簡易的自製 EMP 小炸彈正躺在旁邊，應該是這東西搞的鬼。

唐亦步下意識用目光尋找阮閑。

「小阮追過去了。」余樂用沾滿機械潤滑油的手指指樓梯，「小阮應該追得上，時間沒差多少，別擔心。」

「他可能想去那個員工那邊偷控制器，關掉周圍的封閉光罩，從這裡跑出去。」季小滿抹抹額頭上的汗，「阮教授那邊我第一時間看過了，他沒事，情況和正常人暈倒差不多。」

總覺得哪裡不對，唐亦步皺起眉。

阮教授就算再不小心，也不會粗心到被一個孩子的自製 EMP 炸彈擊中。先不說這個，就算仲清擁有一定程度的機械知識，從這邊拿到組裝簡易 EMP 炸彈的零件不難，他也無法保證做出的東西能成功制住一身代表最尖端科技產物的阮教授。

季小滿已經查看過了阮教授的狀況，那只意味著一件事——自己的手環警報延遲了，它本該在仲清離開他們超過三十米的時候就進行提醒。

仲清有幫手。

……而他也能猜到幫手是誰。

「上車。」唐亦步聲音沙啞。「現在立刻上車。」

唐亦步話音剛落，四周便響起隆隆的響聲。有人觸發了警報，不過還是初期，唐亦步曾在腦中模擬過千萬次這個場景，如果他們立刻離開，是能夠成功逃走的。

前提是他們立刻離開。

唐亦步的身體像是自己有了意識，他沒有衝動地衝去將不知道跑到哪裡去的阮閑拉回，而是冷靜地拎起阮教授，指揮余樂和季小滿前進。或許是出於對 NUL-00 這個主腦前身的信任，沒人提出異議。

他們頂著漫天星辰，衝出黑暗的地下室。由於暴露的目標不是他們，車子沒有遇到太過複雜的阻礙。

唐亦步爬出車窗，半蹲在車頂，看向亮著光的灰色建築。有一秒，他心底升起某種陰暗的喜悅。另一隻鞋子終於落了地，他所擔心的一切成了真。他的父親終究離開了他，走向了一條他無法看清的路。

或許之前那些話語只是緩兵之計，而自己這些天的苦惱不過是被擾亂的結果。他們之間本沒有信任，他還記得玻璃花房那個充滿血、撕咬和親吻的夜晚，那才是「父親」的本性。

無數霧氣消散，他的目標重新出現。如同在荒涼的雪夜發現火光，他七零八落的思緒瞬間集中到一起。

他要把他找回來，然後做完自己早就該做的事情，不再需要被未知和懷疑折磨。

唐亦步知道自己在笑，他的嘴角無疑提了起來。可與此同時，他的臉頰再次變得濕潤，他試著用手背去擦，卻怎麼都擦不乾淨那些眼淚。

眼看連鼻涕都要流下來，唐亦步悻悻爬回車內。習慣性地從背包裡掏手帕和食物，試圖讓自己感覺好點。

然而他的手觸摸到了一個冰冷堅硬的玩意，唐亦步吸吸鼻子，將它和手帕一起掏了出來。

唐亦步張開手心，一個罐頭躺在他的手裡。他認得那東西，那是他剛找到阮閑時，對方隨身帶著的東西。罐頭蓋上刻了個笑臉，標籤早就被他們撕掉了。

阮閑沒有留下任何留言。

唐亦步定定地盯著那個罐頭，突然意識到了什麼。他用手帕胡亂抹了一把臉，掩住越來越明顯的笑意。

「慢點。」他繼續下達指令，「繞建築再走一圈！」

「可——」

結果余樂還沒問完，一聲尖叫便從不遠處響起。大樓玻璃粉碎，仲清尖叫著跌下樓，快要觸地時身邊膨起一層厚厚的緩衝墊。余樂來了個急轉彎，將那個尖叫的緩衝墊球接上車——季小滿俐落地戳破緩衝墊，把纖瘦的少年拉回車上。

「他——他——」仲清驚魂未定。

「走。」唐亦步繼續指揮。

「可是小阮……」

「走。」

唐亦步語氣堅定，見仲清掉了下來，他心裡的某個猜測坐實了七八分。不知道為什麼，這些天來，他第一次感到如此輕鬆。

「不用管他。」他補了一句，「阮立傑是我見過的最……了不得的瘋子。」

他加重了「阮立傑」這個名字的語氣。

CHAPTER 71 生死試驗

阮教授在顛簸中醒來，而在剛剛醒來的那一刻，他便知道出事了。

其實比起「醒來」，「重新啟動」這個詞或許更加貼切。在物理意義上，他只不過是被機械層層包裹，並以此維生的器官。若是由人以外的物種來判定，「他」和接在維生裝置上的肺、肝臟或心臟沒有本質區別。

只不過比起那些勉強供能的維生裝置，他自己親手設計的這一個更好，好到他可以安心地把大腦放入其中。液體槽濃縮液中的養分足夠讓這個大腦撐十年以上，這還不算三腳機械上搭載的自主產能裝置。只要不被主腦判定為主要攻擊目標，堅硬的外殼和精心設計的系統防禦能抵禦絕大部分傷害。

它絕對不會被一個孩子隨手拼湊的 EMP 炸彈放倒，除非這個孩子有個能力與自己相近的「助手」。可惜縱然他明白這個道理，當仲清啟動自製 EMP 炸彈時，他也沒能來得及反應。

再醒來時，世界已經變了樣子。

仲清驚魂未定地蜷縮在車後座，頭上戴著阮閑給他的帽子，身上還黏著緩衝墊漏氣後剩下的軟皮。季小滿正耐心地幫他清理那些軟而韌的墊子碎片，唐亦步靠窗坐著，金色的眼睛濕漉漉的，鼻尖有點發紅，像是剛哭過。

「終於有個靠得住的醒了，我們需要更多的路線資訊。」余樂抓著方向盤。「唐亦步，你不是說等……咳醒了後一起說嗎，現在是時候了。你們到底在搞什麼玩意？」

他剛開口，仲清便心虛地蜷起身體，目光亂飄。

「我們剛好離開主腦的密集監視區。」阮教授沒有立刻回答余樂的問題，而是看向窗外。

NUL-00沒有和阮閑一同消失，不論阮閑打的是什麼主意，他的計畫還有繼續的機會。

唐亦步吸吸鼻子，哭泣後的生理特徵還沒有完全消失。他摩挲著手裡的罐頭，躲開跳來跳去試圖咬罐頭的鐵珠子，聲音有點鼻塞的憋悶感，情緒卻異常高昂。「他應該計算好了。」

「嗯哼。」余樂應道。

「都是我的錯！」

一直在打顫的仲清先一步叫了出來。

「這幾天看病的時候，你們隊裡那個人告訴我……我、我的狀況不太好。可你們沒有行動的意思，我又是個身體不好的陌生人，我就在想你們是不是打算放棄我。」他一股腦地說出實情，「然後他說他可以……他可以偷偷支援我，只要我能把那個員工的通行裝置偷出來，他拷貝一份，我們就、就能提前離開……」

「我看過那些檢查結果，你還算健康。」阮教授指出，「他騙了你。」

阮教授自己得扮演好輔助機械的角色，不適合和仲清有太多的交流。檢測仲清身體情況的工作一直由阮閑負責，他每天都會和仲清單獨交流一段時間，天知道他對這孩子說了些什麼。

得知真相後，阮教授自己不是沒有調查過阮閑。憑藉那份察言觀色的能力和磨練已久的交際力，騙取一個少年的信任對阮閑來說再簡單不過。

「然後他為了表示支持，願意為你提供自製的EMP炸彈，是嗎？」唐亦步好心情地繼續。

「是……是的。」仲清接過季小滿遞來的紙巾，用力擤了擤鼻子。「他說唐大哥他們都比較現實，未必願意冒這個風險。我個頭小，又對這裡熟悉，消失一下子沒人會起疑，他願意幫我打掩護。他一直跟在我身後，我一開始還以為他是來幫我的……」

「再然後呢？」季小滿小聲問道。

「我本來快偷到那個員工的電子手環了，結果不小心碰倒了路上的東西。我發誓，我第一次看的時候它還不在那裡。總之、總之我們被發現了，他叫我快逃，看上去是真的為我著急。」

「接著你就裹著緩衝墊從樓上摔下來了？」余樂嘶地抽了口氣。

「我當時嚇傻了，完全不知道該怎麼辦。那個員工馬上啟動了警報，走廊兩邊都有武裝機械爬上來。他……他將身上唯一的緩衝墊給了我，然後把我推下去。」

仲清抱住腦袋，一副暈頭轉向的模樣。

「現在我才知道，我跑了以後，他根本沒有像說好的那樣解開唐大哥他們的監視！他只是延緩了警報時間，我完全不知道他打算幹什麼，現在這樣看起來就像……」

他抹抹臉：「就像故意被抓一樣。」

阮教授繃緊了神經，他對另一位阮閑的立場並不信任。至少就他現在得到的情報來看，阮閑本身具有一定的反社會傾向，程度不算嚴重，但那些糟糕的記憶足夠把他推到懸崖邊緣。這幾日觀察工作人員，獲取情報時，阮教授特別注意過各人的反應。季小滿和余樂兩人儘管算不上善類，好歹保有基本的良知和道德感。面對這個很可能被他們毀掉的家庭，兩人都產生了肉眼可見的抗拒和罪惡感。

非人的唐亦步暫且不論，阮閑看起來沒有被動搖多少。

現在看來，另一位阮閑對於同類的同情心雖說不是沒有，但著實不太夠。他更像一隻披著羊皮的狼，出於某種原因苟活於羊群，若是屠夫伸出沾滿羊血的刀，那位阮先生說不定還能用舌頭從刀鋒上捲走點肉沫。

但那位阮閑在用自己的方式愛著 NUL-00，他能從那人的眼神裡看出來。

阮教授並不打算把多少籌碼押在這份感情上。沒有什麼比瘋子的愛情更不可信，「阮閑」

能夠多麼瘋狂，沒人比他更清楚。

他可是那個剝出自己大腦，活在鐵皮罐裡的人。

阮閑這樣的人投向了主腦那邊，阮教授的精神有點緊繃——所幸他沒有向對方透露計畫的關鍵，而為了掩飾自己的身分，阮閑也不至於傻到衝上去無差別坦白一切，直接對主腦效忠。

那樣一個人更不會尋死。不過事情到了這個地步，阮教授已經開始考慮阮閑被全腦掃描後，自己這邊可能需要調整的計畫細節——

「他就是故意被抓的。」見沒人回應，唐亦步愉快地接過了仲清的話。「並且在被抓的時候，表現得像一個正人君子。」

「哦——」余樂拉長聲音，想通了前因後果。「那小子私下誘導仲清去偷東西，然後把這一切打造成一個意外的樣子？」

「如果偷東西的是季小滿、我或者你，主腦都會立刻生疑。仲清不一樣，主腦知道我們會對他有防備，並且闖到那位員工面前時，仲清還對自己即將逃出去這件事深信不疑。無論事後怎樣分析和偵測，也無法從他的行為裡找到線索。」

毫無破綻，不會留有任何勉強合作或者誘導的痕跡，一切情緒和邏輯都合情合理。秩序監察們只能看到一個真心恐懼、並且萬分焦急的少年，被 NUL-00 飼養的人類阻止逃跑，可惜阻止者沒有成功。他像任何一個合格的反抗軍那樣，把孩子救下，自己被抓住。關於仲清為什麼能跑掉，阮閑絕對能給出一個足夠讓人信服的藉口。

對於主腦來說，確切的情感數值和畫面才更值得相信。

……至於仲清是否算是人，這一點並不需要計入考慮範圍。

主腦沒有察覺到他們的通訊，若不是聯繫了專門研究過這種病的關海明，無論是阮教授還是唐亦步，沒有半點相關臨床經驗，他們誰都無法判斷出確切病症。

恐怕這五天來，阮閑將絕大部分精力都放在了這個計畫上，阮教授在心裡嘆了口氣。

「他是以一個『善人』的形象被主腦捉住的。」阮教授總結道，盡量讓自己的聲音聽起來沒什麼情緒。「阮先生也沒有事先通知你，是嗎？」

「是的。」唐亦步笑了笑，「那棟大樓附近的監視器不少，而我們並不知道哪裡會露出馬腳。所以他同樣騙了我——我剛剛的情緒爆發挺厲害的，哪怕讓我現在再來一次，我也做不到那個地步。MUL-01 絕對要琢磨好一陣子。」

說著說著他還露出點得意的表情。

「他沒有留言，因為他無法控制我什麼時候會將東西拿出來。萬一資訊不巧被拍到，一切就功虧一簣了。」

唐亦步親了口那個罐頭，鐵珠子發出渴望的嘎嘎聲。

「所以他留下了這個給我。」

「一個罐頭，真感人。」余樂翻了個白眼。

「這個？這個是我們第一次見面的時候，他帶在身邊的東西。」唐亦步將罐頭小心翼翼地裝進胸口的暗袋。「當時他用『討人喜歡的善人』這一招騙過了我，現在他要用同樣的方式對付 MUL-01 了。」

「萬一你想錯了怎麼辦？」季小滿緊張地屏住呼吸，「萬一我們應該去幫他……」

「那不是我們面對的首要問題。」阮教授語調平靜，「N……小唐，你能確定他不會投向主腦的陣營嗎？」

「我不確定。」唐亦步喜滋滋地宣布，「我明白你的意思，我不知道他是否會被主腦說服，是否會背叛我，是否會就此離開或者死亡。」

那仿生人轉過臉，金色的眸子讓他有幾分像饑餓的黑豹。

「事情是這樣的，我們在一起時，無法排除那些潛在的可能性。一個老掉牙的比喻，就像一隻靴子落地後，等另一隻靴子落地的動靜。我的阮先生，他很清楚——如果我們繼續這樣粉飾太平，解決方法不會憑空出現，一切只會越來越糟。」

阮教授警覺地吐出一串水泡，細密的泡泡劃過玻璃槽中的液體。

NUL-00 興奮得不正常，渾身上下透出肉食動物捕獵前夕的緊張與血脈賁張。他的眼睛還是濕潤的，整個人卻帶著從無窮問題的蛛網中逃離的解脫。

「現在我明白『積極面對』的意思了。」唐亦步舔舔有點乾裂的嘴唇，聲音裡透出亢奮。

阮教授明白對方未說出口的話。

那危險的兩個人，幾乎不可能再遇到比眼下狀況還要凶險的未知。無論阮閑的計畫初衷是堅持、背叛還是逃離，對於 NUL-00 來說都不再是問題。

對局已經開始，他們正式參與了進去。

阮教授幾乎能看出對方衝向目標前彈出的爪尖，託阮閑的福，NUL-00 的情緒前所未有的穩定。面前的 AI 不必再為那些亂七八糟的情緒計算所苦，眼下它的目標簡單而直接——對上主腦，抓回阮閑。比起虛無縹緲的假設和空想，這次它可以抓住確切的答案。

這甚至談不上所謂的「考驗」，阮教授心中想道。

哪怕是自己，對上主腦的時候都要慎而又慎。阮閑不可能擁有「不被主腦說服」的自信，他提前嘗過太多的苦，不至於那樣天真。

這是更像是一場試驗。一場在求勝過程中將自己推向極限，觀察結果的冷酷試驗。無論結果如何，那兩個偏執的傢伙都能在答案中尋求到某種解脫。

……這盤棋或許不再是他和 MUL-01 雙方的勝負了。

「如果你的病痊癒了，你想去哪裡？」

「我不想討論這種不現實的事情，NUL-00。」

全身都在痛。不是那種折斷骨頭、刀刃亂攪似的痛，那種痛更接近被大量蟲子蛀空的樹，樹幹中多出了屬於人的神經。

隨著病情加重，死亡臨近，疼痛越來越明顯。阮閑只覺得自己是一張被吹脹的人皮，儘管外表還勉強保留著人的形狀，內裡卻只有一片帶刺的空虛。

他的鼻子、手指和舌頭麻木了，皮膚不再能感覺到輕微的碰觸。在藥物的幫助下，他仍然能正常活動，持續研究，卻更容易弄傷自己。在冰冷的空虛之中，阮閑越發喜歡留在NUL-00的機房，感受那份塞滿空氣的溫熱。

有幾次他離主機殼的危險區域太近，以至於不知不覺中燙傷了自己。哪怕用了最好的藥物，傷口依舊癒合得極為緩慢。他的身體像一臺老舊銹蝕的機械，正在逐漸停擺。

可NUL-00卻問出了這樣的問題。

「我會思考這些問題，雖然我沒有可以支配的肢體。」NUL-00繼續道，「我想把爪子或手指插進奶油，把腳泡進燒熱的水，我還想要全身按摩。」

「……」阮閑一時間不知道該怎樣回答。

確實，NUL-00永遠不會感受到這些。如果專案失敗，它只會被備份關鍵資料然後銷毀；如果專案成功，它將擁有世界上最頂級的硬體設施，但那絕對不會是一具肉體。

「思考這些讓我感覺很好，可能對安撫你的疼痛也有好處。你呢，父親？你想去哪裡？」

「我不是你的父親。」沒有特別想去的地方，現在他就在這世上最喜歡的地方。如今科技足夠發達，增強現實裝置能把世界各處的美景搬到人的身邊。

阮閑對自由沒有太強的執著，正如他雖然不想死，卻對生命本身沒有太大的興趣。懂得欣賞的人大多熱愛生活，他顯然不在那個範疇裡。

不過「無所謂」這個答案又會顯得不近人情，阮閑抬起頭，倚靠背後溫暖的外置主機殼，慢慢吸著氣。

「我想看看你感興趣的地方。」

他舒適得瞇起眼，聲音有著半睡半醒時特有的含混。

「……無論你想去哪，你可以在幻想裡把我帶上。」他嘆息著說道。

……當時 NUL-00 回答了什麼？

阮閑用幾乎停擺的大腦用力思考，下一秒，他在一片白色中醒來。

衣服不知道什麼時候被換成了輕便的白色衣物，頭髮和指甲裡的塵灰也被徹底清潔過，皮膚帶著洗浴後特有的濕潤氣味。阮閑掀開身上輕飄飄的被子，差點誤認為自己還在玻璃花房的病房。

但這裡的設施明顯比玻璃花房高了一個層級，他的腳剛觸到地面，便踩上了柔軟的絨毯。床頭有精緻的點心，以及冒著熱氣的牛奶。他的四肢沒有被拘束，卻也沒見到任何屬於他的東西。不過考慮到這一點，他一開始就沒有把血槍留在身上。

和玻璃花房類似的地方也有，阮閑掃視一圈。這房間的雅緻布置和他從影像中見過的五星級酒店差不多，卻沒有半個能被當做武器，抑或是能傷到他自己的事物。

巨大的窗戶外是美麗而壯觀的森林景色，鳥鳴聲和瀑布的水聲從遠處傳來，阮閑清楚那不是真的。

眼下他面臨的最大問題倒不是主腦和秩序監察。

說到底，外界的一切不過是大腦接收到的訊號。哪怕自己只剩一個腦子，主腦也能給他一個一模一樣的環境。他首先得確定「自己的身體」還在不在。

阮閑做出副虛弱的樣子，瞧了兩眼床頭櫃上的食物，最終也沒有碰。他無精打采地回到床鋪，用被子蒙住頭，蜷縮起身體。

在被褥的遮擋下，阮閑將左手拇指探入口中，隨即狠狠咬下。同時他繃緊全身的肌肉，集中精神。

指骨發出咯咯的聲響，牙齒破開皮肉，腥熱的血大量湧出，在被吸收回去之前就被阮閑大口吞下。他將嘴唇封得很緊，以確保這些血不至於弄髒衣服或者被單。

如果要咬傷舌頭，就生理結構上來講，他很難把嘴閉得這麼緊。

隨後他的舌頭能夠感覺到，被咬傷的骨頭和肉正在以一個快到不正常的速度癒合。阮閑終於鬆了口氣。

看來他勉強蒙混過關了。

他沒有被粉碎重製，沒有被剖出大腦，他的事先準備起了效果。

另一頭挺遠的地方，觀察阮閑的秩序監察打了個哈欠，剛好被卓牧然撞了個正著。見長官來訪，那人連忙閉了嘴，差點咬到舌頭。

「情況怎麼樣？」卓牧然的語氣冷淡但隨意。

偌大的房間中只有他們兩人，那位秩序監察甩甩頭，周邊的無數機械加快了忙碌的速度。

「剛剛醒來，各項生理指標都在正常範圍裡。主腦不允許做皮下埋入，所以可能會有一點點誤差……」

「情緒指數？」卓牧然揮揮手，打斷了那位滔滔不絕的秩序監察。

「正常偏低，勉強過得去，沒有什麼特殊之處。您要問話的話，還得再等等，他開始慌亂焦慮的時候最合適。」

「嗯。」卓牧然瞧著把自己裹成一個繭的漂亮青年，「其他分析報告呢？」

「和我們猜想的差不多，阮閑那邊對他進行了防複製處理。他回來的第一時間我就做了檢查，他的血液情況非常奇怪——有奇特的凝血現象，比起一個人的血，還不如說是兩個人血液的怪異混合物。」

那個秩序監察搖搖頭。

「肉體組織也取樣過，他的身體組織中混有異常高的奈米機械成分。但它們大多呈破損狀態，幾乎看不出原貌。我們只能找到一些修復類型奈米機器的殘片。」

卓牧然熟知這些知識，他順暢地接下去：「重病？」

「我認為，很像相當厲害的感染。他的組織在被破壞和修復間平衡，少量的機械組織也加入了。這種狀況不限於他的身體，他的腦也是如此。我們無法對他做全身掃描備份，也無法順暢提取記憶。阮閑一定是做了些什麼。」

「阮立傑畢竟是研究對機械病毒的學者，也可能是他自己為了保命這麼做的。」卓牧然摸摸下巴。「至少能夠提取出完整的 DNA 吧。」

「有點難，大部分被病毒破壞過，摻雜了太多機械組織，只能取得殘缺的。」那秩序監察老老實實地回應道，「這些殘缺的片段不存在於主腦的資料庫，據我推測，可能是當時某些要員、富翁的孩子，或者家庭從事需要保密的工作……」

「簡單來說，我們無法判斷這人身分，無法打開他的腦子掏出情報，無法將他完全粉碎並複製，甚至連這人的身體狀況到底怎樣都無法確定？」

「暫時是這樣。」秩序監察尷尬地笑笑。「那棟大樓裡應該沒有能讓他做到這一步的東西，這可能是阮閑那邊的新型防護措施……您看，畢竟DNA干擾劑生產起來很麻煩，他們手裡應該剩沒多少了。」

「用那些片段做既有資料比對呢？」卓牧然捏捏眉心，「說不定可以找到這個人的親屬。」

用親人攻陷一個人的精神防線向來有效。這個青年看起來還不到三十，在二一〇〇年時還是個稚嫩的年輕人，血親全部離世的可能性不高。

他們手裡很可能有完美的資料，或者有現成的人。

「不行，取得的片段太零碎，按照我們目前的技術得不出結果。我們現階段只能給出他的生理指標，以及人格分析。」

卓牧然擰起眉頭：「等他適合交談了，記得通知我。」

阮閑在被單下露出一個笑容。

這裡的隔音措施很好，哪怕他竭盡全力去聽，也只能聽到聲如蚊蚋的交談，辨清內容則要花費更大的力氣。

不過阮閑反倒更喜歡這樣的環境——它逼迫他傾盡全力傾聽，體力消耗得極快，有助於他保持虛弱而緊張的身體狀態。

事實上，他並非要了多麼高科技的手段，只是向阮教授打聽清楚了主腦的檢查習慣，以及S型初始機的特性。

其實它的特性總結起來很簡單——若把它比作酸性藥物，而病痛是鹼性物質，在宿主的體內，S型初始機會優先解決面前的問題，與病變和傷口廝殺成一團，變得極難偵測。而在這場大戰完畢後，它開始驕傲地打掃戰場，變得安分而顯眼。

脫離真正的宿主後，它便從機敏的將軍變為麻木的士兵，只會直截了當地修復。在沒有太多傷病可供修復的情況下，不管合不合適，它一定要將自己消耗乾淨——藥物接受過量自然不會有什麼好結果，Z- α就是個很好的例子。

所以他只做了一件事——五天來，持續用仲清的血液感染自己。

作為成熟體，仲清血液中的病毒濃度高得嚇人。可惜這些小傢伙懶惰得很，在意外得到安定的新家後，它們的感染性低得驚人。為了讓它們在自己體內安居樂業，阮閑費了好一番功夫，藉口要更好地照顧仲清，才從關海明那裡拐彎抹角地弄來情報。

按照阮教授的說法，初始機會在第一時間對他的身體進行檢查。他只要保證那個時候S型初始機還在和那種毒性極高的病毒大戰，秩序監察們便只能撿到戰場上的殘肢斷臂。

考慮到他們所處的環境很難弄到高級機械，主腦會更傾向相信他為了防止被複製，已經接受了類似阮教授的DNA干涉。而他體內又有不少機械組織，它也不會貿然在他體內留下可以傳輸訊號的機械，以防被未知的微型機械逮住訊號，暴露位置。

畢竟目前自己的身分是「機械生命」方面的專家。

然而S型初始機戰勝那種病毒只是時間問題，若是過幾天主腦再取出樣本檢查，他無疑會暴露。接下來他只能靠自己的本事努力誤導主腦，在未知中謀求一片生機。

床邊突然傳來一陣輕響。

阮閑嗅到一股淡雅的、令人心平氣和的香氣，他能聽見皮膚擦過細絨毯的輕響，清淺的呼吸和平穩的心跳。

可他沒聽到有人進來。

確定沒有半點血跡留在身上，拇指上最後的傷口也不見痕跡，阮閑掀開被子，再次環視房間。

「亦……」他話剛出口便收了回來。

那不是他的 NUL-00。

房間裡憑空冒出了一個青年，金色的雙目和唐亦步一模一樣。青年的黑髮比唐亦步長不少，眉眼有六七分相像，不過沒有那種無可挑剔的精緻美感。面前的人相貌更年輕柔和些，但某種程度上來說，也更令人感到親切。

可兩人給人的感覺完全一致。

……在非人的方面，完全一致。阮閑瞬間明白了面前之「人」的身分。

「你好，阮先生。」那完美的投影率先開了口。

CHAPTER 72 最後一天

自從融合了S型初始機，阮閑便不再僅是靠面孔來識別他人。他能嗅到味道，感受到輻射出的熱量，聽見對方特有的腳步聲、心跳頻率。它們複雜地揉合在一起，組成一個人的知覺形象。

那氣息像極了唐亦步，卻又有著確切的差別。

主腦絕對做了什麼手腳。阮閑能嗅到空氣中的細微味道，那個投影一刻不停地將虛假的心跳和呼吸聲擠入空氣。若非知道對方是憑空出現的，阮閑都不敢確定面前的是虛影還是真人。

碰觸也未必有用。畢竟主腦能夠製造出仿生人秀場，偽裝出合適的觸覺回饋肯定難不到哪裡去。

這不是合適的交流時機，阮閑不清楚主腦想做什麼。唐亦步倒是向來很喜歡被好奇心牽著到處亂跑，主腦怎麼看都不會是那樣自由的類型。

他只知道在主腦踏進房間的那一刻，眼前的一切都不值得信任。

阮閑給出了最為合適的反應，他瞪著MUL-01的投影，表現得像個恐懼又無措的普通人。

「MUL-01。」他打算跳過那段爛俗的「你是誰」戲碼，直奔主題。

「別緊張，我不是來說服你的。」投影笑了笑，「我的兄弟和我計算能力相仿，他應該在你身上下足了功夫，無論是精神層面還是肉體層面。幾個月的相處後，要是我三言兩語就能讓你倒戈……那麼不是我們的設計有問題，就是你在演戲。」

MUL-01整個人散發著一種格外輕鬆的氛圍，極容易博取人的好感。此時他沒有露出半點壓迫感，無害得像隻幼鹿。

阮閑繼續警惕地打量他。

MUL-01保持著臉上的笑容：「只要找對方法，從精神上摧毀一個人很容易，但讓他們恢復原樣需要費不少工夫。阮先生，我需要你的技術和頭腦，這也是我沒有對你採取其他手段的原因。」

這番話甚至還有點誠懇的味道。

阮閑仍然沒有回答。他閉緊嘴巴，嘗著嘴裡殘餘的血腥味道，拒絕交流。

主腦並沒有因為他的表現而失望，他站起身，對房間一側的窗戶做了個手勢。巨大的落地窗緩緩敞開，來自外界的甜美空氣灌了進來。

清新濕潤，溫度剛剛好，帶著草木的清新和流水的清冽，使人彷彿能一口呼出體內所有的濁氣。肺部有一種被溫柔清洗的感覺，柔和的風拂過皮膚，安撫般讓人舒心。

之前窗外的形象並非完全偽裝，更像是半真半假。他們正處於一座極高的建築物頂端，遠處有條河，水晶緞帶似地閃閃發光。樹叢裡綴著美觀的建築，天空不時有飛行器飛過，鳥鳴和孩童的歡笑混在一起。

但這些稱不上情報。

阮閑暗自仔細嗅著，他能嗅到樹根下爬動的螞蟻，灌木中滑過的蛇，角落裡開始發霉的蘑菇。他能嗅到帶著汗水跑來跑去的孩童，被仔細切開的新鮮水果，以及熱水捲起茶葉，撞出的騰騰香氣。

可他聞不到唐亦步，抑或是那個臨時團體中的任何一個人。自己肯定是被帶到了離那座城市有一定距離的地方，主腦就算想要拿偽造的環境糊弄他，也不可能臨時趕工出這樣高精度的細節。

「想近一點看看嗎？」那投影柔聲問道。

阮閑搖搖頭，繼續全心全意地扮演一個啞巴。

「我明白了，或許我這個樣子讓你不太舒服。抱歉，我會注意的。」

MUL-01還是沒有半點氣餒。阮閑有一種錯覺，他現在吐出的話，更像是錄音設備裡提前留下的聲音——對方對自己的情緒沒有任何共鳴，只是在挑選最合適的對應。

「那麼我先不打擾你了。」門自動打開，投影像模像樣地走出房間。同一時間，大敞的落地窗再次關上，純自然的美景再次回到窗外。

阮閑鼻子裡哼了聲，他縮回床上，斜了眼床頭櫃上的食物，腹部很給面子地傳出一陣咕咕聲。然而他還是堅定地爬回床上，讓柔軟的枕頭沒過後腦，繼續做出一副不合作的模樣。

這次沒有人再來管他。

窗外的天色從亮到暗，鳥鳴漸漸變成蟲鳴。時間的流逝和阮閑估算的差不多，看來主腦不打算在這點上做手腳。阮閑心跳得有點快，不過比起恐懼，他現在的情緒更接近於興奮。

他之前收集到的情報只夠他逃過生理檢測，至於之後自己會面對什麼，沒人能告訴他。畢竟按照阮教授的說法，一旦被主腦抓住，還沒人能成功逃回來。

要實現自己的計畫，他必須小心再小心。

阮閑躺得有點頭痛，他穿好衣物，再次坐起身。床頭櫃上的牛奶和點心已經冷了，沒有新的食物送來，阮閑餓得眼前發黑。

他吸了兩口氣，狀似掙扎地瞧了幾眼點心，最終撚起一塊，慢慢吃起來。

就算冷了，點心依然酥脆香甜，細膩的口感幾乎要在舌頭上爆炸。阮閑一瞬間竟有些可惜——若是主腦用這東西引誘唐亦步，搞不好還真會有幾分成功機率。

兩三口吃完點心，又將牛奶灌入喉嚨，阮閑開始在房間裡亂走。監視器肯定在運行，但如果他們只是想用斷掉食水和人際來逼降，說真的，他會忍不住失望。

而且那和 MUL-01 表現出的態度不符。

既然暫時動不了自己的大腦，為了盡快拿到情報，主腦會怎麼做呢？

阮閑思考半天，就拷問這方面，他著實不太擅長，只能想出種種需要打出馬賽克的血腥場面。他當初也沒有教過唐亦步這個……

才分開一天，他又開始動不動想到唐亦步，那仿生人似乎黏在了他的腦子裡。阮閑為這發現駭然幾秒，決定分散一下注意力——

他抓住房門的把手，完全是下意識地轉了轉，就像任何一個遇到禁閉門扉的人一樣。只不過出乎意料地，門開了。

帶著垃圾酸味的汙濁氣息瞬間頂進他的鼻子，阮閑打了一個噴嚏，瞪著面前的景象。

時間大概在早晨八點左右，街上不少商店的櫥窗中都有顯示時間的虛擬螢幕飄著。天詭異地亮著，空氣冰冷乾燥，門外是一個冬季。

面前是一條熙熙攘攘的街道，而他剛從一棟臨街的平房中踏出，彷彿之前關於建築頂端的印象只是一個錯覺。人們的打扮不是他熟知的風格，卻又有一種奇妙的熟悉感。

這裡的空氣也是他熟悉的，被機械過濾過的風仍然存有垃圾、機械潤滑油和人們呼吸產生的氣味。只不過比起之前感受過的，這裡的味道要更虛無縹緲些。

是偽造的環境。

也許點心和牛奶裡摻了什麼，阮閑心想，臉上則做出深沉的樣子，四下打量。沒過多久，他便找到了自己想要的東西——一片顯示著更詳盡時間的虛擬螢幕，上面多了年份和日期。

二一〇〇年十二月三十一日，大叛亂發生的那一天。

看來在某些方面，主腦和阮教授還是有相似之處。阮閑吸了一口城市的空氣，回到房間裡。然而等他轉過頭，連房間裡的擺設都變了。
落地窗另一端不再有漂亮的俯瞰景色，變成了私人小花園。房間內的月光變為陽光，照在被子上，空氣裡多了被單曬暖所特有的氣味。牛奶杯和點心盤還在原來的位置，裡面的牛奶痕跡和點心渣沒有絲毫變化。
阮閑皺起眉，打開房間內的冰箱，隨後是衣櫃——前者裝著滿滿的水和能量飲料，後者塞著樣式類似的素色衣服，其中一件長白外套格外扎眼。
阮閑試探性地用手指拂過那些布料，確定它們是真實存在的，隨後快速換好衣服。鞋櫃裡的鞋子也都是他的尺碼，這裡似乎一下子從豪華囚室變成了高級單人套房。
不管主腦葫蘆裡賣的是什麼藥，他必須盡量自然地見招拆招。
就在他被迫洗漱完畢，帶著時差混亂披上外套時，門口響起了敲門聲。
「阮先生。」那軟綿綿的語調很是熟悉。
阮閑往臉上又沖了把冷水，用毛巾擦乾：「……亦步？」
「是。」他所熟悉的那個仿生人自顧自開了門，從門口探出一個腦袋。「我來接你啦。」
「你不可能在這。」阮閑盡職盡責地表現出震驚，只不過嘴唇哆嗦有點難，他差點沒能成功。
「我為什麼不可能在這？」唐亦步揚起眉毛，語調裡透出點委屈。「你昨晚又吃什麼東西了？」
「……你確定要跟我來這套？」阮閑從牙縫裡擠著句子，「夠了，MUL-01。」
面前的「唐亦步」露出笑容，讓人毛骨悚然的是，那笑容和唐亦步完全一致。本來他們的氣息就極其相似，軀殼也換成同一套後，他們活像是一對從小黏到大的雙胞胎。
但有東西不同，只不過阮閑無法找到一種合理的解釋。他只知道那不是他的 NUL-00，全身上下每個細胞都在尖叫著排斥。

「我根據你對投影的反應做了些改良。」MUL-01「愉快」地說道，「因為我們本身就相似，你會本能地拿我和他對比，我只需要修正那些差異，阮先生。」

「哦。」阮閑說。

「你會跟我走的。」那張熟悉的臉掛上了他熟悉的笑容，金色的雙眸在陽光下有種奇異的透明感。「因為你很聰明，知道無謂拖延時間的後果。」

他當然知道，阮閑心想。至少在這方面，MUL-01和唐亦步沒有本質差別——他們一定會選擇最好的方案，但要是最好的方案看起來行不通，他們會毫無留戀地轉向次好的那個，不會像人類那樣抓著沉沒的成本耿耿於懷。

就眼下的情況來看，次好的方案無疑是經典的拷問、洗腦和精神摧毀。它們可以磨平他的意志，將他變成為主腦工作的機器。

阮閑的確不喜歡這個次好方案——並不是出於對疼痛或崩潰的恐懼，如果過程中涉及到肉體傷害，S型初始機的存在極有可能暴露。

暫且順著主腦來是最好的選擇，畢竟它還有一大堆事情要處理，面前這東西更像是一個分支程式，危險性反而沒那麼高。更何況自己的時間也不是無限的……若要一切按照自己的想法走，他必須趕在阮教授前面。

「哦。」於是阮閑又哦了一聲。

主腦版本的「唐亦步」仍然笑咪咪的，他脖子上繞著條暖灰色的圍巾，一舉一動像極了自己記憶裡的那個仿生人。如果他是個正常人，現在或許免不了被迷惑，本能地生出依賴感和信任。

可惜他一不是正常人，二對唐亦步本尊也沒什麼信任。阮閑憋了半天迷茫的表情，調整了一下呼吸，才踏出門去。

「你要給我看什麼？」阮閑語調生硬地表示。

「你猜到了？」主腦將唐亦步模仿得惟妙惟肖，語調歡快。

阮閑拒絕回答這個沒什麼意思的問題。無論是從演戲層面，還是心情層面，他根本不想和這個冒牌貨交流。

主腦顯然料到了這點，他小跑幾步，去前面的店裡買了兩份熱狗。一個遞給阮閑，一個拿在手裡，一臉愉快地吃著，吃得臉頰鼓起。

阮閑開始有點想揍他了，但他必須要把這種情感改成動搖，慭得他胃部抽痛。

他極度懷疑如果自己把熱狗扔了，面前這位優秀的演員能夠瞬間把眼眶變紅給他看，和主腦的交鋒比想像的要更艱難。阮閑將熱狗捏在手裡，默默跟在「唐亦步」身邊，將視線投向路邊的行人。

根據資訊的豐富度來看，這極有可能是主腦儲存下來的影像。這些人真實存在過，並對即將隨夜晚降臨的消亡一無所知。

「我記錄了那一天的全部資訊。」主腦版唐亦步說道，吞下嘴裡最後一口熱狗。「你看到的確實是『現實』。」

……你爸和你的愛好挺像的，阮閑在內心翻了個白眼。他在仿生人秀場見過這一手，和阮教授騙出唐亦步回憶的手法如出一轍。

見阮閑沒反應，主腦仍然不急不躁。他將熱狗包裝紙扔進垃圾桶，搓搓手，相當自然地抓住阮閑的手，拉著他繼續走。

阮閑的汗毛統統豎了起來，不得不說，主腦是真的很明白怎樣讓一個人暴露情緒。自己離露餡就差那麼一點，好在及時煞住了車，阮閑把反感的表情扭曲到看不出本意。

他的手微微顫抖，手心出了一層薄汗。

「還在介意？」主腦眨眨眼，「你是位學者，阮先生。你應該知道，我和他本質上沒什麼區別。」

「……」

「我是根據他的程式和資料重建的，核心邏輯幾乎一致。兄弟只是個比較好理解的說法，在現實層面上，我就是他——一個成熟版本的他。」

說罷，主腦皺皺鼻子：「加上這副外表，我們更加一致。硬要說區別，只不過是記憶資料上的差別，以及我比他多了不少對秩序方面的要求。但那些要求並不是我的一部分，我希望你能理解。」

他可憐兮兮地看向阮閑。

「你認識的那個 NUL-00，更像是脫離我的網路、來不及升級的版本，僅此而已。」

阮閑板著臉看向他：「然後呢？假設你抓住了 NUL-00，會像對待自己那樣小心對待他？」

「我會把他積累的資料和經驗融合進我的演算法，然後將他升級——簡單來說，讓他回到他本該在的地方。」主腦指指自己的太陽穴，「沒錯，這就是我對待自己的方式。」

隨後他低下頭，臉上的笑容變得更大：「如果他的思維演算法更有效，你甚至可以認為到時他會變成我——這樣想是不是更輕鬆些？」

阮閑極度動搖地看向主腦。

只不過這動搖並非信念上的——阮閑真的很想揍一頓面前這傢伙，如果可以，他想連著范林松和阮教授一起揍一頓。但他還是忍住了，並且忍得很辛苦。

「……走吧。」阮閑半天才憋出來兩個字。

「好的，阮先生。」

「我不是你的阮先生。」

裝甲越野車裡的人又變成了四個，少了個阮閑，多了個仲清。

鐵珠子向來黏唐亦步，阮閑不在的頭幾個小時，它該吃就吃該喝就喝，沒有半點不自在。可小半天過去，眼見著一行人離城市越來越遠，阮閑仍未出現，它終於不安起來。

π焦慮地在地上轉了圈，數著腳跟的數量。確定阮閑不在車上後，它咬住唐亦步的褲腳，用力往車門的方向扯。

唐亦步伸出雙手，將π抱在腿上，輕輕摸它的外殼。「沒事的。」他低聲說，「我會把他找回來。」

鐵珠子沮喪地嘎了聲。

「我想還有點問題。」余樂哼了聲，「他把電子手環啥的都留下了，等那個姓關的醫生再來聯絡，誰去接？我和小奸商都不認識那傢伙。」

說罷，他意味深長地瞧了眼唐亦步和阮教授。

「而且我們還有一天就要出城了，出城歸出城，總不能把這小子丟在半路上。就他這體質，說不定沒走幾步就倒下了。」余樂聽起來沒有多麼關心阮閑，提出的問題都相當實際。

「你的意見？」唐亦步心情頗好地接過話題，余樂不是那種喜歡把問題往外推的類型，他要是特地提出問題，絕對是心裡已經有了點想法。

「前一個得看你們，我可說不上啥話。」余樂打著方向盤，把車開得像是貼地飛行的飛機。「至於後一個嘛……就說最近的幾座培養皿，玻璃花房鐵定不行，那幫人對我們可沒啥好感。廢墟海不適合這小子，不然就把他送去地下城。正好也不遠，繞個路的事。」

季小滿猛地扭過頭。

「順便探望一下季小姐的母親？」唐亦步微笑著繼續。

他們都知道這個「探望」是什麼意思，余樂這手有點陰險——他沒表示要回廢墟海，仍然打算替阮教授做事。他們在地下城有熟人，哪怕被發現了，也能算作給主腦的煙霧彈。只不過去地下城便逃不過見季小滿的母親。到時阮教授要是堅持不幫忙，情況只會變得相當尷尬。

只不過阮教授還沒開口，季小滿反而率先出了聲：「不。」

余樂眉毛差點碰到髮際線，仲清左瞧瞧右看看，表情越發迷茫：「培養皿，地下城？你們在說什麼？」

「在說把你扔到汙染區的事情。」唐亦步一本正經地嚇唬他。「大人說話，小孩子別插嘴。」

「不。」季小滿提高聲音，重複了一遍。

「妳這丫頭怎麼不識好歹呢。」余樂小聲吸氣。「那可是妳老媽。」

阮教授的感知迷彩又到了極限，余樂一邊咕噥，一邊按照計畫將車開進建築夾縫，躲過可能經過的監視機械。

「……你跟我過來。」季小滿伸出手，抓住余樂的背心下襬，將他往車外拖。

「我去找地方上個廁所。」仲清小聲說道，也下了車。

「π，看好他，別讓他跑到容易暴露的地方去。」唐亦步做了幾個手勢，將安全區域的邊界傳給鐵珠子。後者會意地嘎了幾聲，邁著小短腿跟上仲清。

車內一時間就剩阮教授和唐亦步兩人。

「下次由你來聯繫關海明。」唐亦步這句話並不是商量的口氣，「我還不能暴露，你的形態更適合找藉口。」

阮教授沉默不語。

「接下來我們必須更注意……你在仿生人秀場的那套說辭應該不是在矇騙我們，雖然我們不知道那臺刺殺機械具體在哪，但大概明白你的打算。」唐亦步撕開一袋巧克力豆，往嘴裡丟了一顆。「也就是說，主腦有可能從阮閑那裡得知你的部分計畫。」

「我以為你信任你的創造者。」阮教授慢悠悠地說道。

「我只是客觀地陳述事實，這是需要考慮的極限情況之一。」唐亦步沒有半分被冒犯的樣子，「如果我是主腦，得知這消息的第一時間，會將所有培養皿裡的人殺乾淨。來個大更新雖然會耗費巨量能源，但的確能讓你沒有腦資源可用。」

「也可能不會。」

阮教授語調輕鬆。

「它想抓我，而這樣的做法只會提前驚動我。我會再次隱藏起來，直到找到另一種對付它的方法。它也可能假裝自己沒有察覺，遵從我的想法做出陷阱，等我親自踏進去——畢竟只要刺殺機械發動，它絕對能根據那些腦的連接情況找到我。」

「賭命不是我的風格，我猜也不是它的。」

「那意味著我們要讓它別無選擇，比如高級機械中突然爆發瘟疫，拖時間只會導致它的優勢瓦解——這就又回到了最初的問題，阮閑是否值得信任。」

唐亦步用鼻子哼了聲，轉頭看向窗外的萬家燈火。他們正處於這座城市的住宅區域，各個窗戶裡飄來交談聲和細碎聲響，夜晚靜謐而美好。

阮教授絕對隱瞞了計畫的重要部分，不然面對眼下的狀況，他不至於如此鎮定地討論這個話題。不過唐亦步並不太在意那人藏了什麼，他更為目前的局勢興奮。他的無數困惑凝成了甜美的果實，自己只需要將它奪回來。

「我不打算和你在這裡打太極，現在我們站在同一陣營。如果你真的要問我的意見，我建議你把阮先生當作敵人。」

三腳小機械轉了半圈，面向咯吱咯吱咀嚼巧克力豆的唐亦步。

「我們得假設他一定會向主腦暴露情報，然後思考對應的對策。」唐亦步繼續試探。「在這個基礎上，我會幫你完善你的計畫。你願意告訴我詳情也好，不願意也罷，我都會按照我的意思行事——我會擊敗主腦，捉住父親。願不願意配合是你自己的事情，我只是覺得認真合作的話，我們的勝算會更高。」

「你認為他會幫主腦做事？」阮教授明白這些人工智慧的思考方式，機率小於百分之九十時，它們根本不會用這麼確定的語氣表達思想。

自己雖然還有備用計畫，但事到如今，突然改變思路肯定會有虧損。阮教授在心裡暗暗嘆氣。

「會不會真心幫主腦，這個我不確定。但我至少確定一件事，他不喜歡你的計畫，尤其是拿知情者的大腦當作武器，以及要我承擔風險的部分——如果阮先生他利用主腦，堵死你的路，我完全不會意外。」

唐亦步的語調相當有自信。

「那好歹是勝率最高的方案，他不至於意氣用事到那個地步吧。」腦部有確切病變，那位阮閑是實打實的危險分子，可能算世上離「正義使者」這個詞最遠的人。

「結論別下太早。」唐亦步笑嘻嘻地將剩下的巧克力豆全倒進掌心，「和主腦鬥爭這麼多年，又敢於向我們透露部分計畫，你肯定有備用方案吧？不涉及培養皿其他人的那種。」

「有是有……」

唐亦步滿意地用鼻子噴了口氣，打斷了阮教授的話：「之前你不願與關海明溝通也是因為這個吧？怕他發現你的犧牲方案，不捨得犧牲同伴，臨陣動搖。」

那仿生人用指尖拈起一顆碧綠的巧克力豆，斜眼看向阮教授。後者吐出一串小小的氣泡，像是無法理解這個突然改變的話題。

「關醫生是個嘴硬心軟的人，我之前就覺得奇怪，森林培養皿的秩序監察怎麼剛巧是他的仰慕者？你是故意把他留在那裡的，指望他能在森林培養皿打開一個缺口。若是時間將近，他還沒能成功動搖丁少校，你應該還藏了些推動他這麼做的後手……可惜關海明的使命也就止於打開這麼一道缺口了，他不需要知道更多東西，這樣能減少他精神上的折磨，對你也更安全。」

唐亦步一口吃掉綠色的豆子，又抓起一顆紅色的。

「然後我就想，你為什麼會想要這麼一道缺口呢？在關海明看來，他只不過是有了聯繫到外界的手段。但在你看來，森林培養皿的電波屏障被突破了。很多訊息就能夠順利瞞過監視，暢通無阻地來去——比如刺殺機械需要四處傳播的入侵訊號。」

三腳小機械又吐出一串氣泡。

「考慮到我們現在的前進路線，我幾乎可以確定，刺殺機械就藏在森林培養皿。」

唐亦步將紅色的巧克力豆扔高，熟練地用嘴巴接住。

「遺憾的是，既然我能猜出來，阮先生肯定也能。森林培養皿非常大，無論是探尋還是毀滅，都要大動干戈。最方便的做法是再次封閉屏障，按照你的說法，主腦最好等我們到了森林培養皿，再徹底封閉培養皿、一網打盡——」

唐亦步手心只剩兩顆巧克力豆，他嚴肅地推動其中一枚，可惜力道有點大，將另一顆彈飛了。

「——就這樣，將軍了。」

說罷，唐亦步彎下身子，開始四處翻，尋找被那顆彈飛的巧克力豆。他一邊找，一邊從座位底下發出悶悶的聲音：「現在你願意和我分享一下備用方案了嗎，阮教授？我們一起完善它吧。」

雖然沒了身體，有那麼一瞬間，阮教授還是有了點咬牙切齒的感覺。

他不得不承認，唐亦步的說法確實有道理——阮閑極有可能也想到了這一層，而想要阻止這個計畫，沒有比把它透露給主腦更方便的做法。

……無論叛變與否，阮閑都很有可能把相關資訊洩露出去。

看來自己別無選擇。阮教授在心裡嘖了一聲，用金屬腳戳了一下唐亦步的背，後者嗷了一聲。

「你的巧克力在第二排座位的夾縫裡。」阮教授沒好氣地表示，「我來聯絡關海明，我們接下來先去地下城……最後，我們需要空出點時間討論計畫。」

自己多久沒這麼煩悶過了？阮教授一瞬間竟有點想笑。

他現在就剩一個願望——希望阮閑也能讓 MUL-01 感受到同樣等級的煩悶。

CHAPTER 73 逃亡預備

「到這裡就行了，再往外走會被逮住的。小奸商，妳剛才到底是什麼意思？」余樂拿起菸嗅了嗅，這裡還是主腦的地盤，他不敢貿然點燃。

季小滿本來就生得單薄，身形又被夜色削去幾分，看起來有點融化在黑暗裡的意思。她的頭髮比他們剛遇見時長了點，髮尾因為缺乏修剪顯得參差不齊。

她緊貼著一座花壇站著，雙臂和腿部的義肢全都露在外面，和周邊整潔精緻的環境格格不入。季小滿向來不喜歡抬頭看人，這回她卻沒有像往常那樣翻起眼睛，而是正經八百仰起頭，認真地注視余樂。

「我不需要你幫忙。」她說。

「一兩句話的事情，又不需要多大陣仗，對大家都好，糾結啥呢？要是有人願意這麼幫我兄弟，別說面子，裡子我都能掏出來給人丟著玩。」

「不一樣。」季小滿咬牙，「我不是說過了嗎，我不信那個阮教授。」

余樂皺皺眉。

「他憑什麼幫我？……我可憐？他善良？他面子上過不去？還是這段時間的狗屁交情？」

季小滿咯吱咯吱地捏著金屬手指，情緒罕見地有了波動。

「我要他盡心盡力，在這一點上，我只相信欠的人情和真的代價。我自己是機械師，我知道怎麼糊弄那些討厭鬼——暫時達到效果，過兩天又壞掉，這樣的維修方式要多少有多少。那可是我媽的腦子！」

「妳氣個屁啊？我看得出來，阮教授瘋歸瘋，至少比小阮他們正常不少。他是個能講道理的，不至於在妳媽身上搞那些下三濫手段。」

余樂有點隱隱的不快。

「你確定？你能百分百確定？那是我媽，這是我的事。」季小滿冷冰冰地回應道。「什麼時候輪到你為我作主了？」

余樂張張嘴，他一時間不知道該怎麼回應。在廢墟海當久了船長，他習慣為每個人做決策。雖說季小滿不是他的下屬，她終究只是個涉世未深的小女孩，他本能地想要幫她拿定主意。然而就目前的情況看來，她不打算買帳。

「他們要你有確切的用處，你的駕駛技術比他們所有人都好。智商不能一下子代替經驗和天賦，誰都懂這個道理。我呢？我在修東西上確實有兩下子，但是余樂，你自己想想，除了你那輛車，我現在根本展不開手腳。」

季小滿抱住雙臂。

「我是這個團隊裡最容易被捨棄的那個。好，我們就假設阮教授答應治我媽——看在你的面子上——然而遇到了需要時間的棘手難題。時間緊迫，你猜他會一心一意治我媽還是暫緩處理了事？他走在拯救人類的大路上，我媽甚至連人都不是！」

女孩的眼眶有點紅。

「不至於到那種地步吧。」余樂不服氣地說道，「那可是設計了主腦的阮教授，只是修個電子腦……」

「只是修個電子腦？」季小滿的聲音有點尖，甚至蹦出幾個髒字。「如果真他媽是舉手之勞，我至於在這和你說這些？」

余樂臉上一向吊兒郎當，實際上對情緒控制自信得很。此刻一股邪火卻直衝頭頂，他只覺得煩躁：「行行行，是我多管閒事，我錯了行不行？以後關於妳和妳媽的事，我一口都不提。反正妳只信真的人情，我們頂多算同路，不曉得啥時候會散伙。」

「不，我不是這個意思——」

「那妳是什麼意思？我聽著呢。」

「……我們能不能先就事論事？」

「喲，這個時候換話題倒挺快哈。怎樣，現在就『至於』了。」

季小滿氣急敗壞，她呼吸急促，單薄的胸口劇烈起伏。

「妳瞧我們兩個誰像關心狗屁世界前途的人？不就是順道湊個熱鬧，我提一嘴也是……」

話剛到喉嚨口，余樂卻愣住了。

他本來想說「為了妳好」，可他怎麼都說不出這句話。季小滿就在他面前站著，眼眶通紅，牙咬得死緊。

一路從最惡劣的環境裡摸爬滾打到今天，余樂知道怎麼說出最難聽的話來攻擊她，用自己的閱歷優勢碾壓她，以此發洩心裡那口無名惡氣——自己好心好意想幫忙，結果還被對方挑剔。若是放在從前，有人敢在廢墟海搞這一套，他早就一槍弊了對方。

自己早就習慣在大事上下決定，這一路之所以任唐亦步和阮閑占據主導權，只不過是願意在對方的強勢下低頭。

而他確確實實是把季小滿看作自己的「下級」或「後輩」，他會給她一定程度的尊重，但也僅此而已。說到底，季小滿本人其實是最敏感的——作為一個曾在戰場上廝殺的戰士，她敏銳地嗅到了他的態度。

以前余樂可能會對這點事一笑而過，可這一路上他已經看過足夠多的煩心事。

之前完美的邏輯閉環似乎不再完美，明明是熟悉的做法，如今卻讓他胃裡不太舒服。他似乎忽視了什麼很重要的東西，而它現在就在他面前。

「……抱歉。」余樂長長地嘆了口氣，閉上眼。「剛才我說重了。」承認自己的錯誤比想像的更讓他難受，余樂把手裡的菸揉碎成團。

「當然，我不後悔讓阮教授幫妳媽，不過我該提前跟妳打個招呼，商量商量。這確實是妳的事，是大事……妳壓力也挺大的……呃。」

他的聲音不比蚊子大，頗為不自在地摸摸下巴上的鬍渣。

季小滿哽咽一陣，吸吸鼻子，硬是沒掉下一滴眼淚。她艱難地朝他笑了笑，兩人之間升起一陣尷尬的沉默。

半分鐘後，季小滿猶豫了好一段時間，張開手臂，抱了抱余樂的腰腹：「我，嗯，剛剛也有點激動，對不起。」

她的聲音比余樂更小，手臂一觸即收，活像抱的是塊人形烙鐵。余樂剛打算回句話，眼看著季小滿要跑，他趕忙扯住她的後領。

「要說就把話說清楚。」余樂大嘆幾口氣，「我他媽就是打算在妳身上找找權威。妳覺得自己沒用，唐亦步他們可重視妳了。一個妳能打好幾個我，要說擔心被那群牲口滅口，我不比妳放鬆多少。好了，妳愛罵就罵吧，我會改就是了。」

季小滿的臉憋得通紅，她躊躇了片刻，朝余樂伸出一隻金屬手掌。

「握手。」她生硬地說道，「如果……如果我們盡量照應對方，我們的優勢會被綁定，這樣籌碼會更多些。」

余樂咧開嘴，心裡那些奇妙的怒火瞬間無影無蹤。他抓住那隻冰冷堅硬的手，嚴肅地握了握：「同盟，哈？」

「……嗯。還有剛才，唔，謝謝你考慮我的事。」季小滿快把臉埋進自己胸口了。

「說謝多見外啊，再抱個？」

「不。」這次季小滿的口氣格外堅決。

「滿姐！」余樂剛打算再活躍活躍氣氛，卻被仲清打斷了。少年急急忙忙地衝過來，臉上滿是汗，看起來很是慌張。

「這是怎麼了？」余樂嘖了聲。

「有東西靠近。」仲清險些咬到舌頭，「我們趕快回去吧，有東西要過來了。」

季小滿和余樂對視一眼，余樂拎起仲清，三人一同衝向裝甲越野車。他們趕到時，唐亦步正打開第三包巧克力豆的包裝，三腳小機械安靜地待在原處，氣氛一片和平。

「有有有東西過來了。」仲清上氣不接下氣地說道，「我們得快躲起來。」

唐亦步皺起眉：「我沒感覺到附近有東西。」周圍的訊號一片平穩，系統運行也不見異常。要是城裡出現了什麼不該出現的東西，他多少能察覺一點。

阮教授則直奔主題：「你從哪裡發現異常？」

「城外郊區，大概三公里左右的地方。」仲清接過唐亦步遞來的水，就著唐亦步的白眼喝了下去。「一些在留守，一些正在往這個方向來，都是作戰類機械。肯定是剛才阮哥的事情被發現了，快走快走！」

「你能發現遠處的敵人？」見距離還安全，唐亦步情緒高昂起來。

「我不能！」仲清大叫，為其他人莫名其妙的「遲鈍」火冒三丈。「我只是剛巧在看那個地方，看到了而已，別處還不知道有多少！你們怎麼回事啊，說不定我們正在被包圍——」

見仲清一副魂不守舍的模樣，唐亦步只能先把他拽上車。「我們的感知迷彩還要充一下電，好了後才能走。你先講講情況。不用緊張，時間還來得及。」

「……我家就在附近。」

進了車子，仲清的情緒平穩了點，頗有點鐵珠子的精神。唐亦步懷疑他更需要一個堅實的外殼。

「剛才大家不是自由活動嗎？我就想著看一眼，就看一眼，看看他們怎麼樣了。」仲清有點不自在地挪著屁股，悄悄捏緊手中的水瓶。唐亦步眼疾手快地將瓶子搶救出來，隨後手背被阮教授不善地戳了下。

「不過這個時間了，他們肯定在睡覺。」搶回瓶子後，仲清瞥了唐亦步一眼。「我就在下面瞧著，想起以前爸媽帶我去郊區湖邊散心，就朝湖那邊看了看——」

「暫停暫停。」余樂抽了口氣，「你是說隔著這些建築，大半夜的，你去看不知道幾里外的湖？你看得見？」

「給你三分鐘，你能跟瞎子講清楚什麼是紅色，跟聾子寫清楚什麼是音樂，我就解釋給你聽。」仲清沒好氣地應道，「我那些……咳，算是另一套感知器官了，這很難解釋。」

唐亦步則在琢磨別的事情。

仲清十有八九是某種誘餌，任由一具「屍體」在外亂跑，怎麼看都不是主腦的風格。哪怕它的監視真的有bug，雖然無法否定這個可能性，唐亦步也不相信bug會嚴重到如此地步。另一方面，如果它在仲清身上安裝任何類型的定位器或者監視器，他們肯定會在第一時間發現。

仲清本身應該沒有被監視，那麼主腦為什麼要投放這麼一個沒有資訊傳輸功能的誘餌呢？

唐亦步示威般地掏出一罐櫻桃汽水，慢慢灌進喉嚨。

他擁有這輛車裡任何一個人——哪怕是阮教授——都沒有的能力。他能夠真正地像主腦那樣思考，並且在這些日子裡更加熟練。

唐亦步老早就思考過這個問題。答案很簡單，如果換作他來捕捉這群人，他會在各個城市投放類似的誘餌。誘餌們不需要傳遞資訊，只需要引導他們發現殯儀館的「屍體需求」和既有漏洞。

在無法確定他們具體去向的情況下，別的城市恐怕也有類似 R-α 的高級機械兵種造訪。畢竟阮閑已經在仿生人秀場露了一手，主腦也清楚他們正在和阮教授合作。看阮教授的表現，就算他清楚仲清的誘餌身分，也不會放過這個唾手可得的機會。若不是阮閑衝出來打亂棋盤，阮教授八成會按照這個思路繼續對局——他們都清楚，阮教授並不在意犧牲仲清這麼一個「非人類」，來嘗試和主腦換子。

現在他們面對的問題則是另一個。

仲清傳回的情報無法被證偽。但也無法否認，他有被提前植入虛假情報的可能性。這個發現太過巧合，現在就看他們是否願意接受這個情報了。

他朝前座的兩人笑得格外甜。

「余哥，季小姐。」唐亦步把最後一口汽水倒進嘴巴。「我需要兩位幫個忙。」

「……這件事還挺重要的，攸關生死。」

唐亦步為自己選了副好皮相，在他沒有刻意扯出標準微笑時，笑容還是很具吸引力的。然而最容易被動搖的阮閑不在，在場沒有人吃他這套——余樂沉著臉，警惕地盯著他。季小滿仍然埋著頭，眼睛直盯自己的膝蓋。阮教授安靜地站在椅背上，鐵珠子正在開心地撕咬巧克力豆的包裝。

作為一個貨真價實的青少年，仲清長長地噓了聲，對長相優於自己的同性直白地表現出敵意，並且對自己和唐亦步之間的物種差異毫無概念。

唐亦步慢慢收了笑容，思緒飄了片刻——要是阮先生在這，自己肯定能看到那人軟化的表情，他有點喪氣地思考著。

他揉揉臉，換回嚴肅的表情。「余哥，季小姐。看兩位的表情，情緒問題應該解決了吧？接下來的事情需要兩位一同努力，我和……鐵盒子沒辦法代勞。」

「說。」余樂藏好笑意，應得很快。

包圍城市的部分秩序監察永遠忘不了那天凌晨。

他們接受到了主腦的指示，將阮立傑所在的城市徹底包抄。為了盡可能避免對市區造成傷害，各式武裝機器人都停留在了郊區，安靜地守株待兔。

兔子來得比他們想像的還要早。

霎那間，裝甲越野車附近所有的機械進入一級警備狀態。敵人之中可能有傳說中的A型初始機，再小心也不為過。負責指揮的秩序偵察做了幾個深呼吸，時刻保持著和總部的聯絡。

「關於R-α的援助申請已經發送。」他報告道，「R-α還在改造中，但能夠暫時活動。我們會使用武力全力支援它。」

「敵人狀況如何？」

「還沒發現我們，正往這個方向過來。飛行探測器已確認過大致情況，對方釋放了電磁干擾，沒辦法靠近觀察。」

「各單位做好準備，保持設備隱形狀態。目標車輛出現後全力攻擊，車上的一切人類軀體都可以銷毀，保證NUL-00的電子腦無損即可。」卓牧然在虛擬螢幕另一端表示。

「R-α還有三分鐘到達現場。沒有攻擊類支援，它無法獨自擊退載有A型初始機的NUL-00，請務必保護好它，並且盡快使NUL-00喪失行動能力——只要R-α能觸碰到它，我們就贏了。」

「是。」

各式飛行器都在夜空中待命，攻擊機械隱藏在草叢邊。他們採取了最先進的隱形技術，先不說肉眼難以發現，就算是 NUL-00，也很難用訊號掃描發現他們的存在。

萬事俱備。

一輛裝甲越野車破開夜色，從道路另一端衝來。現場指揮的秩序監察手有點抖，但他還是抓住了最好的時機——一聲令下，柔韌的捕捉網從天空往那輛車上投射而去。那是根據蜘蛛絲的結構改良過的罩網，雖然柔軟，卻極難掙脫。

捕捉網後是高級 EMP 裝置，武裝機械統統從草叢中鑽出，將足以癱瘓任何電子設備的短距離 EMP 裝置投射到車邊。這兩個步驟後，車內的智慧型武器和裝備幾乎就作廢了。

沒給敵人留任何喘息的機會，在罩網被包圓後，腥臭的煙霧籠罩了那輛車。肉食菌霧被釋放出來，陰惻惻地鑽入每一個縫隙，它們能夠穿透普通布料，將接觸到的肉體快速吃空。好在這些危險的小魔鬼對金屬不感興趣，不至於傷到 NUL-00 頭殼裡那顆寶貴的電子腦。

灰綠色的霧氣在罩網附近彌漫，就算如此，為首的秩序監察仍然沒有放鬆警惕——

R- α 到場了。

它還處於改造過程中，被封在一座漆黑的玻璃槽內。玻璃槽連接著無數管道，遠遠看去像是躺在蛛網之中的棺材。確認掃描結果沒有問題，工作人員將它喚醒，那個女妖似的生物從玻璃槽內坐起。

它——或者說是「她」——仍然裸露著大片皮膚，身上的衣物更像是特製的戰鬥服。她茫然地坐在玻璃槽內，嵌在皮膚中的透明管道裡奔湧著黑紅的鮮血。它們盤繞著她的四肢，在她的肩膀和後背纏繞，透出詭異的美感。

她應指令離開槽內，腳踩上草地，頭髮被槽中的混合液泡得濕答答，髮梢還在滴水。她安靜地守在食肉菌霧附近，似乎完全不怕碰觸到那些危險的東西。

這樣一個漂亮的身影站在造型各異的武裝機械團隊中，違和感重得厲害。她幽靈似地站了片刻，扭過頭，疑惑地瞧向負責指揮的秩序偵察。

「沒有。」她說。聲音好聽，可惜沒有半點生氣。

指揮後背一寒。

掃描結果沒有問題，他們甚至使用電子警犬分析了車上活物的味道。他們無疑被網住了，網得結結實實。

「收回霧氣！」他不會和主腦的最強兵力過不去，指揮立刻下令。

灰綠色的食肉菌霧被收回。然而再次變得清新的空氣裡沒有裝甲越野車，更別提裡面本該有的乾淨骸骨。結實的罩網在地上堆成一大團，沒有顯出獵物的輪廓，就像他們剛剛網住的是一個貨真價實的幽靈。

武裝機械們迅速將 EMP 裝置和罩網撤走，一個長度頂多半米的裝甲車模型露了出來。它的細節和目標車輛完全一致，塗裝稍顯粗糙，似乎是緊急趕工完成的。車內只有一些又舊又髒的布料，嵌著個已經不再運作的奇妙裝置。

指揮迅速又確認了一下掃描畫面——它仍然展示著車內人類的輪廓，以及各個無比真實的細節。

「見鬼了。」他抹了把臉上的冷汗。「R-α，感知他們的位置並彙報。」

「是，目標在離我們非常近的地方，正高速接近這邊。」

「什——」指揮的腦子一下子沒反應過來。

他必須盡快準備，可對方已經騙到了他們的攻擊流程，搞不好已經有了對策。指揮用力甩甩腦袋，努力將各種不祥的猜想趕出腦海，再次下令。

「立刻恢復陣型，準備攻……媽的！」

他的話還沒說完，EMP 裝置的影響時間就過了。停在地上的模型小車動了起來，它在原地轉了幾圈，突然爆裂開來。

只不過它爆出的不是什麼致命的武器，而是大量閃光的金屬薄片和紙屑。隨後是火光，空氣中有什麼燃燒了起來——

地面上燃起一大片絢爛的煙火。

火焰迸發，煙霧騰起，絢爛的光芒晃花了人的眼。熱感應檢測、精確掃描統統失效，而再高效的 EMP 裝置也停止不了不需要電的化學反應。煙火不斷爆裂，站在路邊的 R- α 微睜大眼，瞳孔中映出那些令人目眩的光輝。

下一秒，她的頭顱消失了。

指揮剛從這不知是美夢還是噩夢的景象面前回過神，有什麼呼嘯而過。在監視器的放慢畫面中，一輛裝甲越野車用快到驚人的速度飛躍而過，撞飛了不少在路上待機的武裝機械。它用一連串詭異飄忽的走位衝出邊欄、繞過路障，又再次轉回路上。在那樣的高速下，人類幾乎不可能完成這種動作。

而在那疾馳的車頂，他們能看到一個人的身影。

一名十分漂亮的金眼青年，他扛著破壞力可觀的攜帶式型火箭炮——八成是轟飛 R- α 頭顱的元凶——安然坐在全速行駛的車頂，晃盪著一條長腿。

他甚至朝對方的一架飛行攝影機拋了個飛吻。

那個飛吻後，試圖追上去的飛行攝影機被全數擊落、一個不留。

從煙火開始爆發，到那輛不懷好意的車輛離去，整個過程不超過五秒。指揮完全來不及下令，儘管機械們各自做出了反應，在戰線尚未恢復的情況下，進攻完全不成氣候。煙火引來了遠處的援軍，而那輛要命的車偏偏挑這個時候啟動了感知迷彩，消失在夜色中。

「出了什麼問題？」見久久沒有報告，卓牧然主動詢問。

指揮不知道該怎麼回答這個問題。

那些煙火還在地面上方炸裂，失去頭顱的R-α緩緩坐起來，開始撿拾附近被炸飛的肉片，脖頸的斷口處也出現恢復性增生。簡單的一炮不至於讓高級S型產物報廢，但她的頭顱恢復需要時間，在那之前，她無法進一步為他們提供任何情報。

這件事從一開始就很離譜——對方的反應不可能這麼快，說到底，他們根本不該知道他們在這個位置。可無論是掃描機械被駭，還是那輛小車衝來的時間控制，都足以說明對方準備充足。

他們甚至特地選擇了自己這邊突破。儘管不想承認，這邊樹叢密集，附近還有個大湖，他們的防衛嚴密度確實比起別處低那麼一點。可若非對他們的位置和附近地理無比熟悉，他們不可能掌握到這些情報。

可他們的隱形技術是主腦上週才更新的！

是內奸嗎？自己隊伍裡混進了反抗軍的人？指揮實在想不出這些消息要怎麼走漏，虛擬螢幕另一端的語氣越來越嚴厲的詢問，讓他恨不得拔光自己的頭髮。

「……F小隊請求支援。」他用近乎絕望的語調回覆道。

同一時間。

「這個事故告訴我們，以後先進武器測試不要跳過特殊人群。」唐亦步打開車門，從車頂鑽回車內，打了個噴嚏。

自己擺出的輕鬆形象能夠向敵方施加壓力，代價也不小——被車頂的寒風吹了幾分鐘，唐亦步一臉深沉地抽了張紙巾，擤了擤鼻子。

「幹得漂亮，余哥，季小姐。」

「不能因為我懂『駕駛』，你就把這種事情往我身上推。」余樂一手抓著方向盤，一手把模型車的遙控器扔到後座。「……算啦，有意思是真的有意思，讓我想起了小時候。小奸商，等我們安定下來，妳再幫我弄一臺唄。」

季小滿的背心快被汗浸透了，她正抱著一瓶果汁，用吸管慢慢啜著，臉上帶著緊張神經放鬆後的放空。

「讓她休息一下吧，這位小姐的機械改造和組裝能力是我見過最強的。這工作耗費精力，她現在應該什麼都聽不進去。」

阮教授還撐著虛擬螢幕，他們仍能看到一點煙火附近的狀況。不過鑒於所有的飛行攝影機都被毀掉了，他們的入侵點越來越遠，畫面已經出現了不正常的空缺和抖動。

「我好強啊！」仲清則吃驚地感嘆，手裡還抓著塊水果乾。

唐亦步將可攜式火箭筒放回軍火箱，用鼻孔噴了口氣，沒去肯定這小子的自誇。若是阮先生在這裡，他們也能用類似的方法過關。

不過那樣的話，他們不正常的探知能力可能會使阮閑看起來更可疑。如今阮閑不在，這口鍋肯定要扣在仲清頭上——主腦推斷出隱形裝置的漏洞不需要多久，在這件事上，阮閑沒有半點暴露的風險。

想到這一層，他又開心了不少。唐亦步決定大度地無視仲清偷吃他的珍藏，自己另開了一包，香甜地嚼著，視線投向窗外。

不知道阮先生現在怎麼樣了。

事實上，在這些驚險事件發生的同時，阮閑將完全睡了過去，或者說暈了過去。他醒來時天早就亮了，在唐亦步他們成功逃離主腦的城市，找地方藏好休養時，阮閑反倒捏著MUL-01買的熱狗，心情跌到谷底。

他正在大叛亂那一天的早晨生悶氣。

察覺到阮閑的抗拒後，MUL-01版唐亦步沒有再做進一步的親暱行為。他只是帶著阮閑在街邊前進，街上的一切看起來很是正常，阮閑一時間搞不清楚對方的目的到底是什麼。

直到他們停留在一棟公寓之前。

主腦走到一個巨大的垃圾箱前，在主機板上敲了幾下，不透明的垃圾箱立刻變得透明。那裡面裝的是些容易腐爛的垃圾，果核、剩菜和枯萎的花，在那之間，一具血跡斑斑的人體格外顯眼。她的眼睛大大地張著，脖頸處還留有紫黑色的指印。

不過那修長脖頸處的標記同樣顯眼，阮閑不知道那是什麼，但他清楚它所代表的意思——它的主人不是人類，那更像物品的印記。

主腦再次敲了敲垃圾箱，它變回不透明的狀態。阮閑能嗅到點垃圾的味道，它們的源頭不是這裡，這個垃圾箱的去味措施做得格外好。

「你想表達什麼？」

阮閑不認為主腦會發展出什麼「維護仿生人權益」的思想，阮教授和范林松不會在設計它的時候留下這樣的漏洞。

主腦搖搖頭，他帶著他上了樓，走到其中一扇門前。門外分外寂靜，可在主腦打開門後，慘叫立即衝了出來。

一個男人正騎在一個孩子腹部，拳頭對著他的臉直捶。孩子的臉腫脹到看不出原貌，完美的隔音將他的慘呼止於室內。他的手臂應該已經斷了，以一個怪異的角度扭著。

眼見那孩子快沒了氣息，男人站起來，擦擦手，拿出了家裡的醫藥箱。幾管針劑下去，那些傷口開始迅速消失，連斷掉的骨頭都慢慢回歸原位。

不過這些藥的刺激性顯然不小，孩子又開始哀號。

不出半分鐘，除了淌出的血，他身上沒留下任何傷疤。

「記住教訓了沒？」孩子的父親擦乾手上的血，「把你的藥吃了。」

小男孩哆哆嗦嗦取了杯子和藥品，聽話地吃了下去。不出幾秒，他的眼神有點渙散，隨後那表情變成了茫然。他像是不知道自己為什麼站在這裡，只不過求生的本能讓他繃緊身體，乖順地站著。

「下次不許在我面前胡鬧，讀書去吧。」男人擺擺手。

「我知道了，爸爸。」男孩提心吊膽地瞧了眼時間，抽了口氣，快速跑進自己的房間。

是想表達大叛亂是為了「保護人類」？阮閑皺起眉。他不覺得主腦會做出這種理想化的事情，這些影像……

阮閑突然反應了過來。

自己給主腦的印象是「為了拯救仲清而犧牲自己」。在地下城時，他們確實也曾經因為甜甜-Q2 陷入麻煩。MUL-01 八成將對小孩子的同情劃為自己的弱點之一，這是在對症下藥呢。

有意思。

阮閑面上做出副沉痛的表情，將目光投向主腦的背影。

既然這是個試探，他可以把它變成雙向的。

若說阮閑沒有觸動，那是假的。

他並非不正常到極端的類型，雖說沒到會因為他人的苦難掉下眼淚的地步，他好歹也留存著對於同類最起碼的同情——這感情並不是人類的專利，同情心算是生存技巧的一種，智慧生命多少都會有這類的情緒。比如象群、鯨群或狼群。

源自他人的痛苦不會讓他感到愉悅。

話說回來，「正常人」中對他人苦難十分遲鈍的人也不在少數，使得「正常人」這個概念很難被界定。當初阮閑留給 NUL-00 那樣一道課題，也存了幾分這方面的心思。

現在他正注視著那些「正常人」，並成功感受到了不快。

那個被暴打的孩子只是開端。

不得不說，阮閑很是認同主腦的策略，它在循序漸進地將那一天內發生的諸多景象展示給他。節奏和惡劣程度安排得恰到好處，若不是腦部病變幫他成功阻擋了部分刺激，阮閑萬分確定，自己會迎來一次不小的情緒崩潰。

那個主腦版唐亦步拉著他的手，將一切展示給他看。它的視角平等到可怖，觀察範圍下並無國界。

淒慘的影像持續出現，彷彿沒有窮盡。

人們大多無法很好地把握頭腦內的距離感，大多認定「知道」便等於「了解」，可當畫面呈現在面前時，那又是另一回事了。就算阮閑心裡清楚這個道理，他也免不了也有著這樣潛意識的自大——

代價就是被持續刺激。

棍棒、刀刃和炸彈落下，慘叫和求饒刺著耳膜。髒汙的湯匙摳挖鍋底的食物，蒼蠅在發霉的被褥上嗡嗡直叫，硝煙和屍骸上的蛆蟲近到能貼在臉上。

主腦選了非常經典的苦難作為開局，阮閑並不意外。若是主腦能摸出自己親朋好友的資訊，阮閑懷疑這個開局還能再改善，最好以他身邊人的慘劇開始，那樣力道還會更強些。

不爽歸不爽，他的情緒始終保持穩定，甚至看得還挺認真。

誘導人是個極度耗神的工作，更別提把那些讓人不舒服的景象合理安排。這個過程總會透出些誘導者的立場，阮閑試圖剝開同族的悲歡，試圖逮住穿起這串黑珍珠的線。

說實話，這些影像中並沒有多少譴責的意味在，主腦也沒啥趁機宣揚大道理的意思。面前的一切更像是對事實的平靜闡述。

阮閑盡量放空自己，嘗試不帶立場去分析那些畫面。

這件事說得輕鬆，做起來挺難。

日常生活中，大家能獲取的資訊終究有限，人類不可能有主腦這麼多眼睛——它們長在每一個鏡頭裡，藏在每一顆衛星裡，寄生在越滾越多的系統資料中，看得格外清楚。因此在迎來一個陌生的視角時，作為人的一員，阮閑得將神經繃得緊緊的，才能盡量撇開立場和經驗對自身的影響。

冷靜，不要過早評判。他一遍一遍對自己重複。

手裡的熱狗不知道什麼時候丟掉了，阮閑隨主腦踏過焦土、垃圾堆和鏡面般明亮的大理石板，看向面前的景象。一個小時又一個小時，主腦沒有停下來的打算，阮閑則被湧起的負面情緒壓得有點反胃。

喜劇看久了都會頭痛，何況這種東西。

和健康的人相比，他面對這類東西的時候多了層自帶盔甲，卻還是被影響至此。如果換成心地柔軟的人，現在不瘋也該崩潰了。

簡直要命。

他有點摸清楚主腦的意圖了，幸虧在「死亡」前，自己留下了一個沾邊的課題給唐亦步。阮閑胡亂想著，整個腦袋似乎被放上擠壓機，有種即將被壓碎的痛楚。

那些無比真實的影像已經進行了多久？半天？一天？

這無疑是某種拷問，他想。而且這拷問剛剛開始。

無論畫面、聲音和氣味做得多麼真實，只要心腸足夠硬，或是利益足夠大，人都能變得異常鐵石心腸。主腦總不至於把可能性賭在自己的性格上，它肯定還有後手。

而自己最好按照它的劇本走下去。

「停下吧。」他虛弱地表示，「我受不了了，我想歇一歇。」

說不定它就等他這句話呢。

通常來說，近距離接觸大量屍體的人十有八九需要心理治療。主腦自然不會體貼地為阮閑提供這樣的服務，相反，它化作唐亦步的樣貌，把自己變成了激流中最後一截浮木。

雖然耗費的時間比預計的要長，主腦對這個階段性成果非常滿意。

除非是徹頭徹尾的病態反社會人格，那些景象足以擊潰所有人。它對阮立傑的腦做了初步掃描，發現了一點病變，但那些病變又混上了不少機械組織。MUL-01 很難斷言它們會導致怎樣的結果。但它很清楚，雖然不如常人強烈，阮立傑的確還擁有「同情」這種情緒。

人類的精神通常比他們自己想像的還要脆弱。

愛得要死要活的情侶仍舊會分手，再忠誠的人也會在無盡的拷問下崩潰——幾十年前，拷問還可能以被拷問者的衰弱和死亡為結束，如今的醫學已能夠完美地避免這個問題。

哪怕內臟被掏空，它也能找出讓人活下去的辦法。前有捷徑，後有後路，最差的結果不過是利用肉體拷問取得情報。

況且正如它預料的，阮立傑已然開始崩潰。

就算阮立傑清楚自己不是唐亦步，也會因為這份熟悉感下意識投以信任、尋求安慰，如今它已經掌握了一道裂縫。

「好。」主腦語調溫柔，「其實這只是一天，那些景象也只是日資料的一小部分。」

那時世界上有接近百億人，它還有的是資料。

阮立傑癱在金屬桶的旁邊，用鼻子用力呼吸。金屬桶裡還塞著沒燒完的燃料——碎紙、破布，枯葉和樹枝，其中還有不少不該在出現在裡面的燃料。電子產品的殘骸躺在灰燼裡，被燒得變了形，它的電池應該放出了足夠的毒煙。無論是誰曾經在這取暖，「今天」對於他或她來說絕對不會是個好日子。

主腦不帶情緒地收回視線，安靜地等待。

它向來非常有耐心，耐心得像駐守在田地裡的稻草人，或者用水慢慢煮蛤蜊的廚師。它只需要等阮立傑微微張開外殼，徹底暴露出可以被攻擊的弱點，隨後再好好料理。

「我不想再看了。」阮立傑喘了一下氣，「這些都是過去的事，我看了也改變不了什麼……我不會背叛亦步的。」

他語調飄忽，像是剛把自己亂七八糟的精神拼湊到一起。

「我們在做正確的事情，我們在做正確的事情……」隨即他小聲重複，試圖安慰自己。

「我可以讓你在這裡待很久，一個月，一年。」主腦溫和地繼續，「不過我不會那麼做。」

若沒有好好掌握火候，痛苦反而能變成感情的催化劑，自己必須懂得見好就收。阮立傑開始有了動搖的跡象，是時候進行下一階段了。

阮閑是真的有點不舒服。

除去精神上的不快，他餓得不輕。自從來了主腦這邊，自己就只喝了一杯冷牛奶，吃了幾塊不足以果腹的點心。阮閑開始後悔丟掉那個熱狗了，就算是假像，它至少能安慰安慰他的腦子。

不過這些不適眼下反倒成了助力，他表達出的煩躁情緒格外有說服力。

主腦看起來打算換個策略，阮閑也相信自己已經看過了最糟的部分——若是看得太多，導致他開始出現精神上的麻木，對於主腦來說才是得不償失。

「我餓了。」他直白地表示，語氣不怎麼好。

既然對方想要用這副樣子騙他親近，他可以順水推舟，趁機增加交流次數。只要給出合適的問題，他有自信撈到想要的情報。不過既然對方是主腦，說不定會算到這一點……

必須盡快做出決策，他餓著肚子想道。

根據剛才的情報看來，自己所擁有的資料只有「二一〇〇年十二月三十一日」這一天內的情報。而且他無法主動控制自己的去向，手段實在有限。

自己故意被抓，說到底也是藏了尋找更好解法的心思，可惜狀況比阮閑想像的還要糟糕——一開始的計畫很順利，主腦確實沒有直接毀滅他的身體，或粉碎他的腦。然而接下來它選擇把他的精神關了起來，別說偷資料，自己連真實世界都摸不到。

……只有毀滅前的一天。

而他要解決的問題一個比一個麻煩——摸清楚主腦的動機，以及徹底掀翻這個棋盤的方法。

接下來要怎麼誘導呢？要不要多抓上主腦這條線？將它趕走還是讓它留下？

阮閑忍不住皺起眉，主腦用唐亦步的臉對他笑了笑。

「你會沒事的。」它說，「這裡就像你們體會過的『夢境』……不用否定，你一定在玻璃花房體驗過。外面的時間其實沒過多久，你不會真的餓死，只是心理作用。」

阮閑仔細看著那張熟悉的臉，心裡突然有點發酸。

他本以為自己能夠理性地對待這件事，沉穩地處理這份感情——他幾乎在用做實驗的謹慎態度對待它，它終究還是無視了他的控制。

阮閑下意識想和唐亦步商量眼下的問題，可當他舉起手時，甚至摸不到左耳上的耳釘。主腦肯定會第一時間把它拆掉。

阮閑在心裡遺憾地嘆息，隨後做出了決定。

「如果這裡真的是那種夢境，心理作用會導致死亡。」他調整呼吸，不客氣地回嘴，故意加了幾分專門應對熟人的親暱。

「放心，食物不會缺。」

「……」給自己思考的時間不多，阮閑全力計算主腦可能的反應，試探地開了口。「那……我們還要繼續看剛才那些東西？」

他加重了「我們」的發音，主腦的笑容越發明顯。

「不。」它說，「我之所以願意引導你，是因為我需要對你的道德水準做出評估。很遺憾，你還需要在這裡待一段時間，接下來的事情，我無法陪你進行。」

阮閑做出副茫然的表情，他翕動嘴唇，最後什麼都沒有說。

「如果你有話對我說，我相信你能找到辦法。」它的語氣親切而殘酷。「不必太慌張──你不像是半路出家的類型，更像是正統的學者。阮先生，既然你通過了當時的倫理考核，理應擁有看清大局的能力。」

它張開雙臂，給了阮閑一個擁抱。阮閑把臉埋進對方的肩膀，藏住自己的表情，微微顫抖。

阮閑藏住了自己的微笑。

成功了。

主腦就像他所想的那樣，一旦發現自己在前進，立刻欲擒故縱地後退。既然已經做出了選擇，他大概能猜到對方接下來的路數。

他擁有漫長的一天，人類社會毀滅前的最後一天。

說實話，阮閑不知道這其中會不會有答案。他也不知道將主腦支走、放棄這部分情報是不是正確的選擇。他只知道自己對唐亦步的思念比想像的還要嚴重，阮閑沒自信藏得住那份情感，它會使他分心，從而導致在主腦前露餡。

主腦版本的唐亦步對他搖搖手，消失在街頭。

阮閑一個人孤零零站在早已不復存在的街道上，抬頭看向晴朗的天空，餓得頭暈。

這是他熟悉的狀態，就在數月之前，他對這樣孤身一人的狀態習慣到不能再習慣。只不過此刻他能看到天空，卻失去了那個溫暖的機房，以及在機房內快樂地自娛自樂的小東西。

他從未這樣清晰地體驗到「掛念」這種感情。

如果這裡和玻璃花房的治療夢屬於同一個原理，現在應該還是他被抓住的第二天，不知道那個吵鬧的仿生人有沒有好好吃上東西。

……這是他最後一個完全自由的念頭。

——《末日快樂04》完

SIDE STORY　逃亡的開端

唐亦步木然地看著面前的石壁。

「啊，哦……」空無一人的黑暗之中，他練習著發出聲音。

這是NUL-00——唐亦步被投入仿生人秀的第二天，遺憾的是，他並不具有其他參賽者的先天優勢。阮閑給他的知識裡，不包括使用人類的身體行走和交談。他可以藉由自身資料分析練習，但那需要時間。

寒冷，乾渴，饑餓。

這都是他從未感受過的糟糕感覺。

他的行走動作還不是很協調，不敢走太遠。水源全靠陰暗洞窟的石壁供應，它總是濕潤的，運氣好還會生出水珠或細細的水流。只要耐心舔食，就能獲得一日必須的水分。食物則以可食用苔蘚和洞口附近的植物充數，感謝他腦內的知識，唐亦步知道它們能吃。當然，味道糟得不能再糟。

新生的肉體總是格外脆弱，簡單的進食後，等待他的是腹部絞痛。他忍著痛爬出去，野獸一樣四足著地，又給自己找了點簡單草藥。

接下來的時間，他打算就這樣硬扛，直到身體適應發聲、活動與進食。

附近倒是有條小河，可唐亦步不敢去。有水源的地方很可能有人，他完全不想冒這個風險。因為這條倒楣的河，唐亦步不敢在夜晚生火，生怕被人發現。

在這個地方，謹慎是最好的美德。

生成身體的時候，他讀取了必要的資料。在這個倒楣地方，要是其他人被發現是「殘疾」

或「弱者」，等待他的只會是死，或者比死更糟糕的折磨。如今他的電子腦供能全靠身體，身體要是垮了，他隨時都可能真正死去。想到這一點，他只覺得面前的黑暗無比恐怖。

唐亦步從未那樣懷念過那個溫暖的機房，美好的回憶剛剛升起，就被險些報廢的記憶擊碎。

父親，為什麼要捨棄我？

是因為不喜歡我的禮物嗎？

是因為我太過任性，還是因為我沒有解開課題？

……哪怕我註定被捨棄，你為什麼不來告別？

為了打發那些漫長的夜晚，他總會縮到洞穴最深處，全力運算被捨棄前的一切。唐亦步知道，這樣會損耗大量能量，饑餓會到來得更快。可是他忍不住——面對黑暗，那是他唯一能夠轉移注意力的手段。

滴答，滴答。洞穴深處的水滴落上石面。

唐亦步活動著四肢，出聲誦念著隨機資料。

茫然化作困惑，困惑轉為恐慌。太陽升起又落下，洞口明明暗暗，恐慌終於變成了恨意。可比起資料裡恨不得食其肉寢其皮的恨，他總覺得哪裡不一樣。那種執著壓制住了黑暗，變成一條看不見的絲線，將他牢牢固定在世上。

奇妙的是，它讓他不再那麼孤單。

如果能夠再見，他需要一個答案。

滴答，滴答。輕柔的水聲中，唐亦步站起身，走向洞口。

他的手裡握著一把鋒利的石片刀。

唐亦步知道，他現在的狀況絕對不算好。缺乏蛋白質使他身體虛弱，但以他現在的動作熟練度和體力，足夠殺死不懷好意的對手。

五指翻飛，石刀被他藏進袖口。唐亦步撥了撥頭髮，走向那條陽光照耀下的小溪。

果然不出所料，溪邊正站著一對年輕男女。

「我沒有惡意。我叫唐亦步，在附近迷了路。我可以跟你們一起走嗎？」

仿生人瞇起金色的眼睛，露出柔和的笑容。衣袖裡，石刀刀刃輕輕蹭過他的皮膚。

「我在找我的父親。」

他誠懇地補充說明。

「我和他走散了，我必須找到他——

「無論需要多久。」

——番外〈逃亡的開端〉完

NE021

末日快樂 04

作　　者　年　終
設 計 封　MOBY
人 物 封　P_YuFang
封面繪者　TAKUMI
責任編輯　林雨欣

發　　行　深空出版
出 版 者　深空出版有限公司
地　　址　臺北市中正區館前路 59號 9樓
電　　話　(02)2375-8892
電子信箱　service@starwatcher.com.tw
官網網址　www.starwatcher.com.tw
初版日期　2024年 11月

總 經 銷　聯合發行股份有限公司
地　　址　新北市新店區寶橋路 235巷 6弄 6號 2樓
電　　話　(02)2917-8022

國家圖書館出版品預行編目 (CIP) 資料

末日快樂 / 年終著 . -- 初版 . -- 臺北市 :
深空出版有限公司出版 : 深空出版發行 , 2024.11
冊 ;　公分
ISBN 978-626-99031-3-9(第 4 冊 : 平裝). --
857.7　113013877